河南大学文学院词学研究丛书　孙克强 刘军政／主编

# 词学研究路径的探索

刘军政　著

社会科学文献出版社
SOCIAL SCIENCES ACADEMIC PRESS (CHINA)

本书由河南大学文学院学术著作出版基金资助出版

# 总　序

孙克强　刘军政

　　河南大学坐落于开封。开封，亦称东京汴梁，战国以来多次建都于此，号称"八朝古都"，其中以北宋首都最为著名。作为"一代之文学"的宋词与开封结下了不解之缘，河南大学作为百年老校亦得益于宋词之都的"江山之助"，词学教育代有传承，同时也是词学研究的重镇。

一

　　公元960年，赵宋王朝建立，首都定为开封。在中国文学史上，词这种新文体迎来了新时代。宋词作为"一代之文学"，与词体在北宋的新变，以及北宋开封城市面貌的新变紧密联系在一起。

　　词体在北宋的新变，主要体现为慢词的异军突起。虽然词体成熟于晚唐五代，但当时流行的是小令，这是"诗客曲子词"的通行之体，由近体诗演变而来。直至北宋真宗、仁宗时期，从福建来到开封考进士的柳永，从胡夷里巷、教坊新腔以及前代宫廷曲调中整合出慢词新声。这种新声迅速风靡整个词坛，无论士人学子，还是市井小民，都竞相追捧，一举改变了小令一统天下的局面。从此慢词长调成为宋词的主流形态，宋词开始具有自身独特的风格和气派，与唐五代词相区别，宋词作为"一代之文学"方才实至名归。

　　北宋开封城市面貌的新变，也是促进词的创作不断走向繁盛的重要原因。开封堪称中国乃至世界第一个现代意义上的大都市。在北宋之前，中国的都市，如长安，出于安全的需要，同时受到经济的制约，实行坊市制。坊市制的主要特点是，城中有坊（里），坊有坊门，由官员和士兵把守。城中的居民居住于坊之中，包括歌伎在内的各行业人员分类聚集居住。夜晚城门、坊门关闭，城市实行宵禁，市民没有夜间的消费和娱乐活动，这就导致以夜生活为平台的歌伎活动受到极大限制,词曲演出的发展必然受到限制。

北宋初期经济快速发展,人口大量增加,坊市制逐渐遭到破坏,终至崩溃。宋仁宗时,开封城的坊市制实际已经取消。柳永的《看花回》描写了开封取消坊市制后的面貌:

> 玉城金阶舞舜干。朝野多欢。九衢三市风光丽,正万家、急管繁弦。凤楼临绮陌,嘉气非烟。 雅俗熙熙物态妍。忍负芳年。笑筵歌席连昏昼,任旗亭、斗酒十千。赏心何处好,惟有尊前。

这首词写出了一座不夜城的繁华景象:酒楼伎馆灯红酒绿,遍布全城大街小巷,通宵达旦。与音乐、美酒相伴的是歌伎,她们是酒筵歌舞中的主角。有文献证明,开封城歌伎的数量在宋仁宗朝之后猛增至数万,甚至超过十万。歌伎的数量直接关系着词曲的创作。一方面,词的传唱主要依靠接受过演唱训练的歌伎群体;另一方面,歌伎的日常演出需要不断推出新曲、新词。因此,庞大的歌伎数量客观地反映了词曲表演的繁荣。

柳永的《看花回》这首词,真实地记录了北宋开封的城市风貌,展现出中国城市的发展在一千年前已经达到了新的高度。这首词也昭示了方兴未艾的宋词,很快融入宋代富有商业气息和市民风味的城市生活方式中,最终达到了词体发展的最高峰。柳永生活的开封,无疑是一座发展迅猛、日新月异的繁华大都会。

慢词的兴起是宋词繁盛的内在因素,城市格局的变化则是宋词繁盛的外部因素。而这一切均发生在北宋的开封。词体在宋代达到了最高峰,北宋的开封是词体繁盛的起飞之地。

开封的宋词伟业启幕于南唐后主李煜的到来。北宋开宝九年(976),李煜以亡国之君的身份被送到开封,宋廷把他安置在都城西北,此地今称"孙李唐王庄",其实应该写作"逊李唐王庄",意为逊位的李唐王的居住处。值得一提的是,此庄与今日的河南大学金明校区仅有咫尺之遥。

李煜在开封的生活虽然尊贵,但实为阶下之囚,相传"终日以泪洗面",悲伤痛悔之下,他创作了许多感人至深的词作并流传于后世,如:"独自莫凭阑。无限江山。别时容易见时难。流水落花春去也,天上人间。"(《浪淘沙令》)"问君能有几多愁?恰似一江春水向东流。"(《虞美人》)"剪不断,理还乱,是离愁。别是一般滋味在心头。"(《相见欢》)清人冯煕也认为，北宋引领创作的晏殊与欧阳修等重要词人"靡不祖述二主"，"同出南唐"（《蒿庵论词》），足见南唐词人对宋代词风的影响。李煜在开封的幽禁生活虽然不长，但他的创作却能深入人心，对宋词的影响更为直接。

## 二

谈及河南大学作为词学教育和研究重镇的确立，应该提到龙榆生主编的《词学季刊》1933 年创刊号刊登的词坛消息，该消息历数当时国内各著名大学词学学科任教教授十数人，其中河南大学就有邵瑞彭、蔡嵩云、卢前三人。这三位教授均是当时词学界赫赫有名的人物，由此可见河南大学的词学教育和研究在当时大学教学乃至民国词学中的地位。

河南大学的词学教育颇有传统。在 1924 年 6 月河南中州大学（河南大学前身）《中州大学一览》中，《毕业标准暨课程说明》记载，中国文学系开设有"词曲"课程，课程纲要为"本课程选授纯文学文及关于文艺批评之著作，旨在养成学生于文艺有赏鉴及创作能力"。河南大学的"词曲"课程注重培养学生的鉴赏和创作能力。从其历年开设的课程来看，河南大学在全国诸大学中也是较早开设，并且十分重视"词曲"及其课程教学的大学。以其后来在"词曲"学上所取得的研究和创作实绩来看，河南大学也是确立了旧体诗词教学与研究传统的一所大学，这足以证明，河南大学在民国时期的大学词学版图中，占据着非常重要的地位。

据《河南大学校史》记载，1924 年，河南大学易名为河南中州大学，其国文系开设词曲课程，之后不久，国内词学名师竞相云集于此。

1930 年，国文学系开设"词选"课程，由缪钺讲授，时间为一年。

缪钺（1904～1995），字彦威，江苏溧阳人，著名词学专家。1924 年北京大学文预科肄业。缪钺先生的论文《论词》，提出词体特征为"文小""质轻""径狭""境隐"，成为词学经典表述。值得一提的是，缪钺先生在新中国成立后曾第二次来到河南大学中文系任教。

从 1931 年开始，邵瑞彭、蔡嵩云、卢前三位词学大师同时在河南大学任教。

邵瑞彭（1888～1938），一名寿笺，字次公，浙江淳安人。先后加入光复会、同盟会。曾当选国会众议院议员。邵瑞彭拜"晚清四大家"之一的朱祖谋为师，词学传其衣钵。先后任北京大学、北京师范大学、中国学院教授。应清史馆赵尔巽之邀，协修《清史稿·儒林文苑传》。1931 年，邵瑞彭受聘为河南大学中国文学系主任，从此寓居开封，直至逝世。

卢前（1905~1951），字冀野，别号饮虹。江苏江宁人。1922 年进入东南大学国文系，受教于民国词学大师吴梅先生。他曾出任国民参政会四届参议员，受聘在金陵大学、河南大学、暨南大学、光华大学、四川大学、中央大学等学校讲授词学、戏剧等。有《词曲研究》等著作多种，是民国时期著名的词曲学大师。

蔡嵩云（1891~1950 年后），名桢，字嵩云，号"柯亭词人"。江西上犹人。早年求学于两江优级师范学堂。著有《柯亭长短句》《柯亭词论》《词源疏证》《乐府指迷笺释》《作法集评唐宋名家词选》等。值得注意的是，蔡嵩云在河南大学执教时编著了《作法集评唐宋名家词选》。在此书《例言》中，他特意说明："本编为河大国文系《词选》讲稿，所选各名家词，以作法昭著可供学子取则者为准，故与其他选本微有不同。"篇末注明"民国二十二年癸未春日，蔡嵩云写于河南大学之西斋"。"西斋"即西斋房，位于今河南大学明伦校区主干道西侧，与东侧的东斋房遥遥相对，是国家级文物保护单位。

所谓名师出高徒，在三位大师的教导指引下，河南大学的学生中走出了著名的词学家杨易霖。

杨雨苍（1909~1995），字易霖，四川犍为县孝姑镇人。民国二十三年（1934）毕业于河南大学，不仅在河南大学学习词学，而且十余年追随恩师邵瑞彭。著有《周词订律》《词范》《紫阳真人词校补》《读词杂记》等。邵瑞彭曾为杨易霖《周词定律》作序云："犍为杨易霖，从余问故且十载，精研仓雅，尤通韵学，偶为诗余，能窥汴京堂奥。闻余言，爰有《周词定律》之作。书凡十二卷，专论清真格律，审音揆谊，析疑匡谬，凡见存词籍足供质证者，甄采靡遗；于同异之辨，是非之数，尤三致意焉。犹之匠石挥斤，必中窾栝；离俞纵目，弗失豪芒。羽翼前修，衣被来学。不惟美成之功臣，抑亦词林至司南也。"杨易霖音韵学功底深厚，以精于词律而闻名于词学研究界。

以上谈到的邵瑞彭、卢前、蔡嵩云三位词学大师具有一些共同的特点。

第一，他们的词学思想源于清代常州词派，从张惠言、周济、端木埰、"晚清四大家"，再到吴梅等词学家，可谓学有传承，积淀深厚。他们崇尚常州词派意内言外、比兴寄托的宗旨，强调意格与音律并重，尤其是对北宋周邦彦词的音律成就十分推崇，不仅加以总结研究，而且进行摹作、和作，细加体会。

第二，秉承传统，在词学教学过程中，理论与创作并重。早在20世纪20年代，河南大学的王履泰教授就创编《孤兴》《文艺》杂志，刊发河南大学文学院国文学系师生的研究论文和诗词作品。在缪钺任教时期，河南大学学生于1931年创立文学社团"心心社"，并创办文学半月刊《心音》，刊发师生的诗词作品。30年代，在邵、蔡、卢三位教授的指导下，河南大学师生成立了金梁吟社、梁园词社等词社，定期填词习作，选编《夷门乐府》杂志，刊发词作。

第三，重视词法，蔡嵩云编撰讲义《作法集评唐宋名家词选》，在自评部分侧重于讲论每首词的章法结构，揭示其作法脉络。蔡嵩云特意说明编选宗旨："所选各名家词，以作法昭著可供学子取则者为准。"这一点与词学课程重视创作是相一致的。

民国时期河南大学的词学教育研究，名师汇聚，先后来这里讲授词学的名家不胜枚举，诸如王履泰、段凌辰、李笠、胡光炜、朱师辙、缪钺、邵瑞彭、卢前、蔡嵩云、姜亮夫等。词社活跃，创作繁盛。河南大学作为词学重镇闻名遐迩。

## 三

从1952年开始，全国性的高等学校院系专业进行调整，调整后河南大学许多师资甚至学科，被调到国内其他院校，但中文系古代文学专业的师资随着一批名师的加盟反而有所增强。仅就在词学领域有所成就的名师而言，有三位有必要特别说明，他们是任访秋、高文、华锺彦。

任访秋（1909～2000），先后毕业于北京师范大学中文系和北京大学国学门研究所，新中国成立后终身任教于河南大学。任先生是古代、近代、现代文学研究的专家，尤其是在近代文学研究领域可谓泰山北斗。不过，任访秋先生在民国学界崭露头角却是在词学领域。

晚清民初，王国维的《人间词话》和胡适的《词选》相继出版，二书均体现出了"反传统"的思想观念，打破了清代中后期以来常州词派词学思想笼罩词坛的局面，产生了巨大的影响。任访秋先生敏锐地注意到王国维、胡适二人词学主张的相似性，于 1935 年的《中法大学月刊》第 7 卷第 3 期上发表《王国维〈人间词话〉与胡适〈词选〉》一文，指出："这两部书在近代中国文学批评史上占的地位太重要了，而两书的作者又都是近代中国学术界之中坚，故彼等之片言只字，亦莫不有极大之影响。自两书刊行后，近几年来一般人对词之见解，迥与前代不侔。王先生为逊清之遗老，而胡先生为新文化运动之前导。但就彼二人对文学上见地上言之，竟有出人意外之如许相同处，不能说不是一件极堪耐人寻味的事。"任访秋先生此文实是一个重大发现，即发现了民国新派词学的兴起，以及新派词学的思想源头。

高文（1908～2000），毕业于金陵大学中文系及国学研究班，词曲学师从吴梅先生，曾担任金陵大学中文系主任，新中国成立后调入河南大学中文系任教授。高文先生以唐代文学研究的成就享誉学界，他主编、撰著的《全唐诗简编》《唐文选》等获得了很高的声誉。高先生亦曾发表词学著述，其《词品》刊于《金声》杂志 1931 年第 1 卷第 1 期。其《词品》仿司空图《诗品》以及清人郭麔《词品》之例，以四言韵文形式概括词体风格五种。

（1）凄紧：芦花南浦，枫叶汀州。关河冷落，斜照当楼。白杨萧瑟，华屋山丘。试听悲笳，凄然似秋。风露泠泠，江天悠悠。银湾酒醒，残月如钩。

（2）高旷：神游太虚，包举八纮。万象在下，俯视众生。野阔沙静，天高月明。参横斗转，银汉无声。意趣所极，不可为名。如卧北窗，酒醒风轻。

（3）微妙：云敛气霁，独坐夜阑。遥听琴韵，声在江干。心无尘虑，始得其端。如临秋水，写影层峦。苹花渐老，菡萏初残。蓬窗秋雨，小簟轻寒。

（4）神韵：灵机偶触，忽得真旨。不名一象，自然随喜。婉约轻微，神会而已。即之愈远，望之似迩。白云在天，靡有定止。一曲琴心，高山流水。

（5）哀怨：文章百变，以情为原。潇湘听瑟，三峡闻猿。能不感伤，动其烦冤。秋坟鬼唱，旅谷朱门。缠绵悱恻，敦厚斯存。班姬之思，屈子之言。

用韵文形式撰写文学批评文字，尤其是用四言诗体形容词体风格，展现了高文先生的词学造诣和见识。

华锺彦（1906～1988），先后毕业于东北大学和北京大学，词学师从俞平伯，先后执教于东北大学、东北师范大学，1955年后终身任教于河南大学。华先生学术视野极为广阔，从《诗经》、汉魏文学，至唐诗、明清小说，无不深研，尤其在词曲研究领域备受学界推重。

华锺彦先生的《花间集注》于1935年由商务印书馆出版，是《花间集》最早的注本。著名词学家顾随先生作序。《花间集》是第一部文人词总集，乃百代词家之祖，对后世产生了深远的影响，成为后世词"当行本色"创作道路的典范。民国之前，《花间集》虽然版本众多，但其编集的目的都是为读者提供摹写的范本。《花间集注》却完全不同，它创造性地采用了解释词句、疏通意旨兼及鉴赏的新体式，开《花间集》赏析之先河，以教学和普及推广为目的，呈现出显著的现代大学教材的特征，具有文学经典普及的性质，成为民国时期新派词学在词籍注释领域的学术范本。华锺彦先生的《花间集注》是第一部具有现代学术性质的《花间集》注本，具有里程碑的意义。

以上三位教授具有颇多共同的特点。第一，他们均具有深厚的词学造诣，且均在民国时期已经在词学研究领域有所建树。第二，他们在新中国成立后先后来到河南大学，终身任教于此，且均担任过中文系主任、副主任的行政职务，在师生中享有极高的声望。第三，他们均为既博又专的学者，根据教学的需要在学术上曾涉猎多个领域，但又有自己的学术专长，具有很高的学术知名度。

四

民国词学分为新旧两派。所谓"旧派"，也被称为"体制内派"。"体制内派"的词学批评往往更注重词体的内在结构，讲究词体的学术规定性。旧派的学术渊源是由清代的常州词派传承而来的，大都是常州词派的传人，主要是"晚清四大家"及其弟子。所谓"新派"，也对应地被称为"体制外派"。新派的词学家大都受西方文艺思想影响较深，是一批新型的学者。他们受西方的教育思想浸润很深，多不以词学为主业。新派也被称为北派，主要是因为他们大都生活在北平和天津一带，如王国维、胡适、胡云翼、郑振铎、俞平伯等人。从新派词学的发展历史来看，王国维是启蒙者，胡适是奠基者，胡云翼是开拓者。从前后任教河大的词学教授的学术渊源来看，邵瑞彭、蔡嵩云、卢前、高文属于旧派；任访秋、华锺彦具有新派的色彩。以今天的学术眼光来看，无论旧派、新派，皆有可贵的学术理念和建树，皆是宝贵的词学教育遗产。河南大学今天以保有这样的遗产而自豪。

21 世纪以来，河南大学的词学研究又开辟了新的局面，词学研究稳步前行。邹同庆和王宗堂《苏轼词编年校注》（中华书局，2002）、孙克强《清代词学》（中国社会科学出版社，2004）、岳淑珍《明代词学批评史》（社会科学文献出版社，2014）、刘军政《中国古代词学批评方法》（人民出版社，2015）、陈丽丽《南宋孝宗时期词风嬗变研究》（中国社会科学出版社，2019）等著作的出版，显示出河南大学的词学研究薪火相传，步步坚实。

为了巩固和加强词学研究，在河南大学文学院的大力支持下，河南大学文学院词学研究中心得以组建，重新整合了词学研究力量，确定了三个研究方向：词学文献的整理与研究，词学批评史研究，词史研究。如今河南大学的词学研究具有显著的学术特色：文献与理论并重，以文献整理考辨为基础，以批评史、词史、学术史的建构为方向，以发扬传统、勇于创新为精神动力。这套"河南大学文学院词学研究中心词学研究丛书"的出版，是河南大学词学研究新的起点，展望未来，前途可期。

# 序 言

词学研究在宋代开始有了专门的著作，北宋后期，杨绘的《时贤本事曲子集》和杨湜的《古今词话》相继出现，这是早期的词学研究著作。虽然两书已经佚失，但从后人辑录的内容可以了解到，这两部书主要是收集与词相关的"本事"。资料的搜罗、甄别、收录，固然需要一定的学术眼光，但较之于后世的词学研究来说，只是刚刚起步。不过，宋代的许多词人并无词学著作，但对词的讨论却多有独到见解，其中以苏轼坚持创作个性的词"自是一家"说、李清照强调词体独立性的"别是一家"说影响最大。

词学研究在南宋更加活跃。南渡之初，王灼在《碧鸡漫志》中讨论了词的起源和历史演变，注意到词的家数和流派，提出词分"雅""郑"的说法[①]，延续了《诗经》以来，儒家对音乐文学进行道德评价的模式。随着词体的发展和词风的多样化，南宋词学研究开始关注词的创作技巧，于是考证之风兴起。考证既是一种学术手段，又能为填词者指示学习途径。词学理论的研究也引起了南宋人的重视，文论、诗论中的概念、范畴和批评方法不断被引入词学批评，赋予新的内涵。其中以张炎的《词源》成就最为突出，书中涉及词的乐律、题材、立意、风格、创作技巧、作家作品评价等问题，张炎最有影响的词学观点是推崇姜夔的"清空""骚雅"词风，排斥吴文英"凝涩晦昧"的"质实"之作。

金元词学成就有限，除了推崇苏、辛等人之论外，最为突出的思想，当属强调词应表达不加伪饰的"自然性情"。理学在元代影响渐大，对词论的影响也逐渐深化，元代后期出现了严厉批评"淫艳"之词，提倡词要遵循风雅比兴传统的"诗教"论倾向。

---

① 《碧鸡漫志》卷二云："或问雅郑所分。曰：中正则雅，多哇则郑。"（宋）王灼著，岳珍校正《碧鸡漫志校正》，巴蜀书社，2000，第 28 页。

明代是词史的低谷期，但是完成了大量的词籍文献整理工作，词的大量总集、别集、选本，都是因明代的刻印出版才能保留下来。词籍文献的整理，伴随着丰富的考证成果，为后世词学研究打下了深厚的文献基础。明代词学研究在理论方面也取得了一定成绩，影响较大的有：其一，明人对《花间集》和《草堂诗余》为代表的五代、北宋词风的反复讨论和确认；其二，吴讷、徐师曾对诗、词、曲三种文体的区分；其三，张綖对词体采用"豪放""婉约"的二分法；其四，杨慎模仿《诗品》作《词品》，以"诗词同工而异曲，共源而分派"的思想，析源分流，汇编历代词话的实践；其五，王世贞强调词"主情"而非"雅正"，体现了明代中后期"心学"左派影响下，文坛重绮、艳、俗的审美倾向在词学中的反映。

清代词学是词学研究的高峰期。清初主要延续了明末的词学思想，以云间词派为代表，重视南唐北宋，轻视南宋词。不过云间词人已经开始反思明词衰弊的原因，陈子龙认为"钜手鸿笔既不经意，荒才荡色时窃滥觞。且九宫既盛，而绮袖红牙不复按度，其用既少，作者自希，宜其鲜工也"。①在他看来，明词不振，一方面是填词者漫不经心，另一方面是戏曲取代了词的应歌功能，作者减少。对明词衰落的反思，开启了清代词学研究的道路。

杭州的西泠词人群、扬州的广陵词人群，在观念上延续了云间派推尊北宋，抑黜南宋的词学思想。但西泠词人推尊词体，高度评价豪放词，广陵词人倡导兼容并蓄，主张摒弃门户之见，认为豪放、婉约，可以分正变，但不应分优劣。这些词学思想，有许多闪光之处，标志着清初词学的探讨不断深入和丰富。

以嘉善为中心的柳洲词派起源于明代万历年间，前后延续近百年，词学思想上在明末认同云间词派的"言情寄托""以绮语写情思"等主张，但论词强调"性情"。入清后柳洲词人多疏离于清政权，创作上由闺阁转向田园，词风变艳丽为清雅，后归入朱彝尊领导的浙西词派。

清代词学发展的前期，阳羡词派和浙西词派影响最大。阳羡词派以江苏宜兴为中心，主要成员有陈维崧、史惟圆、徐喈凤、万树、曹亮武、蒋景祁等。陈维崧作为词派核心，他的词学思想具有代表性。第一，他认为文体不应分尊卑，以"为经为史""存经存史"肯定词的功能和价值；第

① （明）陈子龙：《幽兰草题词》，载冯乾《清词序跋汇编》，凤凰出版社，2013，第1页。

二，他主张作词应不拘一格，提升了苏、辛词的理论高度；第三，批评当时词坛的香弱之风，倡导雄深豪壮的"稼轩风"。万树作为阳羡词人，他的贡献在于编制了《词律》一书，不仅形成了成熟的编制词学律谱理论，而且明确了乐律失传情况下，应该如何填词的问题，为清词中兴做出了重要贡献。

浙西词派的根源是嘉兴梅里词人群，后来吸纳了柳洲词人群和西泠词人群，成为清代前期影响最大的词派，主导清代词坛百余年。浙西词派的主要人物，前期有朱彝尊、龚翔麟、汪森等，中期以厉鹗和王昶为代表的"吴中七子"影响最大，后期则以吴锡麒、郭麐和戈载为代表的"后吴中七子"，抗衡新兴的常州词派。浙西词派的基本主张非常明确，首先倡导南宋词，推尊词体，以姜夔、张炎词为学习典范，标榜"醇雅""清空"词风，视婉约词为正宗，贬低豪放词。当然，在浙西派延续的百余年间，词学思想被不断补充和扩展，为了推衍本派词学理论，浙西词派编选了《词综》系列词选，影响深远。

常州词派出现于嘉庆初年，张惠言、张琦兄弟为教授弟子，编选了一部《词选》。张惠言在《词选自序》中阐述了以下词学思想：其一，以"意内言外"界定词体；其二，以"风雅比兴"作为词的评价标准。根据这样的原则，张惠言选词不重流派，只看是否符合标准，无疑是词学观念的一次重大进步。周济继承发展了张惠言的词学思想，并使之发扬光大，取代了浙西派的词坛地位。周济的词学思想，最为重要的是"寄托出入"说和用"浑化"的至高境界推重周邦彦词，他的理论不仅使"意内言外""比兴寄托"的词学思想更具可操作性，也使周邦彦词的"浑化"，取代了姜夔、张炎的"清空""醇雅"，成为新的审美规范。

清代词学在清代后期，有较长一段时间是浙西和常州并存的，因此晚清词人的词学思想其实颇为复杂，如陈廷焯词学思想就有很明显的由浙入常的改变。但是晚清大多数有影响的词学家，如冯煦、谭献、王鹏运、郑文焯、文廷式、况周颐、朱祖谋等人，虽然论词观点不尽相同，但理论渊源，都无法脱离常州词派，他们也是清末坚持传统词学研究道路的重要代表。

传统词学研究被施议对先生视为"旧词学"，在清末民初走向终结，与之相对的"新词学"随之出现，标志是1908年王国维《人间词话》的出版。从此，词学研究进入新的历史阶段。《人间词话》虽然采用传统的词话形式阐发词学思想，但是王国维的思想中，吸收了西方哲学和美学的一些概念与理论，他对词学问题的讨论并不局限于词学，可以拓展到一般的文艺理论研究之中，如"境界说"就并不局限于词学领域，而是早已成为文学研究中的常用范畴。

"五四"之后词学研究的新老交替逐渐加快，随着新的文化群体步入词学研究领域，词学的研究对象和研究方法都在改变，如胡适强调用词体写作新诗，重视词的思想内容，不再重视词的声律。但是，坚持词学传统研究方法的学者也在探索研究道路，如吴梅就在重视传统研究的前提下，深化词学研究，他认为词在重视立意的同时，要重视声律和文字，甚至将南宋沈义父的《乐府指迷》作为词学指南。可见，这一时期在新老交替中，两种学术道路都在探索前行。

随着民国四大词学家夏承焘、唐圭璋、龙榆生、詹安泰走进词坛，词学的新旧之争，不再具有实际意义。这几位学者，并不局限于新旧的对立，而是以深厚的文献功力和宏阔的理论视野，奠定了现代词学研究的基础。龙榆生 1934 年发表于《词学季刊》第 1 卷第 4 号的《研究词学之商榷》一文，将词学研究的对象分为词史之学、词乐之学、图谱之学、词韵之学、声调之学、目录之学、校勘之学、批评之学等八个方面，标志着词学研究作为一个学术领域，完成了具有现代意义的专业门类划分，明确了现代词学研究的内容和方向。此后的几十年间，几代学者在词学研究的诸多领域不断拓展，积累下丰厚的研究成果。

词学研究进入当代以后，历代词学文献不断被发掘整理，随着新材料相继被发现，词学研究的领域获得持续拓展。与此同时，传统的研究方法和现代文学理论在结合中不断创新，如诠释学理论、接受学理论、原型理论、情结理论、时代场域理论、历史语境理论、生态美学理论等的使用，使词学研究不断产生新角度和新视点，然而这些理论主要取自西方文艺思想，运用于词学研究，或多或少总会出现一些生硬之处。本书的研究，就是在这样的背景下进行的学术探索，目的在于寻找一条既保持词学研究的传统，又具有创新意识的学术路径。

本书的研究基于以下逻辑和认识。首先，词学研究的基础是对文献的全面掌握和细致梳理。其次，审视文献中的理论思想和观点，需要借助适当的研究方法，如归纳法、演绎法、关键词法、焦点背景理论，还有传统的知人论世、以意逆志等。最后，研究的理论意义和美学价值需要确认，这也是本书认为学术研究需要达到的最终目的。词学作为学术研究的方向，只有研究成果具有理论意义，才能够推动词学研究不断深入。词是词学研究的文本和载体，只有确认研究对象的美学价值，才能够使词学研究始终保持在文学研究的正确轨道。

按照上述认识，本书主要研究了以下几个方面的问题，希望通过对这些问题的研究，形成和确认词学研究的路径。

第一，研究美学观念与词的关系问题。揭示词学研究对象的美学价值，发现美学观念在词史中的作用。将美学观念作为研究工作的落脚点，不仅能够疏解文本诠释的障碍，也有助于洞悉词体演变的内在动力。词虽然源于唐，盛于宋，但唐宋词与美学中的雅俗观念息息相关，探究雅俗，无法回避魏晋时代的美学思想，因此本书借助于探究"古雅"，认识"今俗"和"新俗"，进而认识魏晋玄学在现实基础上追求极致美的精神，这些对于深刻理解雅俗观念影响下词的演变，既是理论思想的准备，也是研究方法的探索。

第二，词学文献的整理、研究与使用问题。文献作为词学研究的起点，主要有两大类：第一类是已经校勘、考订、整理出版过的文献，此类文献可以直接使用，但是难以做出新的阐释。第二类是需要整理，甚至需要发现的文献，此类文献本身即存在学术研究价值，使用时需要辨别和考证。本书主要整理研究了第二类词学文献，具体涉及三个问题：其一，《草堂诗余》的明代版本问题。本书收集整理了各版本中的序跋，进而使用这些材料进行了明代词学思想的研究。其二，《古今词话》的考订与使用问题。既有词话的编撰者沈雄的交游情况考论，也有《古今词话》的文体、体例、价值和缺陷的研究。其三，清初豫东词人刘榛及其《董园词》的整理研究。在上述三类文献的整理和研究中，一方面围绕文献的搜集整理，由点及面，熟悉了涉及的相关文献；另一方面，发现和解决了新的学术问题，找到了学术研究的增长点。

第三，关于词的历史发展问题。厘清词的历史演进过程，是词学研究的重要支点。宋代词学的发展几经演变，影响因素多样，有政治影响下文人治国的基本政策，有经济发展推动下市民阶层的形成，也有文化教育普及下雅俗观念的嬗变，这些因素都不同程度地推动着宋词的发展。不同时期主流词人的创作特征同样决定着宋词发展的趋势，但是词风的重大改变，往往可以从个别词人的创作中，窥见变化的契机，本书关于黄庭坚和陆游的研究就是如此。

第四，关于词学理论与批评的问题。词学研究的着力点必然是词学理论和词学批评，理论在于阐释思想，批评在于做出评价。研究明代词学的衰落，从研究《草堂诗余》入手，发现明代文学思想中由于重视正统，不仅"文必秦汉，诗必盛唐"，而且词必五代、北宋，这就导致《花间集》和《草堂诗余》两部词选被看作词之正统，因而受到推崇，正是明代词坛对《草堂诗余》的过度重视，造成了明代词学思想的狭隘。研究清初词学，从沈雄的词学观念中，发现了他重视词学历史的演进，重视词体的独立，并且长于借助本事对词人进行褒贬，罗列同类材料进行词学重要概念范畴的考察。研究清初豫东词人刘榛，是考察理学背景作用下，一位地域词人的创作倾向和美学特征，以及这些特征形成的时代、地域和个体原因。

词学研究路径的探索与寻找，是本书形成的过程，这一过程其实只有起点，没有终点。在词学研究路径的探索与寻找中，文献使用、理论思辨、审美观察和研究方法的选择，融合成一条尚不成熟的学术路径。学术始终在路上，但是希望"众里寻他千百度，蓦然回首，那人却在灯火阑珊处!"

# 目　录

# 第一章  美学观念的探索与宋词演变

## 第一节  "古雅"之源及其审美内涵的宽与变

古雅作为一种审美观念，深刻地影响着中国古代的文学创作和批评。不同时期的不同文学流派，尽管创作实践和理论倾向各具特色，但审美表现中都或隐或显、或多或少地反映出崇尚古雅的思想。古雅观念逐渐凝聚成一种具有民族特征的审美意识，深度融合在中华民族的传统文化之中，广泛地影响着文学、绘画、书法、音乐、雕塑等各个艺术领域。

古雅在文学研究中，一般作为审美范畴使用，为了准确使用这一范畴，自王国维以来，对它的讨论持续不断。王国维在其《古雅之在美学上之位置》一文中，提出了"古雅说"，他定义"古雅"为"形式之美之形式之美"，但有学者指出，这种看法并非从审美角度，而是从艺术创造角度立论①，因此王国维的观点虽然影响较大，但对于"古雅"的理解，还需从审美视角做出更深入的探究。陈梦熊的《"古雅"论》一文，整合了王昌龄、沈义父、张炎、谢榛、王国维等人关于古雅的认识，在分析了他们在文学批评中对"古雅"的使用后得出结论，认为古雅并非一个稳定的概念。② 闫峰的《古雅在中国美学上的位置》一文，认为"古雅"一词在我国传统的诗学、书学、词学、画学等文艺领域有着广泛应用，他对中国传统文艺美学领域中"古雅"的范畴进行了梳理与分析后，指出"古雅"具有超越性、人文性和气韵深远等核心内涵。③

以上观点代表了目前学术界对于"古雅"的基本认识，虽然不乏真知

---

① 孔令伟、吕澎：《中国现当代美术史文献》，中国青年出版社，2013，第 8 页。
② 陈梦熊：《"古雅"论》，《武汉理工大学学报》（社会科学版）2019 年第 2 期，第 132 页。
③ 闫峰：《古雅在中国美学上的位置》，暨南大学硕士学位论文，2012。

灼见，但仍然缺乏对"古雅"根源的全面认识，对于"古雅"的内涵是否稳定，是否会因时代改变，以及如何认识"古雅"的审美实质等问题，仍然存在探讨的空间。因此，研究古雅观念形成的原因，揭示古雅观念的审美内涵及其变迁，对于更准确地在文学批评中做出审美判断具有重要的学术意义。

## 一 中国传统文化中"尚古"观念的表现

尚古是中国文学乃至中国文化所具有的一个显著特征。无论是中国古代文学，还是中国古代的音乐、绘画、书法、雕塑等艺术形式，都在不断地创新中秉承着一些艺术传统，代代相承，其中"尚古"就是一个突出的现象。对古代的推崇，表现虽然多样，程度却有不同，具体以"奉古""崇古""复古""拟古"等方式呈现，"尚古"可以视作贯穿中国古代文艺思想发展的一条主线。

孔子称自己"述而不作，信而好古"①，荀子继承了孔子的思想，以"生今之世，志古之道"② 引以为豪。汉代古风更炽，王充曾批评过当时的崇古风气，"夫俗好珍古不贵今，谓今之文不如古书"。③ 可见，汉代"尚古"已成社会风气。魏晋时期，"尚古"之风为之一变，以复古的面貌出现，出现了大量四言诗，在诗歌题材和主旨上以模拟《诗经》为主，创造出拟经诗、补亡诗、拟《诗》诗等三种类型的作品，魏晋诗坛在艺术上对如何继承《诗经》的风雅传统进行了集大成式的探索，在中国文学史上起到了承上启下的作用。④ 唐代陈子昂开始的复归风雅，延续和发展了魏晋复古之风，在创作上转向复兴儒家古道，以风雅为旨归，"思古人，常恐逶迤颓靡，风雅不作"。⑤

唐代以后的尚古风气在承袭中，多有变化。宋代的文学复古和儒学复兴统一在一起，以恢复和绍述儒家文化思想为明确主题，因而形成了"评

---

① 《论语·述而》，载杨伯峻《论语译注》，中华书局，1980，第 70 页。
② 《荀子·哀公》，载《荀子新注》，中华书局，1979，第 496 页。
③ 《论衡·案书篇》，载（东汉）王充《论衡》，上海人民出版社，1974，第 440 页。
④ 刘运好等：《论魏晋经学与文学复古之风》，《南京师大学报》（社会科学版）2013 年第 5 期，第 121 页。
⑤ （唐）陈子昂：《修竹篇·并序》，载《陈子昂集》，上海古籍出版社，2013，第 16 页。

文必古""今不胜昔"的观念，朱熹在这方面堪称代表，他曾讨论过诗歌的
演变：

> 亦尝间考诗之原委，因知古今之诗，凡有三变。盖自书传所记，
> 虞夏以来，下及魏晋，自为一等。自晋宋间颜、谢以后，下及唐初，
> 自为一等。自沈、宋以后，定着律诗，下及今日，又为一等。然自唐
> 初以前，其为诗者固有高下，而法犹未变。至律诗出，而后诗之与法，
> 始皆大变，以至今日，益巧益密，而无复古人之风矣。故尝妄欲抄取
> 经史诸书所载韵语，下及《文选》汉魏古词，以尽乎郭景纯、陶渊明
> 之所作，自为一编，而附于三百篇、《楚辞》之后，以为诗之根本准
> 则。又于其下二等之中，择其近于古者，各为一编，以为之羽翼舆卫，
> 其不合者，则悉去之，不使其接于吾之耳目，而入于吾之胸次。要使
> 方寸之中，无一字世俗言语意思，则其为诗，不期于高远而自高
> 远矣。①

朱熹认为诗歌在魏晋以前传承有序，保持着传统，此后在不断变化中，
创作每况愈下，到宋诗已经"无复古人之风"。在他看来，提振诗歌创作的
办法只有复古一条路可以走，必须完全摒弃当代语言入诗，"要使方寸之
中，无一字世俗言语意思"。由此可知，宋代诗坛的理论和创作尽管取得了
很高成就，但从复古方式上看，仍然坚持对传统的继承，主要体现在三个
方面：一是内容上强调儒家道统的弘扬；二是语言上崇尚平淡质朴；三是
体裁上重视古体诗。

金元之际，北方诗坛在元好问的开端下，同样崇尚复古之风，基本主
张表现为强调儒家"文道合一"的诗歌传统，代表人物许衡、姚遂、郝经
等，都有这方面的创作实践。到了元末，以杨维桢为首，主张"力复唐
音"，走向"宗唐复古"的道路，古体乐府诗的创作一时成为风气。

明代中叶，复古思潮再度高涨，前后七子"文必秦汉，诗必盛唐"，从
复古走向拟古，对明代文学产生了深刻影响。同时，明代词坛推崇以《花
间集》和《草堂诗余》为代表的唐五代和北宋词，本质上也是复古，由于
取径狭窄，造成词坛弊端丛生。

---

① （宋）朱熹：《答巩仲至》，《朱子全书》第 23 册，上海古籍出版社、安徽教育出版社，
2010，第 3095 页。

清代初期，复古成为一个具有争议的话题，由明入清的一代文人把明代文坛的复古风气带入清代，如云间派宗尚前后七子的复古思想，诗歌创作追步盛唐，认为宋诗衰敝，不值得学习，从而成为清代诗坛唐宋诗之争的开端。诗歌之外，清代文学、艺术等各个领域都存在复古思想，但是清代复古思想反映的是中国传统儒家文化以古为尚的历史观，复古只是一种外在的表现形式。清人的复古，本质上是在追求文艺的"新变"，希望借助复古，寻求在文学和文化上，推动符合时代需求的变革。

纵观历代复古思潮，虽然主张各异，但大都以崇古、复古、拟古为荣，具有相同或相似的尚古本质。尚古，以古为美，遂逐渐强化为中国传统美学的一个基本观念，而这一观念的产生、发展与完善，由中国古代特有的文化基础、历史背景和社会现实所决定。

中国文化的基础一般都会追溯到先秦，对后世影响巨大的儒、道两家均产生在这个时代。汉代学者，大力弘扬和发展了儒、道两个学派的理论，使之从诸子百家的学说中脱颖而出，此后中国的思想、学术和文化都深受影响。汉初官方思想中的黄老之术就源自道家，对汉代"休养生息"政策的制定产生了影响。到汉武帝时代，董仲舒提出"罢黜百家，独尊儒术"的主张，得到官方支持，从而奠定了儒学在中国2000年的统治地位。然而道家学说的影响力依然不容忽视，在与儒家学派的长期对立中，相互依存、借鉴和融合。

儒家的文化传统是尚古的。孔子十分向往古代的政治制度，对弟子影响极大，有子曾阐发孔子的思想："礼之用，和为贵。先王之道，斯为美。"① 崇仰"先王之道"，是儒家尚古的传统。不仅如此，孔子对古代的器物、乐舞都十分推崇。《论语》中有一段记载："颜渊问为邦。子曰：'行夏之时，乘殷之辂，服周之冕，乐则《韶》《舞》。'"② 孔子解答弟子如何治理国家的疑问，竟然只是说要使用夏朝的历法，坐着商朝的车子，戴着周朝的帽子，至于音乐要用舜的《韶》乐和周武王的《舞》乐。孔子表面上是谈日常生活，但我们却可以看到孔子对古代礼乐制度的崇敬。

孔子之后，孟子、荀子继承了儒家传统。孟子在阐述自己的政治主张时往往搬出古人，如："古之人与民偕乐，故能乐也。"③ 而荀子则更是以复

① 《论语·学而》，载杨伯峻《论语译注》，中华书局，1980，第8页。
② 《论语·卫灵公》，载杨伯峻《论语译注》，中华书局，1980，第173页。
③ 《孟子·梁惠王上》，载杨伯峻《孟子译注》，中华书局，2008，第3页。

古而著称，《荀子》一书的基本倾向就是今不如古、古比今好。他曾说："故齐之技击不可以遇魏氏之武卒，魏氏之武卒不可以遇秦之锐士，秦之锐士不可以当桓、文之节制，桓、文之节制不可以敌汤、武之仁义。"① 《荀子》中此类表述比比皆是，清楚地反映出荀子崇古的思想。

汉代以后，儒家思想的统治地位得到确立，于是尚古观念逐渐渗透和融入中华文化的各个方面，文学中的体现尤为深刻。从荀子开始的"原道""征圣""宗经"思想，被一代代后世文人所标榜、继承、阐发、传衍。

除了文化和历史因素外，社会现实对文学中尚古观念的强化也不容忽视。分析每个时代的复古思潮，发现存在共同特点，或者是社会风气尚新、尚俗，或社会出现危机。于是知识阶层希望通过复古，以"文统"的回归复兴儒家"道统"，如中唐以韩愈、柳宗元为首的古文运动，北宋诗文革新，南宋"复雅"运动，明代前、后七子的复古浪潮等。这些复古运动以复兴古代文统为手段，为达到实现儒家理想政治主张的目的，具有明显的功利性，然而值得注意的是，在复兴古代文统的过程中，往往蕴含着对古典审美理想的追求。

儒家尚古传统及儒家在政治上的正统地位，对历代知识分子形成尚古的心理定式起到了决定性的作用。然而道家作为中国传统思想的另一重要源头，影响从未失去，道家强调天然美的思想在魏晋以后，受到知识分子的普遍青睐，尚古观念的内涵也有了极大扩展。

道家同样好古，但和儒家的旨趣不同。儒家所好是对传统的保留和继承，是对理想化的古圣先王之道的追慕。而道家对"古"有着独特的理解，道家的尚古，是在追求原始自然之美和探寻宇宙本体中体现出来的。《老子》八十章："小国寡民。……使民复结绳而用之。甘其食，美其服，安其居，乐其俗。邻国相望，鸡犬之声相闻，民至老死，不相往来。"② 对这段话有诸多理解，但根本上反映了老子追求原始自然社会状态的复古倾向。其实，老子的观念中有着独特的审美认识，他强调"大巧若拙，大辩若讷"③，古拙朴讷是老子欣赏的美学境界。老子对古的认识还体现于他对"道"的阐释："道可道，非常道；名可名，非常名。无，名天地之始；有，

---

① 《荀子·议兵》，载《荀子新注》，中华书局，1979，第234页。
② 《老子》八十章，载陈鼓应《老子今注今译》，商务印书馆，2003，第345页。
③ 《老子》四十五章，载陈鼓应《老子今注今译》，商务印书馆，2003，第243页。

名万物之母。"① 他用 "道" 来揭示一切的本源，用 "无" 名天地的本始，用 "有" 名万物的根源，可见，他的理论根基是建立在亘古的万物之初的。

道家另一位重要人物庄子赞同老子的尚古倾向，《庄子》中记载了孔子和老子的一段对话，"老聃曰：'吾游心于物之初。'"② 对于老子的 "初心" 思想，庄子是认可的，表明他同样赞同尚古精神。

儒家的尚古，反映的是一种世俗的伦理观念，有助于建立古今传承、长幼有序的社会秩序。道家的尚古，体现了对 "道" 的本源追寻，是崇尚自然的审美追求，对于拓展传统文化中的思维深度和美学精神意义不凡。儒、道两家的学说和观念虽然存在差异，但在尚古这一点上却殊途同归，因此，儒、道两家在中国文化传统的形成中共存互补，使尚古精神逐渐沉淀为中国文化精神的重要构成部分。

## 二 中国美学思想中的 "雅" 及其观念化

在中国传统文化观念中，尚雅与尚古同样重要。虽然无法确定 "雅" 在何时出现，但《周礼·春官宗伯下》已经明确了大师传授《诗经》的 "六诗"："教六诗，曰风、曰赋、曰比、曰兴、曰雅、曰颂。"③ 诗作为西周贵族接受系统教育的内容之一，明确出现了 "雅" 诗。可见 "雅" 在当时应该由来已久，春秋时孔子修订《诗经》，保留了诗的传统分类，也表明了 "雅" 在当时已经深入人心。那么西周时 "雅" 的内涵是什么，有必要首先弄清楚。

《说文解字》中对 "雅" 如此解释："楚乌也，一名鸒，一名卑居，秦谓之雅，从隹，牙声。"④ 原来 "雅" 本是一种楚地的鸟，在秦地被称为 "雅"。近人章炳麟进一步解释说："雅" 即 "鸦"，古代同声，发 "乌" 音，此为秦地特殊的声音。由于秦地是周朝王畿之地，"雅" 声即成为王畿之声，王畿为国家的中心，有正统之义，"雅" 声也就被赋予了 "正" 声的

---

① 《老子》第一章，载陈鼓应《老子今注今译》，商务印书馆，2003，第73页。
② 《庄子·田子方》，载陈鼓应《庄子今注今译》，商务印书馆，1983，第539页。
③ （汉）郑玄注，（唐）贾公彦疏《周礼注疏》卷26，上海古籍出版社，2010，第880页。
④ （汉）许慎：《说文解字》，天津古籍出版社，1991，第76页。

含义，类似于如今的普通话标准发音。亦有学者训"正"为"疋"。① 《说文解字》如此解释"疋"："古文以为诗大疋字，亦以为足字，或曰胥字，一曰疋，记也。"这里的"诗大疋"即"诗大雅"。实际上，"雅"在后来确实专指"乐"之"正"者。《毛诗序》云："雅者，正也，言王政之所由兴废也。"朱熹亦云："雅者，正也，正乐之歌也。"② 所谓"正乐之歌"，就是《诗经》大、小雅。

由音韵上追溯，"雅"则与"夏"相通。梁启超在《释"四诗"名义》中对此有独到见解：

> "雅"与"夏"古字相通，《荀子·荣辱》篇："越人安越，楚人安楚，君子安雅。"《儒效》篇则云："居楚而楚，居越而越，居夏而夏。"可见"安雅"之雅即"夏"字。荀氏《申鉴》、左氏《三都赋》皆云："音有楚夏"，说的是音有楚音、夏音之别。然则风雅之"雅"，其本字当作"夏"无疑。《说文》："夏，中国之人也"，雅音即夏音，犹言中原正声云耳。③

梁启超的分析至少使我们明确了两点：第一，雅即夏，指中原之地，为王畿所在；第二，雅音即夏音，为王畿之音。正是因为"雅"所具有的"王畿"属性，才使得一切与雅相连的艺术形式都具有了正统与高贵的品性，成为艺术创造者追求的典范。

春秋时期，"礼崩乐坏"，孔子一方面广收门徒，一方面整理古代典籍，经过一生努力，夏、商、周三代以来的文化传统得以复兴。对此，《论语·子罕》有记载："子曰：'吾自卫反鲁，然后乐正，《雅》《颂》各得其所。'"④ 孔子的思想与学说遂成为儒家正统的根源，而雅正也成为儒家所倡导的美学标准。

随着时代的变化，"雅"的观念不断发展，人们对"雅"的认识也更为

---

① 陈鸿祥：《论王国维的"古雅说"》，《上海师范大学学报》（哲学社会科学版）1983 年第 3 期，第 51 页。
② 《诗集传·小雅注》，载（宋）朱熹集注，赵长征点校《诗集传》，中华书局，2011，第 129 页。
③ 梁启超：《释"四诗"名义》，载《梁启超全集》第 17 册，中国人民大学出版社，2018，第 402 页。
④ 杨伯峻：《论语译注》，中华书局，1980，第 97 页。

全面，首先表现出来的就是"正雅""变雅"的区分。在汉代出现的《诗大序》中，《诗经》中的许多作品被冠以"变风""变雅"之名。变风、变雅，指王道之衰的作品，与之相对的正风、正雅，指王道之兴的作品。

《诗经》中的作品出现时，并没有正、变观念，雅相对于风就是正的，当后人推崇《诗经》为经典，雅、风都成了"雅"的作品后，为了区分作品的差异，才有了变风、变雅之说。正、变的观念产生以后，也发展成为文学批评的一个标准。

所谓"正"，一般是指符合儒家道德规范的作品；所谓"变"，则是那些对儒家道德规范有所突破，或融入了别家思想的作品。变，有变而不失其正者，亦有变而失其正者。变而不失其正，意味着对于儒家传统，在继承的基础上结合时代特点进行了发展，历代持复古之论者大多可归于此类。变而失其正，则意味着对儒家传统的背离，甚至走向了儒家的反面。

"雅"的观念是不断发展和深化的，在正与变的交锋中不断得到强化。中国历代知识分子，无论其思想倾向如何，都有对雅的追求，避俗求雅的观念逐渐植根于历代文人的思想深处，为人温文尔雅，诗文醇正典雅，成为知识阶层自觉的修养和创作标准。

文学作品的"雅"有不同表现，然而在创作中使用典故，则是文人求雅的基本手段，于是任何文体的发展，在文人手中走向成熟时，都开始大量使用典故。赋、骈文、诗、词、曲、散文等文体都存在这种现象，用典也成为提升作品"典雅"品格的惯常做法，刘勰曾以"据事以类义，援古以证今"① 谈论对用典的看法。典故大都来自古代的经典作品，用典可以增强语言的表达力，启发读者的联想，更重要的是使作品产生含蓄蕴藉之美，这自然而然地成为诗文求雅的重要方法。

用典的风尚可上溯至《诗经》《楚辞》，如"先民有言，询于刍荛"② "接舆髡首兮，桑扈臝行"③ 二句皆有用典。到了汉代，用典之风大盛，辞赋家们多以征引典故为乐事。魏晋南北朝，用典之风愈炽，极大影响了后世诗文。唐人喜用典者甚多，著名者如韩愈、李贺、李商隐等。至宋代，经苏轼"以才学为诗"的倡导，到黄庭坚把用典又向前发展了一大步，他曾说："自作语最难。老杜作诗，退之作文，无一字无来处，盖后人读书

---

① （梁）刘勰著，黄叔琳等注《增订文心雕龙校注》，中华书局，2000，第472页。
② 《诗经·大雅·板》，载程俊英《诗经注析》，中华书局，1991，第843页。
③ 《楚辞·九章·涉江》，载聂石樵注《楚辞新注》，商务印书馆，2004，第94页。

少，故谓韩、杜自作此语耳。古之能为文章者，真能陶冶万物，虽取古人之陈言入于翰墨，如灵丹一粒，点铁成金也。"① 此后，从南宋"江湖派"诗人到明代前后七子以至于清代古文、诗词，均以用典为作文、写诗、填词的不二法门。

"雅"在历史的审美积淀下逐渐成为人们的一种观念，成为知识阶层的一种自觉追求，即使是一些擅长通俗创作的文人，也会在不经意间流露出"雅"的修养，写出"雅"的作品。比如柳永，以俗词著称于世，但也不乏雅作。② 赵令畤的《侯鲭录》卷七有如下记载：

> 东坡云："世言柳耆卿曲俗，非也。如《八声甘州》云：'霜风凄紧，关河冷落，残照当楼。'此语于诗句，不减唐人高处。"③

由于儒家文化的长期影响，儒家对雅的认识，逐渐内化为中国古代文人的一种价值追求。

中国古代的知识阶层，无论对待政权还是文化思想，历来以维护正统为己任，"雅"本身具有"正"的内涵，因此"雅"在中国传统美学中，逐渐成为一种最为重要的审美观念，求雅成为文艺创作的主要审美方向。即使世俗的欣赏趣味在许多历史时期倾向于浅、俗、艳、侈，许多文人也会迎合世俗而创作，但他们受到的正统儒家教育，始终作用于他们的审美观念，使他们仍然会创作出"雅"的作品。

## 三 宗法社会背景下的"古雅"与"古俗"

尚古与求雅是中国传统文化中两种联系紧密的思想观念。随着文化的传承与发展，古和雅逐渐融为一体。钟嵘在《诗品》中称赞应璩："善为古语，指事殷勤，雅意深笃，得诗人激刺之旨。"④ 又指出颜延之虽有不足，但优点依然突出："又喜用古事，弥见拘束，虽乖秀逸，是经纶文雅才。"⑤ 这些评语传递出的信息非常值得注意，钟嵘在肯定应璩和颜延之时，古与

---

① 《答洪驹父书（二则）》，载蒋方《黄庭坚集》，凤凰出版社，2014，第293页。
② 孙克强：《"柳俗"新论》，《河南大学学报》（社会科学版）2000年第6期，第59页。
③ （宋）赵令畤：《侯鲭录》，中华书局，2002，第183页。
④ （梁）钟嵘著，陈延杰注《诗品注》，人民文学出版社，1961，第35页。
⑤ （梁）钟嵘著，陈延杰注《诗品注》，人民文学出版社，1961，第43页。

雅并举，二者的关联十分明确，以古为雅，雅以古显，古雅开始结合，可以说，古雅作为一种融合后的观念已经初步萌芽。

古雅观念的产生并不是"尚古"思想和"求雅"偏好的偶然结合，它有着深刻的社会根源。在中国古代农耕文明的文化背景下，重视宗族有序传承的社会伦理，造就了重视文化继承的民族心理，从而形成了对先祖的崇敬，对正统的维护，对古代文化的崇尚。因此，古雅观念的形成是中华民族文明自然发展的产物。

中国是一个传统的农业国家，早在大约 6000 年前，中国的先民们就逐渐定居下来，开始从事农业生产。农业社会的特点要求农民固守在土地上，只有这样才能保证社会安定和经济发展，于是适应这一社会特点的宗法制度逐渐形成。早在夏、商时代，宗法制度就开始萌芽和发展，到西周已经趋于成熟和完备。宗法制度以血缘关系为基础，是治理和稳定农业社会的有效手段，中华文明因此打上了宗法社会的深刻烙印。

宗法制度是一种以嫡长子继承制为核心的宗族制度，《礼记·大传》有这样一段记载：

> 自仁率亲，等而上之至于祖。自义率祖，顺而下之至于祢。是故人道亲亲也。亲亲故尊祖，尊祖故敬宗，敬宗故收族，收族故宗庙严，宗庙严故重社稷，重社稷故爱百姓，爱百姓故刑罚中，刑罚中故庶民安，庶民安故财用足，财用足故百志成，百志成故礼俗刑，礼俗刑然后乐。[①]

宗法制度的基本精神是确立嫡庶亲疏的"亲亲"关系，它把天子、诸侯、士大夫之间的上下关系，由权力的控制转变为血缘的联结，这样就使政治关系和血缘关系相互叠加，政治上的"忠"和亲情上的"孝"也就不可分离。历代统治者提倡孝道，以孝治天下，根本用意就在于凭借对宗族家长权威的尊重，强化君权的至高无上。

严密的宗法社会体系，以孝立身治国的社会准则，必然产生尊敬祖宗的伦理观念，而尊敬祖宗的观念推衍到政治上就体现为先王崇拜。这种观念在商、周已十分流行，从《诗经》雅、颂中的许多篇章，就能够看出对

---

① 王文锦：《礼记译解》，中华书局，2016，第 436 页。

祖先的崇拜。"天命玄鸟，降而生商"① "文王在上，於昭于天"② 等就代表了这种观念，随着文化的发展，特别是儒家思想在汉武帝时成为官方意识形态，这种观念不断被历代统治阶层所强化，成为维护社会秩序的重要统治手段。

宗法制度的发展促使社会心理逐渐指向对先祖和正统的认同，导致了人们在观念上形成了古就是美的自然反映，这是"古"具有审美意义的根源，也是"古"和"雅"相结合，形成"古雅"观念的重要原因。

古雅观念的形成还与中国独特的文化背景密不可分。如前所述，孔子开创的儒家学说，后来成为中国 2000 多年封建统治的正统思想，其在政治、伦理、道德、文化上完整的尚古、尚雅观念，极大影响了中华民族心理特征的形成。在覆盖整个社会的儒家思想长期影响下，中国古代知识阶层自然而然地形成了一种追寻古人、推崇古代作品的风尚，根植于内心深处的宗法观念，使他们在尊敬现世师长之外，还非常注重文化传承的溯古寻源，在思想学术上要延续"道统"，在文学创作上要追寻"文统"，在艺术流派上要继承"家法"和"师传"，这一切的表现则必然具体化到对古代学术和作品的向往和推重。

在每个历史时期，被选择出来的前代经典作品，都有实际意义。古代的作品不断经过历史选择，流传下来的多为精品，有的作品体现了人类的特定情感体验，有的作品具有启迪人心的深刻哲理，有的作品描绘了古今同一的自然美景……通过阅读和学习这些作品，在创作中或自觉或不自觉地进行模仿和创新，推动着文学艺术的不断发展和进步。

文学创作追求古雅，文学批评也有这样的倾向，历代文论家在比较古今创作时，经常以古雅作为标准衡量作品的优劣。不同时代的作者，创作使用的文体和文风都会因人而异，但是文体与时代风气的结合，也会表现出独特的时代风貌，如《诗经》之质朴、楚辞之瑰奇、汉魏之高古、六朝之秾丽、盛唐之雄浑等，均是如此。这些不同时代独具特色的创作倾向，可能都是文论家品评作品的依据，但文论思想中崇尚古雅的精神内核很少发生改变。

古雅的追求还与古代作品数量的有限性与不可复制性有关。在古代，

---

① 《诗经·商颂·玄鸟》，载程俊英《诗经注析》，中华书局，1991，第 1030 页。
② 《诗经·大雅·文王》，载程俊英《诗经注析》，中华书局，1991，第 746 页。

由于文献制作、保存和传播手段的限制，能够妥善保留下来流传后世的作品不断减少，造成古代作品逐渐稀少。由于稀缺，虽然一些古代的作品在当时可能并不出色，但是能够流传到后世，就会显得弥足珍贵。这种作品本身已不再是一个纯粹的作品，它已经成为时代文化的代表和象征，体现了文明的凝聚，在文化传承上具有极高的价值，尤其是在一个重视传统的民族心目中，其地位无可替代。再者，从古代流传下来的作品，可能是特定的实物，如古字画、古书籍，本身就具有珍贵的文物价值。

传统观念中有一种视古为雅、以古为雅的倾向，虽然这种倾向在特定的历史阶段会被否定和打破，比如明代后期泰州学派影响下的"心学"左派对复古之风的反拨，"五四"时期对旧文学的批判，但是从整个文化史和文学史的发展来看，崇古、尚雅的观念很难动摇。

然而古者是否一定皆雅，是否存在古而俗的作品，同样值得注意。古而俗的作品当然存在，只是论者较少，主要原因在于古俗的作品流传下来的相对较少，很少被人重视。古俗之作，大多是文艺作品中不登大雅之堂的作品。许多过于俚俗粗鄙的作品，即使流传至今，也难以改变社会对其本质的认识。

"俗"，《释名》解释为："俗，欲也，俗人之所欲也。"《说文解字》解释为："俗，习也。"俗的内涵大致包括 3 个方面：其一，它是人的本能欲望及爱好的体现；其二，由于人的本能具有普遍性，所以俗又体现为一种群体性的欲望与爱好；其三，由于俗的群体性及普遍性，导致了其定型化，进而使其具有传承性和衍续性。①

俗的作品，一般来说，体现为对受众需要的迎合，其形式通俗，内容直白，缺乏阐释的空间。这一类作品常被文人雅士排斥，因此创作数量虽远远胜出高雅作品，流传也广，但不受重视，湮灭也快，能够保留下来的作品，也往往成为后人批评的对象，在批评声中代代流传。北宋柳永的俗词堪称历代俗作典范，宋人指责他的就很多，后代也并不因为时过境迁而视之为雅，清人陈锐就说："屯田词在小说中如《金瓶梅》。"② 清楚地表明俗作并不一定因时代久远而变成雅作。与柳永形成鲜明对比的则是苏轼，北宋时对苏词的诟病曾经声势汹涌，陈师道曾说："退之以文为诗，子瞻以

---

① 孙克强：《雅俗之辨》，华文出版社，1997，第 9 - 10 页。
② 陈锐：《裒碧斋词话》，载唐圭璋《词话丛编》，中华书局，1986，第 4198 页。

诗为词，如教坊雷大使之舞，虽极天下之工，要非本色。"① 然而后世之人则多肯定苏词的高雅，这是因为苏轼的词风突破了当时人们对词的认识，题材文字并不低俗。可见，古代的作品经过历史的筛选后，雅者自雅，俗者自俗。

## 四　"古雅"审美内涵的宽意性与变意性

古雅观念形成后，即成为一个审美范畴，用来对作品进行审美衡量。中国古代评价绘画、书法、文学作品，普遍以古雅作为判定高下的标准。司空图的《二十四诗品》中有"高古""典雅"，袁枚的《续诗品》中有"安雅"，黄钺的《二十四画品》中亦有"高古"，杨景曾的《二十四书品》中已明确出现了"古雅"。

古雅之所以受到历代文艺批评的重视，被普遍用于衡量文艺作品的艺术表现，不仅在于"古风""古韵"给人带来了独特的审美享受，更为重要的是，"古雅"本身已经成为一种审美意识。这种审美意识在中国的文化环境中，内涵得到不断丰富，最终成为一种具有宽意性和变意性特征的审美认同。

古雅的审美内涵，首先具有宽意性，这是因为古雅不仅具有人工美的特性，也具有天然美的特性。古雅蕴含的人工美，来自儒家传统的温柔敦厚、中和之美。《论语》云："《关雎》，乐而不淫，哀而不伤。"② "尔舜！天之历数在尔躬，允执其中。"③ "礼之用，和为贵。"④ 这些观点中蕴含的思想，都是儒家对中和之美的大力提倡。

中和之美既具有人工的修饰，又蕴含着自然本质，其极致是作为人工美最高境界的"巧夺天工"。"巧"是人工的高超技艺，"天工"则是自然造化的神奇。对中和之美的追求，体现了一种积极进取、孜孜以求的精神，既符合儒家政治上入世的主张，也符合儒家以教化为手段，塑造士人优良品性的精神。儒家的教化十分重视审美教育，诗和乐是儒家弟子必须学习的内容，《论语》中记载了孔子的谆谆教诲："小子何莫学夫诗？诗，可以兴，可以观，可以群，可以怨。"⑤ "女为《周南》《召南》矣乎？人而不为

①　陈师道：《后山诗话》，载（清）何文焕《历代诗话》，中华书局，1981，第309页。
②　《论语·八佾》，载杨伯峻《论语译注》，中华书局，1980，第31页。
③　《论语·尧曰》，载杨伯峻《论语译注》，中华书局，1980，第220页。
④　《论语·学而》，载杨伯峻《论语译注》，中华书局，1980，第8页。
⑤　《论语·阳货》，载杨伯峻《论语译注》，中华书局，1980，第196页。

《周南》《召南》，其犹正墙面而立也与！"① "子路问成人。子曰：'……文之以礼乐，亦可以为成人矣。'"② "子曰：'兴于诗，立于礼，成于乐。'"③ 儒家兢兢业业的教化，使受教者脱去俗野，成为彬彬有礼的文雅君子。

天然美则是淳朴自然之美，此种美不经人工，不加雕饰，自然纯净，表现为拙、质、朴、真。天然美的源头来自道家，老子云："信言不美，美言不信。"④ 又云："大方无隅；大器晚成；大音希声；大象无形。"⑤ 庄子则认为最高最美的艺术是完全不依赖于人力的天然，他说：

> 擢乱六律，铄绝竽瑟，塞师旷之耳，而天下始人含其聪矣；灭文章，散五采，胶离朱之目，而天下始人含其明矣；毁绝钩绳而弃规矩，攦工倕之指，而天下始人含其巧矣。⑥

庄子主张只有毁掉一切人为艺术，真正的美，即天然的、至高无上的美，才能够被发现。庄子在《齐物论》中把声音分为人籁、地籁、天籁三类，实际上是三个不同层次的音乐美境界，区分的标准在于人为和外力影响的多少。他认为天籁是自然之美，是声音最美的境界：

> 子游曰："地籁则众窍是已，人籁则比竹是已，敢问天籁。"子綦曰："夫天籁者，吹万不同，为而使其自己也，咸其自取，怒者其谁邪！"⑦

人籁是人们借助丝竹管弦这些乐器吹奏出来的声音，即使再好，也是人为造作，属于最低层次；地籁是自然界的各种孔窍，由于受风的吹动而发出的声音，它们要靠风力的大小来形成不同的声音之美，虽无人为，但依然要靠外力，还不是最好；天籁则是众窍自鸣之美，借助各自天生之形，承受自然飘来之风，发出自然之声，这是最高层次的音乐美。

由此可见，道家对美的追求完全不同于儒家，在老子和庄子的观念中，理想的美超凡脱俗，只能来自天然，根本不可能通过自身修养达到。由于

① 《论语·阳货》，载杨伯峻《论语译注》，中华书局，1980，第197页。
② 《论语·宪问》，载杨伯峻《论语译注》，中华书局，1980，第157页。
③ 《论语·泰伯》，载杨伯峻《论语译注》，中华书局，1980，第86页。
④ 《老子》八十一章，载陈鼓应《老子今注今译》，商务印书馆，2003，第349页。
⑤ 《老子》四十一章，载陈鼓应《老子今注今译》，商务印书馆，2003，第229页。
⑥ 《庄子·胠箧》，载陈鼓应《庄子今注今译》，中华书局，1983，第259页。
⑦ 《庄子·齐物论》，载陈鼓应《庄子今注今译》，中华书局，1983，第33-34页。

至高境界的天然美亘古存在，人类只能发现和体验，却不能改变，因此天然美也是古雅的一种体现。

古雅审美内涵中的人工美与天然美，无论在儒家还是道家看来都不是对立的，而是始终在寻求统一与融合。孟子说："尽其心者，知其性也。知其性，则知天矣。"①《中庸》云："能尽人之性，则能尽物之性；能尽物之性，则可以赞天地之化育；可以赞天地之化育，则可以与天地参矣。"② 儒家要求人工合于天然（自然），但它注重的是"人"，要通过"人工"的努力实现"知天""与天地参矣"，这可称为"人和"。道家则主张超世脱俗，返璞归真，庄子说："天地与我并生，而万物与我为一。"③ 道家反对"人工"，却主张"天人合一"，因为"人工"在世俗社会中根本无法摆脱，同时，没有"人工"，"自然"也就失去了意义。

道家的人工与天然之和可称为"天和"。李泽厚在《华夏美学》中说："儒家美学强调'和'，主要在人和，与天地的同构也基本落实为人际的谐和。庄子美学也强调'和'，但这是'天和'。"④ 古雅审美的宽意性，能够容纳儒家的"人和"与道家的"天和"共存，现实中人们却常常强调儒、道两家的差异与冲突，低估了二者在对立中的互补与融合。因此，深入认识古雅审美观念，有助于联结起儒、道美学精神的交融。

古雅作为审美范畴，在具有宽意性的同时，还具有变意性。所谓变意性，是指古雅的内涵虽然具有相对稳定的审美指向，但是各个时代仍然有不同的理解与发展，从而赋予它个性化的时代特征，形成了各个时代古雅观念的独特性。

古雅观念的形成和不断发展，主要从各个时代个体与群体古雅观念的形成上表现出来。无论个体或群体，古雅观念的形成都离不开民族文化的历史积淀，无法摆脱具体的时代现实，不能超越特有的道德传统。

中国传统的民族文化具有儒、道互补的特点，各个时代的文化政策也不相同，或严酷或宽松，直接影响到文人心态的不同。然而中国的道德传统以宗法制度为约束，尊君奉祖，尊师重教，在这样的文化背景与现实条件面前，任何接受教育的个体，都不可避免地承受主流文化的洗礼，通过

---

① 《孟子·尽心上》，载杨伯峻《孟子译注》，中华书局，2008，第 233 页。
② （宋）朱熹：《四书集注》，凤凰出版社，2008，第 31 页。
③ 《庄子·齐物论》，载陈鼓应《庄子今注今译》，中华书局，1983，第 71 页。
④ 李泽厚：《美学三书》，安徽文艺出版社，1999，第 298 页。

阅读精选出来的圣人之言，书写着需要一定门槛的文言诗文。这样的教育，无论形式还是内容，都是既古且雅的。个体在接受教育的过程中，将学到的知识内化于自己的精神世界，外化于自己的创作，内化是对古代传统的继承，外化是在当世现实的应用。这些完成了内化的观念，在外化时，体现为对文艺作品的创作，创作中古雅的审美观念自然而然得到呈现。人的一生就是这样不断通过内化建构个体精神，外化表现个体思想，在不断地内化和外化中，古雅观念持续强化、丰富和完善，不可避免地带上了时代烙印和个性化的特点。

群体古雅观念的形成也是一个类似的过程，只不过要把它放在历史长河中进行观照。一个时代，由于个体古雅观念的形成，汇聚成了具有时代特点的群体古雅观念，这种观念必然影响着特定时代的文艺创作，创作实践的过程又促进观念的持续发展。一个时代有一个时代的文学，一个时代也有一个时代的绘画、雕塑、工艺和音乐，这些都与特定时代的群体审美心理密切相连。群体的古雅观念同样在不断地内化和外化中得到完善，最终沉淀为中华民族美学精神的组成部分。

古雅作为一个审美范畴，又成为一种意识形态，因为它本身就是中国古代宗法社会的产物。中国自商、周以来，宗法观念逐渐形成，历代统治者为强化统治，有意识地在各个领域强化着崇古尊祖、尚雅求正的观念，古雅的审美内涵逐渐充实，崇尚古雅的观念在政治环境中被不断强化，形成共同的民族意识，这种情况在世界上极为罕见。西方美学中虽然也有重视古典的美学流派，也有推崇高雅的审美取向，但是西方的海洋文明迥异于中国的农耕文明，使得西方美学在理性主义和经验主义的冲突融合中断裂、承续，众说纷纭，呈现出复杂的分化现象。中国古典美学则在稳定的社会形态下，以古雅为底蕴，历经数千年的累积和发展，最终形成了具有民族特色的完整美学体系。

## 第二节　《文心雕龙》的古雅审美范畴

《文心雕龙》在文学批评史和美学史上都具有显著地位，清人章学诚曾以"体大而虑周"[①]誉之，可谓允当之论。《文心雕龙》体系完整、涵蕴丰

---

① 《诗话》，（清）章学诚著，叶瑛校注《文史通义校注》，中华书局，2004，第559页。

富，"古雅"就是其阐述的重要审美范畴。"古""雅"作为两个联系紧密的概念，在中国古代文论和美学思想中十分重要①，因此通过探寻"古"和"雅"在刘勰整个理论体系中的作用，进而探究《文心雕龙》的理论内涵。

## 一　通而求变的尚古观念

文学的发展经魏、晋而至南朝，创作倾向发生了新的变化。清人沈德潜说："诗至于宋，性情渐隐，声色大开，诗运转关也。"② 南朝宋人王僧虔也说："家竞新哇，人尚谣俗，务在噍危，不顾律纪，流宕无涯，未知所极，排斥典正，崇长烦淫。"③ 刘勰在《文心雕龙·通变》中亦有"宋初讹而新"之语。④ 可见，文学的特点在当时已趋向于绮靡新丽，不仅建安时代梗概多气的风格已难以见到，就是玄风大畅时的冲淡的文学风格也被改变，至于典雅、质朴的作品就显得更加不合时宜。

南朝文学创作的这种转型与当时大量的支持者和倡导者有关。沈约、张融、萧纲、萧绎、萧子显、徐陵等人主张文学"新变"，萧子显在《南齐书·文学传论》云："习玩为理，事久则渎，在乎文章，弥患凡旧。若无新变，不能代雄。"⑤ 他认为文学只有创新才能成为代表时代的作品。然而创新如果超过了一定的"度"，就会走向事物的反面，齐梁文坛的弊病即由此造成。针对当时文坛的绮靡浮华之风，裴子野在《雕虫论》中抨击道："学者以博依为急务，谓章句为专鲁，淫文破典，斐尔为功。无被于管弦，非止乎礼义。……荀卿有言：乱代之征，文章匿而采。斯岂近之乎！"⑥ 显然，裴子野走向了保守的另一极端。推动文学"新变"固然流弊滋甚，而一味保守复古、片面贵古贱今，同样不符合文学发展的客观规律。

魏晋以来，文学创新意识越来越强烈，但"新"的具体内容则随时代而异。南朝时，声色之变超越前世，沈约提出了"古情拙目，每伫新奇"⑦的观点，求新、求奇成为当时文坛的追求。文坛的特点反映到文学批评领

① 孙克强：《雅俗之辨》，华文出版社，1997，第155－160页。
② （清）沈德潜：《说诗晬语》，载（清）王夫之《清诗话》，上海古籍出版社，1999，第546页。
③ （梁）沈约：《宋书·乐志一》，中华书局，2000，第372页。
④ 本节《文心雕龙》原文皆引自周振甫《文心雕龙注释》，人民文学出版社，1998。
⑤ （梁）萧子显：《南齐书》，中华书局，2000，第617页。
⑥ （清）严可均：《全梁文》卷五三，商务印书馆，1999，第576页。
⑦ （唐）姚思廉：《梁书·王筠传》，中华书局，2000，第335页。

域，就出现了对"新变"的倡导，而一味地"新变"也使南朝文坛文风浮靡、流弊日滋，于是奉传统儒家为圭臬的人出而欲矫之，但时代的潮流难以逆转。此时，兼采儒家思想和时代精神的刘勰以一种"折中"的态度，在《文心雕龙》中提出了"通变"说，对于矫正时弊做出了有益的探索。他说："夫设文之体有常，变文之数无方，何以明其然耶？凡诗赋书记，名理相因，此有常之体也；文辞气力，通变则久，此无方之数也。名理有常，体必资于故实；通变无方，数必酌于新声；故能骋无穷之路，饮不竭之源。然绠短者衔渴，足疲者辍途，非文理之数尽，乃通变之术疏耳。故论文之方，譬诸草木，根干丽土而同性，臭味晞阳而异品矣。"①"通变"之说，源自《周易》，《系辞上》云："通变之谓事""参伍以变，错综其数，通其变，遂成天下之文"②。从"通变"的理论思想来说，它要求在继承的基础上有创新，既反对竞今疏古，也反对厚古非今，因此"通变"思想是一种比较"折中"且具有客观性与合理性的思想。刘勰在探讨"通变"时就采取了折中的态度，但又有所侧重。他认为"变"当然重要，但要以"通"为基础，这一思想的形成存在着深刻的理论根源。

首先，儒家思想是《文心雕龙》的理论基础。《文心雕龙·序志》云："盖《文心》之作也，本乎道，师乎圣，体乎经，酌乎纬，变乎骚；文之枢纽，亦云极矣。"刘勰认为儒家经典应该是后世作文的典范和榜样。儒家思想的一个重要特征是尚古，孔子云："周监于二代，郁郁乎文哉！吾从周。"③ 从刘勰的思想基础我们能十分容易地找到其论文的倾向性，以"通变"来说，他认为："练青濯绛，必归蓝蒨；矫讹翻浅，还宗经诰。斯斟酌乎质文之间，而櫽括乎雅俗之际，可与言通变矣。"④ 可见，刘勰论文虽然折中，但目的十分明确，即要"矫讹翻浅，还宗经诰"。这有力地说明，在其看似折中的思想中亦有侧重，即以尊古、尚古的思想倾向为特征的"通"。

其次，刘勰言"通变"是针对"宋初讹而新"以及"弥近弥淡"的文坛状况而找到的矫弊之法。魏、晋以来，文学挣脱了儒学的桎梏而开始自由发展，其结果导致了对形式美的片面追求和对思想内涵的摒弃，文学趋

① 《文心雕龙·通变》。
② （魏）王弼：《周易注校释》，中华书局，2012，第237、242页。
③ 《论语·八佾》（本节《论语》原文皆引自阮元刻《十三经注疏》本《论语注疏》）。
④ 《文心雕龙·通变》。

向于浮华，正如刘勰所言："采缛于正始，力柔于建安。"① "体情之制日疏，逐文之篇愈盛。"② 文学的自由发展虽然从形式到内容、从创作到理论都取得了辉煌成就，但其弊端也日益显现，这就预示着脱离儒学精神已久的文学要向儒学回归，而刘勰正是这种回归的倡导者。他认为当时的作家之所以竞尚浮华，是因为忽视向古人学习，从而造成文坛颓分斯煽，于是他引桓谭的话强调要学习古人："予见新进丽文，美而无采；及见刘扬言辞，常辄有得。"③ 在他看来，继承是创新的前提，"变"必先"通"，因此他对"通"，即师古十分重视。

最后，"通变"表现了文学发展继承与创新的辩证关系。刘勰认为学习与继承前人须与创新求变结合起来，没有继承的创新会导致"竞今疏古，风味气衰也"。④ 他通过列举自西汉枚乘至东汉张衡 5 人的辞赋作品，肯定了创作要相因而变，他认为 5 人的作品"莫不相循，参伍因革，通变之数也"。⑤ 实际上，历代作品都是在继承前人的基础上经创新而形成时代特点的，只是不同的时代，继承与创新的侧重点不同。刘勰认为唯有在"通"的前提下求"变"，才能虽变而不衰。黄侃的《文心雕龙札记》中有一段话颇有见地："彦和此篇，既以通变为首，而章内乃历举古人转相因袭之文，可知通变之道，惟在师古，所谓变者，变世俗之文，非变古昔之法也。"⑥ 刘勰的"通变"，重点在"通"，"变"是在"通"的前提下进行的，也就是说，"通"是原则，"变"是方法。

综上所述，刘勰虽然被视为"折中"派，但他有着明显的倾向性。他并没有简单地调和"复古"与"新变"两派的观点，而是以复兴儒家传统精神为原则，探求文学的发展道路，在师古求道的前提下，不否定文学应该具有时代精神。因此我们可以认为，在"通"和"变"两者中，刘勰更重视的是"通"，因为在他看来，唯有以此作为根本，才能复兴儒家道统，疗救时代弊病。

---

① 《文心雕龙·明诗》。
② 《文心雕龙·情采》。
③ 《文心雕龙·通变》。
④ 《文心雕龙·通变》。
⑤ 《文心雕龙·通变》。
⑥ 黄侃著，周勋初导读《文心雕龙札记》，上海古籍出版社，2000，第 104 页。

## 二 丽而重雅的审美取向

《文心雕龙》中对雅的表述十分特别，《征圣》云："然则圣文之雅丽，固衔华而佩实者也。"这里，刘勰以"雅""丽"两个审美范畴并举，典型地表达了其审美思想：雅、丽并重，二者缺一不可。① 从《文心雕龙》全书来看，有大量的文字涉及雅、丽。关于"丽"，有《丽辞》一篇，而且《文心雕龙》本身就是用华丽的骈文著成；关于"雅"，虽无专论，但刘勰在阐述理论观点和评价具体作家作品时大量使用。此外，他还在《体性》篇中把"典雅"列为推崇的体裁。可见，在刘勰的审美观念中，雅、丽都很重要，但是他的这种雅、丽并重并不意味着雅、丽的地位完全相同。

刘勰对"丽"的重视毋庸置疑，因为他所生活的齐梁时代极其崇尚华丽文风。那时的人们早已淡忘了汉儒对文学"经夫妇、成孝敬、厚人伦、美教化、移风俗"② 的要求，文学在经历了建安时代梗概多气的强烈抒情和两晋玄风大畅时的冷静思考后，自元嘉起，又向抒情回归，并且对形式美刻意追求。刘勰耳濡目染于这个时代，不可能不受到时代文风的深刻熏染，《文心雕龙》中的《声律》《丽辞》《夸饰》等篇就是对文学形式美的专题讨论。《丽辞》云："自扬马张蔡，崇盛丽辞，如宋画吴冶，刻形镂法，丽句与深采并流，偶意共逸韵俱发。"《乐府》云："至于魏之三祖，气爽才丽，宰割辞调，音靡节平。"《定势》云："赋颂歌诗，则羽仪乎清丽。"刘勰对丽辞逸韵十分欣赏，《明诗》中"茂先凝其清，景阳振其丽"的评价反映了他对张华、张协那种清虚秀美、情思悠远、辞采流丽、写景逼真的作品的赞赏。

当然，刘勰对过分绮丽的文章则持批评态度。《情采》云："故为情者要约而写真，为文者淫丽而烦滥。"《体性》云："轻靡者，浮文弱植，缥缈附俗者也。"这些都是对绮丽文风提出的批评，他不满于当时文坛所流行的那种过于追求浮靡而丧失了精神内涵的创作倾向。他认为，文学的精神内涵只有在"衔华"的同时，通过"佩实"方能获得。

---

① 谈文良有《试论〈文心雕龙〉的"雅丽"标准》一文，发表于《扬州师院学报》（社会科学版）1985 年第 1 期。文中以"雅""丽"分别作为对内容与形式的要求，以为"雅"和"丽"是两个并列的审美范畴，在刘勰文学观念中起互相补充、约束、平衡的作用。

② 李学勤主编《十三经注疏·毛诗正义》卷一，北京大学出版社，1999，第 10 页。

刘勰所谓的"佩实"实际上就是对儒家之"雅"的追求,儒家认为"雅"与"正"密不可分,并且将正统与尊贵植入"雅"的内涵。①《论语》中孔子谈及"雅"时就表现了这种观念,《阳货》云:"恶紫之夺朱也,恶郑声之乱雅乐也。"汉儒继承和发展了先秦儒家对雅正的认识,班固《白虎通·礼乐》云:"乐尚雅?雅者,古正也。"郑玄《周礼注》云:"雅,言今正者以为后世法。"汉代以后,"雅"已经逐渐成为一种修养的规范,体现了儒家正统美学思想,同时也具有保持传统人文精神的作用。刘勰接受并继承了这种观念,他在《体性》中就以"雅""郑"对举:"然才有庸俊,气有刚柔,学有浅深,习有雅郑,……体式雅郑,鲜有反其习:各师成心,其异如面。"在刘勰眼中,"雅"无论在内容、形式还是个人修养上,都表现了儒家的传统精神,他是这样表述"典雅"的:"典雅者,熔式经诰,方轨儒门者也。"② 儒家之"雅"具有规范典正、质实无华的特点,而南朝文风则浮靡冶荡,刘勰为矫其弊端,采儒家"雅"的观念而用之是必然的。

刘勰虽然没有对"雅"进行专题论述,但崇雅的观念却贯穿于《文心雕龙》全书,无论理论阐述还是作家作品评价,皆以"雅"为标准。如《诔碑》中"其叙事也该而要,其缀采也雅而泽"、《杂文》中"张衡《应间》,密而兼雅"、《诸子》中"研夫孟荀所述,理懿而辞雅"、《诏策》中"建安之末,文理代兴,潘勖九锡,典雅逸群"、《议对》中"治体高秉,雅谟远播"、《体性》中"故童子雕琢,必先雅制"、《定势》中"情交而雅俗异势"、《时序》中"观其时文,雅好慷慨""少主相仍,唯高贵英雅""景文克构,并迹沉儒雅""自宋武爱文,文帝彬雅"、《才略》中"五子作歌,辞义温雅"、《序志》中"按辔文雅之场"等都是例证,足见刘勰对"雅"的重视绝非一般泛泛而言,他已经明确地把"雅"作为整部《文心雕龙》的一个重要理论支点。

《文心雕龙》的理论框架构建于作为"文之枢纽"的前5篇中。刘勰认为必须把天道、圣人、经典连接起来,中心则是"宗经",他说:"故知道沿圣以垂文,圣因文而明道。"③ 无论是"道"还是"圣",都不能离开"经",可见"宗经"在《文心雕龙》中的重要地位。刘勰在《宗经》篇中

---

① 孙克强:《论"雅"》,《复旦学报》(社会科学版)1991年第6期,第87-92页。
② 《文心雕龙·体性》。
③ 《文心雕龙·原道》。

亦充分阐释了"雅"的含义："故文能宗经，体有六义：一则情深而不诡，二则风清而不杂，三则事信而不诞，四则义直而不回，五则体约而不芜，六则文丽而不淫。"这里的不诡、不杂、不诞、不回、不芜、不淫，实际上都是说文须雅正。刘勰在把"雅"作为道、圣、经三位一体核心的同时，也把纬、骚两种异于儒家经典的内容纳入"文之枢纽"。在他看来，纬书"事丰奇伟，辞富膏腴，无益经典而有助文章"[①]，对于展示和发扬文学的个性特征十分重要；《楚辞》则以浓烈的感情、华丽的辞藻突出了文学的个性，刘勰对它也进行了有选择的肯定，他说："故《骚经》《九章》，朗丽以哀志；《九歌》《九辩》，绮靡以伤情；《远游》《天问》，瑰诡而慧巧；《招魂》《大招》，耀艳而采深华；《卜居》标放言之致，《渔父》寄独往之才。故能气往轹古，辞来切今，惊采绝艳，难与并能矣。"[②] 如果说刘勰通过原道、征圣、宗经建立了"雅"的观念，那么正纬和辨骚则肯定了"丽"的标准，"雅"和"丽"在刘勰的理论体系中相辅相成，具有核心和基础的作用。

刘勰十分欣赏华丽的文风，也擅长骈体，但这并非如史书所载是刘勰为求进入仕途而采取的策略。[③] 事实上，从曹丕提出"诗赋欲丽"[④]、陆机宣称"诗缘情而绮靡"[⑤] 到齐梁时代，文坛已经是"竞骋文华，遂成风俗"。[⑥] 在这种时代氛围中，刘勰赏重丽文，是顺理成章的，因此他在《文心雕龙》中对丽文的推崇完全出于自然。但是，刘勰也清楚地看到过分浮华的文风使文坛充斥着大量形式华美而空洞无物的作品，文学正渐渐沦为一种玩物。诚如李谔所言："江左齐梁，其弊弥盛，贵贱贤愚，唯务吟咏。遂复遗理存异，寻虚逐微，竞一韵之奇，争一字之巧。连篇累牍，不出月露之形；积案盈箱，唯是风云之状。"[⑦] 面对这种状况，刘勰力求寻找一种有效的方法来扭转文坛衰风，于是他找到了儒家，找到了雅正。

在刘勰看来，"丽"代表着文学形式美的个性特征，必须坚持，但要解

---

① 《文心雕龙·正纬》。

② 《文心雕龙·辨骚》。

③ 《梁书·刘勰传》云："初，勰撰《文心雕龙》五十篇……未为时流所称。勰自重其文，欲取定于沈约。"沈约时为文坛领袖，朝廷重臣，重声律，倡华丽文风。

④ （魏）曹丕：《典论·论文》，中华书局，1985，第1页。

⑤ （晋）陆机著，张怀瑾译注《文赋译注》，北京出版社，1984，第29页。

⑥ 李谔：《上隋高祖革文华书》，载（唐）魏征《隋书》卷六六，中华书局，2000，第1038页。

⑦ 李谔：《上隋高祖革文华书》，载（唐）魏征《隋书》卷六六，中华书局，2000，第1038页。

决文学形式主义的弊病，则只有赋予其雅正的内涵作为约束，方能从根本上清除文坛流弊。于是他在《辨骚》中说："酌奇而不失其贞，玩华而不坠其实。"认为奇和华都是需要的，但作品决不能失去雅正。《定势》中他肯定"旧练之才，则执正以驭奇"，批评"新学之锐，则逐奇而失正"。《情采》中他认为："夫水性虚而沦漪结，木体实而花萼振，文附质也。虎豹无文，则鞹同犬羊；犀兕有皮，而色资丹漆，质待文也。""夫铅黛所以饰容，而盼倩生于淑姿；文采所以饰言，而辩丽本于情性。故情者文之经，辞者理之纬；经正而后纬成，理定而后辞畅：此立文之本源也。"他通过辨析"文"与"质"、"情理"与"辞采"的关系，充分肯定了雅正的体现者——"质"与"情理"在创作中的重要作用，雅正是行文的根本，不能为追求文辞的华美而抛弃思理，他总结道："故为情者要约而写真，为文者淫丽而烦滥。"[1]"真"就是雅正[2]，由此可见刘勰的理论偏向，他是把雅正作为《文心雕龙》的理论重点对待的。

刘勰独具匠心地把"雅""丽"融合在一起，建立了《文心雕龙》文学理论和美学理论的基础。"雅""丽"的统一实际上就是内容和形式的统一，文学如果抛弃了"雅"，即内容就丧失了根本，必然导致浮华冶艳的流弊日深，最终沦为一种玩物；而文学如果否定了"丽"即文采就会丧失其个性特征，最终失去生命力。因此刘勰将"雅""丽"并重，但鉴于文坛的时代特点，他把对雅正的强调放在了更为重要的位置，努力使它能够起到约束"丽"的作用。

## 三 《文心雕龙》古雅审美范畴的理论价值及其意义

刘勰提倡通变、推重雅丽，以之作为《文心雕龙》理论体系的两大支点。通变强调"通古今之变"，通和变巧妙结合，重点在"通"；雅丽追求"衔华而佩实"，雅和丽完美共存，根本在"佩实"。同时，刘勰又把通变和雅丽融为一体，通古即是对古雅的追求，而新变则是对新丽的肯定，通—变、雅—丽、通—雅、变—丽互相制约而不失重点。据此，《文心雕龙》的

---

① 《文心雕龙·情采》。
② 《字汇·目部》云："真，正也。"李善在《文选注》中注《古诗十九首》之四时亦云："真，犹正也。"可见，"正"为"真"的一个基本含义，而"雅"在儒家亦代表"正"，故刘勰在此处以"真"指"雅正"。

基本理论框架构建就有了坚实的基础。

新丽是齐梁时代的文坛特征，古雅则是已被淡忘许久的文化传统。刘勰能够把古雅审美范畴纳入自己的理论体系，已足见其眼光与勇气，况且他还在对待古雅与新丽的关系问题上，把古雅放在强调的位置，以"通"为"变"的基础，以"雅"为"丽"的根本。这样，刘勰就不是在简单地折中与调和，而是在进行有目的的理论建设，这也正是《文心雕龙》具有重要理论价值的原因。

《文心雕龙》的理论建构是刘勰对整个文学史正反两个方面反思的结果，他在《时序》篇中全面阐述对文学史的认识后，总结道："故知文变染乎世情，兴废系乎时序，原始以要终，虽百世可知也。"他以一种较为客观的态度对待文学的发展，阐述中一方面处处流露着稽古征圣的思想，如"姬文之德盛，《周南》勤而不怨""孝武崇儒，润色鸿业""及明章叠耀，崇爱儒术，肄礼璧堂，讲文虎观""逮晋宣始基，景文克构，并迹沉儒雅"①等；另一方面他又豁达地接受了文学的新变，《明诗》云："若夫四言正体，则雅润为本；五言流调，则清丽居宗。"他敢于以清丽为标准言诗，从儒家正统的"兴、观、群、怨"诗教来衡量是十分大胆的，但刘勰毕竟生活在一个儒学衰微的时代，他的观点只能是他"雅丽"思想的一个典型表现，这也表明在他的观念中，"古"和"今"、"雅"和"丽"是分得很清楚的，它们虽然能够结合与平衡，但不能混淆为一体。

《文心雕龙》的古雅审美范畴体现了刘勰对文学的审美认识，即不失现实精神的唯美追求。刘勰极为重视文学作品的形式美，他主张学习古人并非只针对作品内容，形式的借鉴同样重要，"文辞气力，通变则久"。②但刘勰对文学形式美的重视是有前提的，即必须坚持儒家关注现实的精神，不能仅把文学作为一种华美的玩物。可见，刘勰是要求文学必须在内容与形式上高度统一的。

然而，刘勰的理论建树并未在他所处的时代产生明显影响，这是时代原因造成的。当时文坛上那些漠视儒家思想已久、一味追求形式华美新奇、倡导绮靡冶艳文风、视文学为玩物的文坛巨擘们很难接受一种以儒家道统为旨归，明显异于时代主流的文学理论思想，因此刘勰的价值只能体现于

---

① 《文心雕龙·时序》。
② 《文心雕龙·通变》。

后世。

文学的束缚与放纵皆不可取。束缚会扼杀文学的生命，使文学沦为功利的政治教化的工具，其个性将被抹杀，其生命也将随时代的迁移而被断送。放纵同样不可取，文学如果脱离了约束，将会变成内容贫乏、形式华美、毫无价值的玩物，其生命力也难以长久。1500 年前，刘勰就已经认识到了文学的这一对矛盾关系，并且建立起了一套完整的理论体系来探索解决这对矛盾的途径，其理论无疑对于后世中国文学的辉煌成就具有重要的指导作用，这也正是刘勰及其《文心雕龙》的真正价值和意义所在。

## 第三节 魏晋玄学追寻的极致美学精神

魏晋时代在我国历史上十分特殊，虽然动荡混乱、充满苦难，但是却创造出了丰富的文化成果，文学、音乐、绘画、书法等都取得了巨大成就，这些艺术成就的取得无疑与最能够代表这个时代精神风貌的玄学密切相关。宗白华先生曾说："汉末魏晋六朝是中国政治上最混乱、社会上最苦痛的时代，然而却是精神史上极自由、极解放，最富于智慧、最浓于热情的一个时代。因此也就是最富有艺术精神的一个时代。"[1] 然而，由于后世人们多认为玄学"清谈误国"，加之其本身又玄奥难懂，所以对其研究还有待深化。本文将通过对魏晋玄学内涵的探析，来揭示其美学精神。

### 一 魏晋玄学对儒、道的整合

魏晋玄学是在汉代经学走到尽头时产生的。东汉末年，政治的腐败导致了大一统王朝的倾覆，作为官方哲学的经学也同样被抛弃。出身世家大族的士人们由于独立庄园的依托，生活相对自由，在摆脱了经学铸就的精神枷锁后，开始重视探索个体人生的意义，"名教"与"自然"的关系于是成为关注的焦点，魏晋玄学就在对这一问题的探究中产生和发展起来。与此同时，"有无之辩""名实之辩""才性""言义"等问题的讨论相继产

---

[1] 宗白华：《论〈世说新语〉和晋人的美》，载《美学散步》，上海人民出版社，1981，第177 页。

生，且都与"名教""自然"的关系问题紧密联系。汤用彤先生曾根据魏晋士人对待"自然"与"名教"的态度，把玄学分为"温和派"和"激烈派"。① 汤先生的分法虽然较为客观地反映了玄学整个阵营的基本状况，但我们在了解玄学时还必须关注其发展脉络，因为虽是两派，其基本特征并无实质性的差别。

魏晋玄学实际上是体现了魏晋时期士大夫阶层的特定思想观念与心态的哲学思潮，其表象是对先秦老庄思想的推崇宣扬，而同时其本身又涵蕴着儒家思想的深厚传统，因此，魏晋玄学本身既具有时代精神，又具有传统品格。它通过对儒、道两家思想的整合，以入世的精神、实用的目的，深刻关注着现实，正如陈炎先生所讲：儒家的功能主要在"建构"，即为中国人的审美活动提供某种秩序化、程式化、符号化的规则和习惯；道家的功能则主要在"解构"，即以解文饰、解规则、解符号的姿态而对儒家美学在建构过程中所出现的异化现象进行反向的消解，以保持其自由的创造活力。②

魏晋玄学正是借助道家的解构功能来消解儒学精神在经学时代的异化，因此玄学虽然表现着明显的道家特点，但其本质上却是一种在儒、道整合过程中形成的独立的哲学形态。

对于玄学的认识，需要从显象和隐象两个层面来把握。显象是玄学表面化和形式化的特征，具体体现在玄学所表现出来的道家文化精神，如对"自然"的关注和追求，这也是我们对玄学的直观认识；隐象则是玄学深层和本质的特征，以对待"名教"的态度表现儒家精神的根底作用是其重要特点。因此，对于玄学的把握和认识，必须从这两个层面进行，才能透过纷乱的现象，深刻洞察其精神实质。

玄学之"玄"，出自《老子》："玄之又玄，众妙之门。"③ 这也是为什么多有论家将玄学归入道家的原因。那么魏晋士人是怎么理解玄学的呢？王弼在《老子指略》中说：

> 夫"道"也者，取乎万物之所由也；"玄"也者，取乎幽冥之所出也；"深"也者，取乎探赜而不可究也；"大"也者，取乎弥纶而不可

---

① 汤用彤：《魏晋思想的发展》，载《魏晋玄学论稿》，人民出版社，1957，第 127 页。
② 陈炎：《多维视野中的儒家文化》，中国人民大学出版社，1997，第 69 页。
③ 《老子》第一章，本节《老子》原文皆引自陈鼓应《老子今注今译》，商务印书馆，2016。

极也；"远"也者，取乎绵邈而不可及也；"微"也者，取乎幽微而不可睹也。然则"道""玄""深""大""微""远"之言，各有其义，未尽其极者也。①

在王弼看来，"玄"是形容一种"冥默无有"的状态，玄理幽远"绵邈"，不关乎实际，异于具体事物之理，堪称"玄远之学"。《晋书·阮籍传》云："籍虽不拘礼教，然发言玄远，口不臧否人物。"《世说新语·规箴》亦云："王夷甫雅尚玄远。"② 可见玄学确实表现为一种对幽深冥渺特征的追求，而这种所谓"玄远"的特征实际上就是道家所说的"天道无为"③思想，为魏晋士人纳入玄学的理论体系中，《晋书·王衍传》引何晏《无为论》云：

> 天地万物皆以无为本。无也者，开物成务，无往不存在也。阴阳恃以化生，万物恃以成形，贤者恃以成德，不肖恃以免身。故无之为用，无爵而贵矣。

可见，何晏认为"无"是极其重要的，它可以创造出世间一切具体的物质存在。实际上，道家所谓的"无"就是"自然"，以逍遥乘化、自由自在为其表现，这种"自然"，是"道"，是"无"，并非落实于客观事物，而是体现为一种主观"境界"。玄学的这一特点普遍体现在当时的言谈和论著中，同时也体现在人们的行为方式上，这就造成了当时世人通脱旷达甚至狂放的行为，虽为当时人们所认可，而多为后世人所指责非议。这在竹林七贤身上体现得尤为突出，如嵇康的弃绝尘世、阮籍的恣情任性、刘伶的颓废旷达、阮咸的率真荒放、向秀的淡泊平静、山涛的干禄求进、王戎的贪财聚敛，七人七像，他们以不同的方式，从不同的侧面表现了共同的特征，这也正是玄学内在精神的外在体现。正如向秀在《难养生论》中所说的，"夫人含五行而生，口思五味，目思五色，感而思室，饥而求食，自然之理也"。玄学虽貌似深邃，而实际上它最基本的精神就是崇尚"自然"，因此，魏晋士人才会纵情任性，主体意识得以觉醒，个性意识得到张扬。

那么，是否可以把玄学看作先秦道家的回归呢？也就是说，玄学是不

---

① 《老子指略》，载（魏）王弼著，楼宇烈校释《王弼集校释》，中华书局，1980，第196页。
② 本节《世说新语》原文皆引自余嘉锡《世说新语笺疏》，中华书局，1983。
③ 《老子》第四十章："天下万物生于有，有生于无。"

是就是道家之学？《晋书·王衍传》云："魏正始中，何晏、王弼皆祖述老庄"，干宝《晋纪总话》云"玄者以老庄为宗"，而《晋书·郭象传》亦云："儒墨之迹见鄙，道家之言遂盛。"从这里我们似乎可以得出结论，玄学就是道家之学。然而这种看法是表面的，值得商榷。

魏晋时代与先秦时代根本性的不同，在于它是经历了汉代儒家一统天下几百年后到来的一个时代。由于汉代儒学的独尊地位使人们的思想深处已经把儒家思想凝为一种心理定式，因此玄学从根本上并不排斥儒学，而是不满于汉代经学的空泛与虚伪，从而援道入儒，希望通过融合儒、道，从理论上摒弃其各自消极的东西，以形成一种崭新而实用的理论体系。从王弼、向秀到郭象，莫不如此，即使是阮籍、嵇康的思想表现为激烈地反儒，但分析其思想深层，仍是以融合儒、道为旨归。

实际上，玄学要解决的核心问题就是如何对待"自然"与"名教"的问题，其他如"本末""有无""言意""才性"等，皆可归结于此。"自然"，在老庄看来，就是天然如此，本来如此，未经过人为的改造与加工，《庄子·秋水》中的一句话即是这种观念的最好体现："牛马四足，是谓天；落马首，穿牛鼻，是谓人。"①"自然"的这一内涵为魏晋玄学继承下来，并成为理论核心。"名教"则是指的名分纲常之序，是维护宗法制度的一套政治人伦原则。《荀子·解蔽》云："圣也者，尽伦者也；王也者，尽制者也。"在这里，"伦"是儒家所推崇的道德规范和人伦原则，而"制"则是儒家理想的宗法制度，"伦"与"制"的统一就是所谓"名教"。

在道家看来，"自然"是一种最为理想的状态，无拘无束、自由自在，不受任何压抑，可以任意驰骋天性。对于"自然"，并不是指客观存在的自然界，而是自然而然、不执不着，它否定施为造作，表示畅开万物生化之源，任万物自生、自成、自长之义。由此，道家把"自然"作为一种理想的治世原则。而按照儒家的理想，则要确立人们之间的尊卑、贵贱、上下之分，并根据这种名分关系制礼作乐，通过提倡仁义道德，导人从善、移风易俗，推行名教之治，辅之以刑法，达到治国平天下的目标。

从这里的分析可以看出，道家与儒家、"自然"与"名教"，体现为一种理想与现实、自由与道德、个体与社会的矛盾，而对于这一矛盾的解决则是魏晋玄学的核心问题。无论是王弼的"名教本于自然"、嵇康的"越名

---

① 本节《庄子》原文皆引自陈鼓应《庄子今注今译》，中华书局，1983。

教而任自然"，还是向秀的"名教即自然"，都是对这一问题的回答。

在王弼看来，自然与名教并不是对立的，而应该是统一的，其根本理路则是"以无为本"的观会。王弼的"无"并不把"有"分离和排斥在自身之外，他说："夫无不可以无明，必因于有，故常于有物之极，而必明其所由之宗也。"① 王弼不仅没有因本"无"而否定"有"，反而在某种程度上肯定了"有"，因为"无"并不能用"无"来显明自己，而是必须通过"有"来证明。"无"是统万化于一体，集众有于一身的，它具有无限的可能性、外延性，它是万物的本原，它"不寒不温不凉，故能包统万物"②，宇宙以"无"为"用"，则万物各得其所，各随其性，显现出一种和谐的状态。因此，他认为"绝圣而后圣功全，弃仁而后仁德厚"。③ 也就是说，虽然体"无"，但不弃"用"，既肯定"名教"，又能体"无"，使"名教"符合"自然"之道，最终达到不执着于"名教"而使"名教"得以存在和保全的目的。王弼对"名教"的肯定实际上就是对现实的认可，其理论具有十分显著的现实意义，目的在于以理想调整"名教"，使现实趋向理想世界。

嵇康非常激烈地宣称"非汤武而薄周孔""越名教而任自然"，似乎只要"自然"，不要"名教"，但实际上嵇康所否定的名教是当时存在于现实中的虚伪的名教，他认为那种符合自然的理想的名教才是值得肯定的。在其《声无哀乐论》中，他描述了这种理想的名教："古之王者，承天理物，必尚简易之教，御无为之治，君静于上，臣顺于下。"嵇康和阮籍把"自然"与"名教"对立起来，并不是要否定名教，而是为了以理想拯救现实，使名教复归于理想之境。

向秀的"名教即自然"之说，为郭象所继承。郭象以"独化于玄冥之境"④ 的命题，把万有规定为自生自化、圆满自足的存在。他认为人作为主体，只有在无待境界中才能实现真正的逍遥，并借此进一步提出了"游外以宏内""庙堂即山林"的思想，以重新解释"自然"与"名教"的关系。

---

① （魏）王弼著，楼宇烈校释《王弼集校释》，中华书局，1980，第548页。
② 王弼：《老子注》第三十五章，本节王弼《老子道德经注》原文，皆引自楼宇烈校释《王弼集校释》，中华书局，1980。
③ 王弼：《老子指略》，载楼宇烈《王弼集校释》注引，中华书局，1980，第199页。
④ 郭象：《庄子序》，载（清）郭庆藩辑，王孝鱼整理《庄子集释》，中华书局，2004，第3页。

在郭象看来，理想的人格是"游外以宏内"的，"外"与"内"分别指"自然"与"名教"两面，"外"与"内"的和谐就是理想与现实的统一。他认为圣王可以以庙堂为山林，顺自然之道，循万物之性，率性而动，使"自然"和"名教"和谐统一。可见，郭象的理论实际上也是旨在调和"自然"与"名教"，但他采用了一个新的理论视角来阐释这一问题。

东晋玄学在理论上已无大的突破，而形式上则趋于同佛学融合，终于形成了一种以风流潇洒为人格特征的名士风范，如支道林养马放鹤、谢安石泛海围棋、王逸少坦腹东床、王子猷雪夜访戴等，都为人们所津津乐道。这个时代虽然不再有理论上的创新，但成熟的理论应用于士人们的生活，似乎玄学的审美精神才集中透射出来。

通过以上对玄学本质内涵的分析，我们可以认识到，玄学并非虚无缥缈、难以把握，其实它所关心和要解决的是最实际的问题，即如何协调个体与社会的关系、理想与现实的关系。最终，玄学家们通过对儒、道两家学说的整合，形成了一种以自然为根本、以名教为手段，体用结合的思想。玄学实际上将儒、道两家的精华合而为一，但这种理论在指导现实政治实践时却并未达到理想效果，甚至多被后人以"误国"诟病，然而玄学的美学品质却透过魏晋名士的行为不可抑制地闪现出来。

## 二 魏晋玄学是现实基础上对美的极致追求

魏晋玄学的本质在于以道统儒，儒道会通。其产生本来是为了解决虚伪烦琐的汉代经学对人性的压抑和对社会调节的失败，但是玄学的理论与实践并未能够真正解决社会问题，其价值的真正体现却是在其本身一开始就带上的美学精神。这种美学精神的表象为道家，根底却是儒家，它不仅极大地激发了魏晋时代的艺术创造，而且对中华民族审美观念的形成具有重要意义。

许多论者往往只注意到玄学的表象，就以重自然、尚超脱作为玄学审美的本质，认为玄学的美学精神是道家的。诚然，玄学的理论创造者的确有反映道家美学观念的论述，如王弼在《老子道德经注》中说：

> 人闻道之言，乃更不如乐与饵，应时感应人心也。乐与饵则能令过客止，而道之出言淡然无味，视之不足见，则不足以悦其目；听之

不足闻，则不足以悦其耳。①

音乐与美食"应时感应之心"，使过客留恋而止，应该是美的，但王弼认为是其不合于"道"。按照"道"的要求，美应该是"淡然无味"的，这实际上是超越了感官的愉悦，使美达到了精神愉悦的境界。

王弼反对人工雕饰，主张质朴之美，其在《论语释疑》中说："故至和之调，五味不形；大成之乐，五声不分。"② 在《老子道德经注》中说："实在质也，本在朴也。"③ 王弼的这种审美观念实际上在其后世的玄学家们那里都有继承和发展，如阮籍、嵇康把美的问题同人的精神自由与超脱联系起来；向秀、郭象则更肯定人的自由，虽然这种自由更多的不是体现在精神上，而是在情欲和感官享受的放纵上；到了东晋，玄风更体现为一种飘逸潇洒、超凡脱俗的境界。这些现象无不体现着老庄精神，自然而逍遥，自由甚至放纵。但是，这些并不是玄学美学精神的全部，只看到这些，对玄学的美学精神认识是不完整的，因为在这些表象后面隐藏着更深刻的美学内涵。

魏晋士人似乎一直生活于一种矛盾中，但他们又并不认为这是矛盾的。我们不难看到魏晋士人对美的极力追求，而这种对美的追求堪称对尽善尽美、对唯美的向往，这在《世说新语》中有大量记载，如时人对何晏、嵇康、王羲之等的欣赏就是典型的例证：

> 何平叔美姿仪，面至白；魏明帝疑其傅粉。正夏月，与热汤饼。既啖，大汗出，以朱衣自拭，色转皎然。
> 嵇康身长七尺八寸，风姿特秀。见者叹曰："萧萧肃肃，爽朗清举。"或云："肃肃如松下风，高而徐引。"山公曰："嵇叔夜之为人也，岩岩若孤松之独立；其醉也，傀俄若玉山之将崩。"
> 时人目王右军："飘如浮云，矫若惊龙。"④

可见，在魏晋人眼中，那种对美的向往和推崇是多么强烈。这种美是超凡脱俗的，但同时又是极具世俗功利性的眼睛所看到的，魏晋人不仅生

---

① 王弼：《老子道德经注》第三十五章。
② 王弼：《论语释疑·述而注》，载楼宇烈校释《王弼集校释》，中华书局，1980，第 625 页。
③ 王弼：《老子道德经注》第三十七章。
④ 《世说新语·容止》。

活在精神中，更生活在世俗里，因为魏晋士人从来就没有想过要真正离开俗世，他们所努力的就是如何把理想的唯美精神和世俗生活中的物欲结合起来，以达到兼善齐美的结果。因此，对于魏晋士人种种特异的行为，我们就不再难以理解了；对于那个崇尚超脱却又物欲横流的世界，就不再感到困惑了；对于那个动荡而又充满了流血与痛苦的时代，却能够产生绚丽多姿、五彩纷呈的艺术作品，就不再会无从索解了。

魏晋士人多有狂放不羁、特立独行者，虽表现各异，但本质相同，最典型者莫过于竹林七贤和东晋名士。《世说新语》对此多有记载，如阮籍：

> 阮籍嫂尝还家，籍见与别。或讥之。籍曰："礼岂为我辈设也？"
>
> 阮籍当葬母，蒸一肥豚，饮酒二斗，然后临诀，直言"穷矣！"都得一号，因吐血，废顿良久。
>
> 阮公邻家妇有美色，当垆酤酒。阮与王安丰常从妇饮酒，阮醉，便眠其妇侧。夫始殊疑之，伺察，终无他意。①

这里我们所能看到的阮籍似乎是一个特立独行、悖于世俗礼教的人，但实际上这正是他特有的表达自己真挚情感的方式，其中只有率真，无一丝虚伪。

同是竹林名士，表现却各不相同：嵇康表现为率直，刘伶借酒解脱思想与形骸，阮咸沉迷于弦歌欢宴，向秀中和平淡、达观宁静，山涛处世圆滑、左右逢源，王戎集情真意切与极度贪财各蓄于一身。之所以名士们的行为各异，正是魏晋玄学要求自由发挥人的个性的体现，而这种自由完全是一种世俗的自由，这些名士们的偏好，无一不充满了世俗的特点，是物欲的体现。因此，他们的自由必然建立在物质基础上，没有了现实的物质基础，这些所谓的自由，任何一种都难以实现。对此，这些名士实际上是清楚地意识到了的，所以他们不会脱离现实去追求纯粹精神的自由。

竹林名士的这种特点在西晋名士那里没有改变，只是变得更世俗，甚至更庸俗罢了。西晋士人们抱持着郭象的理论，心安理得地过着豪奢的世俗生活，却宣称着内心境界的高尚，正如郭象《庄子注·大宗师注》中所

---

① 《世说新语·任诞》。

标榜的：“虽终日挥形而神气无变，俯仰万机而淡然自若。”① 正是在这种堂而皇之地理论指导下，使得西晋名士可以肆意放荡、尸位素餐，却以逍遥放达、超脱尘俗相标榜。这种状况所导致的后果就只有战乱四起、国家倾覆了，而士人们所看重的是自己的生命，是个体与家族的存亡，对于国家利益则远远抛诸脑后。因此，西晋名士无论是行为检点之士，还是放达不羁之士，皆更重其本身的世俗利益，所谓超逸高远的理想境界在他们那里荡然无存，这是一个物欲、私欲极度膨胀的时代，唯有在这样的时代，才会出现石崇、王恺争豪斗富这样的事情，才会出现和峤、王敦这种恪吝刻薄之人。这个时代普遍对财富的贪婪与夸耀实际上同样是玄学美学精神的一种曲折反映，因为在这些人的眼中，财货是“美”的，谁拥有更好、更多的财富，谁就拥有更强的支配能力，支配力越强，主体就会获得更多的自由，只不过这是一种更世俗化的“自由”罢了。因此，我们可以这样说，西晋士人同样是在现实的基础上去追求唯“美”，只是这种美太过于世俗化了。由此，我们必须明白，玄学的儒道相融合非但绝不出世，而且积极入世，并以理论上的“名教即自然”之说找到了突破约束、放纵个性的理由。

东晋名士群体是在反思西晋灭亡的痛苦中成熟起来的，他们不再像西晋士人那样纵情声色，而是开始发奋振作，内治朝政，外御夷虏，名士形象焕然一新。他们批评王弼、何晏：

> 王何蔑弃典文，不遵礼度。
> 王何叨海内之浮誉，资豪梁之傲诞，画魑魅以为巧，扇无检以为俗，郑声之乱乐，利口之覆邦，信矣哉！②

他们又抨击东晋的颓废之风，葛洪在《抱朴子》中说：

> 轻薄之人，迹厕高深，交成财赡，名位粗会，便背礼叛教，托云率任，才不逸伦，强为放达，以傲兀无检者为大度，以惜护节操者为涩少。③

他以儒家护道者的口吻表达了对西晋任诞之士的痛恨。在这种反思批

---

① （清）郭庆藩辑，王孝鱼整理《庄子集释》，中华书局，2004，第 268 页。
② （唐）房玄龄：《晋书·范宁传》，中华书局，2000，第 1320 页。
③ 杨明照撰《抱朴子外篇校笺》，中华书局，1991，第 619 – 620 页。

判的风气中，部分名士开始复尊儒学"名教"，但是玄风的熏染毕竟已使玄学思想融入人们的精神，人们无法抛弃玄学，于是"名教即自然"的观念继续成为理论重心，只是东晋士人对其理解改变了，他们要求儒、道互补，儒、道双修。但是，东晋玄学的发展并没有这样进行下去，汉代已传入中国的佛教利用这时玄学的反思以及政治动荡所造成的人们的精神痛苦渗入玄学，形成了东晋玄学更丰富的审美内涵。

具有了佛学精神的东晋士人不再像西晋士人那么狂热地追求物欲，而是以一种新的观念来寻求自由，支遁对"逍遥"的新解正是这种观念的体现。他认为：逍遥并非是某种物质欲望的满足，而是对物质欲望的超越；逍遥游的境界也不以感官的愉悦为标志，而是精神自由的彰显。在支遁看来，不管人们性分如何，只要得到满足，就是逍遥，大鹏不应以己之高飞而非尺鷃的低翔，尺鷃也不以自己的低翔而羡慕大鹏的高飞。[1] 支遁的"逍遥"新义造就了一种新的人格风范，即潇洒飘逸，优游自得，务实而不失超脱，任性而不坠鄙俗。东晋的名士风流由此而形成，这实际上是魏晋玄学所达到的最佳美学境界，真正体现了不失现实精神的唯美追求。东晋名士是务实的，又是超然脱俗、潇洒飘逸的，这是一个"才""艺"充分发扬的时代，王羲之的书法，顾恺之的绘画，陶、谢的诗歌，均为艺术史上的精品。何以如此呢？因为这是一个以才学赢得主体优越感的时代，才学愈高、艺术创造力越强，就意味着精神境界越高，唯此才能显示出主体的卓尔不群，这实际上同样是极具功利精神的。

通过以上分析，我们可以看到，魏晋玄学在其各阶段的理论重心虽然不同，但其中却贯穿着一个统一的美学精神，即现实基础上对美的极致追求。玄学美学精神的现实基础表现为儒家观念的根基，其唯美追求则体现着道家自然精神的焕发。魏晋玄学的美学精神最直接的表现途径无疑是文学、绘画、音乐、雕塑、书法等艺术作品，这些作品都是作者的艺术技巧与美学精神的凝结。魏晋时代是一个人们思想得到彻底解放的时代，同时也是一个艺术创作极其丰富的时代，时代的特征造就了玄学，而玄学又以其独特的美学内涵推动了时代艺术精神的活跃与发展。

---

① 参见《世说新语·文学》注引支遁《逍遥论》，余嘉锡《世说新语笺疏》，中华书局，2007，第 260 页。

## 第四节　宋代雅俗审美观念影响下词的演变

魏晋之后，雅俗作为一对美学范畴逐渐被普遍接受，对唐宋时期的美学观念产生了较为深刻的影响，深入当时生活与文化的许多领域，音乐与文学的结合，在雅俗观念影响下，产生了词这种新的文学形式，词体的演变与当时社会对待雅俗的审美取向息息相关。

隋代以前的通俗音乐，隋代发展为"燕乐"，唐、宋时期逐渐成为宴饮、游赏，甚至一些礼仪场合使用的俗乐总称，与用于朝会典礼等礼仪场合的雅乐泾渭分明。音乐功能的区分，导致了音乐的雅俗之分，进而影响到诗、词的文体分立。词体伴随通俗音乐而生，随着文人群体进入词的创作，词的文学品位不断提升，影响也不断扩大。宋代以后，随着世情民风的改变，词作推陈出新，长盛不衰，蔚为大观。

词作为一种新文体，一般认为起源于唐代，具体而言，有两个主要源头。词的一个源头在民间，与俚俗的民间谣歌有着重要的渊源，是唐五代的民间俗词，这类词大量保留在敦煌文献中。如《送征衣》就是一位民间女子的真情流露，语言直白、情感真挚：

> 今世共你如鱼水。是前世因缘。两情准拟过千年。转转计较难。教汝独自眠。　　每见庭前双飞燕。他家好自然。梦魂往往到君边。心专石也穿。愁甚不团圆。[1]

词的另一个源头与唐代流行的诗歌演唱关系密切，如"旗亭画壁"的故事，就是关于盛唐时高适、王昌龄、王之涣的诗歌在社会上的传唱情况。唐人日常活动中演唱的歌曲，先是歌诗，逐渐演变成唱曲，词就逐渐出现了。从这两个主要源头来看，起于民间的词，先天具有朴实活泼的语言特征，而出于诗人之手的曲子词，脱胎于诗歌，文辞更显精美，虽不求雅致，但依然与俚语俗歌明显不同。如刘禹锡的《浪淘沙》：

> 洛水桥边春日斜。碧流轻浅见琼沙。无端陌上狂风急，惊起鸳鸯

---

① 任半塘：《敦煌歌辞总编》卷二，上海古籍出版社，1987，第337页。

出浪花。①

这首词，虽然也有民歌风味，但是颇富文采，显示出文人创作的艺术特长。

词在源头上，就有"雅俗"之分，但推动这种新文体成长的重要力量，必然离不开文人阶层的重视和参与。晚唐时期，以温庭筠、皇甫松、韦庄等人为代表的一些知识分子，致力于词的创作，不仅摒弃词在语言上的俚俗，而且改变了民间词情感表达的直白炽烈，词中的情感表达开始集中于男女之情，开始采用委婉含蓄的表达方式，这是词体演变中，从民间词向文人词转变的重要阶段。这一阶段的转变在五代时期得到确认和巩固，形成了花间和南唐两种代表词风。花间词是绮艳而不失清丽的创作道路，南唐词则形式内蕴兼重，风格深俊婉约。这两种词风的形成，使文人词的创作彻底和民间词划分了界限，雅俗在词体发展中继续发挥重要的作用。随着宋代的建立，词的发展也走向了一个新的阶段，宋人雅俗观念的变化，宋代社会风尚的改变，继续不断推动着词的发展和演变。

## 一　宋初审美观念的萌发与宋词初创

宋代建立后，属于宋代的独特文化精神，需要时间的积淀才能形成。但是政治、经济和人们的社会心态都已经开始改变，这些改变在不断促进新的文化精神形成。五代长达53年的分裂和动荡，使得人心思定，赵匡胤和赵光义两代帝王顺应人心，并没有穷兵黩武，在统一天下后，与民生息，迅速恢复社会生产，男耕女织的乡村生活愿景再次出现，社会走向安定。宋代的国策，重文抑武，赵匡胤以"杯酒释兵权"的和平方式，收回了开国将领们的权力，并为他们安排下新的生活，他是这样说的：

> 人生如白驹过隙，所为好富贵者，不过欲多积金钱，厚自娱乐，使子孙无贫乏耳。卿等何不释去兵权，出守大藩，择便好田宅市之，为子孙立永远之业；多致歌儿舞女，日饮酒相欢以终其天年！②

---

① 曾昭岷等：《全唐五代词》，中华书局，1999，第60页。
② （清）毕沅等：《续资治通鉴》卷二，中华书局，1957，第35页。

赵匡胤的这番话，为宋代日后的基本国策定下了基调，不仅将武装力量牢牢控制在中央，同时厚待士大夫阶层，逐渐建立起一个庞大的文官集团，用于国家治理。宋朝的两项政策深刻影响了宋代社会。其一，从国家层面重视文化教育，鼓励平民阶层读书入仕。其二，重视商业发展，鼓励消费，引导社会享乐风气。在这样的政策影响下，宋朝迅速驱散了五代长期动荡的阴霾，农村安居乐业，城市经济发展，宋初的时代文化特征和审美追求，也在这样的背景下，在文学创作中得到体现。

缪钺先生有一篇颇有影响的文章《论宋诗》，文中他借用英国人安诺德《文学评论集》中的观点，认为"一时代最完美确切之解释，须向其时之诗中求之，因诗之为物，乃人类心力之精华所构成也"。① 宋初的创作，以诗为主，词也大多由专业的诗人偶尔创作，因此这个时代的审美观念，可从诗歌创作中略窥一二。

对于宋初诗歌，南宋人严羽在《沧浪诗话》中指出："国初之诗尚沿袭唐人。"② 这一说法是客观的，宋初诗歌确实延续着中晚唐诗风的影响。在宋代建立后的半个多世纪，相继出现了白体、晚唐体、西昆体等三体诗，几乎包含了这一时代所有的诗人和创作。

白体诗人主要学习白居易的闲适，代表诗人有李昉、徐铉、王禹偁等人，他们主要以士大夫的身份，模仿白居易浅近平易的诗风，题材多为酬答唱和，表现优游闲适的仕途生活。这一诗人群体代表了宋初士人阶层对平和之美的追求，这种美学观念，可以视为宋代美学中重视日常生活、重视平常之美倾向的源头，这也是宋人能够不脱离世俗而追求雅致时尚生活的主要文化渊源。

晚唐体的出现略晚于白体，代表诗人主要有林逋、潘阆、寇准、魏野、九僧等，除了寇准入仕为官，其他人或为隐士，或为诗僧。晚唐体诗人淡泊功名，遁迹山野林泉，以山水景物和娴静的隐居生活为创作题材，注重锤炼诗歌的格律和意象。这一诗人群体追求内心的平静，不受世俗生活的束缚，他们诗歌创作上表现出来的美学追求，倾向于通过精思苦吟，表现高雅精致的情趣，寄托淡泊孤高的情怀，这也是宋代美学中淡雅之美的发展方向。

---

① 缪钺：《诗词散论》，陕西师范大学出版社，2008，第40页。
② （宋）严羽著，郭绍虞校释《沧浪诗话校释》，人民文学出版社，1983，第26页。

西昆体出现最晚，从真宗时期兴起，影响持续三十余年。这一诗派因《西昆酬唱集》而得名，这部诗集的刊行流传使西昆体产生了重大影响。欧阳修在《六一诗话》中谈道："'盖自杨、刘唱和，《西昆集》行，后进学者争效之，风雅一变，谓之'昆体'。"① 可见这一诗派在宋初的影响力之大。西昆体以杨亿、刘筠、钱惟演为代表，诗歌创作追随李商隐诗的典雅深微，注重使用典故，讲究辞藻的华美和情感表达的深婉含蓄。这一诗人群体的创作，表现的是新一代士大夫生活中的富贵意态，他们追求典雅艳丽的诗风，标志着宋初士人群体的美学观念再度发生了改变。

宋初美学观念借助于三体诗的创作而萌芽、成长，三体诗的相继出现，在延续中晚唐美学观念的同时，也融入宋代社会的时代风尚不断发生嬗变，逐渐深入这个时代的日常生活中。三体诗的创作群体代表了这个时代士人的主流，他们或平实精致、或高雅淡泊、或典雅富艳的美学观念，也为宋代美学中对"雅"的追求，开辟了不同的路径。

宋初的知识阶层，并不重视词的创作，半个多世纪，也没有出现有影响力的词人。收录在《全宋词》中的几十首宋初词作，几乎都是出自三体诗人之手，他们主要模仿和延续唐五代词的基本创作手法，偶尔也有新的尝试，在审美倾向上接近于各自的诗歌。

从模仿来看，林逋有一首《相思令》，与白居易的《长相思》，在写法上如出一辙，表达的情感，也同是男女之间的缠绵离情。

> 吴山青，越山青，两岸青山相对迎，争忍有离情。　　君泪盈，妾泪盈，罗带同心结未成，江边潮已平。②（林逋《相思令》）
> 汴水流，泗水流，流到瓜洲古渡头，吴山点点愁。　　思悠悠，恨悠悠，恨到归时方始休，月明人倚楼。③（白居易《长相思》）

潘阆的《酒泉子》组词，与白居易的《忆江南》组词，题材和手法也有相通之处，可以看出模仿的痕迹。

> 长忆钱塘，不是人寰是天上。万家掩映翠微间。处处水潺潺。

---

① （清）何文焕：《历代诗话》，中华书局，1981，第266页。
② 唐圭璋等：《全宋词》，中华书局，1999，第9页。
③ 曾昭岷等：《全唐五代词》，中华书局，1999，第74页。

异花四季当窗放。出入分明在屏障。别来隋柳几经秋。何日得重游。①（潘阆《酒泉子》）

江南忆，最忆是杭州。山寺月中寻桂子，郡亭枕上看潮头。何日更重游。②（白居易《忆江南》其二）

林逋、潘阆两位诗人并不以词名，他们填词时，都选择模仿在宋初诗坛颇有影响的白居易。白居易晚年填词只是偶尔为之，林、潘二人填词也是如此，他们表达的离别与追忆往昔的情感，是词中经常表现的主题，语言虽然平易，但也可看出遣词造句的精心之处，如林逋词中两个"盈"字，潘阆词中的"翠微""屏障"，都不是民间俗词能够轻易用出来的。

再看王禹偁的《点绛唇·感兴》：

雨恨云愁，江南依旧称佳丽。水村渔市。一缕孤烟细。　　天际征鸿，遥认行如缀。平生事。此时凝睇。谁会凭阑意。③

王禹偁的这首词，笔调清丽，寓情于景，借助江南水乡雨中的凄迷景象，写自己遭受政治挫折和怀才不遇的苦闷。此种表达方式，是以诗的题材入词的尝试，当然也可以认为，王禹偁作为非专业词人，词体还不够纯粹。如果抛开词体的文体要求，这首词清丽深挚，堪称佳作。

又如钱惟演的《木兰花》：

城上风光莺语乱。城下烟波春拍岸。绿杨芳草几时休，泪眼愁肠先已断。　　情怀渐变成衰晚。鸾鉴朱颜惊暗换。昔年多病厌芳尊，今日芳尊惟恐浅。④

这首词是钱惟演感慨时光流逝、人生迟暮的作品，表现内心情感的惆怅，极为真挚。这首词的情绪与表达，略近于南唐词人冯延巳词中蕴入的深挚情感，是士大夫阶层特有的一种情绪，这种情绪的表达方式，需要深俊婉约的词风作为载体，随后出现于词坛的晏殊和欧阳修等人，不断地确认着这种审美风格。

---

① 唐圭璋等：《全宋词》，中华书局，1999，第4页。
② 曾昭岷等：《全唐五代词》，中华书局，1999，第73页。
③ 唐圭璋等：《全宋词》，中华书局，1999，第2页。
④ 唐圭璋等：《全宋词》，中华书局，1999，第5页。

总的来说，宋初词的创作，并不局限于表现传统的男女之情，词的数量虽然不多，但是题材上的尝试显得较为多样，创作手法以模仿前代词作为主。这一时代词的作者，主要是诗人，并没有专力填词的词人，因此诗人的美学观念影响着词的创作，三体诗中表现出的审美倾向，在词的创作中也偶尔会有所流露。

## 二 宋代美学中雅俗的相互依存与词的雅俗共赏

当宋真宗在 1005 年初与辽国签订下 "澶渊之盟" 后，宋辽之间长达 25 年的战争终于结束，宋代社会进入了较长阶段的和平发展时期，经济文化伴随着城市的大量出现迅速繁荣起来。《宋史·地理志》中记载的十万人口以上城市大约有 50 个，这些城市星罗棋布于大江南北，成为宋代经济文化发展的重心。随着城市的发展，城市人口数量迅速增长，市民阶层逐渐形成。开封作为宋朝国都，成为当时世界上首屈一指的大都市，从城市的消费显示出开封城容纳着大量的非农业人口，《续资治通鉴长编》第 74 卷记载了真宗大中祥符三年（1010）由江、淮向开封城运粮的数量：

> 三司使丁谓进曰："唐朝江、淮岁运米四十万至长安，今乃五百余万，府库充牣，仓库盈衍。"①

这一时期，开封城每年大约需要从江、淮运入粮食 500 余万石，以满足城市的正常消费，这一数量比起唐代的运输量，增高了十多倍。但是到了仁宗宝元二年（1039），运粮情况就发生了很大变化，后来出任了宰相的贾昌朝当时不无忧虑地向仁宗上书：

> 臣又尝掌京廪，计江、淮岁运粮六百余万，以一岁之入，仅能充朝廷之用……天下太平已久，而财不藏于国，又不在于民，傥有水旱频仍之灾，军戎调度之急，计将安出哉！②

仅仅不到 30 年的时间，江、淮向开封城的运粮数量又增加了 100 万石，却仍然显得不够宽裕，可见开封城的人口增长是很快的。此外，在《东京

---

① （宋）李焘：《续资治通鉴长编》卷 74，中华书局，1979，第 1683 页。
② （宋）李焘：《续资治通鉴长编》卷 123，中华书局，1979，第 2906 页。

梦华录》中记载，开封的猪肉消费数量每日达到万头，"唯民间所宰猪，须从此入京，每日至晚，每群万数"。① 由每日万头猪的消费量，可以估算出，开封是一座人口超过百万规模的大城市。

宋代仁宗时期，国泰民安，经济繁荣，开封城作为国都，成为百万人口的城市理所应当。随着商业的活跃和对外贸易的发展，宋朝境内几十座规模较大的城市迅速发展起来，容纳的城市人口规模超过了千万，大量的人口脱离了农业生产，进入城市，成为"不耕而食"者②。这些生活于市井之中的居民，使宋代的审美观念比之前代发生了重大改变，市民阶层喜闻乐见的通俗文学和艺术形式，以蓬勃的生机很快就活跃了起来。孟元老在《东京梦华录序》中，曾追怀徽宗崇宁时开封城的繁华：

> 灯宵月夕，雪际花时，乞巧登高，教池游苑。举目则青楼画阁，绣户珠帘，雕车竞驻于天街，宝马争驰于御路，金翠耀目，罗绮飘香。新声巧笑于柳陌花衢，按管调弦于茶坊酒肆。八荒争凑，万国咸通。集四海之珍奇，皆归市易，会寰区之异味，悉在庖厨。花光满路，何限春游，箫鼓喧空，几家夜宴。伎巧则惊人耳目，侈奢则长人精神。③

开封城在当时，已经发展成了国际性的商业中心，"集四海之珍奇，皆归市易"。由于商品丰富，商业活跃，这里的交通、餐饮、休闲、娱乐等行业都极度发达，新的时尚不断出现，改变着宋人的生活和消费。戴"金翠"，着"罗绮"，人们竞相追求衣饰装扮上的华美新颖；听"新声"，观"伎巧"，人们热衷的歌唱表演也会经常推陈出新。

《大宋宣和遗事》中记载着当时元宵节男女的打扮，可以看出开封市民在穿着打扮上的时尚风采：

> 是时底王孙、公子、才子、伎人、男子汉，都是了顶背带头巾，窄地长背子，宽口袴，侧面丝鞋，吴绫袜，销金长肚，妆着神仙；佳

① （宋）孟元老撰，尹永文笺注《东京梦华录笺注》，中华书局，2007，第100页。
② 唐宋时期，多有以"不耕而食"限制僧人数量的言论，如《宋史·王禹偁传》中，王禹偁认为古代本只有士、农、工、商四民，秦以后分离出第五民"兵"，汉以后佛教兴起，又分离出第六民"僧"。其实，除了农民之外，其他诸民都是"不耕而食"者，宋代不限制土地兼并，大量农民失去土地后，或进入城市务工，或以流民的身份被朝廷收拢编入"厢军"，脱离了农业生产。
③ （宋）孟元老撰，尹永文笺注《东京梦华录笺注·序》，中华书局，2007，第1页。

人却是戴鞞扇冠儿，插禁苑瑶花，星眸与秋水争光，素脸共春桃斗艳，对伴的似临溪双洛浦，自行的月殿独嫦娥。①

吴自牧在《梦粱录》中记录了南宋时妓乐表演歌舞的情形，可以想见宋代唱曲活动，从北宋到南宋，长盛不衰。

若论动清音，比马后乐加方响、笙与龙笛，用小提鼓，其声音亦清细轻雅，殊可人听。更有小唱、唱叫、执板、慢曲、曲破，大率轻起重杀，正谓之"浅斟低唱"。若舞四十六大曲，皆为一体。但唱令曲小词，须是声音软美。②

吴自牧在这里提到的"浅斟低唱"，最早大概是李煜的自我标榜，他曾经微服出行于娼家，"讴吟吹弹"，乘着酒意在墙上自题为"浅斟低唱，假红倚翠大师"③，"浅斟低唱"也就成为词的演唱特征。

然而在北宋，人们观念中的"浅斟低唱"，则是对柳永的认可。柳永科举失败后曾经写过一首《鹤冲天》词，以"忍把浮名，换了浅斟低唱"自我安慰。据说此词传入了仁宗耳中，在又一次考试时，仁宗特意把柳永黜落，并且说"且去浅斟低唱，何要浮名！"④ 虽然此事未必真实，但是街谈巷议，反而使柳永词更受市井追捧。其实仁宗皇帝也是喜爱柳永词的，陈师道在《后山诗话》中曾提道："柳三变游东都南、北二巷，作新乐府，骪骳从俗，天下咏之，遂传禁中。仁宗颇好其词，每对酒，必使侍从歌之再三。"⑤

柳永词受到追捧并非偶然，主要原因在于他的词善于求"新"。中国古代的美学观念中，"新俗"与"古雅"相对立，"新"往往意味着世俗和流行。柳永词的"新"适应了新兴市民阶层的需要，一方面表现曲调求"新"，柳永大量采用宋代流行的慢拍曲子填词，与急管繁弦的唐代燕乐曲调大不相同，随着时代和生活方式的变化，新兴的城市居民对音乐的喜好也发生了变化，柳永能够把握时代潮流，自然受到欢迎。另一方面柳永在词的语言和表现手法上求"新"，柳永填词善于采用浅显直白的语言，融入

---

① 《新刊大宋宣和遗事》，中国古典文学出版社，1954，第74页。
② （宋）吴自牧：《梦粱录》，载《东京梦华（外四种）》，古典文学出版社，1956，第309页。
③ （宋）陶穀等：《清异录》，上海古籍出版社，2012，第27页。
④ （宋）吴曾：《能改斋漫录》，上海古籍出版社，1979，第480页。
⑤ 张惠民：《宋代词学资料汇编》，汕头大学出版社，1993，第4页。

市民口语、俗语，用铺叙的表现手法，娓娓讲述男女情事和城市繁华，词的言情题材虽然没有改变，但是柳永词把恋情放在情节和细节中去渲染，更能使受众获得代入感。

柳永的《望海潮》（东南形胜）、《破阵乐》（露花倒影）分别咏杭州和开封金明池，以铺排的手法写出了都市的繁华，使得生活在其中的普通人听到这些词的时候，心中不由涌起自豪和满足之感。柳永写情，也有新意，他的《雨霖铃》把离别之情放在郊外送别的宴席上，通过细节的反复渲染，使词中情绪的抒发逐渐达到高潮，让受众产生内心共鸣。再如他的《尉迟杯》中代歌妓言情，也具有典型性：

> 宠佳丽。算九衢红粉皆难比。天然嫩脸修蛾，不假施朱描翠。盈盈秋水。恣雅态、欲语先娇媚。每相逢、月夕花朝，自有怜才深意。
>
> 绸缪凤枕鸳被。深深处、琼枝玉树相倚。困极欢余，芙蓉帐暖，别是恼人情味。风流事、难逢双美。况已断、香云为盟誓。且相将、共乐平生，未肯轻分连理。

这首词的语言极为直白，丝毫不用含蓄的写法。词中先描写那位令人宠爱的美丽女子，美貌出众，天生丽质，不施脂粉，眼眸清澈，声音娇媚，借助于一番铺陈描写，女子的音容姿态生动地呈现出来。词的下片有男女欢合的细节描写，借此表现两人流连缠绵的情意，然而在两人的缱绻深情背后，又隐含着对分别的忧惧。这样的写法，表现了女性的美貌，也表现了男女情事，迎合了普通大众的审美心理需求。

柳永的作品符合市民阶层的审美品位，因此迅速风靡天下，不仅市井流传，甚至皇帝和官员、士子也以矛盾的心理，一边批评，一边欣赏。如李之仪《跋吴思道小词》："至柳耆卿，始铺叙展衍，形容盛明，千载如逢当日。较之《花间》所集，韵终不胜。"① 胡仔《苕溪渔隐丛话》卷三十九引《艺苑雌黄》的评价："柳之乐章，人多称之。然大概非羁旅穷愁之词，则闺门淫媟之语。……彼其所以传名者，直以言多近俗，俗子易悦故也。"②

柳永词代表了宋人美学观念中对"俗"的认识和表现，"俗"就是要适应社会大众的品位，当然这种品味并不是一成不变的，而是在社会各阶层

---

① 张惠民：《宋代词学资料汇编》，汕头大学出版社，1993，第 200 页。
② 张惠民：《宋代词学资料汇编》，汕头大学出版社，1993，第 60 页。

共同的文化认同中不断演化。农业为主体的社会，人们的经济活动单一，社会风尚的变化较为缓慢，而商业的活跃，城市居民的大量聚集，使得社会风尚改变就比较迅速。由于宋代不限制人口流动，宋代社会的城市化程度比较高，商业活动频繁，加之受教育人口数量不断增高，社会风尚变化很快，这从宋词的发展中就能看到。

柳永慢词流行之前，晏殊、欧阳修、张先等人的词，并没有明显改变，依然在唐五代文人词的框架中进行创作。晏殊的词写得温润娴雅，虽然也有一些绮丽之语，但不涉俚俗。

欧阳修的词与晏殊并称，但他的年辈晚于晏殊，很快就接受了时尚新颖、流行于市井的俗词，他的词也更加多样，出现了浅俗活泼的通俗之作，如《南歌子》：

> 凤髻金泥带，龙纹玉掌梳。走来窗下笑相扶。爱道画眉深浅、入时无。　　弄笔偎人久，描花试手初。等闲妨了绣功夫。笑问双鸳鸯字、怎生书。

欧阳修一生大部分时间生活在仁宗朝，他在开封读书、入仕、外放、回朝，他经历了宋代社会不断走向繁荣的整个过程。欧阳修词有像晏殊那样的典雅之作，也有信手成篇、生动活泼、雅俗兼善的新颖篇什，这些作品符合当时的社会审美风尚。

欧阳修本身也是一个追求时尚的人，在他的词作中有许多表现时尚风貌的地方，如前面《南歌子》中女子的打扮和妆容，"凤髻金泥带，龙纹玉掌梳"是时尚的打扮，"画眉深浅、入时无"是对流行妆容的追求。再如《鹧鸪天》中，他说女子"学画宫眉细细长，芙蓉出水斗新妆"，也是在讲时尚。当时引领时尚妆容的，应是宫廷女子，因此民间女子以学习宫中妆容为时尚，欧阳修也是深谙这些流行风气的。又如《浣溪沙》中"白发戴花君莫笑，六幺催拍盏频传"，欧阳修在颍州任知州时，春天在西湖游赏宴饮，摘下一朵花插在发间，表现出为人的洒脱，更重要的是体现了他对时尚的认同。

张先则是一个跨时代的长寿词人，他略年长于晏殊，早期词近于晏殊的令词，但他活到了神宗时代，因此不仅接受了柳永的影响，甚至后期还有和苏轼的忘年交往，随着词坛风尚的改变，慢词的流行，追求时尚的张先，也创作了相当数量的慢词。

这些词人的创作，体现着宋代美学观念在经历了宋初三体诗人的探索后，北宋中叶开始了新的发展和演变。这个过程中，"俗"的审美观念从出现到为时代普遍接受，只经历了短短的数十年。"俗"的美学观念也不是一成不变的，它始终都和"雅"并行发展，互相影响，即便是以俗词创作著称的柳永，同样有高雅的情怀。比如针锋相对柳永俗词的苏轼，也赞扬过柳永的不俗，赵令畤《侯鲭录》中，就有一条苏轼肯定柳词的记载："世言柳耆卿曲俗，非也，如《八声甘州》云'霜风凄紧，关河冷落，残照当楼'，此语于诗句不减唐人高处。"① 可见，宋人的美学观念中，雅俗是可以相互依存的，这也是一个文化和经济都发展到高峰时期的时代，人们自然表现出的包容和自信。

因此词的创作虽然追随时尚，但每一位词人的社会身份和个人偏好，会使他创作出独具个性的作品。由于词为娱乐而作，无论偏于雅致，还是趋于俚俗，都能够被社会各阶层普遍接受，实现了各文体中并不常见的雅俗共赏。

### 三　宋代美学中的从俗、复雅与词的分野

宋代活跃的城市经济与市民文化相互依托，不断催生着新的文艺作品，不断改变着流行风尚，市民阶层对此喜闻乐见。柳永用新声慢曲创作的俗词风靡天下，只是宋代市民文艺繁荣的开端，随着大量新鲜、生动、活泼、诙谐的俗词不断涌现，活跃于勾栏瓦舍、酒楼茶坊中的歌妓，使听词唱曲在北宋中后期，逐渐成为宋人生活中不可或缺的日常活动。

王灼在《碧鸡漫志》中记录了柳永影响之下俗词的创作情况：

> 若从柳氏家法，正自不得不分异耳。……黄（庭坚）晚年闲放于狭邪，故有少疏荡处。……赵德麟、李方叔皆东坡客，其气味殊不近，赵婉而李俊，各有所长，晚年皆荒醉汝颍京洛间，时时出滑稽语。……少游屡困京洛，故疏荡之风不除。……王辅道、履道善作一种俊语，其失在轻浮。辅道夸捷敏，故或有不缜密。……沈公述、李景元、孔方平、处度叔侄、晁次膺、万俟雅言，皆有佳句，就中雅言

① 张惠民：《宋代词学资料汇编》，汕头大学出版社，1993，第179页。

又绝出。然六人者，源流从柳氏来，病于无韵。雅言初自集分两体：曰雅词，曰侧艳，目之曰《胜萱丽藻》。后召试入官，以侧艳体无赖太甚，削去之。再编成集，分五体：曰应制、曰风月脂粉、曰雪月风花、曰脂粉才情、曰杂类，周美成目之曰《大声》。次膺亦间作侧艳。田不伐才思与雅言抗行，不闻有侧艳。田中行极能写人意中事，杂以鄙俚，曲尽要妙，当在万俟雅言之右，然庄语辄不佳。尝执一扇，书句其上云："玉蝴蝶恋花心动。"语人曰："此联三曲名也，有能对者，吾下拜。"北里狭邪间横行者也。宗室温之次之。长短句中，作滑稽无赖语，起于至和。嘉祐之前，犹未盛也。熙、丰、元祐间，衮州张山人以诙谐独步京师，时出一两解。……元祐间，王齐叟彦龄，政和间，曹组元宠皆能文，每出长短句，脍炙人口。彦龄以滑稽语噪河朔。组潦倒无成，作《红窗迥》及杂曲数百解，闻者绝倒，滑稽无赖之魁也。……同时有张衮臣者，组之流，亦供奉禁中，号"曲子张观察"。其后祖述者益众，嫚戏污贱，古所未有。①

从这段类似于北宋中后期俗词流变史的记载中，可以看出柳永的巨大影响，这些受到影响的词人，身份各异，创作也不相同。涉及的词人主要有黄庭坚、赵令畤（德麟）、李廌（方叔）、秦观（少游）、王寀（辅道）、王安中（履道）、沈唐（公述）、李甲（景元）、孔夷（方平）、孔榘（处度）、晁端礼（次膺）、万俟咏（雅言）、田为（不伐）、田中行、赵温之、张寿（山人）、王齐叟（彦龄）、曹组（元宠）、张衮臣等。这些人中，有皇族后裔，如赵令畤、赵温之；有苏轼门人，如黄庭坚、秦观、李廌等；有知名文人，如王寀、王安中、沈唐、李甲、孔夷、孔榘等；也有徽宗时在大晟府中任职的晁端礼、万俟咏、田为等人；还有田中行、张寿、王齐叟、曹组、张衮臣等在市井间颇有影响的词人。这些词人身份各异，但他们的词都从不同方面表现出对"俗"的美学观念的认同，这意味着北宋中后期，"从俗"已经成为社会各阶层普遍接受的一种生活方式，俗词的创作出现了高潮。

不仅有许多文人参与俗词创作，民间创作的俗词数量应该更大，然而这些创作一般很少受到重视，因此保留下来的数量极少。《全宋词》中收录

① （宋）王灼著，岳珍校正《碧鸡漫志校正》，巴蜀书社，2000，第34-35页。

作品21055首，其中署无名氏的词有1590首，这些作品当然并非都是民间俗词，其中可以视为俗词的只有300首左右，可见民间俗词虽然在当时创作数量巨大，但是很少被收集保存，主要原因是文人的轻视，如沈义父在《乐府指迷》中，曾批评南宋时流行于市井的俗词：

> 如秦楼楚馆所歌之词，多是教坊乐工及市井做赚人所作，只缘音律不差，故多唱之。求其下语用字，全不可读。甚至咏月却说雨，咏春却说秋。如《花心动》一词，人目之为一年景。又一词之中，颠倒重复，如《曲游春》云"脸薄难藏泪"，过云"哭得浑无气力"，结又云"满袖啼红"，如此甚多，乃大病也。①

沈义父讲到的情况，大概从北宋到南宋都是如此，普通的乐工伶人和市井平民，并没有太高的文化素养，虽然和者音律填出的歌词，唱起来颇为顺口，但文辞的水准很难被文人接受，这应该也是精通音律的柳永、黄庭坚等文人，一旦创作俗词，就深受欢迎的原因。

在北宋中后期，审美意识中"从俗"成为风气，在这里，"俗"的内涵更为丰富，《说文解字》认为"俗"的意思是"习"，段玉裁解释了"俗"的引申义"凡相效谓之习"，可见"俗"有一个突出的特点，就是能够被人们普遍接受和沿袭，并且连续地继承和流传。从北宋中叶开始，市井生活中的各种娱乐活动，改变了人们的生活方式，"从俗"成为时尚、时新的行为，是城市生活的典型特点。在《东京梦华录》中，有大量涉及开封时尚新风的记载，比如在正月十五日会有"奇术异能，歌舞百戏"，包括击丸蹴踘、踏索、上竿、吞铁剑等杂耍，稽琴、箫管、鼓笛等乐器演奏，以及演杂剧、猴戏、讲史等种种娱乐活动，可谓"奇巧百端，日新耳目"②。正月十六日，皇帝与民同乐，王公贵族们的"家妓竞奏新声"，诸多的商铺酒肆"灯烛各出新奇"，即使藏于深坊小巷中的娱乐场所也是"绣额珠帘，巧制新妆，竞夸华丽"③。宋代的城市生活是丰富多彩的，不仅正月娱乐活动丰富，其实一年四季都是如此，春天有清明和三月踏青，夏天有端午以及浴佛日、诸神生日，秋天则有七夕、中元、中秋、重阳等各种节日活动，冬

---

① （宋）沈义父著，蔡嵩云笺释《乐府指迷笺释》，人民文学出版社，1963，第69页。
② （宋）孟元老撰，尹永文笺注《东京梦华录笺注》，中华书局，2007，第540－541页。
③ （宋）孟元老撰，尹永文笺注《东京梦华录笺注》，中华书局，2007，第595－596页。

天又有迎神、郊祭，一系列的活动直忙到除夕。这些节日活动和生活风俗交融在一起，成为社会各阶层的共同意识，因此作为个体的"从俗"，只是一种不自觉的社会趋同行为。

在北宋中后期形成的"从俗"审美心理作用下，迎合时尚风气的俗词，焕发出蓬勃生机。过于俚俗的词，语言直白浅露，大量使用口语、俚语，也充斥着淫词艳语，被李清照抨击的"词语尘下"就是指的这种情况。除了语言，俗词的题材更加丰富，除艳情外，民俗、世情、谐谑，以及普通人日常生活中的喜怒哀乐，都是创作的题材，由于受众主要是市井居民，词的格调普遍较低。

在从俗尚新的社会风气中，知识分子阶层，也受到了潜移默化的影响，苏轼就是一个典型的例子。苏轼总是立场鲜明地表现自己和柳永词的不同，甚至采用了以诗材入词、以诗法填词的创作方式，力求将自己的词与柳永词区分开来，他曾给好朋友鲜于子骏写过一封书信：

> 近却颇作小词，虽无柳七郎风味，亦自是一家。呵呵，数日前猎于郊外，所获颇多。作得一阕，令东州壮士抵掌顿足而歌之，吹笛击鼓以为节，颇壮观也。[1]

苏轼颇为自得地向朋友炫耀，自己的词与流行的柳永词完全不同，比之于"柳氏家法"，自己也开创了独特的家数，能够"自是一家"。一般认为，苏轼"自是一家"之论，是刻意针对柳永词，而寻找的创作道路，其实在当时，被认为"自是一家"的还有晏几道词，苏轼的学生晁补之曾提到过：

> 叔原不蹈袭人语，风度闲雅，自是一家。如"舞低杨柳楼心月，歌罢桃花扇底风"，乃知此人，必不生于三家村中者。[2]

原来在当时要做到"自是一家"，首先需要做的是能够创新，即"不蹈袭人语"。此外作品还要写得时尚，这里所谓"不生于三家村"，是说晏几道不是从偏僻而人烟稀少的小乡村走出来的，他见多识广，文笔不凡，"风

---

[1] （宋）苏轼著，孔凡礼点校《苏轼文集》，中华书局，1986，第1560页。
[2] （宋）赵令畤等著，孔凡礼点校《侯鲭录 墨客挥犀 续墨客挥犀》，中华书局，2002，第184页。

度闲雅"。可见苏轼自我标榜的"亦自是一家",是说自己的词很新颖,没有人云亦云。可见,在当时词坛更受重视的是创新与独特,因此,当苏轼看到学生秦观的词中有模仿柳永的痕迹时,就立刻提出了批评:

> 少游自会稽入都见东坡,东坡曰:"不意别后公却学柳七作词。"少游曰:"某虽无学,亦不如是。"东坡曰:"销魂当此际,非柳七语乎?"①

苏轼的门人弟子,写俗词的很多,很少见到苏轼的批评,但是他却批评了秦观这个善于填词的学生,明确指出秦观词中具体的句子"非柳七语乎",也就是说,他批评秦观模仿柳永而缺乏自己的创新。

苏轼的思想比较复杂,经历比较丰富,他的美学观念也融合了儒、释、道三家的美学精神,虽然他曾纠结于天上和人间,出世与入世,但他终究融会贯通了道家的超然物外、佛家的随缘自适和儒家的独善兼济,使自己在现实人生中发现快乐,体味美好。苏轼不仅跟随时尚,也引领风尚,东坡肉成为大众美食,东坡巾成为时髦装扮,东坡词更是令人耳目一新,与众不同。"从俗"已经不仅是审美的选择,在北宋后期,也是一种生活方式。

北宋后期虽然"俗"风盛行,但是文人阶层的文化素养,使他们不断探索用更优雅、精致、富有情韵的方式填词。晏几道出身于相府,虽然家道败落,但他的内在气质和修养,使他的词依然"风度闲雅"。苏轼个性爽朗,处事超然洒脱,因此他采用"以诗为词"② 的方式,使自己的词,能够和各种风格的词分庭抗礼,他不注重词的工巧精致,但是将词的格调拔高了一个台阶,不求雅而自成雅韵。

北宋中后期词坛,文人阶层已经在用"雅"的观念尝试改变词的创作,晏几道和苏轼之后,词坛出现了新的变化。黄庭坚摒弃俚俗词,尝试"诗化"道路。秦观以令词手法填慢词,情韵生动,受到各阶层的普遍欢迎。周邦彦精心审定词的声律韵格,反复锤炼词的谋篇用字,形成了富艳精工的词风,为文人词的发展找到了新的方向。与周邦彦有些渊源的词人万俟

---

① 吴文治:《宋诗话全编》,江苏古籍出版社,1998,第 3451 页。
② 陈师道《后山诗话》云:"退之以文为诗,子瞻以诗为词,如教坊雷大使之舞,虽极天下之工,要非本色"(《苕溪渔隐丛话》前集卷四十九引)。

咏，则有词集《胜萱丽藻》，把词分为"雅体""侧艳"二体，"雅体"作为一类词被首次明确提出。这几位词人都有创作俗词的经历，但他们都在探索词的"雅化"道路，不仅丰富了北宋后期词坛的创作，也表现出在雅、俗观念的对立下，词的雅、俗分野初露端倪。

靖康之难，宋代社会发生了剧烈震荡。中原沦陷，皇室南移，抗金志士慷慨高歌，十余年的"乐禁"，促使词坛进行了反思，"雅"作为儒学的重要审美范畴，伴随着以儒学挽救危亡的时代潮流受到重视，"复雅"的观念得到强调。一系列的词集都以"雅"冠名，如《典雅词》（佚名）、《复雅歌词》（鲖阳居士）、《乐府雅词》（曾慥）、《紫薇雅词》（张孝祥）、《书舟雅词》（程垓）、《宝文雅词》（赵彦端）、《风雅遗音》（林正大）等。这一时期的词论，表现出"复雅"的主张，要求词的创作恢复到《诗经》的风雅传统。"复雅"思想，在正面肯定爱国词人创作的同时，更重要的是接受了苏轼"以诗为词"的创作道路。张元幹、张孝祥、陆游和辛弃疾等人，都是沿着这条道路创作的重要词人，但是他们的爱国词，偏于抒豪情、言壮志，与词体的审美品位不相符合。

随着宋金"隆兴和议"的签订，偏安局面形成，抗金复国的壮志转眼成为明日黄花，词坛面貌再度改变。此时的杭州，很快恢复了当年开封的繁华，经过南宋的长期发展，甚至有过之而无不及，《梦粱录》中就记载了南宋末杭州城的极度繁盛景象：

> 自高庙车驾由建康幸杭，驻跸几近二百余年，户口蕃息，近百万余家。杭城之外城，南西东北各数十里，人烟生聚，民物阜蕃，市井坊陌，铺席骈盛，数日经行不尽，各可比外路一州郡，足见杭城繁盛矣。①

宋代政治是文人治国，基本国策是重文抑武。宋代以文人为主体的士人阶层，解决外患的基本思路是"主和"，虽然这种政治策略颇受后人诟病，但在宋代三百多年的历史上，"议和"始终占据主流地位。"和"是儒家的重要思想，宋代政治中的"和"，根本思想在于息兵止戈，共同发展。"和"的思想，用于内政，则造就了社会经济和文化的繁荣。正是这种思想，使南宋能够迅速从战争中恢复过来，继续发展经济，社会各阶层继续

---

① （宋）吴自牧：《梦粱录》，载《东京梦华录（外四种）》，古典文学出版社，1956，第299页。

沉醉于城市的繁华。市井娱乐活动在南宋很快就恢复了，杭州城的市井娱乐项目更加丰富多彩，甚至超过了当年的开封。其中有源于宫廷教坊的各种散乐：

> 散乐传学教坊十三部，唯以杂剧为正色。旧教坊有篳篥部、大鼓部、杖鼓部、拍板色、笛色、琵琶色、筝色、方响色、笙色、舞旋色、歌板色、杂剧色、参军色。①

除了多种多样的散乐，还有专业的演出组织不断演出诸宫调、杂剧、嘌唱、唱赚等各种节目，而曾经流行的"唱叫小唱"，因不适应瓦市演出的需要而消失了，"唱叫小唱，谓执板唱慢曲、曲破、大率重起轻杀，故曰'浅斟低唱'，与四十大曲舞旋为一体，今瓦市中绝无"。② 不过新颖的节目和新颖的表演不断出现。

杭州城的市井娱乐活动，较之开封更加令人眼花缭乱，但是词已经不再占据重要位置，即使如"嘌唱"中演唱的"令曲小词"，也是在鼓面上表演，唱与演是相配合的，唱法与花间樽前已大相径庭。

词在南宋人的生活中，悄然发生了改变，这与词坛的"复雅"潮流有很大关系。在"复雅"过程中，用于娱乐的俗词受到抨击，比如陆游对《花间集》的指责："方斯时，天下岌岌，生民救死不暇，士大夫乃流宕如此。"③ 虽是说的五代时期，何尝不是批评当世现象。由此可见，"复雅"观念影响之下，词的娱乐功能必然受到影响，陆游的词转而向诗靠近，辛弃疾则走得更远，以词为"陶写"性情的工具④。辛弃疾的词打破词体限制，不仅以诗为词，也以经史入词，还引入散文的创作手法，表现出以文为词的创作特点。他有慷慨刚健的英雄气魄，也有细腻婉转的情感世界，词在他的手中可俗、可雅，随性而为，然而他的词却并不能代表南宋词坛的主

---

① （宋）灌圃耐得翁：《都城纪胜》，载《东京梦华录（外四种）》，古典文学出版社，1956，第 95 – 96 页。

② （宋）灌圃耐得翁：《都城纪胜》，载《东京梦华录（外四种）》，古典文学出版社，1956，第 96 页。

③ （宋）陆游《渭南文集》卷三十，载钱仲联等《陆游全集校注》第 15 册，浙江古籍出版社，2016，第 297 页。

④ 范开《稼轩词序》："公一世之豪，以气节自负，以功业自许，方将敛藏其用以事清旷，果何意于歌词哉？直陶写之具耳"（邓广铭：《稼轩词编年笺注》，上海古籍出版社，2007，第 620 页）。

流创作方向。

南宋词坛的主流是雅词的创作，这是"复雅"观念影响下的必然美学追求。南渡之后，词坛曾经试图通过肯定苏轼，找到雅词的创作方向，当时的许多词人都走向词的"诗化"道路，然而这种尝试并不成功，这条道路也存在着混淆诗体与词体的隐忧。

帮助南宋雅词创作明确了方向的是强焕，他在孝宗淳熙七年（1180）前后搜集整理了周邦彦的 182 首词，以《片玉词》为名刊刻发行，"学清真"自此成为南宋词人雅词创作的方向。姜夔在清真词的影响下，取得了突出的创作成就，对后来的词坛产生了重要影响。朱彝尊在《词综·发凡》中对姜夔给予了极高评价："词至南宋，始极其工，至宋季始极其变，姜尧章氏最为杰出。"① 朱彝尊还认为姜夔起到了雅词开端的作用，影响不仅在南宋，甚至及于元末明初的杨基："词莫善于姜夔，宗之者张辑、卢祖皋、史达祖、吴文英、蒋捷、王沂孙、张炎、周密、陈允平、张翥、杨基，皆具夔之一体。"② 可见，雅词在南宋中期以后，主导了词坛的创作。

对于姜夔的词，张炎在《词源》中称之以"清空""骚雅"，但是后人又从不同的角度生发出许多看法，比如"生硬""疏宕""灵动""清婉"、"淡远"等，莫衷一是。姜夔的词，数量并不多，但他改变了词的写法，每一首都精心结撰，他的词坚守"雅"的方向，一方面引诗法入词，形成清冷峭拔、幽深香远的独特韵味；另一方面，充分发挥自己精通音律的特长，使文辞、情感、音乐融合为一体，达到了声情想通、音韵和谐、婉转动听的艺术高度。姜夔的雅词创作，除了天赋，与他对词艺的探索密不可分。

首先，姜夔的魏晋风度影响到词的创作。姜夔为人，清高自持，宋人陈郁《藏一话腴》中对他有一段描述：

> 白石道人姜尧章，气貌若不胜衣，而笔力足以扛百斛之鼎，家无立锥，而一饭未尝无食客。图书翰墨之藏，充栋汗牛。襟期洒落，如晋宋间人，意到语工，不期于高远而自高远。③

姜夔深受魏晋时代的审美观念影响，他的气质禀赋也接近魏晋名士的

---

① （清）朱彝尊：《词综·发凡》，载《词综》，上海古籍出版社，1978，第 10 页
② （清）朱彝尊：《黑蝶斋诗余序》，载冯乾《清词序跋汇编》，凤凰出版社，2013，第 215 页。
③ 张惠民：《宋代词学资料汇编》，汕头大学出版社，1993，第 166 页。

风采。姜夔瘦削而弱不禁风的形象，使他似乎已经抛开了皮囊肌骨的束缚，只留下洒脱的精神洋溢在胸襟之间，让人感觉到他身上那种独特的魏晋时期名士的潇洒风神。他的文笔却有扛鼎之力，足见其精神力量的强大，他的生活拮据，却依然广交朋友，藏书丰富，可见其人生态度绝不庸俗。姜夔的精神气质，行之于词，则以瘦硬的笔调，改变了婉约词偏于柔弱绮靡的弊病，形成了"清空""幽冷"的美学风格。

其次，姜夔吸收和发展了清真词法。姜夔继承了周邦彦词在格律、章法、炼字上的创作经验，然而，姜夔的词依然保持着独特的个性，如缪钺先生在《论姜夔词》中认为姜夔词与周邦彦词有着明显不同："周词华艳，姜词隽澹，周词丰腴，姜词瘦劲，周词如春圃繁英，姜词如秋林疏叶。姜词清峻劲折，格澹神寒，为周词所无。"① 周邦彦的词富艳精工，其美在形；姜夔的词清峻峭拔，其美在神。

最后，姜夔融合了稼轩词的风格。姜夔生活在稼轩词影响力最强盛的时代，他曾经与辛弃疾结识，还次韵辛弃疾的《永遇乐》《汉宫春》等词调，虽然二人在性格气质、人生经历上都不相同，但姜夔依然接受了辛词的影响，变辛词的雄健、驰骤为清刚、疏宕。

南宋词坛姜夔的出现，正如北宋词坛柳永的出现，二人各自引领了北宋"俗词"和南宋"雅词"的创作潮流。柳永的俗词，用直白浅切、生动活泼的语言，呈现着盛世的繁华，娓娓讲述着恋情与离别，使听词唱曲成为社会各阶层日常生活中最重要的娱乐方式。姜夔的雅词，则提高了词的门槛，他讲究音乐、声韵、文字、章法、立意、情境的融合，把词人的情感融入构成作品的每一个元素之中，这种创作是一种新的审美追求，"俗词"和"雅词"也分野成两条再不交汇的河流。

---

① 缪钺：《缪钺全集·冰茧庵词说》第 3 卷，河北教育出版社，2004，第 184 页。

# 第二章　宋代主流词人与宋词演变的契机

## 第一节　宋代主流词人的创作特征

### 一　晏殊词的特征

晏殊少年得志，终其一生，安享富贵尊荣，可以说，晏殊生活的时代是宋代政治、经济、文化、社会的黄金发展时期。虽然国家也面临着冗官、冗兵等问题，但是总体上是稳定的，百姓能够安居乐业，市井文化也蓬勃发展，词成为这个时代的百姓日常生活中不可或缺的元素。柳永的词传唱于大街小巷，但是身居高位的晏殊并不欣赏柳永的俗词，而是引领了士大夫之词的创作方向，他的词也表现出独特的个性特征。

由于晏殊在宋代词坛的特殊地位，深入细致地剖析他的词所具有的特征就显得非常重要。晏殊的词在北宋初年五代词风的影响下自成风格，其创作渊源于南唐词人冯延巳，在宋代就有人谈及这个问题，刘攽在《中山诗话》中就说："晏元献尤喜江南冯延巳歌词，其所自作亦不减延巳。"① 看来，晏殊喜欢冯延巳的词，在北宋是公认的事实，大概晏殊和冯延巳都做过宰相，同样的地位使他们有更多的心灵相通吧！

对于任何一位词人，如果我们想要迅速把握他的词，能够在总体特征的把握上不出现偏差，就需要借助于历代词论家的词论，从他们的核心观点帮助我们认识研究对象。对于晏殊词，下面一些用关键性词语做出的评价概括了其基本特征。

第一个重要的评价是"风流蕴藉"。所谓"风流"，意思是洒脱放逸，

---

① 邓子勉编《宋金元词话全编》，凤凰出版社，2008，第 76 页。

风雅潇洒的意思。《后汉书·方术传论》云："汉世之所谓名士者，其风流可知矣。"唐人牟融《送友人》诗亦云："衣冠重文物，诗酒足风流。"① 而"蕴藉"，是含蓄而不显露的意思。宋人吴曾在《能改斋漫录·记文》中也说道："前辈文采风流，蕴藉如此。"② 明人陆时雍在《诗镜总论》中说："少陵七言律，蕴藉最深，有余地，有余情，情中有景，景外含情，一咏三讽，味之不尽。"③ "风流蕴藉"则是说诗文的意趣飘逸而含蓄。

用"风流蕴藉"这个词评价晏殊，首先见于南宋初年王灼的《碧鸡漫志》，在这部书的第二卷，王灼说："晏元献公、欧阳文忠公，风流蕴藉，一时莫及，而温润秀洁，亦无其比。"④ 晏元献是晏殊，欧阳文忠是欧阳修，两人并称"晏欧"，不仅词的创作有相似之处，而且二人共同引领了宋初文人词的创作。王灼认为他们两人的词都具有"风流蕴藉"的特点，不仅如此，他们的词还表现出"温润秀洁"的特征。"温润"，是温和柔润的意思，原本是指玉的色泽，后来形容人或事物的品性，古人常用"温润"这个词形容温厚的君子以及君子的品性。"秀洁"，是说秀美洁净，此处是指晏欧二人词的语言风格。可以看出，王灼对晏殊的词给予了非常高的肯定和评价。

总的来说，在王灼看来，风流和温润强调了晏殊的为人和品格，蕴藉和秀洁则指出了晏殊词的外在特征。

对于"风流蕴藉"，清代词学家邹祗谟更强调"蕴藉"，他在《远志斋词衷》里说：

> 小调不学《花间》，则当学欧、晏、秦、黄。……欧、晏蕴藉，秦、黄生动，一唱三叹，总以不尽为佳。⑤

这里所谓"欧、晏蕴藉"，依然是晏殊和欧阳修并称，可见晏欧的词风格相似，此处邹祗谟的意图是强调二人的词含蓄而韵味悠长。

晏、欧二人词风的相似，清人刘熙载就看到了根本所在，他的《词概》中有明确的表述："冯延巳词，晏同叔得其俊，欧阳永叔得其深。"⑥ "俊"

---

① 王启兴：《校编全唐诗》，湖北人民出版社，2001，第 2348 页。
② （宋）吴曾：《能改斋漫录》，上海古籍出版社，1979，第 401 页。
③ （明）陆时雍撰，李子广评注《诗镜总论》，中华书局，2014，第 166 页。
④ （宋）王灼著，岳珍校正《碧鸡漫志校正》，巴蜀书社，2000，第 34 页。
⑤ 唐圭璋：《词话丛编》，中华书局，1986，第 651 页。
⑥ 唐圭璋：《词话丛编》，中华书局，1986，第 3269 页。

是指词的外在形貌特征，"深"是内在情感的表达。刘熙载的眼光可谓独到，他并没有简单以晏、欧并列，而是认真考察了两人的差别，发现虽然同是按冯延巳的路数填词，但是晏殊重在形似，欧阳修重在神似。

探究晏殊词的特征，第二个值得重视的评价是"风流闲雅"。此处的"风流"，指的是作品的超逸佳妙，司空图在《二十四诗品·含蓄》中所谓的"不著一字，尽得风流"① 就是指作品达到的高超境界。"闲雅"则是语言文辞的优雅，宋人陈鹄在《西塘集耆旧续闻》卷八中谈及宋初诗人赵湘时说到其"有诗集数十篇，闲雅清淡，不作晚唐体，自成一家"。② 可见"闲雅"在宋代初年其实是文坛的一种风气，晏殊词具有"闲雅"的面貌，与当时士大夫阶层的文风有必然联系。

宋人李之仪在《跋吴思道小词》里也提到了宋初词风，他说：

> 晏元献、欧阳文忠、宋景文则以其余力游戏，而风流闲雅，超出意表，又非其类也。③

在这里，李之仪认为晏殊、欧阳修、宋祁等词坛大家，以"余力游戏"，填出的词"风流闲雅"，更进一步印证了当时文坛流行着"闲雅"文风，这些能够主导文坛的人物，在诗文之外，游戏之作的词，不经意中就带上了诗文中的特征。

其实，所谓的"风流闲雅"是说词在文辞上非常优雅，在谋篇布局上不同流俗，从构思上极为美好精妙。或许正是诗歌的创作风气影响到了晏殊等人的词，李清照在《词论》中就是这样认为的，她说："至晏元献、欧阳永叔、苏子瞻，学际天人，作为小歌词，直如酌蠡水于大海，然皆句读不葺之诗尔。"④ 李清照对宋代词坛的情形非常熟悉，她直接指出晏殊、欧阳修、苏轼等人的词是"句读不葺"的诗。

我们通常只是认可了李清照对苏轼"以诗为词"的批评，选择性地忽略掉了她提及的晏殊和欧阳修，其实晏、欧等人的词深受宋初"闲雅"诗风的影响，比如晏殊闻名遐迩的《浣溪沙》：

---

① 祖保泉：《二十四诗品校注译评》，安徽师范大学出版社，2018，第 96 页。
② （宋）陈鹄等：《师友谈记·曲洧旧闻·西塘集耆旧续闻》，中华书局，2002，第 374 页。
③ 邓子勉编《宋金元词话全编》，凤凰出版社，2008，第 133 页。
④ （宋）李清照：《词论》，载（宋）胡仔《苕溪渔隐丛话》后集，人民文学出版社，1962，第 254 页。

　　一曲新词酒一杯，去年天气旧亭台。夕阳西下几时回？　　　无可奈何花落去，似曾相识燕归来。小园香径独徘徊。①

　　这首词中下片的 3 句都出现在了晏殊的另一首诗《假中示判官张寺丞王校勘》中：

　　元巳清明例未开，小园幽径独徘徊。春寒不定斑斑雨，宿醉难禁滟滟杯。无可奈何花落去，似曾相识燕归来。游梁赋客多风味，莫惜青钱万选才。②

　　从这里可以看出，晏殊词的"闲雅风度"其实深受他的诗歌影响，甚至可以认为二者是相通的。

　　第三个值得重视的评价是"风流华美"。此处的"风流"，意思是风韵美好动人，原本是形容女子的美好姿态，如花蕊夫人的《宫词》中有云"年初十五最风流，新赐云鬟使上头"，这里则是借以形容晏殊词天生的美丽姿态。"华美"的意思是光彩而美丽，钟嵘在《诗品》中评价陆机就用到了这种说法："其源出于陈思，才高词赡，举体华美。"这是说陆机的华美文风继承曹植而来，此二人影响深远，后世多有延续此种文风者，而词更适合词采的华美表现。"风流华美"就是说整个词呈现出来的面貌，给人的感觉是整体上富有光彩，非常明净美丽。

　　"风流华美"的评语出自清代浙西词派后期的代表人物郭麐，他在《灵芬馆词话》中给予晏殊词的评价："风流华美，浑然天成，如美人临妆，却扇一顾，《花间》诸人是也。晏元献、欧阳永叔诸人继之。"③ 他认为晏殊继承了花间词富有风韵的华美词风。其实，晏殊的语言风格与花间诸位词人相比，已经显得清淡了许多，更接近于明丽和精致这样一种风格。

　　借助于"风流蕴藉""风流闲雅""风流华美"三个重要的评价，晏殊词的基本特征已经清晰了起来。词如其人，晏殊作为宰相，非常注重自身的修养，虽然长期身居高位，却并没有过弄权误国的经历，这一点他就远远超越了冯延巳。除此之外，晏殊也十分爱惜自己的形象，虽然一生中他填写了大量用于娱乐的歌词，但是从来不放纵自己，词也写得十分干净，

---

①　唐圭璋等：《全宋词》，中华书局，1999，第 112 页。
②　（宋）晏殊等：《临川二晏集》，江西人民出版社，2016，第 88 页。
③　唐圭璋：《词话丛编》，中华书局，1986，第 1503 页。

《宾退录》中记载了一则逸事：

> 晏叔原见蒲传正云："先公平日小词虽多，未尝作妇人语也。"传
> 正云："'绿杨芳草长亭路，年少抛人容易去。'岂非妇人语乎？"晏曰：
> "公谓年少为何语？"传正曰："岂不谓其所欢乎？"晏曰："因公之言，
> 遂晓乐天诗两句，盖'欲留所欢待富贵，富贵不来所欢去'。"传正笑
> 而悟。①

这则故事中，晏几道最引以为自豪的就是他的父亲晏殊填词极有品位，
从来不作"妇人语"，也就是不描摹女性体态，不写男女艳情，这是很难得
的。蒲传正立刻举出实例，表示晏殊也有"妇人语"，而晏几道则偷换概
念，反驳蒲传正。虽然晏几道的辩解显得强词夺理，但事实上，晏殊作为
一位谦谦君子，虽然个性比较洒脱，但所填之词并不放纵，他给后人留下
了文辞美丽、意蕴含蓄、构思精巧、风格优雅的作品，被公认为是开启宋
词之端的代表词人。

## 二 苏轼词的特征

苏轼词的出现是宋代词坛乃至词史上的重大事件，这并不是因为苏轼
改变了一下词的写法那么简单。

词的发展经历五代词人的创作，已经实现了文人化，经历了晏、欧的
示范，开始走向成熟，可以预料这一条道路的创作已经很难有大的拓展空
间。柳永"俚俗"词的创作只是词的娱乐功能的强化，词自产生以后就在
市井民间发挥着娱乐的功能，因此柳永的词对于词的发展方向并没有起到
明显的引领作用。

苏轼则不同，他作为宋代少有的文学大家，胸襟气魄广阔，学养才识
丰厚，并且生性旷达、诙谐幽默，人生阅历丰富，仕途经历坎坷，这一切
都在他的不经意中化为了诗句辞章，烙印下深刻的生命印记。他的词题材
多样、不拘一格，为词的发展开辟了新的生长空间，在他的影响下，宋词
的发展再次找到了爆发的源泉。

在宋人的观念中，诗庄词媚，词体卑微，词只可用于"娱乐"。对于苏

---

① 邓子勉编《宋金元词话全编》，凤凰出版社，2008，第 1105 页。

轼来说，"乌台诗案"之后，词成为他保护自己的工具。苏轼因为写诗几乎惹来杀身之祸，一时间心胆俱寒，不敢写诗。但是在时人的观念中，词只是日常生活中娱乐的载体，不必有太多顾忌，也没有人对词的内容进行政治和道德审查，于是词就成为苏轼表达内心的最佳工具，"以诗为词"的创作方式迅速扩充了内涵，用词写诗的题材可以突破儒家诗教"乐而不淫，哀而不伤"（《论语·八佾》）、"怨而不怒"（《国语·周语》）的约束，词的表现手段也因引入了诗的手法而得到强化，使词的创作更富有生机与活力。

拓宽了词的发展道路的苏轼词具有哪些主要特征，也需要借助于历代词论家的评论进行认识，这样的认识高效、集中，能够集思广益，下面就从几组较为集中的评语着手，把握苏轼词的基本特征。

对于苏轼词的评价，最常见到的是"豪"，"豪"似乎也成为苏轼词的标签。所谓"豪"，一方面指才能杰出，另一方面表示气魄宏大、痛快直爽、不受束缚。历代用"豪"评价苏轼的人极多，但往往是用"豪放""豪宕""豪迈""豪妙""豪爽""豪旷""豪雄"等词，在这些评语中，以"豪放""豪宕"最具代表性。

所谓"豪放"，是说苏轼的词风格豪迈，境界阔大，无所拘束。司空图在《二十四诗品·豪放》中是这样表达对豪放的理解的："观花匪禁，吞吐大荒。由道返气，处得以狂。"[1] 在司空图看来，豪放表现出一种气概，就像新科进士孟郊"一日看尽长安花"的豪纵之情，就像李白笔下"江入大荒流"的宏大气魄，而由天地之道化生的万物，各自凭着本性，狂放地生长，显示出勃发的生命活力。苏轼的词之所以被认为豪放，就是与这种宏大、豪纵、狂放的生命力息息相关的。

由于词乐失传，明代人张綖编著了一部《诗余图谱》，用来帮助填词的人能够按图谱填词，他在书的《凡例》中谈道：

> 词体大略有二：一体婉约，一体豪放。婉约者欲其词情蕴藉，豪放者欲其气象恢宏。盖亦存乎其人。如秦少游之作，多是婉约；苏子瞻之作，多是豪放。[2]

---

[1]　祖保泉：《二十四诗品校注译评》，安徽师范大学出版社，2018，第 102 页。
[2]　唐圭璋：《词话丛编》，中华书局，1986，第 596 页。

　　张綖把词体一分为二，指出婉约词需要含而不露，偏于内敛；豪放词则需要有宏阔博大的气象，偏于外向。秦观生性多愁善感，文风柔弱，词写得委婉含蓄，堪称婉约大家。苏轼文风张扬外向，纵横恣肆，他的词也具有同样的特点，不受束缚，纵情随性。陆游在《老学庵笔记》卷五中有一条记载：

　　　　世言东坡不能歌，故所作乐府词多不协。晁以道谓：绍圣初，与东坡别于汴上，东坡酒酣，自歌《古阳关》。则公非不能歌，但豪放不喜剪裁以就声律耳。①

　　材料中的关键在于认为苏轼填词"豪放不喜剪裁以就声律"。苏轼为人洒脱，为文随性，因此不愿刻意地用词的乐律束缚自己的文辞字句。其实，苏轼对乐律的突破与乐律和他的词意、词境的冲突也有关系。词的乐律多为风月场所的演奏服务，很少有激烈雄壮的乐曲，大多为婉转悠扬的旋律，苏轼唯有以文辞破词调，方能发挥自己的才情，这一点也可以通过前人用"豪宕"这个词语评价苏轼词得到印证。

　　"豪宕"是指感情奔放，不受拘束。晚清学者陈廷焯在《云韶集》中说：

　　　　苏、辛千古并称。然东坡豪宕则有之，但多不合拍处。稼轩则于纵横驰骋中，而部伍极其整严，尤出东坡之上。②

　　陈廷焯看到了苏轼和辛弃疾词的同中之异，他认为辛弃疾出身行伍，词自然具有"豪"的特点，但是军人的素养使他的作品像是军队一样部伍严整，遵守填词的规则。苏轼个性自由奔放，风度超逸，极富才情，任何规则都不能成为他的束缚，因此填出的词任性纵放，常常不和乐律节拍。

　　总的来说，苏轼词最基本的特点就是以"豪放"和"豪宕"为表现的宏大气象和不受约束。

　　对苏轼的评价，常用的另一个论断则是"旷"。"旷"是一个会意兼形声的字，本义是光明和明朗的意思。用"旷"来体现苏轼词，显得恰如其分，因为在苏轼的词中可以看到他明朗开阔的胸怀和气度，他的心性极为

　　① 葛渭君：《词话丛编补编》，中华书局，2013，第1444页。
　　② 葛渭君：《词话丛编补编》，中华书局，2013，第1513页。

旷达。用"旷"评价苏轼的学者也很多，其中以"高旷""超旷"的评价具有代表性。

"高旷"，是豁达开朗的意思。清人王士禛在《池北偶谈·谈艺一·二戴》中说："尝在京师，夜与友人谈华山之胜，晨起，即襥被往游，其高旷如此。"可见所谓"高旷"，如同华山之巅的胜境，苏轼的词确实能够达到如此的境界。蔡嵩云在《柯亭词论》中说：

> 东坡词，胸有万卷，笔无点尘。其阔大处，不在能作豪放语，而在其襟怀有涵盖一切气象。若徒袭其外貌，何异东施效颦。东坡小令，清丽纤徐，雅人深致，另辟一境。设非胸襟高旷，焉能有此吐属。①

蔡嵩云作为民国时期著名的词学家，其眼光超出常人。在这段话中，他明确指出把握苏轼词的关键并非要注意那些表面的豪放之语，虽然这些地方容易吸引人们的目光，也能够给接受者带来新鲜感，但是苏轼词最值得重视的，也是他的词的价值体现，却是词中表现出来的异于常人的胸襟和气度。蔡嵩云认为，苏轼"胸有万卷，笔无点尘""襟怀有涵盖一切气象"，苏轼学养深厚，文笔干净，胸襟开阔博大，能够包容一切，他以超然而乐观的态度对待人生中的一切风云变幻。苏轼的词并不是雕琢刻意而成，而是凭借豁达的胸襟和开朗的气度自然流淌而出，正如他形容自己的文章：

> 吾文如万斛泉源，不择地皆可出。在平地，滔滔汩汩，虽一日千里无难。及其与山石曲折，随物赋形，而不可知也。所可知者，常行于所当行，常止于不可不止，如是而已矣！其他，虽吾亦不能知也。②

苏轼的词也是如此写就，在每一首词的背后都记录了一段生动的生命历程和鲜明的人生态度，都体现着潇洒超然又不脱离现实的人生思考。因此，如果认为从表面上模仿了苏轼词中的"豪放语"，就是学到了东坡的词法，只能是"东施效颦"。

"高旷"的根本是胸襟气度，"超旷"则表现为高远旷达的境界。晚清词学家陈廷焯在《白雨斋词话》中说："东坡心地光明磊落，忠爱根于性

---

① 唐圭璋：《词话丛编》，中华书局，1986，第 4920 页。
② （宋）苏轼：《自评文》，载《苏轼文集》卷六十六，中华书局，1986，第 2069 页。

生，故词极超旷，而意极和平。"① 他认为苏轼词给人的外在印象是"超旷"，也就是表现出一种高远旷达的词境。但陈廷焯又强调，苏轼词的内容立意是极为"和平"的，也就是说，苏轼的内心非常平正温和，这样的心态不仅来自学养，更重要的是来自"光明磊落"的秉性。

因此，无论"高旷"还是"超旷"，或者是用"旷达"或"旷放"等词语来评价苏轼词，其核心都在"旷"上，也就是评论者普遍认为苏轼的心胸是光明和明朗的，他的文字正是他的人格形象的艺术化呈现，历来喜欢苏轼词的人们经常分不清到底喜欢的是苏轼，还是苏轼的词，或许两者根本就不能分开。

评价苏轼词的特征，还有一个常用的字是"清"，"清"同样是后世学者评价苏轼词的一个共识。所谓"清"，本义是水的明澈、洁净，逐渐衍生出清淡、清健、清丽、清静、清新等不同的含义，而其词义的本源来自中国传统哲学观念中对阴阳调和之气的理解，所以"清"在本质上是冲和的，其源头可以追溯到先秦道家确立的"清静"理想，《老子》即重清静，认为"清静为天下正"。蒋寅先生曾说，"清"的美学内涵表现为语言上的"明晰省净"，气质上的"超脱尘俗而不委琐"，立意与艺术表现上的"新颖"等。

苏轼的思想中，儒道互参，表现在文学创作上，有"清"的美学追求并非偶然，具体到他的词，历代的评论中多用"清刚""清雄""清丽""清俊""清新"等词，突出了苏轼词风格多样，但以"清"为标志的总体特征。在这些评价中，最能够表现苏轼词独特性的是"清刚"和"清雄"。

苏轼词的"清刚"和"清雄"可以从两个层面上来认识，一是"清"，二是"刚"和"雄"。苏轼的"清"是一种内在气质的表现，苏轼内心光明纯净，方能在文字上表现出明澈新颖的美学特征，他的"刚"和"雄"则表现出浩然之气的力量。具体来说，"清刚"是清健有力，"清雄"是清峻雄浑。

清代学者邓廷桢在《双砚斋词话》中说："东坡以龙骥不羁之才，树松桧特立之操，故其词清刚隽上，囊括群英。"② 邓廷桢把苏轼比作"龙骥"和"松桧"，龙骥作为骏马，不能受到约束，也无法被束缚；松桧指的是松树和柏树，象征着坚韧不拔的品性。苏轼以其超出常人的独特才华和品性，

---

① 唐圭璋：《词话丛编》，中华书局，1986，第3925页。
② 唐圭璋：《词话丛编》，中华书局，1986，第2528页。

写出的词清健有力，意味隽永，诸多词人都难以逾越他的高度。

晚清著名学者王鹏运在《半塘遗稿》中也说："北宋人词……唯苏文忠之清雄，复乎轶尘绝迹，令人无从步趋。盖霄壤相悬，宁止才华而已？其性情，其学问，其襟抱，举非恒流所能梦见。"王鹏运指出，苏轼词的清峻雄浑境界远远超出了世人能够达到的高度，一般词人和他相比，简直是天壤之别。在王鹏运看来，苏轼词的不同于流俗，并不只是因为他的才华，古往今来，有才华的人可谓繁星闪烁，但是苏轼除了才华之外，还有超出普通人的独特性情、海纳百川的学问和超逸绝尘的襟怀抱负，正是这一切因素的结合，才有了个性鲜明，超越流俗的苏轼词，正如胡寅在《向子𬤇酒边词序》中所说：

> 及眉山苏氏，一洗绮罗香泽之态，摆脱绸缪宛转之度，使人登高望远，举首高歌，而逸怀浩气，超然乎尘垢之外，于是《花间》为皂隶，而柳氏为舆台矣！①

苏轼的词不仅打破了词坛绮靡艳丽、缠绵婉约的创作风气，更为重要的是，提升了词的创作品位和境界，摆脱了市井中的庸俗和脂粉气息，使词这种长期为文坛轻视的文体抬高了地位，对词的发展指明了新的方向。

对于苏轼词，历代的评论者众说纷纭，但是只要从"豪""旷""清"三个角度予以把握，就能够在纷繁复杂的评说中，认清苏轼词的根本特性，从而更为准确和深刻地理解与诠释苏轼词，也能够通过作品领略到苏轼的人格魅力。

## 三　秦观词的特征

秦观作为苏轼的门人，性格偏于柔弱，因此诗词创作总体上看与苏轼并不属于同样的风格。秦观在北宋文坛是极富有才情的，但是由于他秉性内向敏感，缺乏坚韧的意志，遇到挫折不能坦然面对，在遭受仕途上的打击时，往往表现得消沉悲伤，自怨自艾，深陷其中不能自拔，对人生失去信心，这样的性格大概是他过早离世的主要原因。性格同样决定着创作的面貌，秦观的作品清秀纤丽，但是他的诗以气格柔弱著称，被元好问称为

---

① 施蛰存：《词籍序跋萃编》，中国社会科学出版社，1994，第169页。

"女郎诗"，不过他的这种创作特点却极为契合婉约词的风格。秦观的词，较之柳永的俚俗更为清雅，较之苏轼的"横放杰出"更加蕴藉和谐，因此他的词在其生前就广为流传，并成为许多词人模仿的对象，明人张綖甚至把他的词作为婉约词的典范来对待，使得秦观词成为婉约词的象征。

其实，秦观的词并不是说全都是婉约的，作为苏门四学士之一，他还是受到了苏轼的一些影响，在他的作品中也会出现气象宏阔的描写，比如《千秋岁》中就有"碧云暮合空相对""飞红万点愁如海"这样的句子；再如他的《好事近》，也难得地表现出类似于苏轼的潇洒：

> 春路雨添花，花动一山春色。行到小溪深处，有黄鹂千百。
> 飞云当面化龙蛇，夭矫转空碧。醉卧古藤阴下，了不知南北。①

其实，秦观词中表现出来的宏阔和洒脱本质上和苏轼并不一样，苏轼词中的旷远意境是他的心胸博大，苏轼词中的洒脱情怀是他看透了人生，而秦观的宏阔表现的是沉重，他的潇洒则是强颜欢笑，实则内心充满了无尽的愁苦。

把握秦观词的特征，历代词论家的评语依然能够给我们很多启发，下面就概括出 3 组重点评语，从不同的角度认识秦观词的特征。

首先来看"清丽"和"娟秀"，这组评语是对秦观词语言层面的评价，秦观词的语言优美而清秀是他的词深受读者喜爱的重要原因。

所谓"清丽"，是指文辞清新华美，清秀美丽。陆机在《文赋》中是如此描述清丽："或藻思绮合，清丽千眠，炳若缛绣，悽若繁弦。""清丽"表现为富有修饰性的文辞，具有鲜明的色调。

"娟秀"则是形容文辞的美好秀丽。元人伊世珍辑录的《琅嬛记》中有一段形容仙子形貌的文字："于殿屋上见仙姝凌空而上，足悬三尺，身被五彩，绣带飘摇，容色娟秀，世所未见。"从这里可以看出，"娟秀"是指不同凡俗的秀丽出尘姿容，秦观的词就具有这样的特点。

南宋人张炎在《词源》中给予了秦观很高的评价："秦少游词，体制淡雅，气骨不衰。清丽中不断意脉，咀嚼无滓，久而知味。"② 张炎的这段话，认为秦观词的外在格调清淡雅致，内在的气势风骨也并不衰弱，文辞清秀

---

① （宋）秦观著，徐培均校注《淮海居士长短句》，上海古籍出版社，1985，第 147 页。
② 唐圭璋：《词话丛编》，中华书局，1986，第 267 页。

华美，但不是刻意而为，因为文意能够清晰有效地传达出来，这样的作品耐人品味。其实，张炎如此评价秦观，目的在于强调秦观的词值得细细揣摩和学习，指出秦观词不仅文辞优美，而且文意充实，可以作为学习的范本。

近代人夏敬观在《宋人词集跋尾》中对秦观词同样赞誉有加："少游词清丽婉约，辞情相称，诵之回肠荡气，自是词中上品。"① 秦观词作为婉约词的典范，在明代已经得到明确，但是婉约词作为主流创作道路，不同词人的创作也表现出独特的个性，或华丽秾艳取胜，或婉转低回见长，或清新，或淡雅，或凄婉，或缠绵，总而言之，在保持婉约的基本特征时，风格各不相同。那么秦观词的典范性需要如何把握，夏敬观认为需要注意三个方面。

第一，秦观词代表了婉约词中的清丽一路。这种创作道路从花间词人韦庄已经开始，到秦观则被发扬到了极致。

第二，秦观善于把文辞和情感和谐地统合在作品中。文学创作中的一个难点在于文不达意和文不达情，但是秦观却能够有效地解决这个问题，他以出众的才华填词，做到了"辞情相称"。

第三，秦观词在清丽的文辞中能够融入真挚深沉、凄婉哀伤的情感，使他的作品具有强大的感染力。

正是这三个方面的原因，使得秦观词深受后人喜爱，也成为词家的典范。

用"丽"字评价秦观的词论家，历代不绝，"清丽"更是评价秦观的普遍看法。晚清词学家谢章铤则换了一个角度，在《词话纪余》中把秦观和姜夔并列，认为二人的相似之处在于"娟秀"，他说："秦之情深，姜之行洁，故其词缠绵而娟秀。"② 所谓"情深""行洁"，其实是互文的用法，在谢章铤看来，秦观和姜夔都是"情深""行洁"的词人，两个人的经历有相似之处，人生蹭蹬而不如意，多情而不滥情，品行高洁，因此词如其人，两人的作品中都有缠绵的深情，而文字则是秀丽美好，超越一般词家，令人读之不忍掩卷。

另一组评语是"凄婉"和"缠绵"，这是从秦观词的内在情感特点做出

① 葛渭君：《词话丛编补编》，中华书局，2013，第3469页。
② 葛渭君：《词话丛编补编》，中华书局，2013，第1079页。

的评论，秦观被清人冯煦称为"古之伤心人"，可见他是一个情感极为丰富的词人，词中自然融入了充沛的情感。

所谓"凄婉"，是哀伤的意思，明人李东阳在《麓堂诗话》中说："《刘长卿集》，凄惋清切，尽羁人怨士之思。"可见，流落在外的人往往容易生发出一种哀伤情绪。李煜亡国后，离家去国，幽囚在汴京，他的词写内心的悲恸，具有这样的特点；秦观则是仕途坎坷，遭受政治打击，流放在偏远的南方，心中也充满了凄婉的情绪。

所谓"缠绵"，是萦绕在心中的情思深厚，萦绕固结，让人难以摆脱，唐代张籍的《节妇吟》云："感君缠绵意，系在红罗襦。"就是表达这种令人难以摆脱的深情厚谊。其实在冯延巳词中，情感表达就表现得缠绵悱恻，由此可以看出，秦观对前代词人的广为借鉴。

清初词学家贺裳在《皱水轩词筌》中说："少游能曼声以合律，写景极凄惋动人。然形容处，殊无刻肌入骨之言。"① 贺裳认为，秦观的词声调舒缓，能够细致地通过写景，把内心的凄楚哀伤之情表达出来，在秦观笔下，景与情和，情感融合在写景之中，让人深受感染。不过贺裳又指出，秦观的缺点也很明显，就是描写不够深刻，难以让人产生深入骨髓的情感共鸣。

"凄惋"是后人对秦观词情感表达的普遍认识，王国维在《人间词话》中甚至举出具体例子，认为秦观的词不仅"凄惋"，而且达到了"凄厉"的程度："少游词境最为凄惋，至'可堪孤馆闭春寒，杜鹃声里斜阳暮'，则变而凄厉矣。"② 可见秦观内心的哀伤是何其浓重，因为"凄厉"已经超越了哀伤，达到了惨厉悲切的程度。由此也让我们感受到秦观因为远贬南荒而痛不欲生的心境。

晚清学者陈廷焯年轻时在《云韶集》中也曾指出秦观词的特点："少游词缠绵婉约，出柳耆卿之右。"③ 在陈廷焯看来，秦观的心中总是萦绕着一种难以排解的缠绵情愫，可见情感的凄婉缠绵是秦观词的典型特征之一。

最后一组评语是"情致"和"情韵"，这是从秦观词的总体审美特征做出的评价。所谓"情致"，是说作品富有情味和风致。清初张岱在《陶庵梦忆》谈到擅长园艺的金乳生所种的草花："草木百余本，错杂莳之，浓淡疏

---

① 唐圭璋：《词话丛编》，中华书局，1986，第696页。
② 唐圭璋：《词话丛编》，中华书局，1986，第4245页。
③ 葛渭君：《词话丛编补编》，中华书局，2013，第1449页。

密，俱有情致。"可见，情致表现出来的是一种整体性的独特风致。

所谓"情韵"，是情合于韵，就是作家的情感表达以一种富有形式感的审美状态表达出来，使作品具有独特的情调、风度、神采和韵味。秦观的《五百罗汉图记》中有段文字："世传吴僧法能之所作也，笔画虽不甚精绝，而情韵风趣各有所得，其绵密委曲可谓至矣。"这里秦观谈及法能画的每一幅罗汉画像都有独特的神采风度，其实他的词也是如此，因其独特的韵味，不会和其他词人的作品混淆。

宋代著名的女词人李清照在《词论》中专门讨论了词的创作问题，比较了北宋中后期几位著名词人，包括晏几道、贺铸和秦观，李清照认为："晏苦无铺叙；贺苦少典重；秦即专主情致，而少故实。"[①] 李清照认为晏几道以令词为主，专注于言情，没有铺垫，也不过多渲染，而是直入主题，这是存在缺陷的。贺铸词缺乏典雅庄重的品位，或许与他的为人有关。秦观词情味、风致兼而有之，富有感染力，堪称佳作，但令人感到遗憾的是，他的词因为使用典故太少，失去了作品的厚重和深度。虽然李清照对秦观词颇有微词，但说他"专主情致"，实际上已经是很高的褒扬。秦观词中的"情致"就是他在生活中追求的情调，秦观是一个需要精致生活的词人，他的词也是他生活的反映。

清代中叶，《四库全书》的编纂者在《四库全书总目提要》中撰写了一篇《淮海词提要》，有这样几句话："观诗格不及苏、黄，而词则情韵兼胜，在苏、黄之上，流传虽少，要为倚声家一作手。"[②] 这段话代表了清人对秦观词的普遍认识，清代词坛无论是前期还是后期，都更加重视南宋词，秦观词的地位大不如明代，但是四库馆臣在比较了苏轼、黄庭坚和秦观的诗词以后，指出诗的创作秦观确实不如苏、黄，但是词的成就却出于苏、黄之上。得出这样的结论，是因为四库馆臣认为秦观的词"情韵兼胜"，也就是说，秦观用词体抒写内心情感的时候，能够非常优雅地表现出特有的情调和韵味，使接受者能够体会到审美的触动。

秦观的词在词学史上具有很高的地位，他能够广泛吸收诸多词人的特长，融入自己的创作，在他的词中能够看到花间词人韦庄清丽的文辞，也能够看到南唐词人冯延巳和李煜凄惋缠绵的情感表现，至于宋代词人晏殊、

---

① （宋）李清照：《词论》，载（宋）胡仔《苕溪渔隐丛话》后集，人民文学出版社，1962，第 254 页。

② （清）纪昀：《四库全书总目提要》第 198 卷，河北人民出版社，2000，第 5451 页。

欧阳修、张先等，都是他的学习和借鉴对象，甚至因为他对柳永的模仿而受到"力辟柳词"的老师苏轼的批评：

> 后秦少游自会稽入京，见东坡，坡云："久别，当作文甚胜。都下盛唱公'山抹微云'之词。"秦逊谢，坡遽云："不意别后，公却学柳七作词。"秦答曰："某虽无识，亦不至是。先生之言无乃过乎？"坡云："销魂，当此际，非柳词句法乎？"秦惭服，然已流传，不复可改矣。[①]

可见，秦观其实深受柳永慢词写情笔法的影响，实际上，秦观对苏轼词的境界也有所借鉴。正是因为秦观在词法上的广泛吸收和借鉴，他的词堪称婉约词的集大成之作，他的词不仅文辞清丽娟秀，而且情感缠绵凄伤，能够迅速让人沉浸在他营造的词境氛围之中，享受到文学带来的精神满足，这或许就是秦观的词在历代长盛不衰的根本原因。

## 四 周邦彦词的特征

周邦彦无疑是词史上最为重要的词人之一，他对词的发展可以说起到了承上启下的作用。周邦彦的词广泛吸纳前人词的创作经验，特别是慢词的创作在他的手中达到了新的高度，不仅融入了柳永词的铺叙手法，使慢词的表达具有故事性，同时他也接受了苏轼以诗法入词的创作经验，使词的整体品位和艺术内涵得到提高与充实。但是，周邦彦对词的改造在他生前并没有得到普遍认可，因此他的声名在很长一段时间并不为词坛所熟知，直到他去世60余年后，强焕整理出了182首清真词，刊刻印行，他的词才为词坛熟知，进而被认可和接受。

周邦彦生活的北宋后期，正是词坛酝酿变革的重要阶段，传统的婉约词已经走到顶峰，柳永的俗词虽然深受市井大众欢迎，但是知识阶层并不满意，而苏轼"以诗为词"的改造虽然在词坛反响强烈，但人们的接受还需要时间。此时的词坛，文人词的创作出现了"复雅"的倾向，所谓"复雅"，其实是宋词走向雅化的过程，李清照认为"诗文分平侧，而歌词分五

---

① 邓子勉：《宋金元词话全编》，凤凰出版社，2008，第1420页。

音，又分五声，又分六律，又分清浊轻重"①，其实就是对词的雅化方向的说明。周邦彦对词的格律化改造与李清照的阐述不谋而合，正是这一潮流的体现。因此，认识周邦彦词的特征能够帮助我们把握当时词坛风气的转向。

南宋以后，对周邦彦词的关注逐渐成为热点，历代评论周邦彦的词家众说纷纭，但是代表性的看法集中于以下几个方面。

第一个方面是"富艳精工"，这是对清真词形式特点做出的评价。所谓"富艳"，是说清真词的文辞华美、华丽和富赡，词采极为出众。所谓"精工"，则是说清真词的字句锤炼得精致工巧。

这一评价最早见于南宋目录学家陈振孙的《直斋书录解题》，他说清真词"多用唐人诗语檃括入律，浑然天成。长调尤善铺叙，富艳精工，词人之甲乙也"。②

陈振孙指出周邦彦词中大量融合化用了唐人诗句，其实就是大量使用了唐诗作为语典用在词中，使词的语言更有文人品味，这种方法与苏轼主张的"以诗为词"是相通的，可见周邦彦在词法上对苏轼是有所借鉴的。"以诗为词"涉及的领域比较宽泛，包括题材使用、创作手法、境界营造、风格类型等方面，借用诗的创作手法、化用诗句入词其实都是"以诗为词"的内涵。

虽然没有证据证明苏轼与周邦彦存在过交集，但是苏轼和周邦彦的叔叔周邠是好朋友，何况苏轼作为当世文坛领袖，影响巨大，周邦彦受到他的影响，借鉴苏轼词法也是理所当然的事情。

更值得注意的是，陈振孙认为周邦彦对唐诗的化用"浑然天成"，也就是说，周邦彦在词中化用唐人的诗句、词语非常自然，没有丝毫的斧凿痕迹。接着，陈振孙特别指出清真词中的长调善于"铺叙"，从这一点可以看出，周邦彦对柳永"铺叙展衍"的柳氏家法也是学得颇有心得。

在指出清真词的这些特点以后，陈振孙给出了"富艳精工"的总体评价，认为周邦彦的词文辞出众、词采华丽，能广收博采前人诗句入词，既提高了词的品位，又能够锤炼得浑然一体，了无痕迹，肯定了周邦彦词的独特价值。

① （宋）李清照：《词论》，载（宋）胡仔《苕溪渔隐丛话》后集，人民文学出版社，1962，第254页。
② （宋）陈振孙：《直斋书录解题》，上海古籍出版社，1987，第618页。

陈振孙对周邦彦词"富艳精工"的评价影响深远，几乎成为定评，清代乾隆年间编撰《四库全书》时，他的评语就被用到了《四库全书总目提要》中的《片玉词提要》，相关的表述除了字句次序略有不同外，完全照搬了陈振孙的评语："其词多用唐人诗句檃括入调，浑然天成。长篇尤富艳精工，善于铺叙。"① 这意味着，"富艳精工"作为清真词的特征，受到了普遍认可。

虽然这一评语影响广泛，但是仍然有学者对周邦彦的词表示质疑，况周颐在《历代词人考略》卷十七说："余谓论词莫先于品，美成词信富艳精工，只是当不得一个真字。是以士大夫不肯学之，学之则不知终日意萦何处矣。"② 况周颐认为，无论词写得如何富有词采、文字精美、格律工巧，但是如果不重视"真"，词的品位注定难以有足够的高度。这里的"真"其实可以从况周颐接下来的评语中获得启示，况周颐说："周美成律最精审，史邦卿句最警炼，然未得为君子之词者，周旨荡，而史意贪也。"从这里可以看出，况周颐认为周邦彦不符合"君子之词"的要求，原因在于他的词旨过于放纵，缺乏符合士人理想和审美要求的崇高立意。

历代周邦彦词评论中，另一个方面集中于"浑厚和雅"的评价，这是对清真词在风格上做出的评价。所谓"浑厚"，是说周邦彦的词浑然一体，内蕴充实丰厚，与纤巧浮靡的词迥然相异。所谓"和雅"，是说周邦彦词和谐雅正。在风格和技巧上，要达到词的和谐雅正，需要做到文辞声韵和乐谱音律的完美配合。周邦彦精通音律，文笔出众，学养丰富，所以他能够做到词风的"浑厚和雅"。

"浑厚和雅"的评价首先出自南宋词学家张炎的《词源》："美成负一代词名，所作之词，浑厚和雅，善于融化词句，而于音谱且间有未谐，可见其难矣。"③ 张炎认为，清真词善于融化前人的词句，其实是说周邦彦善于用典。关于用典，化用前人词句属于语典，借用前代故事表情达意属于事典。这两种用法在周邦彦的词中都非常普遍，周邦彦的大量用典不仅毫不生硬，而且加深了词的深厚意蕴，这就是张炎认为他的词"浑厚"的原因。

"和雅"则更难做到，张炎认为周邦彦的词在技巧上已经极为出色了，但是在配合音谱演唱时，偶尔也会有不和谐的地方，不和谐的原因，或许

① （清）纪昀：《四库全书总目提要》第 198 卷，河北人民出版社，2000，第 5456 页。
② 葛渭君：《词话丛编补编》，中华书局，2013，第 4130 页。
③ 夏承焘校注，蔡嵩云笺释《词源注·乐府指迷笺释》，人民文学出版社，1963，第 9 页。

江顺诒的说法能给我们一些启发：

> 乐以和为贵，乐府之声，安有不谐者。美成制作才，而间有未谐，此则余之所不解也。张氏亦第言其难，而不言所以未谐与所以难之故。其所谓未谐者，以余揣之，非选声之不克入律，实用字之未能审音也。①

江顺诒的理解是非常有道理的，他认为周邦彦词的偶有不谐，应该是选字配合乐声的困难造成的。因此要做到词的和谐雅正，确实需要词人掌握高超的声律技巧和深厚的文字功夫。

清人戈载是后期吴中词派的代表，这一词派注重词的格律，因此非常重视周邦彦词，戈载在《宋七家词选序》中谈道："清真之词，其意淡远，其气浑厚，其音节又复清妍和雅，最为词家之正宗。"② 戈载此处分别指出了清真词的"浑厚"与"和雅"。"浑厚"在"气"，其实是说周邦彦的词，内在气韵贯通而深厚，所有的语言材料和谐统一，统摄在作品的主旨之下，以篇章的整体感染力见长，并不像其他词人那样强调锤炼警策之句。"其音节又复清妍和雅"，虽然这里强调了"音节"，实际上是说外在风格，"清妍"是指语言清新美好，也就是说，清真词读起来音节和谐，语言清新，词风雅正，不涉淫靡。当然，这是戈载的看法，事实上周邦彦的词中也有一些品位不高的作品。

对周邦彦的评价，还有从词法上着眼的，这个方面的评论认为他的词讲究"法度"，词法细密。所谓"法度"，也就是规范和规则。法，是法规；度，是度量。周邦彦在词的发展史上的突出贡献在于他开始规范词的声律格式。此前人们填词，只需要按照自己所熟悉乐曲的曲调，填入歌词就拿来唱了，并不会太过讲究章法文辞，但是在填词的过程中经常会出现以下几种现象。

其一，同样的曲调，歌词字数不统一。因为是配合曲调演唱，大多数时候唱词中多字、少字，并不影响演唱。但是，当词不再配合曲调时，人们模仿歌词进行填词，就会出现困扰，因为没有音乐参考，不知道某些句子到底该填几个字，于是只能让这些字数不同的句子并存，清人编订的词

---

① 唐圭璋：《词话丛编》，中华书局，1986，第 3248 页。
② 施蛰存：《词籍序跋萃编》，中国社会科学出版社，1994，第 101 页。

谱中词牌下所谓的"又一体",就是这种原因造成的。

其二,不擅长音律的人,填词往往唱起来不和谐。普通人大多并不精通音律,如果填的词随心所欲,配合曲调就很难演唱,苏轼或许就不一定十分精通音律,所以他的词才更容易超出曲子的束缚,被人抨击"拗折天下人的嗓子"。

其三,精通音律的乐师歌妓,未必能填出文采出众的词。乐师歌妓熟悉曲调,但是文化素养不足,难以填出令人耳目一新的作品,因此他们需要文人的配合。温庭筠开启与乐师合作道路,取得了巨大成功;柳永在汴京城的市井填词,深受歌妓欢迎,他的词因此风靡天下。可见,文人阶层和乐师歌妓阶层的合作才能够产生流行的作品,而文人在书斋中的创作大多成为案头文学。

针对以上现象,周邦彦采取的解决办法就是规范词的格律声韵,这样就能保证在没有曲调配合的情况下,任何有一定格律常识的文人都能够用创作格律诗的方法填词,并且保证填的词在绝大多数情况下能够和谐地配乐演唱。与此同时,词的格律化也提高了词的创作门槛,使词成为文人创作中又一种重要的文体,避免了词的市井化和世俗化。

南宋末年,沈义父在《乐府指迷》中说:"盖清真最为知音,且无一点市井气,下字运意,皆有法度。"① 民国时林大椿在《清真集跋》中也说:"美成深精律吕,其所作皆具有法度,惜乎音谱失传,后世读其遗篇,徒惊叹其文字之工妙,未由窥见古人辨音审韵之苦衷。"②

在沈义父和林大椿这两位时代相距数百年的学者眼中,周邦彦的词最突出的特点就在于讲究"法度"。也就是说,周邦彦的词是规范的,为后世学词的人确立了一整套规则,这些规则可以经过学习掌握。按照规则填词,使词的发展走出了自由生长的时代,进入了成熟期,此后在南宋词坛,以姜夔、吴文英为代表的文人群体秉承了周邦彦引领的创作道路,把宋词的发展再度推向一个新的高峰。

对于周邦彦的词法,前代的学者还注意到了他的词法之"密"。陈廷焯在《白雨斋词话》中说"词法莫密于清真"③,"密"是针对词法而言的,

---

① 夏承焘校注,蔡嵩云笺释《词源注·乐府指迷笺释》,人民文学出版社,1963,第44 - 45页。
② 金启华等:《唐宋词集序跋汇编》,江苏教育出版社,1990,第79页。
③ 唐圭璋:《词话丛编》,中华书局,1986,第3814页。

周邦彦词，词法细致、严密，流行起来后，彻底改变了词的创作方式和词坛风气，民国学者蔡嵩云在《柯亭词论》中说："自屯田出而词法立，清真出而词法密，词风为之丕变。"① 他认为宋代词风发生重大改变的根本原因是周邦彦的词法，即是周邦彦严密的词法影响了宋词创作的方式。

综上所述，周邦彦的词既具备华美精致的外在形态，也具有含蓄浑厚、平和雅正的内在风韵，还有严格细密的声律词法。他的词为词的发展确立了新的方向，使词人的创作走向了专业化，使词人更重视词体的审美内蕴。

## 五　辛弃疾词的特征

对于辛弃疾的词，历来的评价趋向于两端。既有大力褒扬的，如宋人陈模在《论稼轩词》中称赞他的词"岂非万古一清风也"②，清人陈廷焯在《云韶集》卷二赞誉他"为词坛第一开辟手"。③ 当然，也有人批评他词中的毛病，比如刘克庄说他"时时掉书袋"④，有卖弄学问的嫌疑，清人江顺诒则认为他的词有"粗莽"的流弊。⑤ 对辛弃疾的词虽然褒贬不一，但是大多数的评价还是比较中肯的，概括而言，有四个方面的评价具有代表性。

第一个方面的评价是以"豪"为核心的，主要包括"豪放""豪宕""豪迈"等评语。当然，在历代词论家的笔下，这些词语既经常用来评价东坡词，也普遍用于评价稼轩词，但是侧重会有所不同。

辛弃疾延续和发展了苏轼词的豪放风格，自南宋以来，往往就以苏辛并称，沈义父在《乐府指迷》中就说过："近世作词者，不晓音律，乃故为豪放不羁之语，遂借东坡、稼轩诸贤自诿。"⑥ 这里沈义父是在批评南宋后期词坛的一种不良倾向，许多人不通音律，随意填词，并借口是模仿苏轼、辛弃疾的"豪放"。不难看出，苏、辛的词在当时是被人们以"豪放"统一对待的，虽然学苏辛的人大多只学到了皮毛，但毕竟把苏辛区别于词坛众家之外。

---

① 唐圭璋：《词话丛编》，中华书局，1986，第 4902 页。
② （宋）陈模撰，郑必俊校注《怀古录校注》卷中，中华书局，1993，第 61 页。
③ 葛渭君：《词话丛编补编》，中华书局，2013，第 1422 页。
④ 邓子勉：《宋金元词话全编》，凤凰出版社，2008，第 1179 页。
⑤ 唐圭璋：《词话丛编》，中华书局，1986，第 3276 页。
⑥ 夏承焘校注，蔡嵩云笺释《词源注·乐府指迷笺释》，人民文学出版社，1963，第 75 页。

其实，苏轼和辛弃疾的词还是存在一定差别的，对于这一点，清代人看得更加清楚，陈廷焯在《词则·放歌集》中就做了区分，他是这么说的：

> 感激豪宕，苏、辛并峙千古。然忠爱恻怛，苏胜于辛；而淋漓悲壮，顿挫盘郁，则稼轩独步千古矣。①

陈廷焯认为苏轼更忠厚仁爱，情感表达和而不怨，达观通透，有儒者之风；辛弃疾为人刚毅深沉，情感表达酣畅淋漓、沉郁悲壮，又能曲折低回，有英雄之气。

比较苏、辛二人的词，苏轼虽然有《江城子·密州出猎》《念奴娇·赤壁怀古》这样的豪放之作，但他的词更倾向于超然物外的旷达；辛弃疾却是性情坚毅执着，毕生致力于实现抗金复国的理想。但辛弃疾绝不是一介莽夫，他有计谋、有规划，心思细密、行动力强，曾经在湖南顶着压力，用短短数月时间训练出一支颇有战斗力的军队——"飞虎军"。这样的辛弃疾，原本应是一位叱咤风云的英雄将领，正如清人蒋兆兰在《词说》中谈道的：

> 自东坡以浩瀚之气行之，遂开豪迈一派。南宋辛稼轩，运深沉之思于雄杰之中，遂以苏、辛并称。②

苏轼是"豪迈"词风的开端者，但是到了辛弃疾，他本是英雄豪杰人物，当他的心智才思融入词的创作时，自然彰显出词风的"豪迈"。

清人法式善也比较了苏辛二人的"豪迈"，他认为辛弃疾"豪迈英爽过东坡，乃于朱子、南轩诸贤，尊崇悦服，违禁忌不顾，此非笃于道、得于心者不能也。岂特节义文章为不朽哉？"法式善换了一个角度，认为辛弃疾的"豪迈"超越了苏轼，根本原因在于辛弃疾信念坚定执着，令人感佩敬服。

评论辛弃疾的第二个方面以"雄"为核心，包括了评论词风的"雄放"和评论词人的"英雄"两个重要评语。

清人高佑釲在《迦陵词全集序》中记载了一件事情。有一次，他来到京师，遇到了好友顾咸三，两人在读阳羡词派领袖陈维崧词的时候，顾咸

---

① 葛渭君：《词话丛编补编》，中华书局，2013，第 2240 页。
② 唐圭璋：《词话丛编》，中华书局，1986，第 4632 页。

三颇为感慨地说："宋名家词最盛，体非一格。辛、苏之雄放豪宕，秦、柳之妩媚风流，判然分途。"①

顾咸三其人虽然名不见经传，但是对词的看法却独具眼光，他认为辛弃疾和苏轼的词总体上是"雄放豪宕"的，而稼轩更偏于"雄放"，东坡偏于"豪宕"，就像后面提及的秦观词偏于"妩媚"、柳永词偏于"风流"一样。所谓"雄放"，是一种浩瀚的气势和饱满的精神，就如同浪涛汹涌的大江大河一般，辛弃疾的词中大多有这样的气魄，充满阳刚之气。历代词论家虽然对稼轩词评价不一，但是"雄放"却被视为辛弃疾的一个基本创作特征。

要填出"雄放"的词，是需要词人具有"英雄"气概的，辛弃疾正好就是南宋历史上一位具有悲剧色彩的"英雄"！清初学者冯班在《叙词源》中说："辛稼轩当宋之南，抱英雄之志，有席卷中原之略，厄于时运，势不得展，长短句涛涌雷发，坡公以后，一人而已。"② 冯班认为辛弃疾胸怀英雄之志，致力于实现收复中原的理想，然而时代却没有给他这样的机会，只能把胸怀和抱负倾注到长短句的创作中，因此形成了如同浪涛汹涌、惊雷闪电一般的英雄之词。

常州词派的周济在《介存斋论词杂著》中也说："稼轩不平之鸣，随处辄发，有英雄语，无学问语，故往往锋颖太露。"③ 周济也有类似的看法，他认为辛弃疾在南宋朝廷备受排挤和压制，内心充满抑郁不平之气，借助辞章宣泄出来，锋芒毕露，而这样的创作，在周济看来，应该被看作"英雄语"，不是一般词人能够望其项背的。

关于辛弃疾的评论，第三个方面集中于"刚健"和"悲壮"这一系列评语。晚清著名词学家况周颐在《历代词人考略》中说："苏词清雄，其厚在神；辛词刚健含婀娜，其秀在骨。"④ 不仅指出了苏、辛二人词的区别，更重要的是，况周颐认识到辛弃疾的词虽然"刚健"，但并不是单纯的具有阳刚之美，而是与柔美之态相辅相成，因此稼轩词是刚柔并济的。

近代学者刘师培在《论文杂记》中也谈道："稼轩之词，才思横溢，悲壮苍凉。"⑤ 所谓"悲壮"，意气是激昂的，然而心绪则是哀伤的，或许只有

---

① 冯乾：《清词序跋汇编》，凤凰出版社，2013，第 88 页。
② （宋）辛弃疾：《辛弃疾词集》，上海古籍出版社，2014，第 340 页。
③ 唐圭璋：《词话丛编》，中华书局，1986，第 1633 页。
④ 葛渭君：《词话丛编补编》，中华书局，2013，第 4380 页。
⑤ 刘师培：《中国中古文学史·论文杂记》，人民文学出版社，1984，第 131 页。

心思细腻、内心柔软的人，才更容易低回哀伤吧！所以，"悲壮"也是一个刚强中又透露出柔软心绪的词汇。

辛弃疾评论的第四个方面，集中于"清丽""妩媚"等偏于婉约风格的评语。辛弃疾的弟子范开在《稼轩词序》中说："其间固有清而丽、婉而妩媚，此又坡词之所无，而公词之所独也。"① 无独有偶，南宋词人黄昇在《中兴词话》中也认为稼轩词"风流妩媚，富于才情，若不类其为人矣"。② 可见，南宋人已经充分认识到了辛弃疾词风格的多样性，辛弃疾的词有一些确实写得清新秀丽、婉转妩媚、风流倜傥，然而辛弃疾的这一类词不同于流俗，和传统的婉约词有立意高下之分。

辛弃疾的词是他的情感世界最为真实的表现，并不是刻意而作，也不是为他人而作。辛弃疾的词是他在官场沉浮、落职闲居，胸怀大志而难以施展才华和抱负时，倾吐心绪而成。因此他的词纵情随性，有畅快淋漓之作，有悲愤低回之作，有挚爱深情之作，有悠然淡然之作，还有论政治、论哲理、讲学问、谈读书、叙友情、说民俗等题材内容极为丰富的作品，在辛弃疾的笔下，任何想写想说的话题，都可以用词表达出来。

## 六　姜夔词的特征

姜夔虽然布衣终生，但是交游广泛，并且结交的大多是达官显宦和文坛名家，因此他的词在生前身后都有不小的影响。姜夔的词受到当时人的推崇，有两个主要原因：一方面，他精通音律，所填歌词都能够和谐地配合乐律演唱；另一方面，他的词对文字精心雕琢，使歌词具有诗歌的高雅品位，更符合文人的情趣。正是因为如此，姜夔词引领了宋末元初词坛的创作风气。

对于姜夔词的评价，从宋代后期开始，出现了一个小高潮，热度一直持续到元代初期，柴望、邓牧、黄昇、赵与訔、陆友仁、陈郁、陈模、张炎、沈义父等都曾对姜夔做出过评价，其中以张炎的评价最高，由此可以看出姜夔在当时词坛的地位举足轻重。此后，对姜夔的推崇逐渐沉寂下来，特别是明代人不看重南宋词，姜夔的词流传很少，明末藏书家毛晋收集到的《白石词》不过34首，清初浙西词派倡导姜夔词时，朱彝尊等人找到的

---

① 金启华等：《唐宋词集序跋汇编》，江苏教育出版社，1990，第172页。
② 唐圭璋：《词话丛编》，中华书局，1986，第213页。

《白石乐府》也仅存 20 余首，直至乾隆十四年（1749），全本《白石道人歌曲》方才重现世间。

清代词坛从浙西词派开始大力提倡姜夔词，清人对他的评论大量出现，推动了清词的发展。历代关于白石词的评论，主要集中于 4 个方面。

第一个方面以"雅"为核心，围绕"骚雅"和"醇雅"展开论述。"雅"和"俗"是一对并存的概念，谈"雅"离不开对"俗"的认识。现代词学认为词的源头在于燕乐，燕乐作为通俗的娱乐音乐，使词与"俗"紧密联系在一起，虽然文人很快就进入了词的创作阵营，但是词的音乐属性和娱乐功能使它始终无法摆脱词体卑下的地位。然而北宋中后期，苏轼的"以诗为词"、周邦彦对词的"格律化"改造以及李清照排斥"词语尘下"等行为，无不昭示着宋人正在从不同的方向尝试着对词进行雅化改造。

南宋初年，因为靖康国难，朝廷禁乐 16 年，使得整个词坛得以冷静反思。当乐禁开放后，词坛开始了崇尚雅词的审美取向，在绍兴十二年（1142），铜阳居士编成《复雅歌词》五十卷，此后，曾慥的《乐府雅词》、张孝祥的《紫薇雅词》、程垓的《书舟雅词》、赵彦端的《宝文雅词》等相继问世，词坛尚雅成为自觉的追求。

所谓"雅"，源于《诗经》，汉代学者对"雅"的解释为"正"，近代学者则从音乐方面加以解释，认为"雅"可借为"夏"，指夏民族所居之地，即西周王畿地区，雅音即夏音，也就是西周王畿地区的乐调，即所谓"官调"，类似于现代的普通话。所以"雅"的地位是崇高的，表现在文学中，诗歌作为儒家教化人心的工具，自然承担着传播"雅"文化的职责。词如果要"雅"化，就必然要向诗歌寻求借鉴。

姜夔正是在"复雅"潮流中，致力于实现词的"雅化"的一位词人，虽然他的词数量不多，流传至今的只有 80 余首，但是他的每一首词都经过精心打磨，不仅以诗法入词，而且以词体寄寓诗人的情怀。

首先来看"骚雅"，最早指出姜夔词"骚雅"的是张炎，他在《词源》中列举了姜夔的 8 首词，认为这些词是"骚雅"的，具体如下：

> 白石词如《疏影》《暗香》《扬州慢》《一萼红》《琵琶仙》《探春》《八归》《淡黄柳》等曲，不惟清空，又且骚雅，读之使人神观飞越。[1]

---

[1] 夏承焘校注，蔡嵩云笺释《词源注·乐府指迷笺释》，人民文学出版社，1963，第 16 页。

张炎并没有具体解释什么是"骚雅",但这一说法却为后世词坛普遍接受。所谓"骚雅","骚"来自《离骚》,可以引申为"骚客",也就是诗人。"雅"是指《诗经》中的大雅和小雅,也可以引申为美好的品性。

张炎在这里的意思是说,姜夔的这些词都具备《诗经》和《离骚》开创的优秀传统。具体而言,他认为姜夔的词具有知识分子独特的情感表达方式,词中寄托了丰富的情感,这种情感可以是家国之情,也可以是友情、亲情和恋情,但是情感的表达深厚而节制,含蓄而真挚。这正是姜夔寓情于词的表达方式,并不局限于张炎所提到的几首词,而是普遍存在于姜夔的词作之中。

晚清词学家陈廷焯在《白雨斋词话》中说:"姜尧章词,清虚骚雅。每于伊郁中饶蕴藉,清真之劲敌,南宋一大家也。"① 陈廷焯这里所说的"伊郁中饶蕴藉",看到了姜夔词最突出的特点,"伊郁"是忧郁的意思,"蕴藉"则指含蓄而意味悠长。这些都是姜夔词的典型特征。

再看"醇雅"的评价,所谓"醇雅",是淳厚雅正。清代词学家汪森在《词综序》中说:"鄱阳姜夔出,句琢字炼,归于醇雅。"② 谢章铤也发展了这种说法,《赌棋山庄词话》中有一段解读姜夔《诗说》中的"雕刻伤气,敷衍露骨。若鄙而不精巧,是不雕刻之过。拙而无委曲,是不敷衍之过"一段话,谢章铤是这么说的:"此即疏密相间之说也。故白石字雕句刻,而必准之以雅。雅则气和而不促,辞稳而不浇,何患其不精巧委曲乎。"③

谢章铤探讨的是词法,姜夔词注重语言文字的精心锤炼和雕琢,但是正如谢章铤所言,雕琢容易影响作品本身的气脉流畅,然而姜夔以"雅"的美学追求灌注于作品之中,就使得作品能够醇厚和谐,浑然一体。

从姜夔开始,南宋词坛又开辟出了一条新的创作道路,即寄寓词人的情感于文字,以情辞相融、幽隐含蓄为审美追求的"雅词"创作。

第二个方面的评论集中于"清空"和"清虚"。所谓"清空",是指空灵神韵,具体来说,就是作家注重传达描写对象的神采,而不过多描摹事物的外在形貌,取其神而遗其貌,意在言外,了然无痕。"清虚",与清空意思相近,是说作品结体为虚,不从实处落笔。

谈及姜夔词的"清空",首先是出自张炎《词源》中提出的"清空质

---

① 唐圭璋:《词话丛编》,中华书局,1986,第3179页。
② 施蛰存:《词籍序跋萃编》,中国社会科学出版社,1994,第748页。
③ 唐圭璋:《词话丛编》,中华书局,1986,第3478页。

实"之说：

> 词要清空，不要质实。清空则古雅峭拔，质实则凝涩晦昧。姜白石词如野云孤飞，去留无迹。吴梦窗词，如七宝楼台，眩人眼目，碎拆下来，不成片断。此清空质实之说。①

张炎在这里以"清空""质实"一对概念对举，为了表明这一对概念的区别，特意举出了姜夔和吴文英作为例子，因此后人往往认为张炎标举姜夔词的风格为"清空"。其实，张炎在谈及"清空"时还曾列举了苏轼的《水调歌头》（明月几时有）和《洞仙歌》（冰肌玉骨）、王安石的《桂枝香·金陵怀古》，与姜夔的《暗香》《疏影》并列，称"此数词皆清空中有意趣，无笔力者未易到"。可见，"清空"词风并非姜夔所独有，但是姜夔的创作确实使"清空"的风格达到了新的高度。张炎认为，清空的词，如同古朴精雅的诗作，笔力雄健。姜夔的词不仅具有这样的特点，而且结体为虚，神韵内敛，如同天空中随意飘荡的云朵，倏然而来，飘然而去，来去皆不留痕迹。

清人曹炳曾、李佳、陈廷焯、陶方琦等在论及姜夔词的特点时，都以"清虚"取代"清空"，但实际上意思并没有本质的不同。在这些人的评论中，以陈廷焯的评语最具代表性，他在《词则·大雅集》卷三中说："白石词清虚骚雅，前无古人，后无来者，真词中之圣也。"② 这里的评价把姜夔抬高到"词中之圣"的地位，可见此时的陈廷焯对姜夔的崇拜，也反映出他对浙西词派的认可。在《白雨斋词话》卷二中，陈廷焯对姜夔的认识就客观了许多，他说："白石词以清虚为体，而时有阴冷处，格调最高。"③ 虽然陈廷焯依然肯定姜夔词的格调，但是也能够看到白石词"时有阴冷处"，而造成"阴冷"的原因，则是因为"清虚"，可见清虚为体的白石词也会出现缺陷。

对姜夔词的评论，第三个方面集中于"刚健"和"峭拔"。所谓"刚健"，是指风格具有阳刚之气，劲健有力。"峭拔"，则是雄健挺秀的意思，这在张炎谈到"清空"时已经提及，"清空则古雅峭拔"。清人戈载在《宋

---

① 夏承焘校注，蔡嵩云笺释《词源注·乐府指迷笺释》，人民文学出版社，1963，第 16 页。
② （清）陈廷焯：《词则》，上海古籍出版社，1984，第 93 页。
③ 唐圭璋：《词话丛编》，中华书局，1986，第 3797 页。

七家词选》中更是赞扬姜夔词"其高远峭拔之致，前无古人，后无来者"。①

关于刚健，陈廷焯在《云韶集》卷六是这么说的：

> 词至白石，而知词人之有总萃焉。清劲似美成，风骨似方回。骚情逸志，视晏、欧如舆台矣；高举远引，视秦、柳如傀儡矣。清虚中见魄力，直令苏、辛避席；刚健中含婀娜，是又竹屋、梅溪、梦窗、草窗、竹山、玉田以及元、明诸家之先声也。②

陈廷焯认为姜夔词能总括前代词家之长，"清劲"而有"风骨"，可见姜夔在向前人学习时是有所取舍的。陈廷焯特别强调的则是姜夔词中的"魄力"和"刚健"，这些都是传统的婉约词中难以见到的阳刚之气，当然如果只有这些特点，姜夔的词也不会独树一帜，他的创作特点是能够恰如其分地用"清虚""婀娜"来抑制和平衡阳刚之气，使他的词展现出清刚劲健的独特之美。

对姜夔词的第四个方面评论为"幽韵冷香"，值得重视。清人刘熙载在《词概》中对姜夔词是如此评价的："姜白石词幽韵冷香，令人挹之无尽，拟诸形容，在乐则琴，在花则梅也。"③"幽韵冷香"是刘熙载为姜夔词打上的一个标签，认为这样的词内蕴深厚，取之不尽，值得细细品味。刘熙载还提供了两个意象，帮助理解"幽韵冷香"的说法，一个是"琴"，一个是"梅"。

《宋史·乐志十七》中在评价"琴"的时候，认为"众器之中，琴德最优"，中国古代重视礼乐文化，琴的韵味虚静高雅，被认为可以"正人心"，琴技修养体现了古人修身悟道的德行。

"梅"的品格也符合中国古代士人的人格追求，范成大在《梅谱》中曾经赞誉"梅以韵胜，以格高"。梅在古代有着丰富的文化内涵：其一，品格高雅，朴素纯洁；其二，意志坚贞，守正不屈；其三，老而弥坚，生生不息。正是这样的文化意蕴，使得"梅"在中国传统文化中有着独特的地位。

由此看来，在刘熙载的心目中，姜夔的词堪比琴之德行和梅之品格，无疑是一种非常崇高的评价。

---

① 葛渭君：《词话丛编补编》，中华书局，2013，第3608页。
② 葛渭君：《词话丛编补编》，中华书局，2013，第1537页。
③ 唐圭璋：《词话丛编》，中华书局，1986，第3694页。

姜夔的词取诸家之长而能独树一帜，在婉约、豪放两种主流词风之外，开创清雅一路，为南宋后期词人的创作指引了方向。姜夔的词坚守"雅"的方向，一方面引诗法入词，形成清冷峭拔、幽深香远的独特韵味；另一方面，充分发挥自己精通音律的特长，使文辞、情感、音乐融为一体，达到了声情想通、音韵和谐、婉转动听的艺术高度。

## 第二节　黄庭坚的词与北宋词风之变

北宋词的发展经过柳永和苏轼的革新，显示出旺盛的生命力。柳、苏二人的时空碰撞对北宋后期词坛影响深刻，许多词人在潜移默化中沿着他们指引的方向从事词的创作，北宋词风开始产生持续性的转变。

黄庭坚虽然不以词称名，但具有深厚的文学素养和对文坛风气变化的敏锐感知力，因此词坛的流行风尚与细微变化都能够很快地体现在他的创作中，他的词与宋词转变的动向一同律动，使他成为观察北宋词坛的关键人物。邱俊鹏先生曾经客观评价过黄庭坚的"变"：

> 无论是山谷的通俗词，或比较严格遵守柔婉旨趣的作品，还是受东坡影响而具有硬健、峭拔格调的词，其成就的关键都在于能变，因而能表现出一种新的风貌、格调，这是主导的方面。他的某些词的缺陷，只不过是他在追求变新中，或用意过当，或某些创作思想本身有失而造成的。至于他词中少数作品，不论从内容还是艺术上来看，都毫无可取之处，这却是另一回事了。对于这样一个在多种文学艺术领域中刻意求变、求新的作家，我们应该实事求是地探讨他在变新中的功过、得失。如果说黄庭坚在书法艺术的变新中，获得了完全的成功，在诗歌创作上的追求变新是功大于过，得多于失，那么在词的变新方面，至多也只能说是功过参半、得失相当吧？[①]

这段话中包含了以下几层意思：第一，黄庭坚的词风格多样，既有通俗的作品，应该是受到当时流行天下的柳永词的影响而创作的，也有遵守传统婉约词创作规范而成的作品，还有受苏轼词风影响而创作的"硬健、

---

① 邱俊鹏：《黄庭坚词在求变中的得与失》，《文学遗产》1987 年第 3 期，第 59 - 63 页。

峭拔"之作。第二，黄庭坚的词立足于创新，采用的方法是求变，他的三种风格的词都不是简单的模仿，而是有所变化。第三，黄庭坚的"变新"在书法领域最为成功，诗歌领域比较成功，词的领域得失参半。邱俊鹏先生的看法注意到了黄庭坚立足于"变"进行文学艺术创新的努力和尝试，也重点讨论了黄庭坚对词的变革，认为黄庭坚在词的创新上并不算非常成功。其实，黄庭坚的主要精力是诗歌的创作和创新，但是词的创作依然充满变化和新意，他的词虽然在名家辈出的北宋词坛并不属于一流，但是依然有很大的影响，更重要的是，他的创作并不能局限于只注意到他个人的得失，而是应该放眼整个宋代词坛，这样才能充分认识黄庭坚词的价值。对于这一点，龚岚曾经发表论文《从山谷词探两宋词风之变》予以讨论：

> 在两宋词风由软至硬的转变过程中，传递此中消息的先行人物当属"江西诗派"领袖黄庭坚。黄词既有豪情快唱之作，亦有婉妙蕴藉之作；而"于倔强中见姿态"，方是黄词真正特色。他援引江西诗法入词，以别具姿态的生新瘦硬、清旷峻拔之作，力纠词中柔婉熟软之风，开南宋词清健峭拔之先声。①

龚岚认为，黄庭坚的词有两个重要特色，一个是"于倔强中见姿态"，另一个是引江西诗法入词，这两方面的成就使他成为两宋词风由软转硬的一个重要人物。然而，黄庭坚的词风其实较为多样，黄庭坚的不同创作也并非出现在一个时期，黄庭坚的词本身也存在着自我嬗变，这也是需要注意的。

因此，深入认识黄庭坚词风的变化，把他放置于北宋中后期柳、苏影响下的历史语境中，仔细观察黄庭坚是如何顺应词坛风气的改变而改变自身，并反过来助力词坛风气的变化，转变的微妙之处值得体会和探究。

## 一　黄庭坚词的争议及其创新精神

柳永和苏轼都是极大推动北宋词坛变化的词人，他们的创作都曾受到时人诟病，这是社会接受新事物的正常反应。山谷词早年受柳永影响，俚俗浑亵，后又受到苏轼启发，在创作中融入诗法，面貌为之一新。黄庭坚

---

① 龚岚：《从山谷词探两宋词风之变》，《江西社会科学》2000 年第 8 期，第 88 - 92 页。

的词名不如诗名响亮，但是他的创作随词坛风尚而变，在当时仍然是焦点人物，对山谷词的评价也是词论家们热衷的话题。

在黄庭坚生活的北宋中后期，就有同时代的人从不同立场对他的词做出评价。陈师道明确肯定山谷词，认为"今代词手唯秦七、黄九尔，唐诸人不迨也"。① 这是说当时词坛上能够称得上"词手"的唯有秦观、黄庭坚二人，他们的作品超越了前人，最重要的是体现着时代风尚，代表了北宋后期词坛的创作动向。后世学者有对此评价不以为然者，认为黄庭坚的成就不如秦观，如吴梅就批评陈师道有意抬高黄庭坚，认为黄、秦并列为"阿私之论"。②

虽然黄庭坚的词确实不如秦观，但陈师道"秦七、黄九"并称的说法却成为词史上一种共识。明清之际的戏曲家李玉在《南音三籁序》指出："赵宋时黄九、秦七辈竞作新词，字戛金玉。"③ 李玉强调黄、秦二人的贡献在于"竞作新词"，而"新"的表现在于"字戛金玉"，这是说词的语言当时酝酿着变化。黄庭坚的词的确不如秦观的词婉丽丰润、流畅蕴藉，但他们二人有一个共同特点，即重视语言上的创新，这正是北宋后期词坛充满活力的表现。秦观坚持了词的传统风格，有意回避柳永之俚俗和苏轼之不羁，但在词情、词韵、语言文字上勇于新的尝试。黄庭坚的创新精神最为激进，他把自己在诗学方面的体会融入词的创作，翻开《山谷词》，"化诗为词"的作品比比皆是。如《水调歌头》（瑶草一何碧）中"红露湿人衣"一句即从王维《山中》诗的句子"山路元无雨，空翠湿人衣"脱化而来，"我为灵芝仙草，不为朱唇丹脸"则从苏轼《咏黄州定惠院海棠诗》"朱唇得酒晕生脸，翠袖卷纱红映肉"化出。此外，这首词中还运用了陶渊明《桃花源记》和李白"谪仙人"的典故。类似的创作方法在黄庭坚的词中使用得非常普遍，反映了黄庭坚在词的创作上求新求变的探索。

黄庭坚以诗法入词的尝试招致了同为"苏门四学士"的晁补之的批评："黄鲁直间作小词，固高妙，然不是当行家语，是著腔子唱好诗。"④ 晁补之的态度代表了北宋后期词坛诗词异体的普遍看法，对于混一诗词文体的行为颇不以为然，即便如此，他也不得不承认黄庭坚的词写得"高妙"。所谓

---

① （宋）陈师道：《后山诗话》，载（清）何文焕《历代诗话》，中华书局，1981，第309页。
② 吴梅：《词学通论》，复旦大学出版社，2005，第61页。
③ 吴毓华：《中国古代戏曲序跋集》，中国戏剧出版社，1990，第361页。
④ （宋）吴曾：《能改斋漫录》卷十六，上海古籍出版社，1979，第469页。

"高妙"，体现为技法的娴熟、音韵的和谐。但是晁补之接着就指出黄庭坚词"不是当行家语"。那么谁的词"当行"呢？在当时的词人中，恐怕只有秦观的词堪当此评价。晁补之评价秦观道："近世以来作者，皆不及秦少游。如'斜阳外，寒鸦万点，流水绕孤村'。虽不识字人，亦知是天生好言语。"① 晁补之认为诗和词存在着根本上的界限，诗宜雅致，词宜通俗，黄庭坚推动词走向"诗化"的道路，是对诗雅词俗的背离。

虽然北宋中后期诗词异体的传统观念依然盛行，不过词的创新趋势难以阻挡。词的"新"变有两大推力，分别是柳永和苏轼。柳永在北宋词坛第一个"变旧声作新声"，通过旧调翻新、选用时调等手段，开始大量制作慢词，写法上开创了以"铺叙展衍"为标志的"屯田蹊径"，并且大力开拓词的题材，创作了羁旅行役、歌舞、宴饮、赠妓、离情、怀古、咏物、投献、游仙、悼亡等内容的词。由于柳永的创作致力于取悦受众，他的词广为传唱。苏轼的词内容丰富，形式多样，千变万化，除了进一步发展柳词在题材上的创新，还在词的写法上做出各种尝试，如檃括其他诗、词以及散文、神话传说等入词。苏轼对宋词的改变是全方位的，因为过于激进，招致词坛上批评的声音不绝于耳，一时之间成为北宋词坛的热点现象。

黄庭坚在词的创作实践中分别尝试了柳永的以俗悦众和苏轼的以诗为词，找到了宋词发展的方式，即不断地采用"新"方法创作符合时代风尚的"新"作品。虽然当时有一些观念保守的词人对他提出批评，但这正是新事物在成长中必然要面对的问题。黄庭坚词的变化反映了北宋词的发展充满活力，北宋中后期词坛不断"新"变的潮流无法遏制。黄庭坚正是顺应和推动了宋词的发展潮流，获得了宋词发展史上独特的地位。

## 二　黄庭坚俚俗词体现着北宋中后期的市井风尚

黄庭坚早期的俚俗词并非如晁补之所言"是著腔子唱好诗"。他早期的词作刻意模仿柳永词的俚俗，甚至有过之而无不及。俚俗词适应城市的发展，在北宋中后期最受广大市民阶层的欢迎，因而词坛流行俗词的创作。黄庭坚年轻时曾"使酒玩世"②，他的俚俗词充斥着市井风味，真实反映了

---

① （宋）吴曾：《能改斋漫录》卷十六，上海古籍出版社，1979，第469页。
② （宋）黄庭坚：《小山词序》，载施蛰存《词籍序跋萃编》，中国社会科学出版社，1994，第51页。

当时的市井风尚，这也使他屡受抨击。

僧人惠洪在《冷斋夜话》中曾有记载：

> 法云秀关西，铁面严冷，能以理折人。鲁直名重天下，诗词一出，人争传之。师尝谓鲁直曰："诗多作无害，艳歌小词可罢之。"鲁直笑曰："空中语耳，非杀非偷，终不至坐此堕恶道。"师曰："若以邪言荡人淫心，使彼逾礼越禁，为罪恶之由，吾恐非止堕恶道而已。"鲁直领之，自是不复作词曲。[①]

黄庭坚在为晏几道的词集撰写的《小山词序》中也提到过这件事。根据这两段记载可知，黄庭坚年轻时写了不少"艳歌小词"，这些作品"以邪言荡人淫心"，如《千秋岁》：

> 世间好事。恰怹厮当对。乍夜永，凉天气。雨稀帘外滴，香篆盘中字。长入梦，如今见也分明是。　　欢极娇无力，玉软花欹坠。钗罥袖，云堆臂。灯斜明媚眼，汗浃菖腾醉。奴奴睡，奴奴睡也奴奴睡。[②]

可以设想，当这首词由歌妓演唱的时候，通过语言上的描摹，在歌妓的演唱渲染中加上一些刻意的形体表演和声腔渲染，现场的气氛会是多么荡人心魄。毋庸置疑，黄庭坚的这类词在市井娱乐场所一定会非常流行，当他面对法云秀和尚的批评时，只好为自己辩解："空中语耳，非杀非偷，终不至坐此堕恶道。"他只是以一种"玩世"的心态来写词，这些不过都是一些游戏文字而已。《冷斋夜话》的这段记载最后说黄庭坚接受了法云秀的意见，"自是不复作词曲"。根据我们今天所见的山谷词，黄庭坚后期的词在写法上确实发生了重大的改变，从学习柳永的窠臼中脱离出来。

黄庭坚俚俗词受到批评，还有一个原因，即市井俗语的大量使用。市井俗唱的受众是混迹在风月场中的普通市民，为适合这些人的口味，俗词中往往大量使用鄙语俚词，刘体仁在《七颂堂词绎》中指出黄庭坚和秦观在语言上都受到柳永的影响：

---

① （宋）惠洪：《冷斋夜话》卷十，载《宋元笔记小说大观》，上海古籍出版社，2001，第2223 页。

② 唐圭璋编《全宋词》，中华书局，1965，第 412 页。

柳七最尖颖，时有俳狎，故子瞻以是呵少游，若山谷亦不免，如"我不合太搁就"类，下此则蒜酪体也。①

刘体仁所说的"俳狎"，即词作中戏笑嘲谑、放荡猥亵之处，无论是秦观还是黄庭坚都有模仿，而且山谷之作甚至流于"蒜酪体"那种俚俗粗鄙境地。蒜酪是北方普通大众常食之物，以之形容文学作品，指粗俗不登大雅之堂的文字，多为贩夫走卒所喜爱，主要特征是俚俗直白，豪宕真率，诙谐幽默。黄庭坚的一些词确实充满市井俗气，如《两同心》：

自从官不容针，直至而今。你共人、女边著子，争知我、门里挑心。②

类似的作品被后人称为"山谷恶道"或"蒜酪体"。刘体仁对黄庭坚的批评并不过分，从黄庭坚的词集中我们可以看到许多境界不高、语言鄙俚的作品，以下几首词就充斥市井方言、土字俗语：

心里人人，暂不见、霎时难过。天生你要憔悴我。把心头从前鬼，著手摩挲。抖擞了、百病销磨。　见说那厮脾鳖热。大不成我便与拆破。待来时、鬲上与厮噷则个。温存著、且教推磨。（《添字少年心》）③

引调得、甚近日心肠不恋家。宁宁地、思量他，思量他。两情各自肯，甚忙咱。意思里、莫是赚人吵。噷奴真个啰、共人啰。（《归田乐令》）④

见来两个宁宁地。眼厮打、过如拳踢。恰得尝些香甜底。苦杀人、遭谁调戏。　腊月望州坡上地。冻著你、影躲村鬼。你但那些一处睡。烧沙糖、管好滋味。（《鼓笛令》）⑤

从今天能见到的山谷词推断，类似这样的作品，黄庭坚应该创作了不少。俚俗词在宋代中后期是一种流行的风尚，但后世词家却对黄庭坚的此

---

① （清）刘体仁：《七颂堂词绎》，唐圭璋：《词话丛编》，中华书局，1986，第622页。
② 唐圭璋编《全宋词》，中华书局，1965，第401页。
③ 唐圭璋编《全宋词》，中华书局，1965，第410页。
④ 唐圭璋编《全宋词》，中华书局，1965，第407页。
⑤ 唐圭璋编《全宋词》，中华书局，1965，第408页。

类作品表现出一种审慎的批评态度，清人李佳说："涪翁词，每好作俳语，且多以土字掺入句中，万不可学。此古人粗率处，遗误后学非浅。"① 这是以黄庭坚俚俗词作为反面教材。也有后代学者以通代的视野看到了黄庭坚俗词的价值，从正面予以肯定。刘熙载就说：

> 黄山谷词用意深至，自非小才所能辨，惟故以生字俚语侮弄世俗，若为金元曲家滥觞。②

刘熙载强调的是黄庭坚对金元曲家的导源意义，对于他的词中大量使用"生字俚语"，并没有像一般论者那样简单地以亵狎鄙俚否定，也没有避重就轻加以回避，他认为黄庭坚如此创作别有深意，一般人无法辨别。刘熙载采取了一种替黄庭坚辩解的态度，但是他的辩解却走向了另外一个极端，即刻意地替古人的作品寻找意义。但是我们知道，北宋时期的士人生活与风月场所密不可分，黄庭坚在这些场合"使酒玩世"，为应歌而填词，往往直写眼前事、眼前景、眼前情，很难说会有什么"深意"，其最重要的价值实际上是对当时词坛风气的真实体现，从中可以折射出北宋中后期词坛的流行风尚。

对于黄庭坚的俚俗词，既没有必要为他辩解开脱，也没有必要完全否定，但我们有必要相对深入和客观地认识此类作品。

首先，创作俚俗词是当时词坛的一种流行风尚。清人对此已有清晰的认识，田同之的意见可供借鉴："言情之作，易流于秽，此宋人选词多以雅为尚。法秀道人语涪翁曰：作艳词，当堕犁舌地狱。正指涪翁一等体制而言耳。"③ 黄庭坚等人的这类创作虽然颇受批评，但受到世俗大众的普遍欢迎。

其次，俚俗词不在于艳情题材，而在于写艳情的方式。词本来就是被称为"艳科"的，写艳情题材是词的创作常态。山谷词之俗在于他的许多词模拟歌妓心理、口吻，这些作品在风月场合由歌妓加以渲染，就更容易刺激人的感官。

最后，俚俗表现于大量方言俗语的使用。方言俗语代表了民间口语，

---

① （清）李佳：《左庵词话》卷下，载唐圭璋《词话丛编》，中华书局，1986，第3172页。
② （清）刘熙载：《词概》，载唐圭璋《词话丛编》，中华书局，1986，第3691页。
③ （清）田同之：《西圃词说》，载唐圭璋《词话丛编》，中华书局，1986，第1452页。

流行于特定地域人们的日常生活交流中。宋人在词中使用方言俗语的现象其实很普遍，多数人只是少量使用连词、副词如"恁""争""忒"等，而黄庭坚有些词却随心所欲地使用方言俗语，甚至有些字"皆字书所不载"，致使后人"尤不可解"。① 然而，黄庭坚的这些创作本意是为了更适于市井演唱，只是随着时代的变迁，许多俗语变成了生字。

黄庭坚写了不少俳狎俚俗的作品，在北宋中后期词坛很流行，也很平常，宋人大多不以为意。这类作品反映了北宋中后期市井生活的客观需求，也体现了宋词发展中容易为后人忽视的一种创作倾向，黄庭坚的俚俗词体现了这种创作潮流，其创作对于细致深入地研究宋词的演变具有重要价值。

### 三　黄庭坚词的"诗化"契合北宋后期词的新走向

需要注意的是，"言情"并不等同于"俗"，黄庭坚言情题材的词并非都是俳狎俚俗的，也有许多词融入了词人的真实情感，写得颇为精妙雅致。终黄庭坚一生，言情之作并未停止，他的词中有许多标明是"赠妓"之作，如他赠给歌妓陈湘的词《蓦山溪》（稠花乱叶）云："如今对酒，不似那回时，书谩写，梦来空，只有相思是。"从中可以看出黄庭坚虽在言"情"，但已脱"俗"。

黄庭坚词的脱"俗"与"诗化"紧密相关。苏轼采用"以诗为词"的创作模式，推动词坛迅速改变，黄庭坚很快就在创作中使用了化"诗"入词的方法，他的词一旦"诗化"，就迅速远离俗词，这是词的"向上一路"。黄庭坚"诗化"的词题材更为广泛，创作手法也更加多样，诗材、诗法都被引入词的创作中。如他有一首《浣溪沙》，系集张志和、顾况二人的《渔父词》，融合而成：

> 新妇滩头眉黛愁。女儿浦口眼波秋。惊鱼错认月沈钩。　　青箬笠前无限事，绿蓑衣底一时休。斜风细雨转船头。②

这首词写隐士，多用于诗歌创作题材，然而经山谷之手点染，却成为一首香艳词，避世隐居的渔父似乎心境不再恬淡，反而有着几分暧昧，苏

---

① （清）纪昀：《四库全书总目提要》，河北人民出版社，2000，第5450页。
② （宋）黄庭坚、秦观：《黄庭坚词集秦观词集》，上海古籍出版社，2016，第130页。

轼看到后，赞赏之余都不禁讥弹：

> 鲁直此词，清新婉丽，其最得意处，以山光水色替却玉肌花貌，真得渔父家风也。然才出新妇矶，便入女儿浦，此渔父无乃太澜浪乎！①

　　这虽然只是黄庭坚创作的一个实例，但至少可以反映出黄庭坚的作品中，言情题材并非都是俚俗之作，也可以写得十分精致。从这首词我们看到了黄庭坚的创作已经开始发生转变，因为这是一首集句词，此类作品和黄庭坚"以故为新"的诗学思想一脉相承，江西诗法被引入词的创作。

　　黄庭坚以"诗化"的方式改变了他的词风，这种改变一方面受到他的诗学理论影响，另一方面也受到苏轼"以诗为词"创作道路的启发。晁补之所谓"著腔子唱好诗"，指的就是山谷"诗化"的作品，他的批评指出了山谷词既类似于诗，又适于歌唱，这也是北宋后期词坛创作的新方向。李清照对黄庭坚的批评更为具体，在肯定黄庭坚创作成绩的同时，还指出了他的毛病："黄即尚故实而多疵病，譬如良玉有瑕，价自减半矣。"② 李清照是主张严格区分诗词界限的，她认为词"别是一家"，具有独特的文体特征。黄庭坚是能够准确把握这种文体特征的当代词人之一，但是她认为黄庭坚的词有"尚故实"弊端。所谓"故实"就是用事，即化用前人语句和使用典故。黄庭坚的词中用事太多，且有不少生涩之处，这是山谷词在"诗化"过程中产生的问题。

　　黄庭坚在诗学方面成就突出，在受到苏轼"以诗为词"的启发后，他的诗歌创作理论和技巧也融入了词的创作，这意味着黄庭坚词的创作道路发生了根本改变，词的境界得到扩大，品位得以提高，取得了不小的成就。南宋王灼就认为黄庭坚学苏轼是颇有心得的："东坡先生以文章余事作诗，溢而作词……晁无咎、黄鲁直皆学东坡，韵制得七八。"③ 黄庭坚继承苏轼的词学思想，融入自己的诗法，实践了一条新的创作道路。这条创作道路首先要求词的创作遵循合乐可歌原则，其次努力借鉴诗的创作题材和方法。黄庭坚这种"诗化"的词顺应了北宋后期文人词的发展走向，指示了南宋

---

① （宋）徐俯：《鹧鸪天跋》，载（宋）曾慥《乐府雅词》，辽宁教育出版社，1997，第62页。
② （宋）李清照：《词论》，载（宋）胡仔《苕溪渔隐丛话》后集卷，人民文学出版社，1962，第254页。
③ （宋）王灼：《碧鸡漫志》卷二，载唐圭璋《词话丛编》，中华书局，1986，第85页。

文人词的创作道路。

黄庭坚的诗学理论有明确的指导思想，也有具体的创作方法，用之于词，就使他走上了一条寓诗法入词的创作道路，他的作品也体现出了新的面貌，具体表现如下。

首先，创作"次韵"词。次韵，原本是诗歌的一种创作方式，即用所和诗中的韵作诗。以"次韵"的方式填词，张先、苏轼、黄庭坚皆有尝试。清人彭孙遹在《红豆词序》指出："北宋以前，作者林立，而未有次韵。苏、黄两公，间一为之……"① 北宋的"次韵"词苏轼仅偶尔为之，黄庭坚开始较多使用这种创作方式。"次韵"词的创作，说明词在一定程度上已经具备了和诗相同的功能。

其次，不仅以词写情，也以词言"志"。关于言"志"问题，是中国古代文艺理论的一个基本话题，原本"情"即包容在"志"的范畴之内，《诗大序》是这样表述的："诗者，志之所之也。在心为志，发言为诗。情动于中而形于言……"随着词的发展，宋人观念中的"志"和"情"有了区分，"志"为志向，"情"为私情，形成了诗言"志"和词写"情"的明确疆界。在黄庭坚的词中，那些流连光景、"使酒玩世"之作确实是言"情"的，但是随着诗学思想融入词的创作，山谷词言"志"的特征越来越明显。例如《水调歌头》（瑶草一何碧）、《定风波》（万里黔中一漏天）、《南乡子》（诸将说封侯）等皆属言"志"之作。当词人自然地采用词体来言"志"时，词和诗除了形式上的区别外，其他方面的壁垒已经不是那么明显。

最后，在词的创作中运用诗歌创作技法。黄庭坚的诗学理论中，"点铁成金""夺胎换骨"等具体技法占有重要地位。这些技法的运用表现为创作中具体的用字、用事之法，他或者直接撷取前人的诗句入词，或者化事为典，甚至于还把欧阳修的《醉翁亭记》檃括为一首独木桥体的词《瑞鹤仙》（环滁皆山也）。至于使事用典，在他的词中更为普遍，比如他的咏茶词《满庭芳》（北苑春风）就是一首纵横名物，出入典故的作品。词中不仅写了茶的产地、采茶时令、制茶、烹茶、饮茶之道，还连用王羲之、嵇康、卢仝、杜甫等人的诗以及司马相如和卓文君的典故，令人目不暇接。

---

① （清）彭孙遹：《松桂堂全集》卷三十七，载（清）纪昀等《景印文渊阁四库全书》第1317 册，台北商务印书馆股份有限公司，1986，第 303 页。

黄庭坚在以诗法入词方面进行了大量的创作实践，他用词表达情感、表现情趣、咏物言志、宣泄情感，词体借助这些作品得到提升。黄庭坚词的"诗化"道路体现出他对词的发展走向具有敏锐的洞察力，他放弃俗词的直白粗鄙，转而追求作品的文雅精致，成为北宋后期词坛"复雅"潮流的前驱，使自己的创作成为引导和推动这一词坛新走向的重要力量之一，其意义在词史上是值得重视的。

## 四　黄庭坚词在北宋词风转变时期的意义

黄庭坚早期的词极为俚俗亵狎，具有正统思想的人甚至以"风雅罪人"之名加于黄庭坚头上。唐宋以来的许多文人为应歌的需要，创作了许多适合歌妓演唱的俚词艳曲。北宋中叶以来，柳永更是把这种风气推向极致，他的词注重情感与细节描写，善于铺叙，并且以市井俗语入词，对歌妓的心理和语言把握细腻。在这种风气影响之下，许多年轻的士子生活于都市之中，时常涉足风月场所，因应景之需或是为了炫耀才学，创作了许多情调俚俗绮艳之作。黄庭坚年轻时候正经历了这个时代，他欣赏柳永的作品，既学习柳词的词调，也模仿柳永的词法。

黄庭坚的创作并没有一直沿着柳永的道路走下去，转变的契机或许有两个：一个是法云秀和尚的严厉批评，对此他很重视，后来他在为晏几道的《小山词》作序时仍然不能释怀；另一个则是与苏轼的交往，当苏轼突破词的体裁，"以诗为词"，做出尝试后，黄庭坚也以苏轼为学习的典范，《苕溪渔隐丛话后集》中记载黄庭坚叙述创作《念奴娇》（断虹霁雨）的原委：

> 山谷云："八月十七日，与诸生步自永安城，入张宽夫园待月，以金荷叶酌客，客有孙叔敏善长笛，连作数曲。诸生曰：'今日之会乐矣，不可以无述。'因作此曲记之，文不加点，或以为可继东坡赤壁之歌。云：'断虹霁雨……'"①

从这段记述可了解到黄庭坚对苏轼的《赤壁怀古》一词十分推重，以自己的创作能够"继东坡赤壁之歌"而感到非常自豪。

---

① （宋）胡仔：《苕溪渔隐丛话》后集卷三十一，人民文学出版社，1962，第231页。

纵观黄庭坚的全部词作可以看出，北宋中叶以来的两大词人柳永和苏轼都对他有深刻影响。他的前期之作主要学习柳永，柳词那种"谐俗便歌唱"的特点完全被他学到，后期则主要学苏轼，拓展了词的题材与境界。黄庭坚对柳、苏的学习，在模仿的基础上开创了一条具有自己特色的道路。他继承了柳永词重视音律的特点，最终抛弃了其俚俗的文字特征，接受了苏轼淡化诗词界限的思想，但否定了苏轼词对音律的突破。黄庭坚一方面学习继承柳、苏词中的积极因素，另一方面也融合自己的创作思想，在北宋后期词坛独树一帜，使宋词发展的道路更为清晰地呈现在世人眼前。

黄庭坚的词风从早期的"俚俗"转向后期的"诗化"，对于他个人来说，是从一个层面跳跃到另一个层面，然而放在整个北宋中后期词坛来看，则以点见面，可以窥探到这个时代词坛风尚的转变过程和目标，即重视音律的同时，引诗法入词，提高词的品格，追求词的雅致。

黄庭坚中年后虽然摒弃了以艳情、方言俗语为特征的俚俗词，但北宋的市井俗词更加丰富，到南宋后逐渐演变为地域化、多样化的通俗音乐文学；黄庭坚中年后致力于创作兼顾音律、文辞和立意的"诗化"的词，这种创作倾向在周邦彦、辛弃疾、姜夔、吴文英等人的词中能看到代代相承的印迹。黄庭坚适时地把握住了宋代文人词发展演变的契机，顺应了词坛的发展动向，成为宋代词史上一个关键性人物。

# 第三节　陆游的词与南宋词风之变

陆游是以诗闻名于文坛的，他为后人留下了近万首诗歌作品。相比较而言，他留下的词则仅有不到 150 首（据《全宋词》）。正是这 100 多首保留下来的词作却传达出了乾道、淳熙时期陆游词风转变的信息，也客观上反映出了当时词坛孕育的一些变化。

从作品数量来看，陆游确实比较轻视词的创作，但这并不能说明陆游一生就仅仅写了数量很少的词。陆游对待自己作品的态度是十分严肃的，对于自己不满意的作品或者他认为不适合流传的作品，他会毫不犹豫地大量删毁，比如在《渭南文集》卷二七的《诗稿跋》中的一段话就记录下来了陆游整理自己诗稿的情况。陆游说：

此予丙戌（乾道二年）以前诗二十之一也。及在严州再编，又去十之九。然此残稿，终亦惜之，乃以付子聿。绍熙改元立夏日书。①

从《剑南诗稿》可以看到，陆游所提到的乾道二年以前的诗只保留下来了 94 首，由此可以推知，此前陆游的诗歌作品当在 18000 首左右，可见陆游几乎删去了自己早年所写的所有作品。

对诗的态度如此，对词的态度如何呢？陆游在写于淳熙十六年的《长短句序》中说：

> 雅正之乐微，乃有郑卫之音。郑卫虽变，然琴瑟笙磬犹在也。及变而为燕之筑、秦之缶、胡部之琵琶箜篌，则又郑卫之变矣。风雅颂之后为骚、为赋、为曲、为引、为行、为谣、为歌，千余年后，乃有倚声制辞，起于唐之季世。则其变愈薄，可胜叹哉。予少时汩于世俗，颇有所为，晚而悔之。然渔歌菱唱，犹不能止。今绝笔已数年，念旧作终不可掩，因书其首以志吾过。②

在这段序文中，陆游追溯了雅正之乐衰落后，以郑卫之音为代表的通俗音乐在历史上的演变与丰富多彩，到了唐末，填词之风盛行，但是陆游却认为这是世风浇薄的表现，而自己年轻时也曾沉溺其中，不能自拔。从陆游的言外之意不难看出，他所写过的词的数量应该也很大，绝不是现在我们能见到的这些。所谓"予少时汩于世俗，颇有所为"，这句话就告诉世人，他年轻时曾经有过相当数量的词作，但我们今天能见到的 100 多首作品中，可以认定为陆游早年作品的却是凤毛麟角，即便对这些作品，陆游的态度也很明确，"然渔歌菱唱，犹不能止。今绝笔已数年，念旧作终不可掩，因书其首以志吾过"。可见，陆游甚至希望把自己早年所写的词全部销毁，但是词以歌曲流行，陆游无法阻止其在社会上的传唱。正是由于陆游的这种对待作品的态度，他的词大多还是没有保留下来。

从陆游对待词的态度可以看出，南宋前期词坛孕育着词学观念的变化，这种变化最终影响了南宋词的发展，使南宋词形成了不同于北宋词的新

---

① （宋）陆游《渭南文集》卷二七，载钱仲联等《陆游全集校注》第 15 册，浙江古籍出版社，2016，第 200 页。

② （宋）陆游《渭南文集》卷一四，载钱仲联等《陆游全集校注》第 14 册，浙江古籍出版社，2016，第 121－122 页。

面貌。

## 一 绍兴至开禧时期的词坛状况

从高宗绍兴到孝宗淳熙，是一段长达 59 年的时期，也是南宋政坛十分稳定的阶段，一切重大政治决策皆出于高宗。绍兴十一年（1141），宋金达成了"绍兴和议"，从而南宋的偏安局面形成，稳定局面持续了 20 年之久。孝宗继位后，由于北伐失败，再次与金议和，签订了"隆兴和议"，从乾道元年（1165）至淳熙十六年（1189）孝宗"禅位"光宗，又有 25 年较为稳定的时期。这一时期也是南宋词坛一个非常活跃的时期，陆游一生中最重要的阶段就是在这一时期度过的，他的词学观念在这一时期发生了重要的变化。光宗继位至宁宗改元开禧，准备北伐，其间有 16 年时间，也是陆游晚年时期，陆游的词学观念此时已经完全成熟。简单了解一下这段时期词坛的一些特点，对于认识陆游词的创作、词风的变化、词学观念的发展都是有价值的。

南宋偏安局面形成以后，虽然主张恢复中原的力量从未消失，但始终不能占据政坛主流位置，于是以这些人为代表，创作了大量爱国题材的词作。这是一种扩大词的题材的创作倾向，由这种倾向可以看到南宋人已经开始改变词的传统面貌，词在苏轼提出"以诗为词"，扩大创作题材后，这种努力在南宋得到较为普遍的接受，并且散文的手法也开始用到词的创作中。于是，经南渡词人群体开创，至辛弃疾等人把这种风格发展成熟，使之成为南宋前期词坛上一种具有重要影响力的词风。后代有许多人把陆游和辛弃疾并列，认为陆游受到辛派词风的影响，这种看法固然有其可取之处，但陆词和辛词毕竟还是异大于同，而同处一个时代的词人，词风上互相影响是难以避免的。

在较为稳定的社会局面下，由普通文人所倡导的文人雅词的思想是另外一种词学发展倾向。这一派沿着北宋后期词人周邦彦开辟的词的格律化的道路发展，注重词在内容和形式上的规范，如宋人强焕所写的《片玉词序》就说：

> 而其尤可称者，于拨烦治剧之中，不妨舒啸，一觞一咏，句中有眼，脍炙人口者，又有余声，声洋洋乎在耳侧，……抑又思公之词，

其模写物态，曲尽其妙。方思有以发扬其声之不可忘者，而未能及乎？①

由此可见，周邦彦词"一觞一咏，句中有眼""模写物态，曲尽其妙"的特点极为南宋一般文人欣赏。周邦彦的影响在南宋前期词坛起着潜移默化的作用，最终在他的影响下，形成了南宋中后期的雅词转型。

南宋朝廷偏安江南，"绍兴和议"达成之后，朝廷上下在打压"主战派"的同时，又开放了自靖康之变以来的乐禁。

> 属靖康之变，天下不闻和乐之音者，一十有六年。绍兴壬戌，诞敷诏音，弛天下乐禁。黎民欢抃，始知有生之快。②

或许是经历了太久的压抑和痛苦，于是整个社会似乎忘却了中原，忘却了屈辱，"黎民欢抃，始知有生之快"，人们尽情沉醉于歌舞升平之中，盛行于北宋的香软绮艳之词再度获得了旺盛的生命力。

南宋人对北宋词的喜爱是一种普遍的现象，其重要的表现就是《草堂诗余》一书的编选。《草堂诗余》最早见于南宋人王楙在《野客丛书》中的引用，而《野客丛书》编订于庆元年间；另外，陈振孙的《直斋书录解题》著录《草堂诗余》为二卷，书坊编集。据此，可以推测《草堂诗余》应该形成于孝宗至光宗时期。《草堂诗余》实际上是书商为谋利而编辑的一部当时社会上流传广泛的歌词的唱本，此书分类编排，列"春景""夏景"等大类十一类，列"初春""早春"等小类六十五类③，这种编排方式，实际上是方便歌女日常对景而歌的需要。再看该书所选作品，明人来行学在《草堂诗余序》中说："《诗余》一编，汇连千首。织绡制锦，非唯苟药之花；凤律鸾歌，宁止蒲萄之树。"④ 这几句话典型地反映出《草堂诗余》中所收作品的风格特征，无非是香艳绮丽、轻婉柔靡之作。

南宋前期词坛的状况和社会风尚对成长于这一时代的陆游必然产生深刻的影响，况且陆游出身宦门，其家乡山阴又紧邻临安，这些条件对于年

---

① （宋）周邦彦撰，李永宁校点《片玉词》，辽宁教育出版社，2001，第139页。
② （宋）铜阳居士：《复雅歌词序》，载金启华等《唐宋词集序跋汇编》，江苏教育出版社，1990，第364－365页。
③ 《增修笺注妙选群英草堂诗余》，（明）洪武遵正书堂刻本。
④ （明）杨慎评点：《草堂诗余》，闵映璧刻朱墨套印本。

轻的陆游接受词坛轻艳之风的影响提供了便利，或许也是他所谓"少时汩于世俗"的重要原因，受时风影响，他应该填制了许多轻艳之词。但是在坎坷的人生经历中，陆游对词的看法逐渐摆脱世俗，但也并没有走向当时颇有影响的辛派，而是以自己的方式进行着对词的创作实践和遗弃。

## 二 陆游词不同的风格

对于陆游的词，后人多以之与秦观、苏轼相比，认为他兼有二人的特点。如宋人黄昇就曾说：

> 放翁词纤丽处似淮海，雄快处似东坡。①

明人毛晋也有类似的话：

> 杨用修云：纤丽处似淮海，雄慨处似东坡。予谓超爽处更似稼轩耳。②

清人刘熙载亦言：

> 陆放翁词，安雅清赡，其尤佳者在苏、秦间。然乏超然之致，天然之韵，是以人得测其所至。③

从历代词论家对陆游词的评价，我们似乎可以轻易得出一个结论，即陆游的词有近于秦观纤丽婉约之处，也有近于苏轼的雄放豪迈气魄。当然也有学者对陆游词的风格进行了研究，并得出结论，认为："放翁词'旷'不及东坡，'豪'不及稼轩，'婉'不及少游。"④

在陆游现存的《放翁词》里面可以找到具有这些特征的作品，经过分析，我们发现陆游的词实际上受到时代流行风尚的影响非常深刻。上文我

---

① （清）沈雄：《古今词话·词评卷上》，载唐圭璋《词话丛编》，中华书局，1986，第999页。

② （宋）陆游：《放翁词跋》，载施蛰存《词籍序跋萃编》，中国社会科学出版社，1994，第632页。

③ （清）刘熙载：《词概》，载唐圭璋《词话丛编》，中华书局，1986，第3695页。

④ 欧明俊：《论放翁词的风格类型》，《宝鸡文理学院学报》（哲学社会科学版）1994年第3期，第78-81页。

们谈到绍兴至淳熙年间，南宋社会流行香艳绮丽的作品，这种风格我们可以从陆游的作品中找到大量例证。如下面这些句子就是典型的代表①：

金鸭微温香缥渺，锦茵初展情萧瑟。料也应、红泪伴秋霖，灯前滴。（《满江红》）

宝钗楼上妆梳晚，懒上秋千。闲拨沈烟。金缕衣宽睡髻偏。（《采桑子》）

休笑放慵狂眼，看闲坊深院，多少婵娟。燕宫海棠夜宴，花覆金船。（《汉宫春》）

金鸭余香尚暖，绿窗斜日偏明。兰膏香染云鬟腻，钗坠滑无声。（《乌夜啼》）

俊客妖姬，争飞金勒，齐驻香车。何须幕障帏遮。宝杯浸、红云瑞霞。银烛光中，清歌声里，休恨天涯。（《柳梢青》）

帐掩香云暖，金笼鹦鹉惊起。凝恨慵梳洗。妆台畔，蘸粉纤纤指。宝钗坠。（《隔浦莲近拍》）

春风楼上柳腰肢。初试花前金缕衣。袅袅娉娉不自持。晓妆迟。画得蛾眉胜旧时。（《忆王孙》）

更乘兴，素纨留戏墨，纤玉抚孤桐。（《风流子》）

空羡画堂鹦鹉，深闭金笼。向宝镜鸾钗，临妆常晚，绣茵牙版，催舞还慵。（风流子）

浴罢华清第二汤。红绵扑粉玉肌凉。娉婷初试藕丝裳。（《浣溪沙》）

南浦舟中两玉人。谁知重见楚江滨。凭教后苑红牙版，引上西川绿锦茵。（《鹧鸪天》）

忆盈盈倩笑，纤纤柔握，玉香花语，雪暖酥凝。（《沁园春》）

芳樽频劝，峭寒新退，玉漏犹长。几许幽情，只愁歌罢月侵廊。（《玉蝴蝶》）

仙姝天上自无双。玉面翠蛾长。（《一丛花》）

满酌玉壶花露、送春归。（《上西楼》）

胸酥臂玉消减，拟觅双鱼。（《月照梨花》）

---

① 本节引用陆游词均出自夏承焘、吴熊和笺注《放翁词编年笺注》，上海古籍出版社，1981。

> 漫拥余香，怎禁他、峭寒孤枕。西窗晓，几声银瓶玉井。（《月上海棠》）
>
> 粉痕犹在香罗帕。恨月愁花，争信道、如今都罢。空忆前身，便面章台马。（《安公子》）
>
> 倚香肩，看中庭，花影乱。宛是高唐馆。（《夜游宫》）

从这里列出的句子可以看出，《放翁词》中存在了大量婉约香艳的作品，可以反映出陆游词作受到时代风气影响。然而当我们考察这些作品的创作年代时则发现，此类作品要么是词人早年所作，要么创作年代无法确定，而从陆游自己的话"渔歌菱唱，犹不能止"，则可以得出推论，他不愿此类作品流传下来，但已经在社会上传唱开了，陆游也无法阻止其传播。

气格豪迈的作品主要创作于陆游中年以后，如：

> 当年万里觅封侯，匹马戍梁州。关河梦断何处？尘暗旧貂裘。
>
> 胡未灭，鬓先秋，泪空流。此生谁料，心在天山，身老沧洲。（《诉衷情》）
>
> 壮岁从戎，曾是气吞残虏。阵云高、狼烟夜举。朱颜青鬓，拥雕戈西戍。笑儒冠、自来多误。　　功名梦断，却泛扁舟吴楚。漫悲歌、伤怀吊古。烟波无际，望秦关何处。叹流年、又成虚度。（《谢池春》）

其他如《水调歌头》（江左占形胜）、《双头莲》（华鬓星星）、《破阵子》（仕至千钟良易）等都是这一类作品，但在《放翁词》中只占少数，可见以此类作品作为陆游词的代表是有问题的。

经过考察可以得出初步的结论，历代词论家所强调的陆游似秦和似苏的作品，在他的词集中确实客观存在，而这两类作品似秦者数量较大，虽作者欲掩之，而终不可尽掩。似苏或者似辛弃疾的作品在其词集中却只有少量存在，可见陆游的创作和辛派词人并非一路。吴梅曾说：

> 余谓务观与稼轩，不可并列。放翁豪放处不多，今传诵最著者，如《双头莲》《鹊桥仙》《真珠帘》等，字字馨逸，与稼轩大不相同。至南园一记，蒙垢今古，钗头别凤，寄慨家庭，平生家国间，真有隐痛矣。[1]

---

[1]　吴梅：《词学通论》，复旦大学出版社，2005，第74页。

那么陆游的创作倾向是什么呢？从《放翁词》中不难发现，陆游大量的作品实际上并不出色，主要是唱和酬赠之作，其中多是抒写文人怀抱或者是应景题材。这种特点反映在陆游的词集中是正常的，因为陆游的主要精力在于作诗，他只是以余力填词，他填词的场合往往是酒席宴间，因此应场而作的特点比较明显，这也正是他的词大多缺乏情韵的主要原因。

## 三　陆游词风的变化

词在宋人日常生活中充当着重要的角色，也是宋代文人抒发情感的一种重要工具。陆游的词，可以知道最早的一首是在他 20 岁左右时写的《钗头凤》（红酥手）。从这首词中可以看出陆游年轻时的词风具有纤丽的特点，他喜欢用具有鲜艳明丽色彩的词汇，如"红""黄"等，喜欢以婉丽的意象入词，如"柳""桃花""鲛绡""锦书"等，这种特征表明陆游年轻时填词很受传统词风的影响，而且他对词的传统题材把握很好。陆游应该写过很多这种风格的词，他晚年所说的少年时"颇有所为"，当指这一类作品。

随着陆游在绍兴后期走上仕途，他的生活和思想均发生了变化。隆兴北伐的失败更激发了陆游的爱国热情，到他进入四川王炎的幕府，这种热情达到顶峰。而当时的朝廷却并不愿意改变偏安的局面，朝野上下，文恬武嬉，对此，陆游在后来回想起来仍十分感慨和无奈，他在《跋花间集》（一）中说：

> 《花间集》皆唐末五代时人作。方斯时，天下岌岌，生民救死不暇，士大夫乃流宕如此，可叹也哉！或者出于无聊故邪？笠泽翁书。[①]

这里似乎是在批评唐末五代时社会动荡，士大夫们却沉迷于香艳的花间词风，实际上陆游是针对现实有感而发。当时的南宋政权面对强敌却不思恢复，在陆游看来，可谓是"天下岌岌"，而士大夫们安于现状者沉醉于歌舞欢宴，力图恢复者又受到排挤，只得填词听曲、放浪形骸。从这里我们也可以看出当时社会上词风的特征，应该是绮艳婉媚、香软绮靡一类的词十分流行。

---

① （宋）陆游：《渭南文集》卷三十，载钱仲联等《陆游全集校注》第 15 册，浙江古籍出版社，2016，第 297 页。

此时的陆游已到中年，他的诗风开始走向成熟，前文已经谈到他42岁时曾经对自己早年的诗有过一次大规模的删减。此时的他对词的态度也明显改变了，他的词已经开始逐渐洗去纤丽的特征，正如清人冯煦所言：

> 剑南屏除纤艳，独往独来，其逋峭沉郁之概，求之有宋诸家无可方比。《提要》以为诗人之言，终为近雅，与词人之冶荡有殊，是也。①

冯煦这段话说得很有见地，陆游的词确实开始向诗靠拢，《放翁词》中所收录的作品大多是他中年时期所作，其重要特征就是似诗。陆游词的这种特点形成后，一直保持至他晚年。而词毕竟是词，不能混淆与诗的界限，清人李调元说"放翁词似诗，然较诗浓缛"，这句评价更清楚地表明陆游词似诗，但仍然具有词的明显特征。而陆游即便到了晚年，还写出了"飞上锦绷红皱"这样"浓缛"的句子，足以说明陆游填词虽然有"诗化"的明显倾向，但并没有混淆诗体和词体。

绍熙以后，陆游对待词的态度更为明确，他在开禧元年（1205）所写的《跋花间集》（二）中所说：

> 唐自大中后，诗家日趣浅薄，其间杰出者，亦不复有前辈闳妙浑厚之作，久而自厌，然梏于俗尚，不能拔出。会有倚声作词者，本欲酒间易晓，颇摆落故态，适与六朝跌宕意气差近，此集所载是也。故历唐季五代，诗愈卑而倚声者辄简古可爱。盖天宝以后，诗人常恨文不逮，大中以后，诗衰而倚声作，使诸人以其所长，格力施于所短，则后世孰得而议？笔墨驰骋则一，能此不能彼，未易以理推也。开禧元年十一月乙卯，务观东篱书。②

陆游承认词是"简古可爱"的，但他还是对诗风不振耿耿于怀，"诗衰而倚声作，诸人以其所长格力施于所短，后世孰得而议"，因此陆游把诗的特征引入词中就是很自然的事情了。

他曾经在《跋东坡七夕词后》中评价苏轼的词《渔家傲》（皎皎牵牛河

---

① （清）冯煦：《蒿庵论词》，载唐圭璋《词话丛编》，中华书局，1986，第3593页。
② （宋）陆游：《渭南文集》卷三十，载钱仲联等《陆游全集校注》第15册，浙江古籍出版社，2016，第298页。

汉女）说：

> 昔人作七夕诗，率不免有珠栊绮疏惜别之意。惟东坡此篇，居然
> 是星汉上语。歌之曲终，觉天风海雨逼人，学诗者当以是求之。庆元
> 元年元日，笠泽陆某书。①

从这段话实际上我们可以看出，陆游对苏轼这首词的推重在于其浓重
的诗味，因此他说"学诗者当以是求之"，陆游评价词的高下已经超越了词
体本身的特点，而是自觉地要求词要具有诗的特点。

词的"诗化"思想成为陆游晚年的基本词学思想。他以这种思想来评
价前人陈师道的词："陈无己诗妙天下，以其余作辞，宜其工矣。"② 也评价
同时代人徐大用"时出乐府辞，赡蔚顿挫，识者贵焉"。③ 从他的这些评语
可以看出，陆游要求用诗的体式和风格特征来约束词，他的这种努力不仅
是南宋词坛词的"雅"化潮流的体现，而且应该是针对当时词坛上纤艳词
风盛行的流弊进行的。清人田同之说：

> 诗词风气，正自相循。贞观、开元之诗，多尚淡远。大历、元和
> 后，温、李、韦、杜渐入香奁，遂启词端。《金荃》《兰畹》之词，概
> 崇芳艳。南唐、北宋后，辛、陆、姜、刘渐脱香奁，仍存诗意。④

陆游留下来的词虽然不多，但正是这些保留下来的作品使我们看到了
南宋词人可贵的探索精神，南宋社会虽然仍旧流行香艳轻丽的词，但文人
们已经开始了新的创作尝试，"渐脱香奁，仍存诗意"，表面看来似乎是回
归，但实际上是创新。

陆游一生专力写诗，填词对他似乎并不是很重要的事情，但他对待词
的态度却有很大的变化，这不仅是陆游个人文学观念的发展，实际上反映
出词学观念在南宋的变革。陆游的词从纤艳华美、婉约绮丽的早年风格终

---

① （宋）陆游：《渭南文集》卷二八，载钱仲联等《陆游全集校注》第 15 册，浙江古籍出版
　　社，2016，第 219 页。
② （宋）陆游：《渭南文集》卷二八，载钱仲联等《陆游全集校注》第 15 册，浙江古籍出版
　　社，2016，第 206 页。
③ （宋）陆游：《渭南文集》卷一四，载钱仲联等《陆游全集校注》第 14 册，浙江古籍出版
　　社，2016，第 123 页。
④ （清）田同之：《西圃词说》，载唐圭璋《词话丛编》，中华书局，1986，第 1452 页。

于洗尽繁缛，以清真绝俗之致，出以平淡之词，传递出南宋词风转变的一个重要讯息，即词要脱离世俗，走向文人案头。经过南宋前期词风的演变，宋词面貌终于在南宋中叶产生了重要的变化，北宋时期那种温婉蕴藉、香艳绮靡、活泼灵动的词最终被雅致清新、清丽脱俗的南宋文人词所取代，而陆游在这一过程中无疑是一个重要的角色。

# 第三章　《草堂诗余》之盛与明词之衰

## 第一节　《草堂诗余》及其争议

《草堂诗余》是词史上一部影响巨大的词选，明清两代一直是词学批评的焦点和热点，尤其在明代，人们将其作为词体的典范，不仅影响了一代词风的形成和发展，而且还影响到明代词学理论和批评的走向，并成为清代词学思想形成的重要基础。

一段时期以来，学术界对《草堂诗余》的研究逐渐深入，对其与明代词学关系的研究也不断加强。中田勇次郎对《草堂诗余》的版本研究①，李鼎芳也对《草堂诗余》的版本体系进行了初步梳理②，秦寰明研究了《草堂诗余》的流传和演变情况③；萧鹏（肖鹏）认为《草堂诗余》属于江湖隐逸之选，是书商和读书人合作的产物，而且形成了所谓的"草堂体"④；孙克强以批评史的眼光探讨了《草堂诗余》的盛衰，并且具体研究了与清初词风转变的关系⑤；台湾学者刘少雄更为关心《草堂诗余》的版本问题，不仅进行了版本考辨，而且编制了关于《草堂诗余》的版本论著目录⑥；杨万

---

① 中田勇次郎：《〈草堂诗余〉的版本研究》，日本《大谷大学研究年报》第4期，第170页。
② 李鼎芳：《〈草堂诗余〉志略》，《河北大学学报》1981年第2期。
③ 秦寰明：《关于〈草堂诗余〉的流传演变》，《文史》第29辑，中华书局，1988。
④ 萧鹏：《群体的选择——唐宋人选词与词选通论》第四章、第六章，台北文津出版社，1992。此书更名为《群体的选择——唐宋人词选与词人群通论》，署名肖鹏，由凤凰出版社出版，2009年再版有一些明显修改，与《草堂诗余》相关内容集中在第六章中的"选歌变体《草堂诗余》"一节。
⑤ 孙克强：《试论〈草堂诗余〉在词学批评史上的影响和意义》，《中国韵文学刊》1995年第2期；孙克强：《〈草堂诗余〉的盛衰和清初词风的转变》，《中国文哲研究通讯》1992年第2卷第1期。
⑥ 刘少雄：《〈草堂诗余〉的版本、性质和影响》，《中国文学研究》1992年第5辑；刘少雄：《〈草堂诗余〉版本论著目录初编》，《中国文哲研究通讯》1993年第3卷第1期。

里则从《草堂诗余》的编者和成书原因着手进行研究，最终整理出版了《草堂诗余》的汇校汇注汇评本①；叶辉则把视角放到了明代，初步探讨了《草堂诗余》在明代盛行的原因。② 海内外的学者纷纷涉足《草堂诗余》的研究，取得了一系列的研究成果，然而这些研究仍然存在各种不足，因此，全面梳理《草堂诗余》的明代版本，进而剖析《草堂诗余》在明代兴盛的时代环境和历史语境，探究这部词选在明代词学思想形成中的作用，都是非常有意义的。

## 一 《草堂诗余》书名的争议

《草堂诗余》是南宋书坊出于应歌需要而编选的一部词集，成书于宁宗庆元（1195－1200）以前。该书最早见于南宋庆元年间王楙编订的《野客丛书》中的引录③，据此，可以推测《草堂诗余》成书不会晚于南宋孝宗（1163－1189）、光宗（1190－1194）朝。陈振孙的《直斋书录解题》著录此书为二卷"书坊编集"④，由此可知，此书实出于书商之手，应该是根据当时社会上广泛流传的歌词的词选本。

对于《草堂诗余》书名的由来，现存较早的版本中并无说明，后人虽也提出了一些看法，但至今尚无定论，其中有两种意见较有代表性。其一，明人杨慎在其《草堂诗余序》中提出了一个看法：

> 宋人选填辞曰《草堂诗余》，其曰草堂者，太白诗名《草堂集》，见郑樵书目。太白本蜀人，而草堂在蜀，怀故国之意也。曰诗余者，《忆秦娥》《菩萨蛮》二首为诗之余，而百代辞曲之祖也。今士林多传

---

① 杨万里：《关于〈草堂诗余〉的编者》，《文献季刊》1999 年第 3 期；杨万里：《论〈草堂诗余〉成书的原因》，《文学遗产》2001 年第 5 期；杨万里：《草堂诗余》，崇文书局，2017。

② 叶辉：《试论〈草堂诗余〉在明代的盛行及其原因》，《唐都学刊》2000 年第 4 期。

③ （宋）王楙《野客丛书》卷二四云："《草堂诗余》载张仲宗《满江红》词'蝶粉蜂黄'，注：'蝶粉蜂黄，唐人宫妆。'仆观李商隐诗有曰：'何处拂胸资粉蝶，几时涂额借蜂黄。'知《诗余》注不妄。唐《花间集》却无此语。或者谓蝶交则粉落，蜂交则黄落。"此处所引《满江红》并非张仲宗所作，实为周邦彦"昼日移阴"一阕，然王楙在此明确提到了《草堂诗余》，则为文献中对《草堂诗余》的最早记载。

④ 《直斋书录解题》卷二一云："《草堂诗余》二卷，书坊编集者。"（宋）陈振孙：《直斋书录解题》，上海古籍出版社，1987。

其书，而昧其名，余故为之批骘，而首著之云。①

对于杨慎的说法，明末毛晋就曾表示了不同意见，他在《草堂诗余跋》中认为：

> 其命名之意，杨升庵谓本之李青莲"箫声咽""平林漠漠烟如织"二词，然非欤？若名调淆讹，姓氏影借，先辈已详辨之矣。②

毛晋质疑了杨慎的看法，但遗憾的是，毛晋并没有说明《草堂诗余》书名的由来，或许他也疑惑这个问题，读书、校书数十年，终究也没有解除困惑，因此他只是指出署名李白的《菩萨蛮》《忆秦娥》两首词，前人已经辨别是假托李白之名。既然词的归属存疑，杨慎把"草堂"之名归于李白，就没有立论的依据了。从这里可以看出毛晋眼光的敏锐，他虽然没有解决"草堂"之名从何而来，但是并不赞同杨慎的说法。

其二，今人萧鹏认为：

> 草堂，本系泛指隐逸山林者之茅屋庐舍，……以"草堂"名集，实际上就是山林隐逸的意思，就是江湖的意思，《草堂诗余》就是《江湖诗余》《隐逸诗余》，是陈起之前数十年的词坛上的《江湖集》。③

在萧鹏看来，《草堂诗余》一书虽是书坊中无名氏选编，但反映了江湖词人的审美观念，以"草堂"喻"江湖"，因而命名。此虽可备一说，但亦略显牵强。萧鹏注意到了南宋中叶以后江湖文人群体的兴起，但是这一群体的主流人物大多依附于达官显贵这一上流阶层，或是以高人名士自居，词的创作倾向于以姜夔、史达祖、吴文英等人为代表的淳雅词风，而《草堂诗余》中所收词的重要标准是娱乐性和流行性，这与江湖文人群体的追求并不一样，而且《草堂诗余》本质上是一部书商用于营利的作品，因此称其为《江湖诗余》并不恰当，反而称之为"市井诗余"似乎更符合它的特点。

实际上，对于《草堂诗余》的命名，编者可能并没有很多深意，或许

---

① 该序见于（明）杨慎评点闵映璧刻朱墨套印本《草堂诗余》，另见于（清）宋泽元刻《忏花庵丛书》本《草堂诗余》。
② （明）毛晋刊《词苑英华》本《草堂诗余》。
③ 萧鹏：《群体的选择——唐宋人选词与词选通论》，台北文津出版社，1992，第143页。

只是编选者选书的地方，或许是其他原因偶然名之，未必说书名就一定会有某种深刻的寄托或用意。

## 二　《草堂诗余》盛行于明代词坛

《草堂诗余》在南宋广泛流传于民间，虽然亦有文人进行过整理，但质量不高，并不被词坛特别重视，从南宋末至元代，其传本在社会的动荡中逐渐变得罕见。而到了明代中叶以后，《草堂诗余》受到极力推崇，进入全盛时代，毛晋《草堂诗余跋》曾经描述其盛况：

> 宋元间词林选几届百指，唯《草堂》一编，飞驰几百年来，凡歌栏酒榭，丝而竹之者，无不拊髀雀跃。及至寒窗腐儒，挑灯闲看，亦未尝欠伸鱼睨，不知何以动人一至此也。①

万历年间的字画收藏家和印学家来行学②则对其所收之词极为推崇：

> 经宫纬羽，搇只字于色飞；角绿斗红，营片辞而魂绝。是以"云谣""黄泽"，响过清风；"宝鼎""芝房"，价高白雪。乐府争传"杨柳""大堤"之句；大晟曾填"鱼游春水"之腔。娱耳陶匏，并收金石；玩目黼黻，谁向玄黄。
>
> 则有文姬墨卿，孊柔条于韶景；亦写离怀愁绪，悲落叶于劲秋。"云破月来花弄影"郎中，扣扉将命；"红杏枝头春意闹"尚书，倒屣屏呼。少长河阳，由来能舞；兄弟叶律，生小学歌。箜篌非关曹植之章，琵琶何待石崇之曲。若乃皴水梦回，焉取君臣嘲谑；荷香桂子，那知金亮投鞭。
>
> 《诗余》一编，汇连千首，织绡制锦，非唯芍药之花；凤律鸾歌，宁止蒲萄之树。向来剖厥，不无雌黄，邺架可登，奚囊未便。于是五松主人，然脂暝缮，弄墨晨书，新定鲁鱼，前仍甲乙。珠帘以玟瑁为押，玉树用珊瑚作枝，永对玩于庆帷，长披拭乎纤手。因使诗盟酒社，月夕花朝，马上频开玉函，枕畔轻摇檀拍。肘悬丹检，豪哲聊供捧腹

---

① （明）毛晋：《草堂诗余跋》，《词苑英华》本。
② 来行学（生卒年不详），明万历年间人，字颜叔，西陵（今浙江萧山）人。

之欢；帐锁红楼，婵娟更唱莲舟之引。①

来行学生活的时代正当万历年间，此时的明代社会追逐声色犬马，因此以娱乐为旨归的《草堂诗余》在这一时期极受推崇。来行学对《草堂诗余》的评价主要表现在以下几个方面：其一，极其强大的感染力，"经宫纬羽，搤只字于色飞；角绿斗红，营片辞而魂绝"。《草堂诗余》中的只字片词能够使人迅速被吸引，而且为之眉飞色舞，心旌摇荡，可见《草堂诗余》有巨大的魅力。其二，来行学津津乐道于宋代词史上的一系列轶事，小及文人戏谑，大及两国战争，显示出词在宋代产生的巨大影响，彰显出词的巨大魅力。其三，谈及《草堂诗余》的修订，"织绡制锦，非唯苟药之花；凤律鸾歌，宁止蒲萄之树"。显示出书中所选内容丰富，华章俊彩，不一而足，而且经过精心校勘以后，无论是文人雅士，抑或闺阁女子，都能够因此书而得到精神的愉悦和满足。在我们看来，虽然来行学的这篇序言似乎有夸大的嫌疑，但是《草堂诗余》在明人眼中地位之高，的确远非其他词选可比。

## 三　《草堂诗余》在清代的争论

《草堂诗余》的兴盛一直持续到清初，当清代词学家开始总结明词衰敝的原因时，鉴于《草堂诗余》在明代的重要影响，便把批评的矛头对准了它，以之作为反面典型，让词坛引以为戒，同时借此来阐述本派的理论主张。

朱彝尊是浙西词派的宗主②，也是批判《草堂诗余》最严厉的一个，他

① （明）来行学：《草堂诗余序》，《草堂诗余》，（明）杨慎评点闵映璧刻朱墨套印本，另见于（清）宋泽元刻《忏花庵丛书》本。
② 朱彝尊（1629－1709），字锡鬯，号竹垞，又号醖舫、金风亭长、小长芦钓鱼师，浙江秀水（今嘉兴）人。为明朝宰辅朱国祚曾孙，早年曾秘密参与反清复明活动，事败后游历四方，以布衣自尊。清康熙十八年（1679）以布衣荐举博学鸿词，授翰林院检讨，充《明史》纂修官。罢归后殚心著述终老，事具见《清史稿》《清史列传》及里人杨谦编有《朱竹垞先生年谱》。朱彝尊在诗、文、词的创作以及理论上更是成就卓著，深刻影响后世。竹垞诗以才藻魄力称盛，当时与王士禛齐名，称"南朱北王"，其为浙派诗歌的开山，与查慎行同为浙派初期大家。竹垞古文为顾炎武、汪琬等古文大家所推许，富于个人特色。其词名则与陈维崧并驾，号为"朱陈"，曾合刊《朱陈村词》。竹垞词学宗南宋姜、张，尝纂辑唐、宋、金、元五百余家词为《词综》，创浙西词派，对清代词坛影响甚大。其《曝书亭词》，自定为《江湖载酒集》《静志居琴趣》《茶烟阁体物集》《蕃锦集》4种。

曾多次指斥《草堂诗余》之弊。在《词综·发凡》中，朱彝尊从选本流传、选词范围、强分调式、随意增设题目等角度对《草堂诗余》进行了全方位的抨击：

> 古词选本，若《家宴集》《谪仙集》《兰畹集》《复雅歌辞》《类分乐章》《群公诗余后编》《五十大曲》《万曲类编》及草窗周氏选，皆轶不传。独《草堂诗余》所收，最下最传，三百年来，学者守为《兔园册》，无惑乎词之不振也。

> 填词最雅，无过石帚（指姜夔），《草堂诗余》不登其只字。胡浩然（原书失"然"字）《立春》《吉席》之作，蜜殊《咏桂》之章，亟收卷中，可谓无目者也。

> 宋人编集歌词，长者曰慢，短者曰令，初无中调、长调之目。自顾从敬编《草堂词》以臆见分之，后遂相沿，殊属牵率。

> 宋人词集大约无题，自《花庵》《草堂》增入闺情、闺思、四时景等题，深为可憎。①

以上四段文字皆出自《词综·发凡》，可以看出朱彝尊在编选《词综》的时候有着非常明确的目的，就是要彻底改变《草堂诗余》对词坛的影响，要为词坛确立新的典范，因此他从不同角度指明《草堂诗余》存在的问题，希望引起学词者的警惕。同时，借助批评《草堂诗余》，也确立了浙西词派推崇清雅词风的理论导向，因此，朱彝尊在不同的场合总是不遗余力地强调雅词为尊的观念，比如"词以雅为尚，得是编（指《乐府雅词》），《草堂诗余》可废矣"。②并且把姜夔作为学习的典范，如"洎乎南渡，家各有词，虽道学如朱仲晦、真希元，亦能倚声中律吕，而姜夔审音尤精"。③此外，邹祗谟、高佑釲、蒋兆兰、郭麐等皆有批评之语。

邹祗谟④在《远志斋词衷》说：

---

① （清）朱彝尊：《词综》，上海古籍出版社，1978。
② （清）朱彝尊：《乐府雅词跋》，载施蛰存《词籍序跋萃编》，中国社会科学出版社，1994，第651页。
③ （清）朱彝尊：《群雅集序》，冯乾：《清词序跋汇编》，凤凰出版社，2013，第339页。
④ 邹祗谟（1627－1670），字訏士，号程村，别号丽农山人，江苏武进人。清顺治十五年（1658）进士。归以养母，以孝闻。生平事迹见《清史列传》《国朝耆献类征》。自幼聪慧，读书过目不忘，自经史以及天文宗乘百家之书，无不悉记，而诗词尤工。祗谟早负文名，与董以宁并称邹董；又与陈维崧、董以宁、黄永有"毗陵四才子"之目。（转下页注）

今人好摹乐府，句栉字比，行数墨寻，而词律之学弃如秋荼，间有染指，不过《草堂》遗调，率趋易厌难之故，岂欲尽理还之日耶？①

邹祗谟批评了明清之际词坛的填词风气，由于词乐已经失传，喜欢填词的人往往在文字间进行推敲，很少有人关心词的声律问题，而词坛往往把《草堂诗余》作为填词时的模仿对象，因为《草堂诗余》经历了明代的流行，人们对这部宋代词选更为熟悉，很少有人愿意深入研究词律问题。但是模仿《草堂诗余》的词，陈陈相因，了无新意，如果不改变这种局面，词坛只能继续衰落下去。

高佑釲②在《湖海楼词序》中说：

词始于唐，衍于五代，盛于宋，沿于元，至榛芜于明，明词佳者不数家，余悉钟《草堂》之习，鄙俚衰狃，风雅荡然矣。③

高佑釲和陈维崧、朱彝尊交往密切，因此他的词学观念深受同乡朱彝尊的影响，他对《草堂诗余》的批评和朱彝尊如出一辙。在这段文字中，高佑釲追溯了词的发展演变过程，认为明代是词的衰落时代，明词衰敝的原因是明代词坛普遍沿袭《草堂诗余》的习气，而这种习气是"鄙俚衰狃"，其实就是过于俗滥，因此风雅无存。高佑釲确实看到了明代词风不振的主要原因，但是对于《草堂诗余》的评价却过于尖刻，其实《草堂诗余》中选取了大量唐五代北宋词人的名作，并非全是"鄙俚衰狃"的作品。

查嗣瑮④在《万青阁词序》中说：

---

(接上页注④) 词名则与王士禛、彭孙遹并重，又与王士禛同辑《倚声初集》二十卷，为清初大型词选总集，嘉惠词林，功不可没。著有《程村文选》《邹訏士诗选》，其词单行者有《丽农词》二卷。《倚声初集》后附刻祗谟《远志斋词衷》一卷，于词韵辨识颇精。

① （清）邹祗谟：《远志斋词衷》，载唐圭璋《词话丛编》，中华书局，1986。

② 高佑釲（1629－1713），字念祖，号怀寓主人，秀水（今嘉兴）人，贡生，候补州判。高佑釲与陈维崧、朱彝尊为好友，曾撰《迦陵词全集序》《竹垞文类序》等。康熙三年（1664）与朱彝尊北上入京，康熙二十年（1681）从京城还乡，80 岁时尚能灯下作蝇头小楷。

③ （清）高佑釲：《湖海楼词序》，陈乃乾：《清名家词》，上海书店，1982。

④ 查嗣瑮（1653－1734），字德尹，号查浦，浙江海宁人。清康熙三十九年（1700）进士，选翰林院庶吉士，授编修，升至侍讲。生平游迹遍天下，其诗与兄查慎行齐名，时人比作宋代"二苏"。后因弟查嗣庭文字狱案受株连，谪遣陕西蓝田，卒于戍所。著有《查浦诗钞》，词有《查浦诗余》。

同时毗陵、魏里、云间数子则宗法《草堂》，滥觞所及，未免太过，叙事则暗哑呕叱，言情则猥琐鄙亵，而词几于亡。①

查嗣瑮是查慎行的弟弟，在当时的江浙文坛颇有声名，他认为浙江一地与云间词家普遍以《草堂诗余》为规范，造成了创作上严重的弊端，叙事、言情都无可取之处，甚至他把词学衰亡的责任也归咎于此，可见其词学思想与朱彝尊一脉相承。

晚期浙西词派的领军人物郭麐②在《灵芬馆词话》中说：

> 《草堂诗余》玉石杂糅，芜陋特甚，近皆知厌弃之矣。③

他的评论延续了浙派对待《草堂诗余》的态度，但是"玉石杂糅"的说法已经和康熙年间浙派对《草堂诗余》的彻底否定有了很大不同，至少郭麐承认《草堂诗余》中也是存在优秀作品的，虽然如此，他依然认为这是一部"芜陋特甚"的选本，不值得词坛重视。这种观念影响深远，直到晚清，依然有人视之为害人误人之书，蒋兆兰④在《词说》中就说："诗余一名，以《草堂诗余》为最著，而误人最深。"⑤

当然，清代中叶以后，亦有论者从较为客观的立场出发，给予了《草堂诗余》相对公正的评价，如《四库全书总目提要》云：

> 今观所录，虽未免杂而不纯，不及《花间》诸集之精善，然利钝互陈，瑕瑜不掩，名章俊句，亦错出其间，一概诋排，亦未为公论。⑥

《四库全书》的编者从较为客观的角度，认为《草堂诗余》优点和缺点

---

① 查嗣瑮：《万青阁词序》，载冯乾《清词序跋汇编》，凤凰出版社，2013，第363页。
② 郭麐（1767–1831），字祥伯，号频伽，晚号复翁，因其一眉莹白如雪，故又自称"白眉生"。江苏吴江人，后迁居浙江嘉善魏塘。监生。屡试不遇，久困科场，长期客游江淮间，遂绝意仕进，以坐馆授徒为业。生平事迹见《清史稿》《清史列传》及《杭州府志》。曾从姚鼐学古文，得姚氏称赏。又专力诗词，成就卓著，为当世名家。著有《灵芬馆集》。词有《蘅梦词》二卷、《浮眉楼词》二卷、《忏余绮语》二卷、《爨余词》一卷，总名《灵芬馆词》。其词推崇朱彝尊，为浙西词派后期主要词家，有"浙派殿军"之称。
③ （清）郭麐：《灵芬馆词话》，载唐圭璋《词话丛编》，中华书局，1986。
④ 蒋兆兰（1855–?），字香谷，一字兰笙，江苏宜兴人，著有《青蒻庵诗》。有《青蒻庵词》四卷，另有《词说》一卷，为近代论词之名著。
⑤ （清）蒋兆兰：《词说》，载唐圭璋《词话丛编》，中华书局，1986。
⑥ （清）纪昀：《四库全书总目提要》，河北人民出版社，2000。

并存，虽然比不上《花间集》等词选编排精当，但是也不能一概否定，终于为《草堂诗余》说了几句公道话。

晚清四大词人之一的况周颐①在《蓼园词选序》中说：

> 综观宋以前诸选本，《花间》未易遽学，《花庵》间涉标榜，弁阳翁《绝妙好词》，泰半同时侪辈之作，往往以词存人，或此人别有佳构，翁未及见，而遂阙如，乌在其为黄绢幼妇也。唯《草堂诗余》《乐府雅词》《阳春白雪》较为醇雅。以格调气息言，似乎《草堂》尤胜。中间十之一二，近俳近俚，为大醇之小疵。自余名章俊语，撰录精审，清雅朗润，最使初学。学之虽不能至，即亦绝无流弊。于性情，于襟抱，不无裨益，不失其为取法乎上也。②

况周颐的这番话并非简单为《草堂诗余》翻案，他敏锐地注意到，清代以来的词坛在取法前人上存在的普遍问题。况周颐认为，唐宋词选各有优长和短板，特别是《花间集》《花庵词选》《绝妙好词》3 部词选并不适合于学习，值得学习的几部词选中，他经过反复比较和权衡，认为最适合学习的却是《草堂诗余》，而且他给予了《草堂诗余》极高的评价。首先是学习不会产生流弊，再者，益处很多，堪称"取法乎上"。后来，在他的《历代词人考略》卷七中，关于徐昌图的按语，亦有"入《花间》以淡胜，入《草堂》以重胜"③ 的评论，可见况周颐对《草堂诗余》的重视。

王国维作为新旧词学思想交替时代的重要学者④，其词学思想主要体现

---

① 况周颐（1859－1926），原名周仪，50 岁后因避宣统帝溥仪讳，改名周颐，字夔生，又字揆孙，别号玉梅词人，晚号蕙风词隐、阮盦、阮堪，临桂（今广西桂林）人。幼聪颖，9 岁补博士弟子员，后受教于桂籍著名词人、古文家王拯。光绪五年（1879）中举人，十九年调任会典纂修，二十一年以叙用知府分发浙江候缺补用。曾在龙城书院、南京师范学堂讲学，又曾入两江总督张之洞、端方幕府。辛亥革命后，流寓上海，鬻文自给。民国十五年病卒。著作宏富，与王鹏运、郑文焯、朱祖谋并称为"晚清四大家"。著有词作《新莺词》《玉梅词》《锦钱词》《蕙风词》《菱景词》《二云词》《餐樱词》《菊花词》《存悔词》各一卷，总称《第一生修梅花馆词》；词话《蕙风词话》《蕙风词话续编》《玉栖述雅》；辑有《薇省词钞》《粤西词见》。

② （清）黄苏：《蓼园词评》，载唐圭璋《词话丛编》，中华书局，1986。

③ （清）况周颐，署刘承干：《历代词人考略》，全国图书馆文献缩微复制中心，2003。

④ 王国维（1877－1927），字静安，又字伯隅，号观堂，亦号永观。浙江海宁人。清诸生。少有才名，与同邑陈守谦等号"海宁四才子"。光绪二十四年（1898）到上海，入罗振玉所办东文学社学习英、日文及数理学科，后赴日本东京物理学校学习。光绪三十二年（1906）入京，专力研究词学理论与中国戏曲史。辛亥革命后，以清遗老自 （转下页注）

在《人间词话》中，他也谈到了对《草堂诗余》的看法：

> 自竹垞痛贬《草堂诗余》而推《绝妙好词》，后人群附和之。不知
> 《草堂》虽有亵诨之作，然佳词恒得十之六七。绝妙好词则除张、范、
> 辛、刘诸家外，十之八九，皆极无聊赖之词。古人云："小好小惭，大
> 好大惭。"洵非虚语。①

王国维比较了朱彝尊极力否定的《草堂诗余》和大加褒扬的《绝妙好
词》两部词选，认为在清代词坛，大部分人只是群起附和朱彝尊的看法，
并没有去深入探究两部词选的优劣得失。王国维经过对比以后，提出了客
观的看法，他认为《草堂诗余》虽然存在问题，选入了"亵诨之作"，也就
是有一些淫亵俚俗的词作入选，但是有六七成的作品都是宋词中的佳作。
反而是《绝妙好词》中，除了寥寥数家之外，九成的作品都没有特色。王
国维最后还引用韩愈的话，表明作者越是不自信的文字，越是受到别人的
推崇，以此感慨两部词选的内在品质与词坛的推崇程度并不匹配。

虽然从乾嘉时期词坛上就已经频频有学者为《草堂诗余》正名，但是
浙西词派力诋《草堂》的影响早已深入人心，《草堂诗余》再也无法找回其
在明代的辉煌。因此，我们了解了《草堂诗余》在清代受到的争议，更有
利于通过对比，认识这部词选在明代独霸词坛的地位，能够帮助我们深入
了解明人的词学思想。

# 第二节　明代《草堂诗余》的版本

## 一　现存的明代《草堂诗余》版本

《草堂诗余》的宋代版本久佚，元代版本流传至今的也只有两种：一为

---

（接上页注④）居，携眷随罗振玉往日本京都，致力于甲骨文、金文与汉简研究。王国维在哲学、
史学、文学、文字学、考古学等诸多领域，均有重大成就。著作 60 余种，有关词学的有
《苕华词》（一名《人间词》）《观堂长短句》《人间词话》《清真先生遗事》《唐五代二十
一家词辑》等。
① 姚柯夫：《〈人间词话〉及评论汇编》，书目文献出版社，1983，第 40 页。

庐陵泰宇书堂元至正癸未（1343）刊本，此为存世的最早版本，日本京都大学收藏，吴熊和教授曾进行校勘①；一为双璧陈氏元至正辛卯（1351）刊本，此书记录了《草堂诗余》早期编选者的少量信息，内有"建安古梅何士信君实编选"一行文字，何士信生平事迹无考，据此记录仅知其字君实，或号为古梅，福建建安人。元代的这两个本子刊刻于元末，虽已非宋本原貌，但更接近宋本的实际状况，明代前期的刻本、著录本与这两个本子有明显的继承关系。

明代《草堂诗余》的版本众多，流传至今的有 30 多种，加上见于著录的有近 40 种。版本的基本情况如下：

（一）存世本

1. 洪武二十五年（1392），《增修笺注妙选群英草堂诗余》前集二卷后集二卷，收词 367 首，洪武遵正书堂刻本。（分类本）

2. 成化十六年（1480），《增修笺注妙选群英草堂诗余》前集二卷后集二卷，收词 367 首，成化刘氏日新堂刻本。（分类本）

3. 明李西涯（李东阳号西涯）辑南词本。（分类重编本）

4. 明祝枝山（祝允明号枝山）小楷书本。（分类本）

5. 嘉靖十六年（1537），《新刊古今名贤草堂诗余》六卷，收词 360 首，李谨辑，刘时济刻本。（分类重编本）

附：李谨引②

南津子曰："诗自三百篇而降，气运相沿，屡观其变，其道已不纯古。衰颓至于唐季，而诗余之变渐盛，至宋则又极焉。其体裁则繁，音节则轻，辞则近亵而妍巧混沦，敦厚之意，存者寡矣。嗟呼！其去古也，讵不遐哉？"予政暇尝阅，集中虽多名流，以诗道盛，未妙过，故不能高振而乐习之。若太白挺天纵之才，抱大雅之叹，为唐宗贤，而有《忆秦娥》《菩萨蛮》二曲，深可怪也。较之曲，盖亦非齐驱矣！客有闻者曰："信斯言也，曷以传耶？"曰："求据步于正室，当引辔于康衢，弗传，固宜也。"然而按作者之遣，考时风之弊，其庶几可以兴欤？故刻而传，是为引。嘉靖己酉仲秋望日，赐进士第文林郎知歙县

---

① 《吴熊和词学论集》，杭州大学出版社，1999，第 120 页。

② 本书《草堂诗余》各版本附序跋，于 2001 - 2003 年抄录于国内各大图书馆，本次整理时参校了杨万里《草堂诗余》，崇文书局，2017。

事四会南津子李谨书。

附：刘时济跋

幽人览翠汀洲，驰情云岳，故秘思之抽，畅悉所怀，而川驰云飞之变，亦各鸣其逸志也。朣翁风日流丽，霁晚孤吹之评，岂肆喙乎？昔称豪士卑冠盖，诱松桂，每寓迭咏中，故历辞藻，可以涵性情，离嚣俗，襟怀迈庸，峥峨迭兴，诗之禅益多矣。唐宋名豪冠秦、苏，率散质，诗余载亦富，虽不能祛讥步春，获美雄浑，然肖翘续纷，变眩曲尽，谓词人之冠也亦宜。故复刻之，以资后学三余之暇。物多厄于不遇，《草堂诗余》，古佳制也，数十年来，蹈袭旧刻，类多模糊剥落，阅者凭意认字，付之想象，不便者久之，其死于不遇也。得李南津公倡新董正，二三同志相与竟成之，昔之厄，而今之遇，犹诸美珠在涸，濯以清泉而明矣，阅者其毋得珠忘泉。白峰刘时济谨识。

6. 嘉靖十七年（1538），《草堂诗余别录》一卷，收词79首，张綖编选，明黎仪抄本。（缩编本）

附：张綖序

歌咏以养性情，故声歌之词有不得而废者。诗余者，唐宋以来之慢调，吴文节公于《文章辨体》亦有取焉。虽亦艳歌之声，比之今曲犹为古雅，故君子尚之。当时集本亦多，唯《草堂诗余》流行于世，其间复猥杂不粹。今观老先生朱笔点取，皆平和高丽之调，诚可则而可歌。复命愚生再校，辄敢尽其愚见，因于各词下漫注数语。略见去取之意，别为一录呈上，倘有可取进教，幸甚。嘉靖戊戌五月十三日录上。

7. 嘉靖十七年（1538），《精选名贤词话草堂诗余》二卷，收词364首，陈钟秀校刊本。（分类重编本）

附：陈宗谟序

《草堂诗余》，诗之余也。说者疵其慢要俚俗，流连光景，故其弊也，致使语言颠复，首尾混淆。西渠子曰："诗讫三百，是后流为二十有四：赋、颂、铭、赞、文、诔、箴、诗、行、咏、吟、题、怨、叹、章、篇、操、引、谣、讴、歌、曲、词、调，皆其六义之余，而古人作之，岂赘也耶？《南陔》《白华》《华黍》，有声无词，音之至也。周汉而下，古乐府补乐歌，节以调应，词以乐定，题号虽不同，所以宣畅其一唱而三叹，诗余乐府，盖相为表里者也。卜子夏云：'虽小道，必有可观。'其在兹乎?"吕峰子偕其外君子仙洲，方将极意于诗者也，因予言，遂录以序之，梓而达诸天下也。时嘉靖十有七年，岁次戊戌仲冬三月哉生明，南京国子监监丞陈宗谟书。

8. 嘉靖间，篆诗余，高唐王岱翁（朱厚□号岱翁）书篆文本，收词96首。（分类本）

9. 嘉靖二十九年（1550），《类编草堂诗余》四卷，收词443首，武陵逸史编次，开云山农校正，顾从敬刻本。[①]（分调本）

附：何良俊序

顾子汝所刻草堂诗余成，问序于东海何良俊。何良俊曰：夫诗余者，古乐府之流别，而后世歌曲之滥觞也。爰自上古鸿荒之世，礼教未兴而乐音已具。盖乐者，由人心生者也，方其淳和未散，下有元声，则凡里巷歌谣之辞，不假绳削而自应宫徵。即成周列国之风，皆可被之管弦是也。迨周政迹熄，继以强秦暴悍，由是诗亡而乐阙。

汉兴，《郊祀》《房中》之外，别有《铙歌》辞，如《雉子班》《朱鹭》《芳树》《临高台》等篇，其他苏、李虽创为五言诗，当时非无继作者，然不闻领于乐官，则乐与诗分为二，明矣。魏晋以来，曹子建《怨歌行》七解，为晋曲所奏，他如横吹、相和、平调、清调、清商、楚调诸曲，六朝并用之。陈、隋作者犹拟乐府歌辞，体物缘情属咏虽工，声律乖矣。唐太宗以文教开国，又玄宗与宁王辈皆审音，海内清宴歌曲繁兴，一时如李太白《清平调》、王维《郁轮袍》及王昌龄、王之涣诸人，略占小词，率为伎人传习，可谓极盛。迨天宝末，民多怨思，遂无复贞观、开元之旧矣。宋初，因李太白《忆秦娥》《菩萨蛮》二词以渐创制，至周待制领太晟府乐，比切声调十二律，各有篇目。柳屯田加增至二百余调，一时文士复相拟作，而诗余为极盛。然作者极多，中间不无昧于音节如苏长公者，人犹以"铁绰板，唱大江东去"讥之，他复何言耶？由是诗余复不行。而金元人始为歌曲，盖北人之曲以九宫统之，九宫之外别有道宫、高平、般涉三调，总一十二调。南人之歌亦有南九宫，然南歌或多与丝竹不叶，岂所谓土气偏诐，钟律不得调平者耶？总而核之，则诗亡而后有乐府，乐府阙而

---

① 杨万里：《关于〈草堂诗余〉的编者》一文考证：顾从敬，字汝所，别号武陵逸史，上海人，东川先生顾定芳之子。见《文献》1999 年第 3 期。

后有诗余，诗余废而后有歌曲。大抵创自盛朝，废于叔世，元声在则为法省而易谐，人气乖则用法严而难叶，兹盖其兴革之大较也。然乐府以镵逐扬厉为工，诗余以婉丽流畅为美，即《草堂诗余》所载，如周清真、张子野、秦少游、晁叔原诸人之作，柔情曼声，摹写殆尽，正词家所谓当行，所谓本色者也。第恐曹刘不肯为之耳，假使曹刘降格为之，又讵必能远过之耶？是以后人即其旧词，稍加檃括便成名曲，至今歌之犹耸心动听。呜呼！是可不谓工哉？

余家有宋人诗余六十余种，求其精绝者，要皆不出此编矣。顾子，上海名家，家富诗书，代传礼乐。尊公东川先生，博物洽闻著称朝列，诸子清修好学，绰有门风，故伯叔并以能书供奉清朝，仲季将渐以贤科起矣。是编乃其家藏宋刻本，比世所行本多七十余调，是不可以不传。今圣天子建中兴之治，文章之盛几与两汉同风，独声律之学识者不无叹焉。然则是编于声律家其可少哉？他日天翊昌运，笃生异人，为圣天子制功成之乐，上探元声，下采众说，是编或大有裨焉观者，勿谓其文句之工，但足以备歌曲之用，为宾燕之娱尔也。嘉靖庚戌七月既望，东海何良俊撰。

10. 嘉靖三十三年（1554），《草堂诗余》前集二卷后集二卷，收词484首，杨金刻本。（分类重编本）

附：杨金序

古太师陈民风以考俗，而里巷之歌谣皆得以昭华于异代。说者谓有章曲者曰歌，无章曲曰谣，而注韩诗者亦云，是以考之，则曲调非后来之变也。《击壤》其滥觞乎？至《阳春》，则其流演矣，君子谓风雅同出而异用，是故豳风不亦雅，而大小雅之变则曰风，非无雅也。雅不用而风存也，风变而为骚赋，入汉魏则流为五言。五言，其唐体之祖乎？盖再变而曲调成，犹黄钟之再统变而有子声，变半声之入调焉耳，非有出于乐之外也。诗余，曲而尽，婉而成章，其调成而曲备者乎？好古者可以考风而知化矣。唐多逸，宋多典，亦多词人，学士之所操弄，而爱君忧国之意，又每托于妇人女子之词，则其不能自已之情，真有足以感动人者，其志亦可采矣。其大约皆本诗之六义，岂曰取其辞而已乎？间有艳辞，亦并存之，尽其变也。变极则反，反而正，不有待于时耶？夫声诗，古乐之余耳，诗余，又其支流也。若溯流穷源，以求所谓考中宣风者，则不在诗余之例。旧集分为上下卷，今仍之，刻于睦之郡斋。时嘉靖甲寅春日当涂杨金识。

11. 嘉靖末，《增修笺注妙选群英草堂诗余》前集二卷后集二卷，收词364首，春山居士校刊本，安肃荆聚刻本。（分类本）

12. 约嘉靖末，《草堂诗余》五卷，收词同顾本，增词一首，析顾本卷一为两卷，杨慎评点，闵映璧校订，闵映璧刻朱墨套印本。（分调重编本）

附：杨慎序（实为其《词品序》）

诗词同工而异曲，共源而分派。在六朝：若陶宏景之《寒夜怨》，梁武帝之《江南弄》，陆琼之《饮酒乐》，隋炀帝之《望江南》，填辞之体已具矣。若唐人之七言律，即填辞之《瑞鹧鸪》也；七言之仄韵，即填辞之《玉楼春》也。若韦应物之《三台曲》《调笑令》，刘禹锡之《竹枝词》《浪淘沙》，新韵迭出。孟蜀之《花间》，南唐之《兰畹》，则其体大备矣。岂非共源同工乎？然诗圣如杜子美，而填辞若太白之《忆秦娥》《菩萨蛮》者，集中绝无。宋人如秦少游、辛稼轩，词极工矣，而诗殊不强人意。疑若独艺然者，岂非异曲分派之说乎？昔宋人选填辞曰《草堂诗余》，其曰"草堂"者，太白诗名《草堂集》，见郑樵《书目》。太白本蜀人，而草堂在蜀，怀故国之意也。曰"诗余"者，《忆秦娥》《菩萨蛮》二首为诗之余，而百代辞曲之祖也。今士林多传其书，而昧其名，余故为之批骘，而首著之云。洞天真逸升庵杨慎撰。

13. 万历十二年（1584），《类编草堂诗余》四卷，收词同顾从敬本加评注，题唐顺之解注、田一隽辑，书林张东川刻本。（分调本）

14. 万历十六年（1588），《重刻类编草堂诗余评林》六卷，收词同顾从敬本，将顾本析为六卷加评注，题唐顺之解注、田一隽辑、李廷机评，勉斋詹圣学重刻本。（分调重编本）

15. 万历二十二年（1594），《新刻注释草堂诗余评林》六卷，收词436首，题李廷机批评、翁正春校正，书林郑世豪宗文书舍刻本。（分类重编本）

16. 万历二十三年（1595），《新刻注释草堂诗余评林》六卷，收词430首，题李廷机批评、翁正春校正，书林郑世豪宗文书堂刻本。（分类重编本）

17. 万历三十年（1602），《新锲订正评注便读草堂诗余》七卷，

收词484首，董其昌评订、曾六德参释，乔山书舍刻本。（分类重编本）

附：卷首引言

尝谓天运有四时：曰春，曰夏，曰秋，曰冬。而古之文人墨士莫不感时起兴，观物兴心，对景赋诗焉。若春有芳草之游，夏有绿荷之赏，秋有黄花之饮，冬有门雪之咏，皆其事也。少游秦公、耆卿梅公辈非一人，其长短调四时之辞本各随时而赋焉。但后世剞劂者多失其类，散乱混淆，遂使作者之意不明矣，良可惜哉！吾年友李君梧芳业暇时，分门取类，仍加评释，付诸梓而行之天下。予展举读之，其分类也明，其评论也当，后之有志于学词者先之图谱以审其韵，后之评释以绎其义，则不患学加之无其劝云。时万历壬寅岁孟冬月吉旦乔山书舍梓。

18. 万历三十年（1602），《新刻增修笺注妙选群英草堂诗余》二卷，收词372首，余秀峰沧泉堂刻本。（分类本）

19. 万历三十五年（1607），《类编草堂诗余》三卷，收词564首，胡桂芳重辑，黄作霖等刻本。（分类重选重编本）

附：胡桂芳序

曩余为司马郎，多暇日，尝取《草堂诗余》分类校之，令善书者录成一帙。自是每行役，必置油壁中，有会心处，即凭轼观焉。绎妙词于目接，咏好景于坐驰，飘飘然若出风尘之表矣。

携持既久，渐以脱落，谋锓诸梓。黄生作霖、崔生畴来、朱生完，岭南所称博雅地，畀之重校，订讹补逸，列为三卷。

既竣，请于余曰："诗之为义大矣，缘情体物，必本王泽，系民风，非是者，君子无取焉。诗余词多轻艳，何所爱而传之也？"

余曰："非然。夫自大雅既湮，众制蔚起，如骚、如赋、如诗、如乐府，纷纶瑰玮，何可殚述？口虽去古未远，而含思蓄韵，或至忘筌，贵纸传都，亦已充栋，在学者闭户自精而已，岂游情之致乎？若顾子所辑《诗余》约二百调，大率指咏时物，发抒性怀，平居讽诵，可以自乐，而尤宜于行迈，故足取也。抑余闻之，凡诗之作，由心而发，夫人之心，岂不贵于适乎？天之适人以时，地之适人以境，人之自适以情。情适，而时与境皆适已。诗余诸调或雅或俗，虽非一体，要皆随时与境逞其才情，发为歌咏，丽词方吐，逸韵旋生，有得于县解而合乎天倪者。尔乃状景物之清佳，纪山川之名胜，叙时事之变迁，揣人情之欣戚。或寓箴规于赞颂，或志瞥悟于登临，自足启灵扃而祛俗障。即古陈诗观风者或所必采，间有音类巴歈，同涉郑卫，质之风雅，盖亦思无邪之旨也已夫，安得而訾之？且余驱驰原隰，俯仰乾坤，遇天气嘉，地形胜，众庶说，草木茂，禽鸟翔，未尝不跃然有怀。徐操是编览之，则见其摹写之工，音律之巧，若先得我心之同者，是以终日把玩而不能释手也。然此一诗余也，高言之，则谓其天机独得，依永和声，可以被管弦而谐丝竹。卑言之，则谓其绮靡渐滋，浇淳散朴，只以悦流俗而道淫哇，皆非余所敢知。余所知者，惟在行役之时，登车而后无所事事，对景牵思，摘辞配境，则是编为有助焉尔。若其始而校之也，惟以便翻阅，今而属子重校也，将以备遗忘，岂谓是可该六义之要而追三代之风乎？"

于是三生唯唯，曰闻命矣。乃以授梓，而诠次余言于简端。万历丁未季春谷旦，广东布政使司管右布政事、左布政使金溪胡桂芳书于爱树堂。

20. 万历四十二年（1614），《类选笺释草堂诗余》六卷，题顾从敬类选、陈继儒重校、陈仁锡参订，翁少麓刻本（钱允治等合刊三种十三卷）。（分调重编、续编本）

附：陈仁锡序

诗者，余也。尤余，无诗。诗曷余哉？东海何子曰："诗余者，古乐府之流别，而后世歌曲之滥觞也。元声在，则为法省而易谐，气乖则用法严而难叶。"余读而题之。及又曰："诗亡而后有乐府，乐府阙而后有诗余，诗余废而后有歌曲。"由斯以谈，成周列国为一盛，而暴秦乐阙为一衰。汉兴，《郊祀》《房中》《铙鼓》暨苏、李为一盛，而魏、晋、六朝、秦、隋为一衰。太宗以下，李白、王维、昌龄辈为一盛，而天宝为一衰。宋有十二律，篇目增至二百余调，为一盛，而金、元为一衰。其盛也，涂巷被弦管，出汤火，扬清讴，甚则太、玄、宁王，天子审音，《清平》《郁轮袍》相继作，而《忆秦娥》《菩萨蛮》二词遂开周待制、柳屯田领乐创调之繁。其衰也，如秦如玄，主暴民愁，律吕道绝。乃若子建《怨歌》七解，暨横吹和平诸调，六代、陈、隋并用之。而金、元歌曲，激响千代，可谓歌曲亡诗余、诗余亡乐府、乐府亡诗耶？则是荡然无余，其何诗之有？人亦有言有能不能，余谓审音不尔，夫声音之道，一叶而知天下秋，岂梏比哉？凡诗皆余，凡余皆诗，余与陈、钱二先生重订行世，余何知诗，盖言其余而已矣。甲寅中秋古吴陈仁锡书于尧峰之青莎坞。

附：钱允治序

先刻《草堂诗余》，无如云间顾汝所家藏宋本为佳，继坊间有分类注释本，又有昆陵区湖外史《续集》本，咸鬻于书肆，而于国朝未遑也。惟注释本脱落谬误，至不可句。太末翁元泰见而病之，博求诸刻，愈多愈缪，乃倩余任校雠之役，又命余搜葺国朝名人之作，并昆陵《续集》尽加注释，凡三编焉。刻既成，复请序其事。余于末编稍吐绪余，僭书其上矣，兹又何言哉？惟是见闻不广，遗漏尚多，愿吾海内君子悯其阔落，出所珍藏，并付翁氏，以类添入，或更为一卷，庶几雕绘满眼，云锦烂然，诧为大全，不亦美乎？若夫诗之名余，堂之名草，已具前言，兹不再续。万历甲寅长至日老生钱允治撰。

21. 万历四十三年（1615），《新刻题评名贤词话草堂诗余》六卷，收词 430 首，题李攀龙补遗、陈继儒校正，书林自新斋余文杰刻本。（分类重编本）

22. 万历四十七年（1619），《新刻李于麟先生批评注释草堂诗余隽》四卷，收词 436 首，题吴从先汇编、袁宏道增订，何伟杰参校，书林萧少衢师俭堂刻本。（分类重编本）

23. 万历四十八年（1620），《草堂诗余》五卷，杨慎评点、闵映璧校订、朱之藩刻《词坛合璧》本四种之一。（分调重编本）

24. 万历间，《类编草堂诗余》四卷，昆石山人校辑。（分调本）

25. 万历间，《类编草堂诗余》四卷，昆石山人校辑，致和堂印本。（分调本）

26. 万历间，《新刻分类评释草堂诗余》六卷，题李廷机评释，李良臣东壁轩刻本。（分调重编本）

27. 天启五年（1625），《新刻硃批注释草堂诗余评林》四卷，题李廷机评注，周文耀刻朱墨套印本。（分调重编本）

28. 天启、崇祯间，《草堂诗余》正集六卷，收词 462 首，（《古香岑草堂诗余》四集十七卷十二册），沈际飞、钱允治等编，翁少麓刊印本。（分调重编本）

附：秦士奇序

夫诗亡而余骚赋，骚赋变而余乐府，乐府缺而余词曲。粤古之乐章、乐歌、乐曲皆出于雅正，即《昔昔盐》《夜夜曲》，已乖词名。向隋唐以来，声诗间为长短句，如《穆护砂》《阿鞞回》《鹈鹕堆》等曲，至新曲《楚妃》《踏歌》《风华》，必溯六朝。唐则有《尊前》《花间》而成调，至集名《兰畹风》《金荃》，取其逆风闻熏芳而弱也。则词宁为大雅罪人，必不尚豪爽磊落明矣。迨宋崇宁立大晟府，命周美成诸人讨论古音，少得存者。由此八十四调之声稍传，后增演慢曲、引、近，为三犯、四犯，领乐创调之繁，有六十四家词，至二百余调，其间可歌可诵，如李、晏、柳七、秦七、"云破月来花弄影"郎中、"红杏枝头春意闹"尚书，闺彦若易安居士，词之正也。至温、韦艳而促，黄九精而新。长公骚而壮，幼安辨而奇，又词之变体也。至高竹屋、姜白石、史梅溪、吴梦窗诸人，格调迥出清新。

故词流于唐而盛于宋。乃选填词曰《草堂诗余》，而杨用修以青莲诗名《草堂集》，诗余者，青莲《忆秦娥》《菩萨蛮》二首为开山词祖。殊不知词不始于唐，如陶宏景之《寒夜怨》、梁武帝之《江南弄》、陆琼之《饮酒乐》、隋炀帝之《望江南》，六朝君臣颂酒赓色，务裁艳语，宛转佪佻，蔚发词华，又开青莲之先。若唐玄宗所称"牡丹带露真珠颗"，《菩萨蛮》一曲，又不知谁氏所为，则又《花间集》之先声已。然《花间》皆小语致巧，犹伤促碎，至《草堂》以绵丽取妍六朝，故以宋人为诗之余，至金、元渐流为歌曲。

若我明如刘伯温、杨用修、吴纯叔、文征仲、王元美兄弟辈，激响千代，移宫换羽，啴缓而就之，诗若荡然无余，而不知即余亦诗也。自三百而后，凡诗皆余也。既谓骚赋为诗之余，乐府为骚赋之余，填词为乐府之余，声歌为填词之余，递属而下，至声歌，亦诗之余；转属而上，亦诗而余。声歌，即以声歌填词乐府，谓凡余皆诗，可也。

然历朝近代皆有一种古隽不可磨灭处，余故商之沈天羽氏，以正、续两集并我明朝新集，为之正次订朼，抉微撷芳，先识古今体制雅俗，脱出宿生尘腐气，大约取其命意远、造语鲜、炼字响、用字便，典丽清圆，一一粘出，至于别集，则历朝近代中所逸，辞意颖拔，风韵秀上，骚不雄，丽不险，质不率，工不刻，天然无雕饰，且语不经人道，皆如新脱手，读之使人神越色飞，令斗字逞侠者退舍。大约词婉娈而近情，燕昵鸾吭，宠柳娇花，原为本色，但屏浮艳，不邻郑卫为佳。至离情则销魂肠断，其辞多哀，何调感怆于南浦、渭阳之外。咏节叙要，措辞精碎，见时节风物、聚会宴乐景况。然率俚，岂可歌于坐花醉月之间？若咏物，恐摹写稍远，义恐体认太真，要收纵联密、用事合题为妙。又难于寿辞，说富贵近俗，功名近谀，神仙近于阔虚诞，总此三意，而无松椿龟鹤字为佳。人知词难于长调，而不知难于令曲，一句一字闲不得，亦一句一字著不得，即淡语、浅语、恒语，极不易工，末句要留有余不尽意思，如近代《绝妙词选》，名公调脍，多以此为射雕手。

余才不甚颖，浩癖于词章，亦知词平仄断句皆有定数，但不能断鳌枯毫、句敲字推，故耽二十年，未见其进，不知诗，乌知诗余？余特言其余，海内词人韵士，得毋以击缶韶外为不足观也耶？东鲁尼山樵秦士奇书于玉峰署中。

附：沈际飞序

说者曰："周人制为乐章，汉世则有乐府，晋宋之际，有古乐府，与汉人之乐府不可同日语也。再变而为隋唐五代之乐歌，又变而为宋元之长短句，愈降愈下矣。"此以风气贬词者也。

或曰："曰风、曰雅、曰颂，三代之音；曰歌、曰吟、曰行、曰操、曰辞、曰曲、曰谣、曰谚，两汉之音；曰律、曰排律、曰绝句，唐人之音。诗至于唐而格备，至于绝而体穷，宋不得不变而之词，元不得不变而之曲。"此以体裁贬词者也。

或曰："风雅本歌舞之具，汉不能歌风雅，则为乐府歌之。风雅但可作格，而不可言调。唐用绝句为歌，则乐府但可为格，而不可言调。由兹而下，诗变为词，词变为曲，代代如之。盖古今之音，大半不相通，则什九失其调。"此以音义言词，而为词解嘲者也。而不知词吸三唐以前之液，孕胜国以后之胎，斟量推按，有为古歌谣辞者焉，有为骚赋乐府者焉，有为五七言古者焉，有为近体歌行者焉，有为五七言律者焉，有为五七言绝者焉。而元人之曲，则大都吞剥之。

故说者又曰："通乎词者，言诗则真诗，言曲则真曲。"斯为平等观欤？而又有似文者焉，有似论者焉，有似序、记者焉，有似箴、颂者焉。呜呼！文章殆莫备于是矣。非体备也，情至也。情生文，文生情，何文非情？而以参差不齐之句，写郁勃难状之情，则尤至也。彼琼玉高寒，量移有地；花钿残醉，释褐白天；甚而桂子荷香，流播金人，动念投鞭，一时治忽因之；甚而远方女子，读淮海词，亦解脍炙，继之以死，非针石芥珀之投，曷由至是？虽其镌镂脂粉，意专闺檐，安在乎好色而不淫。而我师尼氏删国风，逮《仲子》《狡童》之作，则不忍抹去，曰："人之情，至男女乃极。"未有不笃于男女之情，而君臣、父子、兄弟、朋友间反有钟吾情者。况借美人以喻君、借佳人以喻友，其旨远，其讽微。岂仅如欧阳舍人所云"叶叶花笺，文抽丽锦；纤纤玉指，拍按香檀。不无清绝之词，用助娇娆之态"而已哉！

或又曰："辛稼轩以诗词谒蔡光，蔡云：'子之诗，未也，当以词名。'"马鹤窗与陆清溪皆出菊庄之门，而清溪深得诗律，鹤窗得词调；诗与词几不可强同。

而杨用修亦曰："诗圣如子美，不作填词；宋人如秦、辛，词极工矣，而诗不强人意。"则不见夫李白之《忆秦娥》《菩萨蛮》，王建之《调笑令》，白居易之《忆江南》，昔日以为诗而非词，今日以为词而非诗。读者自作歧观，而作之者夫何歧乎？故诗余之传，非传诗也，传情也。传其纵古横今，体莫备于斯也。余之津津焉评之而订之，释且广之，情所不自已也，嵇康曰"著书妨人作乐耳"，其然？岂其然？吴门鸥客沈际飞天羽父自题。

附：沈瓒跋

古诗三千篇有奇，删十而存一，非圣于诗者能之乎？终不举翼《易》之笔以评诗，其故何也？古诗之变为五七言古风，为近体，为长短句，变愈甚，评者滋多，其故又何也？譬之两间烟云川岳，以至林莽飞走之属，无不有象有情，绘者以三寸管收之尺幅间，能令观者即其象，会其精。复有人焉从旁而指其用意用笔之妙，将觐者跃然，别有悟入，而绘者亦默默，意为之消。

有友张连叔氏精绘事，能以数百尺绢绘四时风雨晦明之状为一巨卷，而过脉处了无痕迹，一时出所绘示吾家天羽，天羽从旁指其用意用笔之妙，余为跃然，连叔亦默默首肯，以为得心之同。夫古诗如虞廷之绘日月星辰，山龙藻火，朴而雅，玩之而弗尽，当以不评评之。下此如唐、宋、元名家之画，不评固无减，评之而趣乃益露。诗余以参差顿挫为奇，殆米颠父子及近日陈白阳笔，院画之外，别有一种机法，若其近而远、澹而隽、艳而真，又与近体以上相似，以评评之，固无不可。吾家天羽凤具灵心慧眼，以评连叔画者评诗余，又何所不可？东山秦明府莅昆，从史是举，俾公海内薄书之余，不辍吟咏，是诚仙令也哉！

余喜绘事而不知诗，窃以评绘者评诗，夫亦曰以古诗还古诗，以近体还近体，以诗余还诗余。评与不评，听人自会，评者之旨有当于观者可知，设观者之见更有加于评者，评者亦俯首听焉。鹿城沈瓒馨孺氏书。

29. 明末，《草堂诗余》正集六卷（《古香岑草堂诗余》四集十七卷），沈际飞、钱允治等编，万贤楼自刻本。（分调重编本）

30. 明末，《草堂诗余》正集六卷（《古香岑草堂诗余》四集十七卷），沈际飞、钱允治等编，童涌泉刊印本。（分调重编本）

31. 明末，《新刊增修笺注妙选群英草堂诗余》二卷，钟惺辑，慎节堂刻本。（分类本）

32. 明末，《类编草堂诗余》四卷，毛晋汲古阁《词苑英华》本。（分调本）

33. 明末，《类编草堂诗余》四卷，韩愈臣校正，博雅堂刻本。（分调本）

34. 明末，《类编草堂诗余》四卷，韩愈臣校正，经业堂刻本。（分调本）

35. 明末，《类编草堂诗余》四卷，翻刻顾从敬本。（分调本）

## （二）仅见于著录的版本

1. 《草堂诗余》一册，明代叶盛《箓竹堂书目》著录。① （分类本）

2. 嘉靖十九年（1540），《草堂诗余》四卷，明代高儒《百川书志》著录。② （分类本）

3. 嘉靖二十八年（1549），李谨刊本《草堂诗余》，《增订四库简

---

① 叶盛《箓竹堂书目》"诗词采"云："《草堂诗余》一册。"
② 高儒《百川书志》卷十八云："《草堂诗余》四卷。《通考》云：书坊所编，各有注释、引证，皆五代及宋人之作也，分五十九题，几四百阕。"

明目录标注》<sup>①</sup> 著录。（分类重编本）

　　4. 万历间，陈第世善堂著录《草堂诗余》七卷。（分调重编本）

　　上述各种版本主要以分类本、分类重编本、分调本、分调重编本、缩编本几种形式存在。分类本以题材为序进行编排，形式和内容上较接近宋人《草堂诗余》的形态；分类重编本采用分类本的形式，较大规模扩充了收词数量，明显改变了词的编排次序；分调本指嘉靖二十九年（1550）顾从敬以字数多少分小令、中调、长调编排的新版《草堂诗余》，所收词在分类本的基础上有较大调整和增加，其后多有据此本翻刻的本子；分调重编本采用顾本的形式，在收词数量上或词的编排次序上均与顾本存在较大差异；缩编本的代表则是张綖从分类本中精选的一个本子。

　　明人在不断改编翻刻《草堂诗余》的同时，又编集了许多续编本和扩编本。所谓续编本，是明人在《草堂诗余》所收词之外，另行编集的《草堂诗余》续选本；扩编本则是明人编选的大型词选，不仅《草堂诗余》所收的词尽录其中，且其收词规模多于《草堂诗余》数倍甚至十数倍。这些本子虽然已经距《草堂诗余》甚远，但皆由《草堂诗余》的影响而产生，有 10 余种。

　　1. 嘉靖，《草堂诗余补遗》，杨慎。（续编本）

　　2. 万历，《花草新编》，吴承恩。（扩编本）

　　3. 万历，《花草粹编》，陈耀文。（扩编本）

　　4. 万历，《续草堂诗余》二卷，长湖外史。（续编本）

　　5. 万历，国朝诗余五卷，钱允治。（续编本）

　　6. 崇祯，《草堂诗余》十六卷杂说一卷，收词 2030 首，（又名：《诗余广选》《古今词统》），题陈继儒评选、卓人月辑、徐士俊参评，崇祯刻本。（扩编本）

　　7. 崇祯，《词菁》二卷，陆云龙。（分类扩编本）

　　8. 明末，《草堂诗余别集》四卷，沈际飞。（续编本）

　　9. 明末，《草堂诗余新集》五卷，沈际飞。（续编本）

　　10. 明末，《续草堂诗余》二卷，秣陵一真子。（续编本）

　　11. 明末，《草堂诗余合集》，潘游龙。（扩编本）

---

① 邵懿辰撰，邵章续录《增订四库简明目录标注》，上海古籍出版社，1959，第 957 页。

在进行《草堂诗余》版本的搜集、辨别和梳理之后，可以获得以下一些基本的认识。

首先，明代《草堂诗余》的版本极为繁盛。虽然繁盛是主流，但是洪武后期到成化年间约有 90 年的时间，并没有《草堂诗余》的刊刻，这与明代前期的百年文学低潮是一致的。而成化以后，《草堂诗余》的新刻开始增多，特别是嘉靖二十九年（1550），随着顾从敬《类编草堂诗余》的刊刻，《草堂诗余》的评点翻刻、重编、扩编蔚然成风，一时间明代词坛几乎看不到其他词选的影子。

其次，明代《草堂诗余》的版本极为复杂。明代的《草堂诗余》有两个版本系统，但是竞相改编，多有差异存在，很难整理出一个或两个包罗各版本的标准版本。

最后，明代《草堂诗余》良莠不齐。《草堂诗余》在明代的刊刻流传大多数是出于书商盈利的目的，因此不断翻刻，出于控制成本的需要，随意增删作品，或是降低刊印品质，部分《草堂诗余》的刻本字迹模糊，刻工粗劣，错漏百出。当然也有一些珍贵的版本出于大家校勘，甚至是个人抄写收藏。

与《草堂诗余》的繁荣相比，同属于宋人词选的《乐府雅词》并不见有明人刊本，《花庵词选》《阳春白雪》《绝妙好词》等词选的明刊本也只有寥寥数个，而同样受到明人器重的《花间集》只有不到 20 个版本，远远无法和《草堂诗余》的版本相比，这足以显示《草堂诗余》在明代独尊的地位。

## 二 《草堂诗余》的版本体系

明代《草堂诗余》的版本可以用"异本纷呈"来形容，说明《草堂诗余》的版本既繁多又复杂。各种版本由于经不同的人校勘、整理、增删，收词的次序也多有不同，各本的材质有极大差别，既有纸质精美的手抄本，也有纸质粗滥的商业刻本，编者、评注者的水平也有天壤之别，甚至有些版本辗转抄录旧本的评注，假借当世名人以高身价，因此，《草堂诗余》的版本又给人芜杂之感。

综观《草堂诗余》各版本，通常以分类本和分调本两大体系分别考察。分类本较接近宋人《草堂诗余》的原貌，收词在 380 首以内；分调本则为明嘉靖年间顾从敬首创，一般认为是地道的明版《草堂诗余》，而杨万里则认为顾从敬或许确实依据了另外一个存词 400 首以上的宋代《草堂诗余》旧本①，由于目前尚无任何实物证据，还是只能暂时存疑。而《草堂诗余》的各种续编、扩编本，除路云龙的《词菁》采用分类本的形式外，其他各本则普遍按照分调的模式编集。

《草堂诗余》以分类本的形式产生，与它最初的应歌功能有关。清人宋翔凤云：

> 《草堂诗余》一集，盖为征歌而设，故别题春景、夏景等名，随时节即景歌以娱客，题吉席、庆寿更是此意。②

毋庸置疑，宋代书坊编集《草堂诗余》，本来就是出于实用的目的，宋翔凤所言符合当时的客观实际，在宋人的日常生活中总是需要有应景的演唱活动，《草堂诗余》就是作为一部实用的歌本而产生的。赵万里在《校辑宋金元人词·引用书目》中的《草堂诗余》下面有注云：

> 分类本以时令、天文、地理、人物等类标目，与周邦彦《片玉词》、赵长卿《惜香乐府》略同，盖所以取便歌者。③

可见，"取便歌者"确实是《草堂诗余》存在的主要原因，其实此类词集不仅"取便歌者"，同时也取便听者，听歌的人有这样一部词选在手，就能够方便地点歌。

据洪武本总目所载，分类本《草堂诗余》列"春景""夏景"等大类 11 类，列"初春""早春"等小类 65 类，具体如下：

前集
春景类：初春、早春、芳春、赏春、春思、春恨、春闺、送春
夏景类：初夏、避暑、夏夜、首夏、夏宴、适兴、村景、残夏
秋景类：初秋、感旧、旅思、秋情、秋别、秋夜、晚秋、秋怨
冬景类：小冬、冬雪、雪景、小春、暮冬

---

① 杨万里：《〈草堂诗余〉版本叙录（代前言）》，载《草堂诗余》，崇文书局，2017，第 13-14 页。
② （清）宋翔凤：《乐府余论》，载唐圭璋《词话丛编》，中华书局，1986。
③ 赵万里：《校辑宋金元人词》，国家图书馆出版社，2013。

后集

节序类：元宵、立春、寒食、上巳、清明、端午、七夕、中秋、重阳、除夕

天文类：雪月、雨晴、晓夜、咏雨

地理类：金陵、赤壁、西湖、钱塘亭

人物类：隐逸、渔父、佳人、妓女

人事类：宫词、风情、旅况、警悟

饮馔器用类：茶酒、筝笛、渔舟、庆寿、吉席、赠送、感旧

花禽类：花卉、禽鸟、荷花、桂花

如此详细的分类确实出于宋人日常歌楼酒榭、宴饮飨客时对景征歌的需要，任何一种情况下都能很快找到适合的歌曲。当然亦有学者从其他角度进行探讨，赵万里即认为《草堂诗余》是宋代节日文化高度发达的结果①，诚如此，《草堂诗余》对景歌唱的分类歌本性质其实可以更加确定无疑。

明代的分类本《草堂诗余》现存和见于著录的有 20 种之多，大部分集中于明代中叶词学复苏之后的一段时期。万历以前有 12 种，分别是：遵正书堂刻本、叶盛著录本、成化刻本、李西涯辑南词本、祝枝山小楷书本、高唐王刊篆文本、李谨辑刘时济刻本、陈钟秀校刊本、高儒《百川书志》著录本、《增订四库简明目录标注》邵章续录著录李谨刊本、杨金刻本、安肃荆聚刻本等。

到了明代后期，随着分调本的兴起，分类本的数量明显减少，万历以后只有 8 种，分别是：郑世豪宗文书舍甲午刻本、郑世豪宗文书舍乙未刻本、乔山书舍刻本、余秀峰沧泉堂刊本、胡桂芳重辑黄作霖等刻本、自新斋余文杰刻本、萧少衢师俭堂刻本、钟惺辑慎节堂刻本等，说明《草堂诗余》在明代的兴起是从分类本的翻刻重编开始的。而当分调本出现以后，分类本虽然并没有立刻退出历史舞台，但是在逐渐减少，尤其是到了万历末年以后，基本上就是分调本的天下了。

分类本《草堂诗余》在明人的生活中逐渐失去地位，与明代词学环境和明人词学观念的变化有关。明代中叶词学复苏后，词失去了歌唱功能，旧本《草堂诗余》已不能满足时代的需要，明人需要有适合自己的选本，

---

① 杨万里：《论〈草堂诗余〉成书的原因》，《文学遗产》2001 年第 5 期，第 51 – 59 页。

传统的词学观念又使他们无法抛开《草堂诗余》，于是在分调本《草堂诗余》尚未出现以前，明人就已经开始根据自己的眼光改选重编《草堂诗余》了。李东阳、张綖、李谨、陈钟秀都是较早的尝试者，其中尤以张綖的做法更为典型，他从《草堂诗余》中选词 79 阕合为一集，名为《草堂诗余别录》，选词量不足原书的 22%。从明人的这些行为可以看出，明人对《草堂诗余》并非简单的崇拜，他们的行为既折射了时代的词学风尚，也体现了个人的词学口味。

明人重编《草堂诗余》的一个重大突破是嘉靖二十九年（1550）顾从敬分调本的出现，其后，明人对分类本的改选重编活动虽未停止，但分调本迅速为词坛所接受。在明朝后期近百年间，各种分调编排的《草堂诗余》出现了约 20 种，而且《草堂诗余》的各种续编、扩编本绝大多数都采用了分调编排的形式，使这种编排体例遂成为规范，对清人直至现代词选都产生了深刻影响。

顾从敬的《类编草堂诗余》分为四卷：卷一为小令，卷二为中调，卷三、卷四皆为长调。其后，在顾本的基础上不断翻刻重编，分别出现了五卷本、六卷本、七卷本，而这众多的版本中，以四卷本和六卷本种类最多，约占分调本总数的 80%。这些版本数量虽多，但收词情况均与顾从敬本差别不大，应该是多次翻刻的结果，而书商在翻刻时，为显其特色、吸引读者，对原本进行少量修改，重新分卷装订，因而形成了现在这种各版本大同小异的状况，对于书商的谋利翻刻，《古香岑草堂诗余四集·发凡》中《戒翻》云：

> 坊人嗜利，更惜费，翻刻之弊所由始也。迩来讦告追版，而急于窃其实，巧于掩其名。如《诗余》旧本，按字数多寡编次，今以春、夏、秋、冬编次矣，至本意送别、题情、咏物诸词，尽不可以时序论，必硬入时序中，不妥莫甚。太末翁少麓氏，志趋风雅，敦恳兹集，捐重赀精镌行世。吾惧夫后来市肆，有以春、夏、秋、冬故局刻之者，不然，以四集合编，稍增损评注刻之者，而能逃于翻之一字乎？夫抹倒阅者一片苦心，为不仁；罟吞刻者十分生计，为不义。讵嘿嘿而已也，先此布告！[1]

---

[1]　沈际飞、钱允治等编《古香岑草堂诗余》，明末翁少麓刊印本。

从这里可以看出，当时《草堂诗余》一个新本出现后，往往会有大量书商蜂拥而上，"稍增损评注刻之"，于是原选编者为此备感苦恼，这也是造成《草堂诗余》版本众多的一个极为重要的原因，同时也客观反映出其在明代社会的受欢迎程度。这里反映的另外一个事实则是，明代末期的分类本《草堂诗余》又多为书商据当时流行的分调本重编，与早期的分类重编本有很大不同。

根据《草堂诗余》各版本的实际面貌和承传关系可以看出，明代的《草堂诗余》虽然以分类本、分调本两种体系客观存在，但明代的分类本并不是一脉相承的，可分为三种类型：其一，宋元分类本的翻刻本；其二，明人在宋元分类本基础上的改编本；其三，明人在明代分调本基础上的重编本。

基于此种情况，明代的《草堂诗余》分为宋本和明本两大体系应该更为合理。宋本体系主要是根据宋代和元代分类本翻刻、传抄的本子和虽有加工但不失宋元传本基本面貌的本子；明本体系则是指明人根据自己的需要，对《草堂诗余》进行了大幅度改造，已失去宋元分类本基本面貌的本子。基于这样的认识，经明人改编或重编的分类本均可归入分类本系统，所有的顾从敬以后分调编排的本子均可以归入分调本系统，而各种《草堂诗余》的缩编、续编和扩编本亦可纳入这两个体系。在这两个体系中，宋本体系并不为明人真正重视，而明本体系的各个版本则备受青睐，明代真正盛行的实际是明本体系的《草堂诗余》。

明代产生大量《草堂诗余》重编本的事实反映出明人对《草堂诗余》并非盲目崇拜，他们改编《草堂诗余》，客观上体现了对《草堂诗余》风格的认同，因为无论《草堂诗余》有多少改编本，其总体风格并没有发生根本性的变化。明本与宋本的不同主要在于选词数量的增加和编排方式的改变，这种变化主要是适应明人以《草堂诗余》作为学词范本的需要。

## 三　各版本的时间分布

《草堂诗余》的明代版本流传至今和见于著录的共有 39 种，其中，嘉靖间的明宗室高唐王所刊篆文本题名《阳春白雪》，中缝又题"篆诗余"3

字，实据洪武本而来，今国家图书馆仅存残本①；张埏编选的《草堂诗余别录》则是据分类本缩编而成。② 除上述两种外，其余 37 种因编排体例的不同，可分别归入分类本和分调本两大版本体系。除此之外，还有续编 6 种、扩编 5 种。

由此可见，《草堂诗余》在明代版本纷纭、极其繁盛，正如徐士俊所云："《草堂》之草，岁岁吹青；《花间》之花，年年逞艳。"③《草堂诗余》与《花间集》两部词选成为明人心目中的典范，尤其是《草堂诗余》备受青睐，被不断地改编翻刻，几至家喻户诵的地步。但是，《草堂》的兴起实际上只是明代中叶以后的事情，而其繁盛期主要集中于明代中后期的 100 余年，其版本在明代各时期的分布情况如下：

洪武至景泰（1368－1456）：1 种。

天顺至正德末（1457－1521）：3 种（其中见于著录者 1 种）。

嘉靖至隆庆（1522－1572）：10 种（其中见于著录者 2 种）；另有续编1 种。

万历（1573－1620）：15 种（其中见于著录者 1 种）；另有续编 2 种，扩编 2 种。

天启后（1621－1644）：10 种；另有续编 3 种，扩编 3 种。

分析这些数据可以看出，今存《草堂诗余》的版本在明代中叶之前其实并不多见，洪武二十五年（1392）后至天顺间，半个多世纪未见《草堂诗余》翻刻，其流传亦少；嘉靖以前的六七十年间，《草堂诗余》依然稀少；而到了嘉靖年间，《草堂诗余》突然兴盛起来，不同的刊本开始大量出现；嘉靖以后，《草堂诗余》的版本日益增多，续编和扩编本亦大量出现。

《草堂诗余》刻本的增多说明社会的需求量在不断增大，出现这种情况与明代中后期整个社会的政治、经济、文化、士人心态、民间风尚息息相关，同时也反映了明代词学思想的取向。明代建国百余年后，经济、文化均得到极大发展，到了嘉靖时期，士人的思想在政治打击和"阳明心学"的冲击下发生了重大改变，社会风气则趋向奢靡，本来就是反映和服务于

---

① 葛渭君：《明嘉靖本篆文〈阳春白雪〉考》，载《中国典籍与文化论丛》第四辑，中华书局，1997，第 342 页。
② 明人张埏编选，据分类本《草堂诗余》精选而成，从原书前集选词 40 首，后集选词 39 首，共计 79 首，此书传世者为抄本，现藏上海图书馆。
③ （清）冯金伯：《词苑萃编》卷八引徐士俊语，载唐圭璋《词话丛编》，中华书局，1986。

社会享乐之风的词选《草堂诗余》此时大盛，客观上反映了社会风尚的变迁。

## 四 主要版本的收词情况

《草堂诗余》版本众多，收词情况也有较大差别，收词少者不足百阕，多者则近 600 阕，这种差别的存在是由于不同改编者的编选目的不同造成的。《草堂诗余》自出现之后，对其进行的修订重编几乎就没有停止过。现存《草堂诗余》的早期版本都以《增修笺注妙选群英草堂诗余》命名，而这一个系列中现存较完整的明洪武本收词 367 阕，其中标明"新添"者 83 阕，"新增"者 23 阕，这应该是早期《草堂诗余》屡经修订的证据，吴熊和先生对此有较详细的考证。①

明代的《草堂诗余》版本中，在收词上有许多与洪武本是极为接近的，如嘉靖十七年（1538）陈钟秀校刊本，选词 364 阕，较洪武本少词 3 阕，无"新添""新增"字样，次序重新编排。与陈钟秀本相似的还有嘉靖十六年（1537）李谨辑刘时济刻本，收词 360 阕；嘉靖末经春山居士校刊的安肃荆聚刻本，收词 364 阕；万历三十年（1602）余秀峰沧泉堂刻本，收词 372 阕。上述这些版本虽经不同的人进行修订取舍，但并没有失去《草堂诗余》早期版本的基本面貌②，这反映出明人对《草堂诗余》的改编是一个渐进的过程。

刊刻于嘉靖二十九年（1550）的顾从敬本《类编草堂诗余》四卷是明人改编《草堂诗余》最重大的突破，其价值在于：首先，《草堂诗余》的编排体例彻底改变，分调本开始出现，这种对词的编排方式通过《草堂诗余》逐渐为人们普遍接受，是明人对词学的贡献之一；其次，顾从敬对原分类本的收词进行了大幅度增删，选词总量上较洪武本增加了 76 阕，使全书收词达到 443 阕，收词的变化比较客观地反映了明人对词的欣赏品位和审美要求，这无疑在明代词坛是一件十分重要的事情。

顾从敬分调本的出现激发了明人对《草堂诗余》的热情，翻刻、改编之风开始大盛，张东川、詹圣学、钱允治、翁少麓、童涌泉、毛晋等的刻

---

① 吴熊和：《增修本〈草堂诗余〉跋》，载《吴熊和词学论集》，杭州大学出版社，1999，第 120 – 123 页。
② 双璧陈氏元至正辛卯刊本收词 374 阕；明洪武二十五年遵正书堂刻本收词 367 阕。

本都与顾从敬本一脉相承。顾本风行天下的同时，分类本并没有消失，反而又出现了多个不同于早期改编本的版本，这些新的改编本共同的特点则是受到顾本的影响，选词范围突破了洪武本的范围，选词数量都有明显增加。如：嘉靖三十三年（1554）杨金刻本收词 484 阕；万历二十三年（1595）郑世豪乙未本收词 430 阕，此本在晚明影响较大，多有据而翻刻者①；万历三十年（1602）董其昌评订、乔山书社刻本收词 484 阕，在郑世豪乙未本之外又增补一卷，收词 54 首，按小令、中调、长调分调编次，可见顾从敬本的影响十分明显；万历三十五年（1607）胡桂芳重辑、黄作霖等刻本，收词达 564 阕，为《草堂诗余》各版本中收词最多者②，已有扩编本的影子。

由上述分析可以看出，明代《草堂诗余》的收词情况，以嘉靖二十九年（1550）顾从敬本的刊刻为界分为前后两期。前期《草堂诗余》的刊刻编选对原本突破较小，而后期则有了明显突破，除个别版本收词数量减少外，大部分版本都在收词上进行了较大幅度增加。这些出自明人之手的增删活动客观上反映了明代词坛的词学观念及其审美倾向，因此，对《草堂诗余》选词情况的深入研究是研究明代词学思想发展的一条重要途径。

## 五　明代《草堂诗余》的传播者

《草堂诗余》在明代的广泛传播，与其众多的参与者密不可分。据统计，各版本《草堂诗余》中涉及的参与者姓名有 60 多个，包括编选辑录者、校勘评注者、刊刻印行者、撰序作跋者、著录收藏者，他们以不同的身份和角色参与到《草堂诗余》的推广中，为这部在宋代并不出众的词选能够风行明代起到了引导和推动作用。

《草堂诗余》的传播者身份各异，其中有皇室宗亲、台阁重臣、文坛主将、词学名家，也有书法家、画家、小说家，还有士人学子、山林隐士等。同时，众多的书堂、书社、书楼积极参与刊刻，书商的热衷，为《草堂诗余》的大量流传奠定了坚实的物质基础。

---

① 万历三十年（1602）乔山书舍刻本、万历四十三年（1615）余文杰刻本皆出自郑世豪乙未本。

② 李康化认为郑世豪本收词450阕，"为《草堂诗余》各版本（指正集）之最"，似失察。李说见《明清之际江南词学思想研究》，巴蜀书社，2001。

下面，我们选择一些《草堂诗余》重要的传播者进行考察，以此来反映该书在当时社会上的流传范围及兴盛面貌：

李东阳（1447－1516），号西涯，茶陵（今湖南茶陵）人。天顺八年进士，官至太子少保、文渊阁大学士。为茶陵派代表人物。有所辑南词本《草堂诗余》。

祝允明（1461－1527），号枝山，长洲（今江苏苏州）人。工书法，好酒色六博，玩世自放。有小楷书本《草堂诗余》。

朱厚煐（？－1547），号岱翁，嘉靖二十二年（1543）封高唐王，二十六年（1547）薨，谥悼僖王。《明史》无传，其名载《诸王世表》五。有高唐王岱翁刊篆文本《篆诗余》残本。

杨慎（1488－1559），字用修，号升庵，新都（今成都市新都区）人。杨廷和长子，幼警敏，年十一能诗，人称"神童"，受业李东阳门下。正德六年（1511）殿试第一，授翰林院修撰。充经筵讲官。世宗立，纂修《武宗实录》。嘉靖三年（1524），世宗拟尊生身父母为兴献皇帝、皇太后，桂萼、张璁迎合帝意，超擢翰林学士，慎与同列36人上疏反对，申言君子小人不并立，愿赐罢斥。帝怒，切责停俸，终上生身父母尊号。慎复偕廷臣290人跪伏左顺门力谏，帝震怒，诏捕慎等190人下狱，复廷杖。后谪戍云南永昌卫（今云南省保山市）。慎旧志未改，常游历考察，创诗社，与友共唱和。其间曾因病归蜀，被捕归，72岁卒于永昌戍所。杨慎工诗、词、散曲、杂剧，时人评价甚高，曾参与前七子的复古，后转习六朝典丽文风，著述宏富，达400余种，今存著述除《升庵全集》所收外，尚有数十种之多。今存杨慎评点闵映璧刻朱墨套印本《草堂诗余》五卷。

何良俊（1506－1573），字元朗，号柘湖，松江华亭（今上海）人。少笃学，20年不下楼。明世宗嘉靖年间以岁贡生入国学，荐授南京翰林院孔目。后弃官，移家苏州。著有《柘湖集》《何氏语林》《四友斋丛说》等。为顾从敬编《类编草堂诗余》作序，影响深远。

唐顺之（1507－1560），武进（今江苏常州）人。嘉靖八年会试第一，官至右都金御史、凤阳巡抚。其为"唐宋派"代表人物，诗文上主张推崇唐宋，与"复古派"前后七子相抵。今存张东川刻本、詹圣学刻本《草堂诗余》，皆题唐顺之解注。

　　李攀龙（1514-1570），字于麟，号沧溟，历城（今山东济南）人，嘉靖二十三年进士，官至河南按察使，为"复古派"后七子代表。今存余文杰刻本《新刻题评名贤词话草堂诗余》六卷题李攀龙补遗；另有萧少衢师俭堂刻本《新刻李于麟先生批评注释草堂诗余隽》亦见其名。

　　董其昌（1556-1636），号思白，松江华亭（今上海松江）人。万历进士，官至南京礼部尚书。擅长书法、绘画。今存乔山书舍刻本《新镌订正评注便读草堂诗余》七卷，题董其昌评订。

　　陈继儒（1558-1639），号眉公，松江华亭（今上海松江）人。诸生。工词、曲，为当时名家。今存翁少麓刻本《类选笺释草堂诗余》六卷、余文杰刻本《新刻题评名贤词话草堂诗余》六卷都有其参与校订。

　　袁宏道（1568-1610），号石公，公安（今湖北公安西北）人。万历进士，官至吏部主事、考功员外郎。诗文上反对摹古，以清新见长，为"公安派"代表人物。今存萧少衢师俭堂刻本《新刻李于麟先生批评注释草堂诗余隽》，题袁宏道增订。

　　钟惺（1572-1624），字伯敬，号退谷，竟陵（今湖北天门）人。万历进士，官至福建提学佥事。为"竟陵派"代表人物，反对"公安派"的俚俗。今存慎节堂刻本《新刊增修笺注妙选群英草堂诗余》二卷题钟惺辑。

　　陈仁锡（1581-1636），字明卿，号芝台，明末江苏长洲（今江苏省苏州市吴中区）人。天启二年（1622）进士，授翰林院编修，因得罪魏忠贤罢职。崇祯初复官，至南京国子监祭酒。卒谥文庄。性好学，喜著述，有《无梦园集》《系辞十篇书》《易颂》《重订古周礼》《四书考》《四书考异》《周礼五官考》等，均传于世。今存《类选笺释草堂诗余》六卷，题陈仁锡参订。

　　毛晋（1599-1659），初名凤苞，字子晋。常熟（今属江苏）人，明末著名出版家、藏书家。少为诸生，喜读书，30岁左右开始收藏、刻印、经营古书事业，建汲古阁、目耕楼，藏书8.4万册。刻印古籍甚多，关于经、史、别集、道藏、丛书等，都予以大量刻印，许多书经过他校雠与题跋，著《隐湖题跋》。今存毛晋刊印《词苑英华》本《草堂诗余》。

沈际飞（生卒年不详），字天羽，江苏昆山（今苏州）人。明崇祯年间在世。有《古香岑草堂诗余》四集十七卷多个刻本存世，题沈际飞、钱允治等编。

上述这些《草堂诗余》的传播者，许多人也是中晚明各阶段主要文学流派的代表人物或者社会名流。当然，其中有些人并不一定真正参与了《草堂诗余》的辑录、校订、评释等工作，或许有些人的名字只是书商借来牟利的手段。但即便如此，也从侧面反映出明人对《草堂诗余》的热爱，上至皇室亲王、各级官员，下至学人士子、普通百姓，都在阅读、展玩、收藏《草堂诗余》。各种版本的批评注释反映出《草堂诗余》的普及程度之高。正是因为有大量形形色色的人需要《草堂诗余》，才有这么大量的人来对它进行校订、整理、注释和印行，在这个过程中，《草堂诗余》的传播者在有意或无意间将自己的词学思想和观念通过它传达出来，这对研究明代词学思想的演变具有重要价值。

通过对《草堂诗余》版本的时代分布情况、版本体系、收词情况、传播者的情况进行分析，可以从不同层面与视角比较全面地把握明代《草堂诗余》版本的基本面貌。同时也可看出，明人对《草堂诗余》的推崇并不是盲目的，他们通过改编这部宋人词选，表达和传播了明代的词学思想。因此，通过研究明版《草堂诗余》，有助于深入揭示明代词学的特征及发展状况，客观评价明代词学的发展演变，以及在词学史上的实际地位。

## 第三节 《草堂诗余》风靡明代词坛的原因

《草堂诗余》虽然最初只是书坊出于盈利目的而编选的一部词集，但它在南宋一经问世，就不断被改编，最终成为一部以柔婉香艳词风为基本特征，根据时代需要与选家的偏好，不断增删调整的词选。《草堂诗余》的增删改编在宋、元时就已经较为频繁，如前文提到的王楙在《野客丛书》中引录的《满江红》一词，在现存较早的几种《草堂诗余》中均不见记载，可以看作版本流传改编中删词的一个证据，而早期分类本中在词下标注"新增""新添"等文字，则是改编时增词的证据，并且可以视作进行了多次增补。到了明代以后，《草堂诗余》的修订增删愈演愈烈，在保持风格稳定前提下的改编活动达到顶峰，不仅词的增删在各版本中非常普遍，甚至编排模式也根据时代的需要进行了彻底改变。像《草堂诗余》这样一部被不断改选重编、基本一版一貌的文学作品选集，在文学史及出版史上都是相当罕见的。

《草堂诗余》在明代长盛不衰，不可避免地影响了明代词坛，但就一个普通选本的盛行本身来说，则是明代特殊的社会人文环境对它选择的结果，对此问题，孙克强先生曾经提出了自己的看法：

> 综观明清词学史的发展，《草堂诗余》无论作为高扬的旗帜或抨击的靶的，一直受到词学家的重视，虽然《草堂》的选编者未必有明确的词学理论主张，但《草堂》之选仍体现了特定的审美倾向，这种倾向又在一定的历史时期的社会文化、士人心态和文学思潮的背景下产生较大反响。①

《草堂诗余》作为一部词的选本，其婉约香艳的审美特征，重视现实需要的选词原则，都是推动它得以风靡明代词坛的内在原因。但是值得注意的是，《草堂诗余》在明代的盛行也只是明中叶以后100多年的事情，这实际上表明，具体的时代环境对于《草堂诗余》的兴起应该更为重要，刘勰说："文变染乎世情，兴废系乎时序。"② 具体的社会物质环境和人文环境影响了词坛的风貌，而《草堂诗余》在明代中叶以后的空前繁荣则客观反映了词坛对词风的选择。

## 一 明词发展中对《草堂诗余》的选择

明代初期，朱元璋与朱棣父子为巩固政权、控制思想而屡兴诏狱，大量由元入明的文士被杀，明代文学在经过初期的短暂繁荣后，陷入了长期低潮。直到明中叶，经过百余年的发展，随着明代政权运行的成熟和稳固以及社会物质财富的大量积累，思想文化领域也逐渐活跃起来，伴随着人们思想的解放，哲学和文学进入了新的发展阶段。

---

① 孙克强：《试论〈草堂诗余〉在词学批评史上的影响和意义》，《中国韵文学刊》1995 年第 2 期，第 69 - 74 页。
② （梁）刘勰：《文心雕龙·时序》，载周振甫注《文心雕龙注释》，人民文学出版社，1981，第 479 页。

词学的发展状况与明代文学有着相似的轨迹。明初词人多是由元入明者，如明初著名词人刘基、杨基、高启等在明朝开国时皆已步入中年①，他们的词风在元末的乱世中形成，洗去了脂粉艳冶之气，融入了深广的社会内涵。同时，这一批词人传续了宋元词风，溯张翥而上至姜夔，因此明初之词具备宋元词风的余韵。

如叶蕃《写情集序》中评价刘基词曰：

> 其词藻绚烂，慷慨激烈，盎然而春温，肃然而秋清，靡不得其性情之正焉。②

刘基作为明朝的开国重臣，影响力巨大，他的词在明初词坛具有代表性。叶蕃指出，刘基的词具有以下突出特点：首先是在文辞上，华美秾丽，这是自《花间集》、南唐以来非常传统的词风；其次是风格上，既有慷慨激烈的作品，也有温和、清冷之作；最后，也是最为重要的，刘基的作品是抒写性情的，表现出词情之真，其实刘基的词中有大量凝重、沉郁、盘结难解的压抑感。

再如胡应宸评价杨基③曰：

> 予谓庄雅固诗人首推，轻俊实词家至宝。盖诗不庄雅，必无风格；词不轻俊，必无神韵。况其苍雅、幽艳，又有不专以轻俊见者。然则孟载之诗与词，未易同日语矣。④

胡应宸认为诗词是有其文体界限的，诗应该"庄雅"，词则应该如同少年人一般"轻俊"，然而杨基的词则风格更倾向于"苍雅、幽艳"，这种特点也是受到宋代中叶以后雅词风气的影响。

又如高启之词，少勾勒、少含蓄，不以男子作闺音，陈廷焯评价其词曰："青丘词，信笔写去，不留滞于古，别有高境。"⑤ 王国维则把高启与刘

---

① 明朝于 1368 年建国，该年刘基 58 岁，杨基 43 岁，高启 33 岁。
② （清）叶蕃：《写情集序》，载赵尊岳《明词汇刊》，上海古籍出版社，1992。
③ 杨基（1326 – 1378），字孟载，号眉庵。原籍嘉州（今四川乐山），大父仕江左，遂家吴中（今江苏苏州），"吴中四杰"之一。
④ （清）冯金伯：《词苑萃编》卷七引胡殿臣语，载唐圭璋《词话丛编》，中华书局，1986。
⑤ （清）陈廷焯：《云韶集》卷一二，清稿本。

基并列，评价很高："有明一代，乐府道衰。《写情》《扣舷》尚有宋元遗响。"①

由明初这些词人的创作来看，他们尚能够继承宋元词学的精神，以词表现自己的情感和个性，把词作为陶写之具，创作是认真的，词学传承的脉络也十分清晰。朱彝尊在其《黑蝶斋词序》中曾云：

> 词莫善于姜夔，宗之者张辑、卢祖皋、史达祖、吴文英、蒋捷、王沂孙、张炎、周密、陈允平、张翥、杨基，皆具夔之一体。基之后，得其门者寡矣。②

朱彝尊的这番话固然囿于浙西词派的宗派观念，但客观地认识到了明初词学是继宋元文人雅词的风格而来的。

然而，随着明初这一批词人因政治原因相继去世，宋元词学的传承脉络由此难以接续，词学也进入了长达百年的相对沉寂期，造成这种局面的原因是朱明王朝开国之初的文化控制和八股取士制度。这使得新一代文人们锐意仕进，无力亦不屑于染指无助于功名的词的创作，即使有人偶尔为之，亦难望宋词之项背，宋元以来的雅词传承因而断绝，南宋词也远离了明代词人的视野。

明代中叶以后，伴随着《草堂诗余》的被推崇，明代词坛再次形成高潮，但这次延续100多年的高潮却并不被后世学者所看重，谢章铤就曾对明代词坛表现出明显的轻视："自刘诚意、高季迪数君而后，师传既失，鄙风斯煽。"③

谢章铤以清人的眼光看明代词坛，肯定明初词风为宋元文人词的延续，而明代中叶以后词坛虽然"繁荣"，但皆鄙俗之词。对于谢章铤的褒贬暂且不论，值得注意的是，清代词坛的振兴凭借的是普遍重视南宋文人词。而明代词坛的发展，因为初期近百年的词学传承中断，明代中叶词坛重新振兴的时候，明代词坛转而学习和模仿以《花间集》《草堂诗余》为代表的唐五代北宋词风，学习唐五代北宋词本身并没有问题，但明代中叶以后的词坛取径过于狭窄，视野不开阔，因而造成流弊。

---

① 王国维：《人间词话》附录一，《蕙风词话·人间词话》，人民文学出版社，1982。
② （清）朱彝尊：《黑蝶斋词序》，载《曝书亭集》卷四〇，《四部丛刊》本。
③ （清）谢章铤：《赌棋山庄词话》，载唐圭璋《词话丛编》，中华书局，1986。

明代中叶词坛的复苏很快呈现出"繁荣"的面貌，明词的"繁荣"并非在词学发展上有重大成就，或是新流派、新词风的出现，恰恰相反，明代中叶词坛"醕熟"词风流行，词的数量虽多，但因缺乏新意而无法显示出其在词学发展史上的价值。清人陈廷焯曾云：

> 有明一代，可选者寥寥无几，高者难获一编，略可寓目者大约不过数十篇耳。①

陈廷焯的话虽然尖刻，但也确实反映了明代词坛在创作上难以掩盖的贫乏与苍白，这也是一个浮躁的时代本身的特点。

明代中叶是明代社会的变革阶段，文化高压已经松动，新的文人群体走向成熟，开始主宰文坛。明代这一时期几个著名的词人，如杨慎、陈霆、陈铎、张綖等对明词的发展起到了明显的推动作用。此后，明词的繁兴一直持续到明末清初，明人虽然一直视词为"小词""卑体"，词在各种文体中的地位始终不高，但这些并没有影响到社会各阶层对词的普遍喜爱。《草堂诗余》就是在这样一种特殊环境里被发掘、追捧的。值得一提的是，《草堂诗余》在明初词坛的短暂繁荣期间并不为人重视，而至明中叶词学复苏后方风靡词坛，客观反映了明代词坛这两个阶段主流词风的不同。

明初词风承继宋元，而明中叶后的新兴词人是在词坛近百年的低潮后成长起来的，他们的词学思想已不再受传统的限制，他们可以另起炉灶探寻词学的规律，阐发自己的理论主张。

张綖编辑了一部《诗余图谱》，意在帮助当时的人们在词乐失传后能按照词谱填词，他在《诗余图谱·凡例》中提出的词分"婉约""豪放"二体，对词学的发展影响深远，堪称重要的理论贡献。他认为"婉约"风格的词"词情蕴藉"，为词中正体，而"豪放"风格的词"气象恢宏"，为变体②，正、变之分已有明显的轩轾。这种观点为其后的徐师曾、王世贞、何良俊、沈际飞等所沿袭，并被逐渐推向极端，于是"崇婉约，抑豪放"的观念成为明人普遍的词学观念，而符合这种观念的词学选本必然大受欢迎，

---

① （清）陈廷焯：《白雨斋词话》卷五，载唐圭璋《词话丛编》，中华书局，1986。
② （明）张綖：《诗余图谱·凡例》云："按词体大略有二：一体婉约，一体豪放。婉约者欲其辞情蕴藉，豪放者欲其气象恢宏。盖亦存乎其人，如秦少游之作，多是婉约；苏子瞻之作，多是豪放。大抵词体以婉约为正，故东坡称少游今之词手；后山评东坡词虽极天下之工，要非本色。"见明万历二十九年游元泾校刊《增正诗余图谱》。

明代中后期《花间集》《草堂诗余》的盛行与此有很大关系。王世贞的一段话更是典型地反映了这种词学观念：

> 故词须宛转绵丽，浅至儇俏，挟春月烟花于闺襜内奏之，一语之艳，令人魂绝；一字之工，令人色飞，乃为贵耳。至于慷慨磊落，纵横豪爽，抑亦其次，不作可耳。作则宁为大雅罪人，勿儒冠而胡服也。①

正是基于对词"艳""丽""小""巧"等特点的强调，明人很自然地选择了《花间集》和《草堂诗余》作为学习的对象，但由于"《花间》犹伤促碎"②，而《草堂诗余》则以其婉约清丽的总体风格更受明人推重。

此外，同样出现于这一时期的陈霆的《渚山堂词话》亦以"清楚流丽，绮靡蕴藉"为论词核心③，而《草堂诗余》正是因为符合明人的此种审美风格得以广泛传播。可见，明代中后期词人对词的审美风格有一个强调绮丽婉约之美的基本观念，而这种风格的词主要集中于南渡以前的唐五代至北宋时期，于是明人就以《花间集》和《草堂诗余》分别作为唐五代词和宋词的代表加以重视。④ 但由于明人对词的基本态度是轻视的，使得他们在词学的革新与突破上难有大的成就，加之他们以狭窄的眼光看词，使得词学在明代表现为一种缺乏创新的表面繁荣。

## 二　奢靡享乐之风推动《草堂诗余》的盛行

通过版本考察不难看出，《草堂诗余》盛行于明代中后期，即从嘉靖（1522－1566）到明代灭亡这120余年。明朝经过100多年的积累，到中叶时，经济实力已经极为雄厚。弘治（1488－1505）以后，尤其是嘉靖、万历（1573－1620）时期，伴随着资本主义经济萌芽及发展，整个国家经济

---

① （明）王世贞：《艺苑卮言》，载唐圭璋《词话丛编》，中华书局，1986，第385页。
② （明）王世贞：《艺苑卮言》，载唐圭璋《词话丛编》，中华书局，1986，第387页。
③ （明）陈霆：《渚山堂词话》卷三云："予尝妄论我朝文人才士，鲜工南词。间有作者，病其赋情遣思殊乏圆妙，甚则音律失谐，又甚则语句尘俗。求所谓清楚流丽，绮靡蕴藉，不多见也。"
④ 《四库全书总目提要》云："耀文自称其因唐《花间集》、宋《草堂诗余》而起，故以《花草粹编》为名。然使惟以二书合编，各采其一字名书，已无义理，乃综括两朝之词，而以'花'字代'唐'字，以'草'字代'宋'字，衡以名实，尤属未安。"

繁荣，物质财富充足，人们的社会生活也发生了重大改变。《草堂诗余》就是在这样的社会背景下被不断追捧，走向了空前的繁荣。

明代社会在经历了开国之后的长期节俭以后，从嘉靖年间开始，整个社会的生活面貌发生了很大变化，逐渐转变为一种追求奢靡享乐的社会风气，时人沈朝阳就说："嘉靖以来，浮华渐盛，竞相夸诩。"① 许多士人对这种社会状况也表现出了无奈与忧虑，钮薇在《倭奴遗事》中感叹：

> 吾松向来人心朴茂，不尚虚浮……五十年来，沧桑一变，酿成薄恶之俗。日尚浮靡，耻闻俭素。遍体罗衣，妻无掩肘之布；终朝买笑，家无担石余储；嗜赌不嬲，鬻身好讼而忘灭姓；宣谣少妇，誓为出世尼姑；荡业游民，甘入打行凶类。贪夫黩货，异道惑人，牙妇靓妆，乱移闺范，贵贱无别，长幼无伦，风日下趋，莫之能挽。②

这段话客观上反映了社会风气的巨大变化，普遍的奢侈挥霍和纵欲的生活方式蔓延到了整个社会，明代自建国起苦心维系的伦理规范受到了严重挑战，时人范濂就谈道：

> 嘉靖以来，豪门贵室，导奢导淫，博带儒冠，长奸长傲。日有奇闻叠出，岁有新事百端。③

当时的豪门贵族奢靡成风，对整个社会起到了风向导引作用，"导奢导淫""长奸长傲"，不仅他们自己挥霍无度，而且转移了社会风气，上行下效，普通百姓富裕者亦极奢侈，顾起元《客座赘语》就记录了这种现象：

> 至于百姓，有三间客厅费千金者，金碧辉煌，高耸过倍，往往重檐兽脊，如官衙然。圆圆僭拟公侯，下至勾栏之中，亦多画屋矣。④

可见，当时的明代社会追求物欲享受已经逐渐成为整个社会从上到下的普遍现象。这种社会风尚必然会通过文学折射出来，当时风行于世的艳情文学就是最典型的反映。

---

① （明）沈朝阳：《皇明嘉隆两朝见闻录》卷六，学生书局，1985。
② 钮薇：《倭奴遗事》，载《中国野史集成》第24册，巴蜀书社，1993，第634–635页。
③ （明）范濂：《云间据目抄》卷二《记风俗》，明刻本。
④ （明）顾起元：《客座赘语》卷五，中华书局，1991。

除此之外，如张岱的《陶庵梦忆》《西湖梦寻》等许多明人笔记，也对中晚明社会各阶层的享乐之风多有记载。如《扬州清明》：

> 是日，四方流离及徽商西贾、曲中名妓，一切好事之徒，无不咸集。长塘丰草，走马放鹰；高阜平冈，斗鸡蹴踘；茂林清樾，劈阮弹筝。浪子相扑，童稚纸鸢，老僧因果，瞽者说书，立者林林，蹲者蛰蛰。日暮霞生，车马纷沓。宦门淑秀，车幕尽开，婢媵倦归，山花斜插。臻臻簇簇，夺门而入。余所见者，惟西湖春、秦淮夏、虎邱秋，差足比拟。然彼皆团簇一块，如画家横披；此独鱼贯雁比，舒长且三十里焉，则画家之手卷矣。①

借扬州城的百姓在清明时倾城而出扫墓的场面，写出了各色人等和各种游乐活动，如同明代的一幅《清明上河图》，极尽繁华。

《草堂诗余》所收的词皆流行于南宋高宗至光宗时代，这些作品折射了当时奢靡享乐的社会风气，而明代社会在进入中叶以后，享乐之风开始盛行，为《草堂诗余》的再次兴盛创造了条件。

伴随着奢侈浮华、好货享乐之风，狎妓宿娼成为明代社会普遍存在的现象。谢肇淛的《五杂组》中记载如下：

> 今时娼妓布满天下，其大都会之地，动以千百计，其他穷州僻邑，在在有之，终日倚门献笑，卖淫为活。生计至此，亦可怜矣。两京教坊，官收其税，谓之脂粉钱。隶郡县者则为乐户，听使令而已。唐、宋皆以官伎佐酒，国初犹然，至宣德初始有禁，而缙绅家居者不论也。故虽绝迹公庭，而常充牣里闬。又有不隶于官，家居而卖奸者，谓之土妓，俗谓之私窠子，盖不胜数矣。②

其实，明代社会甚至还存在"养瘦马"的风气，谢肇淛对此的记录更加详细：

> 维扬居天地之中，川泽秀媚，故女子多美丽，而性情温柔，举止

---

① （明）张岱：《陶庵梦忆注评》，上海古籍出版社，2014，第147－148页。
② （明）谢肇淛著，傅成校点《五杂组》卷八《人部》四，上海古籍出版社，2012，第144页。

婉慧。所谓泽气多女，亦其灵淑之气所钟，诸方不能敌也。然扬人习以此为奇货，市贩各处童女，加意装束，教以书、算、琴、棋之属，以徼厚直，谓之"瘦马"。①

这种社会风气在潜移默化中影响着人们对文学作品的选择，如《金瓶梅》《三言》《二拍》等小说中就对明代中后期社会的"好货""好色"之风多有描写。当时的社会，金钱胜过亲情②，放纵强于理性③，整个社会物欲横流、色情泛滥，这在明清野史、笔记、小说、戏剧中俯拾即是。在这样一个喧嚣浮躁、以财货为重的社会里，人们的行为规范、思想观念、价值取向都发生了变化，导致维系封建统治的传统价值体系面临崩溃，而人们则更加强调自我和个性，传统的伦理道德受到质疑，个人欲望得到极度放纵。词本来就是用于侑觞劝酒、劝茶延客、娱宾遣兴的文学作品，在明代这个"娼妓布满天下"的社会，词的娱乐功能再次得到彰显。如"鸳湖烟水散人"在《女才子书》中所设计的"佳人"模式可谓包罗万象，他从容、韵、技、事、居、候、饰、助、馔、趣等十个方面形容理想的女性。④这些要求事实上根本无法集中于一人之身，但这些对女性的要求则正是词所普遍表现的题材，由此不难得知明人为什么会如此赏重《花间集》和《草堂诗余》了。

文学无可避免要深受社会风气的影响，《草堂诗余》就是在这样的社会环境中走向了空前繁荣，此时的明代社会在许多方面与《草堂诗余》成书时的南宋孝宗、光宗、宁宗时期有颇多相似之处。文学离不开具体的社会环境，《草堂诗余》本是为了便于歌儿舞女的演唱而编选的一部词集，虽然因词乐失传，到了明代词早已失去歌唱功能，但在明代中后期这样一个特殊的社会背景下，世风影响所致，《草堂诗余》便成为明人眼中宋词的代表，不仅在审美风格上适合时代的眼光，也成为明代文人心摹手追的规范。

---

① （明）谢肇淛著，傅成校点《五杂组》卷八《人部》四，上海古籍出版社，2012，第134-135页。

② 《二刻拍案惊奇》卷二〇："纵是至亲骨肉，关着财物面上，就换了一条肚肠，使了一番见识，当面来弄你、算计你。"

③ （明）袁宏道：《雪涛阁外集》云："妻不如妾，妾不如婢，婢不如妓，妓不如偷。"反映了明代社会畸形的性观念，这种观念在当时的民歌、春宫图册、淫秽小说中反映突出。见《袁中郎全集》，伟文图书出版社，1976。

④ 烟水散人：《女才子书》，上海古籍出版社，1994。

经宋代流传至今的各种词选在明代唯有《花间集》和《草堂诗余》为盛，这是因为其他词选不符合明人的现实需要而未受到重视。相似的奢靡享乐之风使《草堂诗余》这一部并不出众也不严肃的词选成为两个时代有力的见证，而其在明代的兴盛意义还不仅如此，它甚至影响着明代词学的发展方向。

## 三　士人心态变化使《草堂诗余》受到推崇

《草堂诗余》最初虽然是出自书商之手，但它的传播却无法离开文人的参与，如前文所述，明代众多闻名遐迩的文人士子都在《草堂诗余》的传播发展中起着重要的作用，因此，深入了解明代士人的内心世界，对于了解《草堂诗余》的被推崇同样是极为重要的。

作为个体的士人，其情况千差万别，而作为一个时代的士人群，则必然具有切合其时代特点的共同特征。对明代士人的心态可以正德（1506－1521）为界分为前、后两期，前期的士人以积极进取、忠君爱国、正直敢言为特征，这是儒家传统的道德观念对文人思想影响的结果，这样的士风对明王朝的发展稳定具有重要意义，《明史》对此评价道：

> 英、武之际，内外多故，而民心无土崩瓦解之虞者，亦由吏鲜贪残，故祸乱易弭也。[1]

但是，到了正德、嘉靖以至万历时期，明代的士风发生了重大转变，士人们逐渐失去了对政治的参与热情，失去了对国家政权的信心，他们开始转向自我，文学在他们的精神世界开始占据重要地位，众多的文学派别纷纷登上文坛。同时，士人们也更加注重个人的生活享乐，他们或纵情诗酒声色，或流连山水田园，或求仙问道乞求长生。总而言之，士人们已经失去了为国家服务的兴趣，他们考虑更多的是个人。造成这种士人风气的是中晚明的险恶政治环境，也是阳明心学的思想启蒙引导的，具体如下。

第一，无情的政治摧残与打击使士人们逐渐厌倦官场。

明代初期和中后期士人都曾受到严厉打击，表面看十分相似，但实际上却存在着本质的不同。明初朱元璋、朱棣父子对士人的打击，目的在于

---

[1]　（清）张廷玉等：《明史》卷二八一《循吏传》，中华书局，2000，第4803页。

控制思想、巩固政权，建立起一套维护政权存在的制度；明代中后期几代皇帝对士人的摧残，则是出于他们个人的需要，尝试突破已经十分稳固的制度对君权的约束，而同维护制度的士人产生的矛盾。

明代中后期的一系列政治事件对士人心态造成了极为重大的影响，这些事件包括正德时的"反对八虎"①"南巡风波"②，嘉靖时的"大礼之议"③，万历时的"清算张居正"④"争国本"⑤等，加之各政治派别之间长期残酷的相互倾轧，对士人的打击异常严重。在这一系列政治事件中，士人们遭到肆意凌辱，动辄被廷杖、除名、下诏狱、受罚，许多官员为此失去生命，甚至倾家荡产，谷应泰在《明史纪事本末》中对正德中"反对八

---

① 反对八虎：明武宗正德元年（1506）十月，刘健、韩文、李东阳、谢迁等正直大臣以马永成、谷大用、张永、罗祥、魏彬、刘瑾、丘聚、高凤等8名宦官恣横枉法，请诛之，结果由于正德皇帝对8名宦官的祖护和纵容，使得正直朝官受到残酷打击。参见《明史》卷一六、《明史纪事本末》卷四三。

② 南巡风波：明正德十四年（1519）二月，武宗自加太师，谕礼部曰："总督军务威武大将军总兵官太师镇国公朱寿巡两畿、山东，祀神祈福，其具仪以闻。"三月，朝臣百余人谏帝南巡，不听，杖贬甚烈，正直朝官身心再次受到严重摧残。参见《明史》卷一六。

③ 大礼之议：明正德十六年（1521）三月，武宗死于豹房，无子，乃迎兴献王世子厚熜进京即位，即明世宗嘉靖皇帝。世宗即位后，诏议皇帝本生父兴献王祐杬尊崇典礼，于是大礼议起。嘉靖三年（1524）四月，世宗上其生母"兴国太后"尊号曰"本生圣母章圣皇太后"，追尊"兴献帝"为"本生皇考恭穆献皇帝"，七月，又去"本生"二字，于是100多名朝臣付阙谏阻皇帝这一有违礼法的行为，结果员外郎马理等134人下锦衣卫狱，后杖马理等于廷，死者16人。后数日又杖修撰杨慎、检讨王元正、给事张原等于廷，原死，慎等戍谪。大礼之议并未就此结束，朝臣和皇帝的斗争直到嘉靖二十四年（1545）方以皇帝的胜利而告一段落。其间，因此事而受到权责贬谪的官员甚众，皇帝与官员间的互相不信任由此产生并不断加剧。参见《明史》卷一七、《明史纪事本末》卷五〇。

④ 清算张居正：明穆宗隆庆六年（1572）五月，神宗万历继位，方10岁，年幼不能亲政，由张居正任首辅。"居正为政，以尊主权、课吏职、信赏罚、一号令为主。"这就使得所有官员都战战兢兢，怨恨者甚多；同时，张居正对万历约束颇严，"帝甚惮居正。及帝渐长，心厌之。"两方面的原因使张居正在死后受到了彻底清算，万历十二年（1584）四月，"籍张居正家"。八月，"榜张居正罪于天下，家属戍边"。张居正执政时一系列有利于国家的政策皆被废止，同时兴起一场大狱，"终万历世，无敢白居正者"。对张居正的清算，又一次严重打击了明朝的政治、经济和士人阶层。参见《明史》卷二〇、卷二一三。

⑤ 争国本：明神宗万历十年（1582），其长子降生，母为恭妃王氏。万历十四年（1586），其三子降生，母郑氏旋晋贵妃，万历帝欲立三子为皇储的意向十分明显。于是群臣对此不合礼法的行为开始了长期的抗争，由是大量朝臣受到贬责，但群臣前仆后继，直到万历二十九年（1601）十月，迫使万历帝最终册立其长子朱常洛为太子。谷应泰有感于此，评价道："自古父子之间，未有受命若斯之难也。""争国本"的斗争最终似乎是以臣子们的胜利而告终，但这旷日持久的内耗使明朝元气丧失殆尽。皇帝和臣子都不以国事为重，文人失去了仕进的动力，生活趋于奢侈糜烂。参见《明史纪事本末》卷六七。

虎"失败后的朝廷情状是这样记载的："廷臣自李东阳而下，无不腼颜要地，甘心颐指。"①

这典型地说明，为了生存，士人们的尊严在残酷的政治打击下已经丧失殆尽，人格尊严的丧失带来的是道德的崩溃。其他几次政治事件中，正直的士人们均受到了严厉的打击，大量官员为了维护传统制度的正常运转，或被廷杖致死，或被长期流放。士人们出于本能为政权服务，但结果是他们越正直、越赤诚，受到的打击和摧残就越大。他们不仅在肉体上，而且在精神上都受到了巨大的伤害。② 庙堂上正直的士人无法容身，而奸佞、柔媚之徒则得以官居高位，官场上争权夺利、弄权营私的现象比比皆是，士风随之改变。

明代的最高统治者为了维护政权，建立起了庞大的特务机构，用以探查文人的言行。这一机构在明中叶以后长期由宦官掌管，成为迫害正直文士的工具，于是在正、嘉以后，士人们逐渐对政治失去兴趣，绝意仕进就是十分自然的事情了。据《明史·神宗本纪》记载：

> 三十七年……秋九月癸卯，左都御史詹沂封印自去。
> 三十九年……冬十月丁卯，户部尚书赵世卿拜疏自去。
> 四十年春二月癸未，吏部尚书孙丕扬拜疏自去。……九月庚戌，李廷机拜疏自去。
> 四十一年……秋七月甲子，兵部尚书掌都察院事孙玮拜疏自去。九月……庚辰，吏部尚书赵焕拜疏自去。
> 四十二年……秋八月甲午，礼部右侍郎孙慎行拜疏自去。③

如此频繁的官员弃官而去，折射出士人们对政治已经失去热情。追求人生享乐、纵情声色便成为士人们普遍的生活方式，张岱在《陶庵梦忆》中的《秦淮河房》《二十四桥风月》等篇对此进行了较为客观的描述。《秦

---

① （清）谷应泰：《明史纪事本末》卷四三《刘瑾用事》，上海古籍出版社，1994。
② 明代对官员的廷杖异常残酷，多有官员受杖致死。廷杖不仅使被杖者肌肤受损，更重要的是使文人斯文扫地，精神上受到极大伤害，袁褧的《世纬》卷上《贵士》云："京朝官之有犯者，下之法司足矣。律当处死也，据律以议罪，杀之可也。何至令官校杖之阙庭，横尸以出乎？以圣明之朝而执缚加于衣冠，搒笞施于卿士，恐非所以养士大夫之廉耻而尊朝廷也。是故欲士之死忠殉节，莫若养其廉耻，欲朝廷之尊安，莫若爱养臣下。"
③ （清）张廷玉等：《明史》卷二一《神宗本纪》，中华书局，2000，第190-192页。

淮河房》细致记载了秦淮河畔风月场所的日常景象，可谓醉生梦死，纸醉金迷：

> 秦淮河河房，便寓、便交际、便淫冶，房值甚贵，而寓之者无虚日。画船箫鼓，去去来来，周折其间。河房之外，家有露台，朱栏绮疏，竹帘纱幔。夏月浴罢，露台杂坐。两岸水楼中，茉莉风起动儿女香甚。女各团扇轻纨，缓鬓倾髻，软媚着人。年年端午，京城士女填溢，竞看灯船。好事者集小蓬船百什艇，篷上挂羊角灯如联珠，船首尾相衔，有连至十余艇者。船如烛龙火蜃，屈曲连蜷，蟠委旋折，水火激射。舟中镙钹星铙，宴歌弦管，腾腾如沸。士女凭栏轰笑，声光凌乱，耳目不能自主。午夜，曲倦灯残，星星自散。①

《二十四桥风月》则写出了扬州城二十四桥附近青楼的繁盛以及妓女的不同身份和接客情况，还以自己族弟次嘘自己的嫖娼经历，正面展示了明人陶醉于花红酒绿的放浪生活：

> 广陵二十四桥风月，邗沟尚存其意。渡钞关，横亘半里许，为巷者九条。巷故九，凡周旋折旋于巷之左右前后者，什百之。巷口狭而肠曲，寸寸节节，有精房密户，名妓、歪妓杂处之。名妓匿不见人，非向导莫得入。歪妓多可五六百人，每日傍晚，膏沐熏烧，出巷口，倚徙盘礴于茶馆酒肆之前，谓之"站关"。
>
> 余族弟卓如，美须髯，有情痴，善笑，到钞关必狎妓，向余嗫曰："弟今日之乐，不减王公。"余曰："何谓也？"曰："王公大人侍妾数百，到晚耽耽望幸，当御者不过一人。弟过钞关，美人数百人，目挑心招，视我如潘安，弟颐指气使，任意拣择，亦必得一当意者呼而侍我。王公大人岂过我哉！"复大嗫，余亦大嗫。②

文士们传统的人生观在受到冲击时，《草堂诗余》进入了他们的视野，无瑕道人的《花间集跋》就反映了这种情况。他说：

> 余自幼读经、读史，至仁人、孝子有被谗谤者，为之扼腕，辄欲

---

① （明）张岱：《陶庵梦忆注评》，上海古籍出版社，2014，第97页。
② （明）张岱：《陶庵梦忆注评》，上海古籍出版社，2014，第111–112页。

手忍之而后称快焉。乃戊申秋，梁溪肆毒，爰及于余，余以是废举业，忘寝食，不复欲居于人间世矣。缙绅同袍力解之弗得。忽一友出袖中二小书授余曰："旦暮玩阅之，吟咏之，牢骚不平之气，庶几稍什其一二。"余视之，则杨升庵、汤海若两先生所批选《草堂诗余》《花间集》也。于是散发披襟，遍历吴、楚、闽、粤间，登山涉水，临风对月，靡不以此二书相校雠。始知宇宙之精英，人情之机巧，包括殆尽；而可兴、可观、可群、可怨，宁独在风雅乎！嗟嗟！风雅而下，一变为排律，再变为乐府、为弹词，若元人之《会真》《琵琶》《幽闺》《绣襦》，非乐府中所称脍炙人口者欤？然亦不过撮拾二书之余绪云尔。乌足美哉！乌足美哉！①

这段文字对明代士人为什么倾心于《花间集》《草堂诗余》给出了一个明确的理由，即当士人们因政治打击等原因"不复欲居于人间世"时，可以用来平息胸中的"牢骚不平之气"。这段文字中提到的"梁溪肆毒"，指的是魏忠贤及其党羽杀害东林党人的事件。

第二，程朱理学的衰落使士人们的思想观念突破了传统的束缚。

明代中叶，程朱理学逐渐衰落，失去了其维系人心的作用，王守仁的"心学"则得到广泛传播并逐渐超越了程朱理学的影响。《明史·儒林传》云：

> 原夫明初诸儒，皆朱子门人之支流余裔，师承有自，矩矱秩然。曹端、胡居仁笃践履，谨绳墨，守儒先之正传，无敢改错。学术之分，则自陈献章、王守仁始。宗献章者曰江门之学，孤行独诣，其传不远。宗守仁者曰姚江之学，别立宗旨，显与朱子背驰，门徒遍天下，流传逾百年，其教大行，其弊滋甚。嘉、隆而后，笃信程、朱，不迁异说者，无复几人矣。②

上文所谓"姚江之学"即指王阳明的"心学"。王守仁，世称阳明先生，浙江余姚人，其所创学派称"姚江学派"，又称"阳明心学"。这段话清楚地说明了程朱理学在"心学"的冲击下渐趋式微。"阳明心学"强调人

---

① （明）无瑕道人：《花间集跋》，载《花间集》，闵映璧刻朱墨套印本。
② （清）张廷玉等：《明史》卷二八二《儒林传》，中华书局，2000，第4827页。

的意识与主观精神的巨大作用，主张内省，由程朱先验的伦理本体转向心理本体，带有一种反传统的精神。

本来心学的理论归宿是正心诚意，而随着它的分支学派的崛起，"心学"也被不断突破，如泰州学派"安身立本""明哲保身"等学说，李贽怀疑和否定传统道德，蔑视世间一切礼法，肯定人欲合理性的学说都对士人们的思想观念影响深刻。于是，明代中晚期士人们的生活态度发生了极大改变，袁宏道的一段话可谓典型：

> 真乐有五，不可不知。目极世间之色，耳极世间之声，身极世间之鲜，口极世间之谭，一快活也；堂前列鼎，堂后度曲，宾客满席，男女交舄，烛气薰天，珠翠委地，金钱不足，继以田土，二快活也；箧中万卷藏书，书皆珍异。宅畔置一馆，馆中约真正同心友十余人，人中立一识见极高，如司马迁、罗贯中、关汉卿者为主，分曹部署，各成一书，远文唐、宋酸儒之陋，近完一代未竟之篇，三快活也；千金买一舟，舟中置鼓吹一部，妓妾数人，泛家浮宅，不知老之将至，四快活也；然人生受用至此，不及十年，家资田地荡尽矣。然后一身狼狈，朝不谋夕，托钵歌妓之院，分餐孤老之盘，往来乡亲，恬不知耻，五快活也。士有此一者，生可无愧，死可不朽矣。①

穷奢极欲、声色犬马、恬不知耻，反映了中晚明士人们的生活态度和方式。它不但反叛了名教礼法，同时对那种传统的重道义操守、自强不息的人格理想完全背离。

公安三袁的思想受到"阳明心学"影响，形成了十分清晰的个性特征。"阳明心学"本来是既关注现实社会，又超脱于世俗的，而三袁的思想中已经失去了对社会的关注，只保留了超脱世俗的倾向，堪为晚明士人思想的代表，左东岭在《王学与中晚明士人心态》一书中即认为：

> 公安三袁的思想毕竟具有……自身独特之处，此种独特之处就其主要方面而言，便是具有了更为突出的个体化特征，他们已不再对心学关注社会的倾向感兴趣，而只留恋其超越世俗、性命解脱的功

---

① 钱伯城笺校：《袁宏道集笺校》卷五《龚维长先生》，上海古籍出版社，1981，第205-206页。

用……①

三袁的思想反映了中晚明时期士人们对个性自由的关注，他们"超越世俗"，注重个体的"性命解脱"，不再关注现实社会。

由于政治的黑暗和思想观念的改变，明代中后期的许多士人在艰难的仕途面前失去了为国家效力的动力，而明代中后期经济的发展和商业的繁荣则为士人们的享乐生活提供了物质基础，适应他们这种生活的文学作品必然大受欢迎，《草堂诗余》的被推崇与此有密切的关系。虽然明人不长于词，但明代词人、词作的数量并不少于宋代②，明人对词的爱好也不逊色于宋人和清人，他们甚至用《草堂诗余》作为表现书法的材料，如著名文人祝枝山有小楷书本《草堂诗余》，明宗室高唐王朱厚煐也有手录的篆文本《草堂诗余》。但不可否认的是，明人的词创作确实普遍水平不高，其原因与明人对词的认识有关。

由此我们可以看出，明人推崇《草堂诗余》是因为其适应当时的时代风气，更重要的是适应士人的需要。无论是那些过着奢靡浮华、声色犬马生活的世俗之人，还是那些纵情越礼、充满浪漫气质的风流名士，都可以从《草堂诗余》中获得某种精神生活上的满足，这和文恬武嬉的南宋孝宗至宁宗年间的社会风气何其相似。时代的相似性、士人境遇的相似性、对词的爱好的相似性，使得《草堂诗余》在明代获得了令人难以置信的繁荣。这是《草堂诗余》的幸运，但却并非明代词学之幸，因为一部选集笼罩一个时代，对于词学的发展，客观上消极性大于积极性。文学的繁荣不能离开风格的多样化，否则，文学的生命必然枯竭，价值必然逐渐丧失。

综上所述可以看出，《草堂诗余》盛于明代绝非偶然，既有社会经济发展、商业文明兴起的大背景为其提供的物质基础；也有士人群体在黑暗的政治环境中寻找精神慰藉，在思想解放浪潮剧烈冲击下，传统思想观念瓦解，转而沉湎于奢靡浮华、声色犬马生活的需要；还有词学自身发展的原因，即人们在探索词学发展规律的过程中形成的推崇艳丽温婉词风的词学思想。

此外，通俗文学在当时也十分流行，许多话本和小说中多有对词的使

---

① 左东岭：《王学与中晚明士人心态》，人民文学出版社，2000，第685页。
② 张仲谋："据《全明词》主编之一张璋先生说，《全明词》共收明词作者一千三百余家，词作二万余首"（《明词史》，人民文学出版社，2002，第1页）。

用，说书艺人也往往在开场前用一些词作为"入话"①，以静场、待客，这些用途实际上拓展了词的应用领域。上述种种因素共同要求这个时代需要有一部词选为人们使用和模仿，而《草堂诗余》正是这样一部词选，无论从明人对词的审美要求上，还是实际的应用价值上，它都具有其他词集没有的优势。而《草堂诗余》最明显的特点则更为突出地表现在它可以根据社会的实际需要被重新改编，这是其他词集所不具备的，也是《草堂诗余》版本众多甚至芜杂且广受欢迎的重要原因。

《草堂诗余》在明代中叶词学复兴后兴起，成为明代词坛上最重要的学习范本，深刻地影响了明代的词学思想。同时，明代的词学思想亦反映在对它的不断改编中，所以可以说，对《草堂诗余》的研究就是对明代词学的研究。

# 第四节　《草堂诗余》与明代词学思想

《草堂诗余》盛行于明代，体现了明代词学思想与它的契合。明人虽然在态度上对词的地位并不看重，他们的创作也多受后人指责，但明代的词学思想颇值得研究。明代中叶新一代词人登上词坛后，用一种完全自由的眼光考察词的特征，确立了词作为音乐文学的特性，从而引发了他们对词的文体特点、审美特征以及创作道路的探索，最终形成了具有鲜明个性的词学思想，对后世词学影响深远。明人对词学理论和实践的探索受到了《草堂诗余》的深刻影响，而明人不断重编的《草堂诗余》中也留下了明代词学思想的丰富内容，因此，研究明代《草堂诗余》中反映的词学观念对研究明代词学思想具有重要的价值。

## 一　明人对《草堂诗余》审美风格的认同

《草堂诗余》虽然编集于南宋，但其中所收的词并未受到南宋主流词风的影响，无论是南渡词人的家国之痛，辛派词人的英雄豪气，还是姜派词

---

① 《三言》《两拍》等明人话本小说中引用前人词者甚多。

人的清空骚雅都不在其收录之列。① 《草堂诗余》有其确定的选词原则和审美风格，其选词以北宋词坛的主流风格为旨归。考察一下较能反映宋本《草堂诗余》原貌的洪武本，周邦彦、苏轼、秦观、柳永、欧阳修、康与之、黄庭坚、李清照等人的词就占去了全书的四成，当然苏轼被选入的主要是他的婉约风格的词。同时，值得一提的是，全书还有约 10% 的作品为"无名氏"之作，这些词曾经在宋代的市井中广为流传，作者的身份其实应该比较复杂，并不一定都是籍籍无名之辈，因为宋人大多其实并没有重视自己所写的词，只是在歌席酒宴上即兴而为，流传中逐渐失去了作者的名字，但这些词却一定是最为流行的作品。

《草堂诗余》收录的主要是北宋香艳婉约风格的词，明人就是以推崇此种词风而重视《草堂诗余》的。何良俊在《草堂诗余序》中说：

> 至周待制领太晟府乐，比切声调十二律，各有篇目。柳屯田加增至二百余调，一时文士复相拟作，而诗余为极盛。然作者既多，中间不无昧于音节，如苏长公者，人犹以"铁绰板，唱大江东去"讥之，他复何言耶？由是诗余复不行，而金元人始为歌曲。②

这段话概述了宋词的演变。何良俊根本不提南宋词，认为词至苏轼已衰，反映出明人坚持"本色"词风的词学观念，他们并不认可苏轼所倡导的词的"诗化"。其实这也说明了一个问题，明代人之所以对南宋词不屑一顾，并非他们见不到南宋词，相信南宋距离明代更近，南宋自辛弃疾开始，以及后来姜夔为代表的江湖词人群体，对待自己的词作还是比较重视的。比如，辛弃疾生前，他的弟子范开就为他编集词集，并且写了《稼轩词序》，经过他的过目和首肯，这项工作直到辛弃疾去世，词集总共编成甲、乙、丙、丁四集，对于完整保存和传播辛弃疾的词无疑作用巨大。而姜夔等词人，大多一生四处漂泊，以诗词文章谋求生计，写出的词很少再会随

---

① 关于《草堂诗余》的选词，清人宋翔凤在《乐府余论》中认为《草堂诗余》的选词者"当与姜尧章同时"，而姜词没有入选是因为当时"姜名未盛"，也就是说，《草堂诗余》因成书时间的原因而未选姜派词人的作品。孙克强先生认为："（《草堂诗余》）对各种风格流派的作品并非兼采并收，而是独尚婉丽柔靡，其他风格均遭排斥。"此观点反映了《草堂诗余》的收词原则，更为客观深刻，见《试论〈草堂诗余〉在词学批评史上的影响和意义》，《中国韵文学刊》1995 年第 2 期。
② （明）何良俊：《草堂诗余序》，载《类编草堂诗余》，嘉靖二十九年顾从敬刻本。

心所欲，而是精心打磨，锻句炼字，作品也会编集收藏。由此可知，南宋人的词有更多的文本保存下来，北宋以前的词如果不是广为流传，许多就再也难以见到了，比如晏殊的词流传下来的甚至不足一成。明代人不重视南宋词，并不是南宋词罕见，而是他们认为南宋词已经失去了词的"本色"，根本不值得重视。

后七子的重要人物王世贞是这样评价南宋词的：

> 词至辛稼轩而变，其源实自苏长公。至刘改之诸公极矣。南宋如曾觌、张抡辈应制之作，志在铺张，故多雄丽。稼轩辈抚时之作，意存感慨，故饶明爽。然而秾情至语，几于尽矣。①

王世贞的话实际表现了明人对南宋词的否定，他认为南宋词虽不无"雄丽""明爽"之作，但终非词之正体，而以"秾情至语"为特征的唐五代、北宋词方为词家正嫡。

词在失去歌唱功能后，成为一种用于阅读吟诵的作品，从这个角度来讲，词已经和诗没有什么区别了。但在中晚明时代，小说、戏剧等通俗文学作品十分流行，那些不够通俗易懂，只存在于文人案头的文学作品就难以为普通大众所接受。后世词论家往往称明代词风尚甜熟，反映了明人对词的风格定位，他们推崇婉丽香艳，反对尖新奇崛。《草堂诗余》则以其婉丽自然、香艳绮靡的风格，很自然地成为明代词坛推崇的重要词选。在其风气影响下，模仿之作大量涌现，但这些作品缺少神韵，内容苍白贫乏，格调浅薄俗滥，明词的衰落已经无法避免。当时词坛其实也有人看到了其中的弊端，如陈霆就曾谈道：

> 予尝妄谓我朝文人才士，鲜工南词。间有作者，病其赋情遣思殊乏圆妙，甚则音律失谐，又甚则语句尘俗。求所谓清楚流丽、绮靡蕴藉，不多见也。②

这可以说是明人对明词非常清醒的认识和评价，也反映了明人对词的审美特征的要求，即"清楚流丽、绮靡蕴藉"的"本色"词风。这种认识在明人观念中十分普遍，也是他们推崇《草堂诗余》的一个十分重要的原因。

---

① （明）王世贞：《艺苑卮言》，载唐圭璋《词话丛编》，中华书局，1986，第391页。
② （明）陈霆：《渚山堂词话》卷三，载唐圭璋《词话丛编》，中华书局，1986，第378-379页。

何良俊在《草堂诗余序》中的一番话十分清楚地表达出了明人对词的审美风格的要求：

> 然乐府以礮逮扬厉为工，诗余以婉丽流畅为美，即《草堂诗余》所载，如周清真、张子野、秦少游、晁叔原诸人之作，柔情曼声，摹写殆尽，正词家所谓当行、所谓本色者也。①

由此可见，明人所推崇的是"婉丽流畅"的婉约体词，《草堂诗余》中所收的词因"柔情曼声，摹写殆尽"而使明人倾倒。

张綖也明确肯定"大抵词以婉约为正"②，但他又在《草堂诗余别录序》中云：

> 当时集本亦多，惟《草堂诗余》流行于世，其间复猥杂不粹。今观老先生硃笔点取，皆平和高丽之调，诚可则而可歌。③

从这里可以看出，明人对《草堂诗余》虽亦略有微词，认为其"猥杂不粹"，但绝没有否定其风格的意思，而是从中择出所谓"平和高丽"之调，足见明人对词的审美风格是有较为一致的认识的，他们同样肯定《草堂诗余》是词的典范。

王世贞是为数不多的几个对明代词学做出理论贡献的人，他对词体特征的概括较为全面地反映了明人的词学观念，他说：

> 《花间》以小语致巧，世说靡也。《草堂》以丽字取妍，六朝隃也。即词号称诗余，然而诗人不为也，何者？其婉娈而近情也，足以移情而夺嗜。其柔靡而近俗也，诗啴缓而就之，而不知其下也。之诗而词，非词也；之词而诗，非诗也。言其业，李氏、晏氏父子、耆卿、子野、美成、少游、易安至矣，词之正宗也。温、韦艳而促，黄九精而险，长公丽而壮，幼安辨而奇，又其次也，词之变体也。词兴而乐府亡矣，曲兴而词亡矣，非乐府与词之亡，其调亡也。④

---

① （明）何良俊：《草堂诗余序》，载《类编草堂诗余》，嘉靖二十九年顾从敬刻本。
② 明万历二十九年游元泾校刊：《增正诗余图谱·凡例》。
③ （明）张綖：《草堂诗余别录》，嘉靖黎仪抄本。
④ （明）王世贞：《艺苑卮言》，载唐圭璋《词话丛编》，中华书局，1986，第385页。

　　这段话表明明人对词的文体特征的认识主要集中于三个方面：其一，词体"小"；其二，词风须婉丽流畅、香艳柔靡；其三，词以婉约为正，豪放为变，推重正体。这三个方面中，后两个均是对词的审美风格的要求。

　　明人所欣赏的是婉丽流畅、香艳柔靡的婉约词风。中晚明时期，政治的腐败与士人思想的转变使社会上下以解放性灵为名而恣意放纵，这种状况反映到词坛，则是香艳词风盛行，词坛流弊日滋。词在明人那里逐渐失去了创新的动力和生命的活力。明人的作品缺少新意，只是一味模拟《花间》《草堂》的香艳风格，创作上陈词滥调、俗词鄙语比比皆是。在明人看来，词似乎本身就应该是这样，秦士奇为《草堂诗余》所写的序中说：

　　　　大约词婉娈而近情，燕昵鸾吭，宠柳娇花，原为本色，但屏浮艳，不邻郑卫为佳。至离情则销魂肠斯，其辞多哀，何调感怆于南浦、渭阳之外。咏节叙要，措辞精碎，见时节风物、聚会晏乐景况。①

　　胡桂芳在领着几个年轻弟子重编了《草堂诗余》后，有弟子质疑为什么要编撰这部"轻艳"的作品，他也说了一段话，表明自己的态度：

　　　　然此一诗余也，高言之，则谓其天机独得，依永和声，可以被管弦而谐丝竹。卑言之，则谓其绮靡渐滋，浇淳散朴，只以悦流俗而道淫哇，皆非余所敢知。余所知者，惟在行役之时，登车而后无所事事，对景牵思，摘辞配境，则是编为有助焉尔。②

　　这两段话体现了明人对词的普遍认识，他们认为词本来就是"婉娈而近情"的香艳风格，其实际功用则在明代人的生活中不可或缺，有人用于宴会娱乐，也有人用于旅途行役，打发旅途寂寞，这两段材料中的看法在明人词论中具有代表性，清楚地表达了明人的词学观念，反映了明代词坛的实际情况。

　　明人对待《草堂诗余》的态度虽然大多是推崇赏重之言，也有类似"辞则近亵而妍巧混沦，敦厚之意，存者寡矣"③的批评之语，但无论褒贬，客观上都反映了明人观念中对词的绮艳风格的确认。

---

① （明）秦士奇：《草堂诗余序》，载《古香岑草堂诗余》，天启、崇祯间翁少麓刻本。
② （明）胡桂芳：《草堂诗余序》，载《类编草堂诗余》，万历三十五年黄作霖刻本。
③ （明）李谨：《新刊草堂诗余引》，载《新刊古今名贤草堂诗余》，嘉靖十六年刘时济刻本。

明代词坛对绮艳词风的推崇以及明代社会俗文学兴盛的背景，使明词走上了熟滥俗鄙之路，陈廷焯对此评价道：

> 词至于明，而词亡矣。伯温、季迪，已失古意。降至升庵辈，句琢字炼，枝枝叶叶为之，益难语于大雅。自马浩澜、施阆仙辈出，淫词秽语，无足置喙。明末陈人中能以秾艳之笔，传凄婉之神，在明代便算高手。然视国初诸老，已难同日而语，更何论唐、宋哉。①

陈廷焯由浙派入场常州，吸收了常州词派比兴寄托之说，强调词的"沉郁"。因此他在看待明代词坛的时候，认为流弊丛生，从明初词人刘基、高启的创作，就已经偏离了词的正确发展轨道；到了明代中叶杨慎等人的创作，只在文辞上下功夫，已经失去风雅的传统，而马洪（字浩澜）、施绍莘（字子野，号峰泖浪仙，或阆仙）等人的词则流入淫亵；明代末年陈子龙的词写得秾艳凄婉，已经是明代词坛顶尖的词家，不过陈廷焯认为其创作根本无法和清初的一些词坛大家相提并论，更无法和唐宋词人的成就相比。陈廷焯的评论全面反映了明代词坛的实际状况，比较客观地指出了明词的真实水平。

明代的时候，词的创作环境已经改变，明人却依然不加变通地坚持词以"婉约"为正体，主张词要"当行""本色"，而不求改变词学观念，使词在新的条件下获得新的发展，最终造成了明词的创作缺乏生机和活力，使艳情、绮靡、鄙俗之作充斥词坛。这些作品缺乏圆润蕴藉之美和自然纯真之气，明词不可避免走上了衰敝之路。朱彝尊把明词衰敝的原因归之于《草堂诗余》②，固然有失偏颇，但明人眼中只有《花间集》《草堂诗余》，因而视野狭窄倒是不争的事实。虽然《草堂诗余》本身并不像清人抨击的那样一无是处，但其体量过小，风格单调，明人以之为法，成为明代词风不振的重要原因。文学的繁荣必须不拘一格，否则，必然窒息创作的生机与活力。

## 二 明代《草堂诗余》的词谱作用

明人对《草堂诗余》的追捧并非仅表现在思想观念中对其审美风格的

---

① （清）陈廷焯：《白雨斋词话》，载唐圭璋《词话丛编》，中华书局，1986，第3823页。
② （清）朱彝尊：《词综·发凡》："古词选本……皆佚不传，独《草堂诗余》所收最下最传，三百年来，学者守为《兔园册》，无惑乎词之不振也。"

认同，更重要的是明人的大量词学活动是围绕《草堂诗余》展开的。具体表现为：一方面，《草堂诗余》被不断重编翻刻，使之成为明人最为熟悉的词选，其中收录的作品在明代可谓耳熟能详；另一方面，有人大量和作《草堂诗余》中的作品，由于词在明代已经很少用来演唱，甚至词乐最终也彻底湮没无闻，但是《草堂诗余》中的文本被视为经典，许多人填词就是从拟作《草堂诗余》中的作品开始的，也有人通过和作而磨炼自己的词艺。这些活动从客观上使《草堂诗余》在明代词坛具有了词谱的作用。

当然，《草堂诗余》本身并非一个词谱，但正是因为它的几十个明代版本使它影响广泛，又易于获取，因而使它成为学习和模仿的范本。《渚山堂词话》云：

> 江东陈铎大声，尝和《草堂诗余》，几及其半，辄复刊布江湖间。论者谓其以一人心力，而欲追袭群贤之华妙，徒负不自量之讥。①

陈铎的和作结集为《草堂余意》②，他的行为虽然在今天看来有点哗众取宠之嫌，却客观地反映出《草堂诗余》是被明人作为学习范本来使用的。同时代的人对陈铎模仿《草堂》反唇相讥，但这种批评并不是认为他学习的路径狭窄，恰恰相反，人们认为他无力追步《草堂诗余》中"群贤之华妙"。可见《草堂诗余》在明代词坛的地位之高，在明人心目中地位之重，如果有人想借《草堂诗余》自高身价，就会受到指责。这也足以说明，明人并不是偶然地选择了《草堂诗余》，而是因为《草堂诗余》符合明人心目中对文学范本的要求。

《草堂诗余》作为通俗的流行词集，所收词在北宋至南宋曾经广为传唱，这就使它在明人心目中确立了经典传本的地位。由于明代时词乐已经很难听到，词人已不可能按乐填词，虽然王世贞等人也曾以颇受后世批评的"自度曲"填词③，但明人填词，更多还是从模仿唐宋词入手，在这个过

---

① （明）陈霆：《渚山堂词话》卷二，载唐圭璋《词话丛编》，中华书局，1986，第365页。

② 对《草堂余意》，施蛰存曾有论述："《草堂余意》是一部非常古怪的词集。作者把《草堂诗余》中春意、夏意、秋意、冬意这四部分的词，每首都照原韵和作一首。但在每首词的调名下却并不全署自己的姓名。只有原书无署名的，才署名陈大声，其余则仍署原作者姓名，例如苏东坡、周美成"（见施蛰存《陈大声及其〈草堂诗余〉》，《词学》第一辑，华东师范大学出版社，1981）。

③ 自度曲即自作曲。词本来是按曲填词，自词产生后，就多有人作一些新曲填词，其中著名者有柳永、周邦彦、姜夔等，宋人的自度曲由于有词乐的依据，词曲相谐，（转下页注）

程中，明代的词谱观念也逐渐形成。

明代的词谱有以乐谱和调律分编的两类。前者有丁文的《歌词自得谱》，这种词谱在每首词下注明属于某宫某调。因明代词乐已经失传，所注宫调必多舛误亦无实用价值，因此这种编制词谱的方式流传不广。后者则有张綖的《诗余图谱》、程明善的《啸余谱》、徐师曾的《词体明辨》等，此类词谱按字数多少，以小令、中调、长调分调编排。这种方式因被《草堂诗余》所采用而深入人心，成为后世编排词集的规范样式。这些词谱都存在着不同的问题，如载调不全、编次不当、校雠不精等，在当时和后世多受批评，但毕竟"于词学失传之日，创为谱系，有筚路蓝缕之功"。①

词谱在明代开始兴起，并不是一个偶然的现象，这是在词乐失传以后，学习填词唯一可走的途径。《康熙词谱·序》云：

> 词谱一编，详次调体，剖析异同，中分句读，旁列平仄，一字一韵，务正传讹。按谱填词，飒飒乎可赴节族而谐管弦矣。②

这段话对词谱的作用做出了清楚的说明，即在词乐失传的时代，想要保证词体的纯粹，必须依据词谱中所标明的句读、平仄、声韵填词，才不致使词逐渐湮没无传，唯有依据前人词的调式详细勘定的词谱，才能够给填词者提供规范的样本，使之模仿填词，方不失词的韵律。这种观念其实在明代已经初步形成，王象晋云：

> 南湖张子创为《诗余图谱》三卷，图列于前，词缀于后，韵脚句法，犁然井然。一批阅而调可守，音可循，字推句敲，无事望洋，诚修词家南车已。③

明人虽然很早就意识到了填词需要模仿，在明中叶就出现了《诗余图

---

(接上页注③)无人对这些新曲、新词提出质疑。而明人杨慎、王世贞、屠隆、俞彦、陈继儒、蒋平阶等人亦有所谓"自度曲"，他们的新"曲"是在词乐失传后所创，因此无词乐的依据，故不能称之为词，清代词家对此大都持否定态度，清人所编《词律》《词谱》等书皆未收录。

① （清）邹祗谟：《远志斋词衷》，载唐圭璋《词话丛编》，中华书局，1986，第368页。

② （清）陈廷敬、王奕清等：《康熙词谱》，岳麓书社，2000。

③ （明）王象晋：《重刻诗余图谱序》，载《诗余图谱》，明汲古阁刊《词苑英华》本。

谱》①，但影响最大、最便于明人学习的却是《草堂诗余》。这是因为《草堂诗余》收录的词本身在宋代就是最流行的歌曲，能很好地反映词的音韵、声律，同时其选词风格婉约绮丽，符合明人对词的审美要求，因此受到明人的普遍欣赏。更重要的是，分调本《草堂诗余》具备了词谱的特征，使之更易于作为模仿填词的范本。当然，《草堂诗余》可以根据实际需要进行增删改编，版本的多样使它具有了较强的普及性和灵活性，从而贴近时代风尚，易于为人们接受。

明人在100多年间对《草堂诗余》不断改编，正是出于学习和模仿的需要。明人创编的分调本《草堂诗余》就是在明代词谱思想逐渐形成时出现的，而分调本出现后，能够迅速为词坛所接受，并被不断翻刻、改编，其"词谱"作用无疑是一个十分重要的原因。

客观来说，明人对词学的贡献并不突出，明代也是词学史上的低谷，但明代喜爱填词的人却不在少数，明词的数量也超过了《全宋词》的规模。然而明人在观念上对词也不重视，于是填词者往往取前人之词，模仿其声韵随手为之，其模仿的范本就是当时最易见到的《草堂诗余》。如毛奇龄在《西河词话》中所说：

> 张鹤门词以《草堂》为归，其长调绝近周、柳，虽不绝辛、蒋，然亦不习辛、蒋，此正宗也。②

因《草堂诗余》的盛行而且易见，导致明代许多人填词"以《草堂》为归"，《草堂诗余》的"词谱"作用十分明显。

明人出于对"本色"词风的风格认同，选择了唐五代、北宋词作为词之正宗，出于这样的观念，而选择了《花间集》《草堂诗余》作为正宗词的代表。词乐在明代失传以后，明人出于学习填词的需要，逐渐萌生了词谱观念，分类本《草堂诗余》被改编为分调本，可以看作这种观念的实践。但无论分类还是分调，由于《草堂诗余》的审美风格符合中晚明的社会风尚，加上书商们助推，使之广为流传，最终促使《草堂诗余》成为明代最流行的学词范本。

---

① 张綖，明正德八年（1513）举人，张仲谋考其生卒年约为1484—1540年，故其《诗余图谱》当成于正、嘉年间，见张仲谋《明词史》，人民文学出版社，2002，第157页。

② （清）毛奇龄：《西河词话》卷二，载唐圭璋《词话丛编》，中华书局，1986，第579页。

### 三 《草堂诗余》对明代词坛创作倾向的影响

明人对《草堂诗余》的崇拜和学习必然深刻地影响到明代词坛的创作倾向，明人所填之词集中体现了他们观念中词的音乐性以及在脱离了词乐的情况下应该如何进行词的创作。

词本是和乐歌唱的，但是词乐至南宋时就已经失传了很多，其实非常正常，每一个时代都有具有时代特征的音乐，过时的乐曲不再符合新时代的欣赏趣味时，就会被人们渐渐冷落，如果保存不善，就会很快消亡。

宋元之际的词学家张炎就说过："旧有刊本《六十家词》，可歌可诵者，指不多屈。"① 表明在他所处的时代，旧词已经很少能够歌唱了，已经成为一种以阅读为主的文本。到了明代，几乎已经无人知道，词是怎么歌唱的了，但明人与南宋人在对待词的音乐性上，态度却有着根本的不同。

南宋词坛明显分为两端：一方面，社会上传唱着许多适合歌唱的所谓"俗曲"，即歌楼酒馆等场所流行的婉媚香艳的词，其中许多是从前代流传而来的，《草堂诗余》收录的就是这些词；另一方面，文人群体的创作逐渐走上了词的"雅化"道路，这些作品往往传唱不广，大多以书面文字流传。南宋人实际上已经普遍形成了词既能入乐而歌，又可只为阅读而作的观念，如张炎的词就有许多是题书画卷册之作，并不以可歌为创作目的。沈义父亦云：

> 秦楼楚馆所歌之词，多是教坊乐工及市井做赚人所作，只缘音律不差，故多唱之。求其下语用字，全不可读。②

沈义父在这里批评了当时社会上流行的"可歌"之"俗词"，认为其"下语用字，全不可读"，表现出了明显的不屑。而《草堂诗余》所收录的词正是已广泛传唱为选词依据的，虽然其中大多收录的是前代名家的经典之作，但是流行性受到了南宋后期文人阶层的鄙夷，因此在当时只能是一部"市井词选"。根据沈义父的这番话，我们可以推知，南宋末期词坛上受

---

① （宋）张炎：《词源序》，载夏承焘校注，蔡嵩云笺释《词源注·乐府指迷笺释》，人民文学出版社，1963，第9页。

② （宋）沈义父：《乐府指迷》，载唐圭璋《词话丛编》，中华书局，1986，第281页。

到文人青睐的作品应该是主要用于阅读的文人雅词，因为这种词不便歌唱，难以在民间流传。此外，也有一些文人会自度一些新曲来填词，最具有代表性的莫过于被朱彝尊以"审音尤精"① 所称赏的姜夔，吴文英也多有这样的创作。但是这些文人自度的新曲，一方面词乐流传不广，另一方面难以适合大众口味，很难在民间流传。而曾经在民间流行的词乐却因时代的变迁而不受文化阶层的重视，不断失传，到清代以前已经彻底绝响。

明代的情况则有所不同，因词乐罕闻，词已经成为一种完全的书面文学，但是明人却十分强调词的音乐特征。他们认为词自乐府出，变而为词，何良俊、陈仁锡、沈际飞等人均持此观点，他们所撰《草堂诗余》序文，观点相因而成，皆肯定"诗余者，古乐府之流别而后世歌曲之滥觞"的观点。他们认为词为诗之余，是"乐府之流别"，这种观点流行于明代词坛，对明词的创作影响深远，也是明词"曲化"的一个重要原因。

明词的"曲化"原因比较复杂，但明人坚持认为词与乐府关系密切，而且肯定了词为"后世歌曲之滥觞"。这里的"歌曲"，实际上就是散曲，因此在明人的观念中就形成了如下一种文体传承链条，即：乐府诗—诗余（词）—歌曲（曲）。

乐府诗、词、曲三种文体都具有和乐歌唱的特点。当明代词乐已经不再用于演唱的时候，词这种开启了"歌曲"之端的文学作品难以避免地在一定程度上表现出与曲的界限不清，这就导致了明词的"曲化"。清人吴衡照曾云：

> 盖明词无专门名家，一二才人如杨用修、王元美、汤义仍辈，皆以传奇手为之，宜乎词之不振也。其患在好尽，而字面往往混入曲子。②

吴衡照的这段话明确指出杨慎、王世贞、汤显祖等明代词坛大家"以传奇手"作词，可见明词的创作受曲的影响并非个别现象。而"曲化"了的明词则"患在好尽"，即语言直白、缺乏内蕴、一览无余，分明具有了曲的特点。

在明人的眼中，词是承续古乐府而来的音乐文学，是"乐府之变"。③

---

① （清）朱彝尊：《群雅集序》，载《四部丛刊》本《曝书亭集》。
② （清）吴衡照：《莲子居词话》卷三，载唐圭璋《词话丛编》，中华书局，1986，第2461页。
③ （明）王世贞：《艺苑卮言》，载唐圭璋《词话丛编》，中华书局，1986，第385页。

他们虽然上溯词的源头到诗经、乐府，但是承认诗转变为词是在唐代，普遍认为李白的《忆秦娥》《菩萨蛮》两首词为词曲的源头，词走向兴盛是从晚唐五代直到北宋，《花间集》和《草堂诗余》代表了词这种音乐文学在兴盛时代的面貌。正是由于这种认识，促使明人在词乐已经无法恢复的时代，仍然坚持填词要符合音律，使词在有意或无意中受到当时的音乐文学——曲的影响，造成创作上产生"曲化"现象。明词"曲化"现象，世所公认，但不同学者也有不同的看法。

王易在《词曲史》中谈到过这个问题，指出明人填词时的"无知妄作"行为：

> 至其按律未精，擅率度曲，则以宋人声调既早消亡，词句流传又多缺误；时人习闻南曲宫调之转犯，衬贴之增减，声韵之变化，遂以为词亦不必拘墟，无妨通脱，非据而据，以讹传讹，无知妄作，率由于此。①

王易认为明词的曲化是因为"宋人声调"已经消亡，而明人又"按律不精"，加之南曲在明代流行，明代词人熟悉南曲音乐，认为音乐应该是能够相通的，于是想当然地填词借鉴南曲宫调，导致明词似曲。王易对词的"曲化"非常不满，认为这样的做法是造成明词"曲化"弊病的根本原因。

严迪昌先生则持另一种观点，他认为：

> 词曲混淆，固是明词一弊，然而以散曲某种自然清新、真率大胆的情韵入词，实在是别具生趣，不得视以为病的。文体相淆，无疑会消解特定文体，容或不伦不类，从情韵上以新济旧，应是可喜的出新手段之一种。②

严迪昌先生并不否认明词"曲化"存在流弊，但他却从文学创新上看到以曲入词，使词也获得了新的生趣，肯定了词"曲化"的意义。公允的来说，任何一种文体都是不断发展的，对于词体的创新，明人和清人采用了不同的方式，明代走曲化的道路，清代走诗化的道路。由于清代词坛借助"尊体"，提升了词体的地位，使词的"诗化"取得成功，但因此否定明

---

① 王易：《词曲史》，东方出版社，1996，第 347 页。
② 严迪昌：《元明清词》，天地出版社，1997，第 92 页。

代词坛创新的探索，也是不客观的。

明词的"曲化"本质上是明人对词的创作道路的一种探索，他们立足于词、曲都是音乐文学这个前提，在词的创作中借鉴了曲的一些特点。事实证明，他们的这种探索并不成功，但清人正是在总结了明人的失败教训后，才重新走上了倡导醇雅词风和词的"诗化"道路，实现了词的中兴，因此明人的探索同样具有重要价值。

词的"曲化"与词的"诗化"一样，是词的发展过程中两条不同的道路，词的"诗化"使词趋雅，词的"曲化"则使词趋俗。其实词的"俗化"源头在北宋，当时杂剧已渐趋繁盛①，词人的创作为了适应社会的需要，常常以俳谐鄙俚之语出之。北宋中后期词的"俗化"也是为了更适合普通市民的口味而自觉的改变，这种"俗化"与明人对词的俗化有着根本性的不同。明词的"俗化"是在词乐失传后，创作上受曲的影响而造成的"俗化"；宋人的俗词就是当时的流行歌曲，不仅适合歌唱，也易于在市井流传，而明人的词是几乎无法歌唱的，虽然已经"曲化"，但明人并不认为词是俗的，他们认为词较之于曲，已经显得很雅致了，俞彦就说过这样的话："然今世之便俗耳者，止于南北曲。即以诗余比之管弦，听者端冕卧矣。"② 以我们的眼光来看，明词因"曲化"而趋向于俗，但明人却认为词比之于曲还是相当高雅的。在明代这个通俗文学盛行的时代，词的"俗化"不可避免地成为一种趋势。

明人眼中，词与诗、曲相较，词不可为诗而可似曲，诗词界限森严，而词曲界限却经常混淆，时人张慎言曾云："故填词者，入曲则甚韵，而入诗则伤格。"③ 王骥德虽然倾向于严格诗、词、曲之辨，但亦有肯定以词入曲之语："宛陵以词为曲，才情绮合，故是文人丽裁。"④ 在明人的心目中，词是绝不能"诗化"的，而"曲化"则可以接受，这固然有多方面的原因，但"入曲则甚韵"其实反映出在明人的心目中，词的音乐文学特性是不可忽视的。

俞平伯先生在《读词偶得》中论及明清词时说：

---

① 王国维：《宋元戏曲史》，东方出版社，1996。
② （明）俞彦：《爱园词话》，载唐圭璋《词话丛编》，中华书局，1986，第399页。
③ （明）张慎言：《万子馨填词序》，载《泊水斋词文钞》，山西人民出版社，1996。
④ （明）王骥德著，陈多、叶长海注释《曲律注释》，上海古籍出版社，2012，第215页。

明朝的词，大都说不好，我却有一点辩护的话。他们说不好的原因，在于嫌明人的作品，往往"词曲不分"，或说他们"以曲为词"，因为"流于俗艳"。我却要说，明代去古未远，犹存古意。词人还懂得词是乐府而不是诗，所以宁可使它像曲。在作法上，这是可以原谅的。①

俞平伯先生这段话肯定了明代词人是坚持诗词不同体的，词既然起于音乐，就只能和同属音乐的乐府诗、南北曲划入一个阵营，而不能和只用于吟诵咏叹的诗同列，其实明代人坚持了对文体的区分。

明人既然肯定词的音乐性，且受时代风气影响又十分欣赏通俗艳丽的文学作品，那么他们对雅化了的文人词就必然缺乏兴趣。而《草堂诗余》所收录的词既适应大众口味，又能体现宋代词乐的情况，明人对它的热衷也就不是难以理解的事情了。

明人的词学思想在《草堂诗余》的影响下形成了独具个性的时代特征。虽然明代词学在词学发展史上缺少光彩，被后人批评为词学史上的低谷期，但是明代词学并非一无可取，明人对词学理论的探索为后世词学的发展做出了有益的尝试。明代词坛在宋词鼎盛之后，时代流行风尚改变，因此难以逾越前代的高度是必然的，但是其遇到的问题和困境也为清代词学的中兴提供了借鉴。因此，正确认识和评价明词的创作与明代词学思想，对于我们准确把握词学发展史的演变轨迹具有重要意义。

长期以来对明词的研究不够深入，固然是由于明词的成就前不如宋，后不如清，但也与人们长期形成的固定思维模式有关，即认为明词衰敝，乏善可陈。一些研究者曾经将目光投向明初和明末两个时期，因为明代初期是以反元斗争的胜利而建国为背景，末期则以激烈的抗清斗争为背景。时代风会浸染文学创作，这两个阶段的明词更显示出沉郁和悲慨的厚重感。然而，明词的主体部分绝不应以这两个为时甚短的时期为代表。最能反映明词特征的时代应该是自成化起至明代灭亡前的170多年时间。这漫长的近两个世纪是明代经济最繁荣的阶段，加上政治斗争的激烈和思想启蒙运动的兴起，明代文学按照自身独特的模式进入消费文学的全盛时代，词学也在消费的高潮中进入了明代的"全盛期"。

---

① 俞平伯：《读词偶得》，人民文学出版社，2000，第10页。

明词的"全盛"是伴随着《草堂诗余》的全盛而出现的,《草堂诗余》的繁荣体现了明代的词学风尚。明人认为《草堂诗余》是一部为应歌而选的词集,能够较好地反映词在宋代兴盛时的实际面貌;他们也认为《草堂诗余》能够代表词的正体,因为这部词选集中了宋代"婉丽流畅"的婉约词;他们还认为《草堂诗余》本身也反映了词体"小"的特征,因为以"诗余"命名本身就强调了词体之卑。除此之外,他们也把《草堂诗余》作为学习和模仿的范本,认为这样才不会误入歧途。这些原因共同造就了《草堂诗余》的辉煌,也形成了明代词学思想中最重要的词学观念。

明代中后期词坛的词人、词作众多,如史鉴、杨慎、夏言等人的作品中也不乏佳构,或旷达爽直,或清新绮艳,或豪壮典丽①,但更为普遍的现象则是"拈毫托兴,徒尚浮华,鄙语村谈,俯拾即是"②的衰颓词风弥漫词坛。这种局面的出现,浙西宗主朱彝尊等人将之归罪于《草堂诗余》。固然明人填词多模仿《草堂诗余》,但这并非《草堂诗余》之罪,而是明代特有的时代风尚和社会环境造成了人们推崇"俗""艳"词风,清人田同之就看到了这一点,他曾谈道:

> 至钱塘马浩澜以词名东南,陈言秽语,俗气熏人骨髓,殆不可医。周百川、夏公瑾诸老,间有硬语,杨用修、王元美则强作解事,均与乐章未谐。③

这里对明代词人的批评可谓入木三分,这些明词的弊端无论如何也不能都归咎于《草堂诗余》,明词的流弊原因其实非常复杂,对于明词之弊,当代学者邓红梅认为问题主要出在五个方面,即趣浅、神疲、语艳、境熟、律荒。④ 这些概括非常全面,看出了明代词坛不振、词学衰落的根本原因。

明词弊端的形成其实在于明人词学思想的保守,他们固执地坚持以婉约为正宗的观念,推崇唐五代、北宋词,鄙视词的雅化,担心雅化的词会不伦不类,这就导致了明词因缺乏正确的创新发展方向而生机枯竭。同时,明人的眼光又表现出一种骄傲的狭窄,除了《花间集》和《草堂诗余》,很

---

① 史鉴词《解连环》情怀旷达、用语爽直;杨慎推重"清新""绮艳"词风;王国维评夏言词曰"豪壮典丽,与于湖、剑南为近",见《读桂翁词》。

② 赵尊岳:《惜阴堂明词丛书叙录》,载《明词汇刊》,上海古籍出版社,1992。

③ (清)田同之:《西圃词说》,载唐圭璋《词话丛编》,中华书局,1986,第1454页。

④ 邓红梅:《明词综论》,载《中国韵文学刊》1999年第1期。

少再有其他词选、词集能够为他们看重。当然，造成这种情况也与商业活动有关，商人们急功近利，不愿意投资刊刻市场前景不明的其他词选，这就导致了明词因风格单一而走向衰落。

清人有鉴于明词的衰敝，在词的生存环境已经改变的前提下，吸取明代的教训，从批判《草堂诗余》入手，以一种积极的创新精神和强烈的宗派意识，迅速扫清了明代造成的词坛积弊，使词学从理论和创作上都进入了一个全新的阶段，词学在经历了明代长期的低潮后焕发出了新的生机。

# 第四章　清初词学风气转变管窥

清代词学史称"中兴"，词学批评空前繁荣，清代词家身体力行，把词学理论和词的创作关联在一起，一方面总结前人的得失，一方面提出自己的看法，并且亲自用创作实践验证词学观念，一时间清代词学思想与词学理论不断推陈出新，走向了词学批评史的最高水平。

## 第一节　《古今词话》中沈雄的交游考论

### 一　沈雄的生平与著述

沈雄（生卒年不详），字偶僧，吴江（今属苏州）人，曾参与校阅《南词新谱》第十一卷，吴江沈氏家族重要的曲学传人沈自晋①在书中有"侄雄偶僧同阅"的标注，可见是把沈雄作为子侄辈对待的。然而，沈雄的名字并未记录在《沈氏家谱》《沈氏家传》和《沈氏诗录》几部重要的沈氏家族文献中，周巩平先生考证认为有两种可能：其一，沈雄并非沈氏本族人，只能与沈自晋算是同宗，只是同宗的沈姓，世代字辈排列应该是一致的，而沈雄的字辈恰好与沈自晋子侄是一代；其二，也可能是沈氏同族，但是血脉比较远的支系，因为沈氏《家谱》《家传》对远支记载不够详尽，所以沈雄的名字没有记入。②

沈雄以词曲知名，作品有词集《柳塘词》一卷③，词学批评著作有《古

---

① 沈自晋（1583 - 1665），字伯明，晚字长蘒，号西来，又自号鞠通。补邑庠生，一生未仕。沈璟从侄，自幼从沈璟习音律，博学能诗词，尤精曲律之道，名噪词场。有《南词新谱》《南词谱余杂论》以及多部戏剧作品。
② 周巩平：《江南曲学世家研究》，上海文化出版社，2013。
③ 聂先、曾王孙：《百名家词钞影印本》，国家图书馆出版社，2011。

今词话》和《柳塘词话》。《古今词话》有澄晖堂刊本①,唐圭璋据以收入《词话丛编》中;《柳塘词话》则未见刊本流传,民国初年有况周颐和王先濡辑本。② 此外,沈雄还著有《竹窗笺体》和《柳塘绮语》等书,均未见传世。

沈雄是吴江人,与沈氏家族有着千丝万缕的联系,沈氏家族在明末清初的文坛上非常活跃,最为人熟知的是戏剧领域中涌现出了沈璟③、沈自晋等著名人物。在明末清初,以沈家为核心,形成了一个由血缘、姻亲关系联结而成的庞大家族文学群体,沈雄也成为这个文学群体中的一员。

沈雄生活于明末清初,具体生卒年不详。浙西词派的先导词人曹溶④为沈雄《古今词话》写序时自称"年家弟",这是科举同年登第的称谓,可以推知沈雄与曹溶曾经同年参加科举,且年龄略长。曹溶出生于万历四十一年(1613),于崇祯十年(1637)登第,据此可以推知沈雄大约出生于万历晚期,正是沈自晋的子侄辈相继出生的时代,沈雄与沈氏"永"字辈子弟属于同一代人,以此推算,明朝灭亡时沈雄应该是 30 岁左右。沈雄的后半生生活在清代初年顺治及康熙朝前期,《古今词话》前有沈雄撰写的凡例,其中有"戊辰新秋吴江沈雄识于金闾之宝翰楼"一句,"戊辰"为康熙二十七年(1688),《古今词话》于次年刊刻了"澄晖堂刻本",可推断沈雄至少活到了康熙二十七年之后,在《古今词话》刊刻时他如果还在世,也应该是大约 80 岁的人了。

## 二 沈雄的交游论略

曹溶和沈雄二人关系莫逆,曹溶不仅为《古今词话》写了序言,书中

---

① 福建师范大学图书馆藏有清康熙二十八年澄晖堂刻本。
② 今本《柳塘词话》由况周颐、王先濡从《古今词话》辑出。
③ 沈璟(1553 – 1610),字伯英,号宁庵,自署词隐生,吴江(今江苏吴江)人。明万历二年(1574)进士,任兵部职方司主事,以病告归。起补礼部主事,升员外郎,调吏部。后因被劾考场舞弊告病还乡。家居 20 年,致力于词曲,著有《南九宫十三调曲谱》,戏曲有《红蕖记》《义侠记》等多种,存词 4 首。
④ 曹溶(1613 – 1685),字洁躬,一字鉴躬,号秋岳,别号倦圃,晚号锄菜翁。浙江秀水(今嘉兴)人。明崇祯十年(1637)进士,授御史。明亡,事李自成政权,清人入关后事清,以原官任河南道御史,督学顺天,顺治三年(1646)革职。十一年,起补太常寺少卿。翌年,擢户部侍郎,外用广东布政使。因与陈之遴"同年相善",以坐"党陈"而降为山西阳和道,补山西按察副使,备兵大同。康熙三年(1664)以裁缺归。后荐试博学鸿词科,以疾辞,荐修《明史》,亦不赴,终老林泉。曹溶家富藏书,为浙中著名藏书家,朱彝尊选辑《词综》,多赖其所藏。其诗与合肥龚鼎孳齐名,人称"龚曹"。尤工长短句,卓然名家。论者以曹溶为浙派词先河。著有《静惕堂诗集》《静惕堂词》等。

还收录了一些曹溶的词学活动和词学观点。下面的材料就记载了两人选词中的一件事情：

> 沈雄曰：《兰皋集》载徐石麒《拂霓裳》云："望中原。故宫锦树障烽烟。惊坐起，凉宵梦断蒋陵前。金人倾宝篆，玉女绣苔钱。问当筵。谁能醉鼓渐离弦。　西台哭罢，三户里、识遗贤。欹皂帽，吹箫乞食总堪怜。英雄身未死，屠钓技常兼。又何颜。许青门瓜种故侯田。"《东湖集》载吴惕庵《满江红》云："斗大江山，经几度、兴亡事业。瞥眼处，英雄成败，底须重说。香水锦帆歌舞罢，虎丘鹤市精灵歇。尚翻来、吴越旧春秋，伤心切。　伍胥耻，荆城雪。申胥恨，秦庭咽。羞比肩种蠡，一时人杰。花月烟横西子黛，鱼龙沫喷鸥夷血。到而今、薪胆向谁论，冲冠发。"乙丑季春，予带有选稿，与曹秋岳司农登琴台默坐，同下湖山之泪。见此二阕，为亟登之，以留作正气歌也。①

沈雄和曹溶两人在康熙二十四年（1685）曾经一同讨论明人词选的选词，感慨于明清之际一些有气节的词人作品，在见到徐石麒②和吴易③的作品后，收入选稿之中，并记录下了这件事情。虽然、徐、吴二人的这两首词创作于明末清初特殊的时代背景中，模仿稼轩词风，但是在艺术上并没有出色之处，沈雄与曹溶之所以表示欣赏，是经历过政权鼎革的一代人，心理受到了触动。

在《古今词话》中，关于曹溶的词学活动，还有以下一些记载，比如曹溶和陈之遴④的互动：

---

① 《古今词话·词话下卷》，《词话丛编》第 809 页。本章引用的沈雄《古今词话》原文皆出自唐圭璋《词话丛编》，中华书局，1986。

② 徐石麒（生卒年不详），字又陵，号坦庵，先世浙人，明初迁扬州。生于明末，从父心绎受王艮之学，不应有司之试，终日坐于匡书之间，潜心研修名理，入清隐居不仕。工诗，兼善绘事，又精通杂剧词曲，擅倚声，著述颇丰。诗文著作有《松芝集》《倦飞集》等，皆佚。有《坦庵词》。

③ 吴易（1612－1646），名一作易，字日生，号惕庵，亦作惕垒（斋），吴江（今江苏吴江）人。明崇祯二年（1629），与沈自炳、张拱乾等先后加入复社。十六年（1643）中进士。福王时，授职方主事，随史可法至徐州，督饷吴中。唐王时，授兵部右侍郎兼右佥都御史，总督江南诸军，进兵部尚书。鲁王监国亦授兵部侍郎，封长兴伯。旋为清兵所败，泅水脱走。清顺治三年（1646），潜至嘉善，被执，严词拒绝劝降，卒戮于杭州。

④ 陈之遴（1605－1666），字彦升，号素庵，浙江海宁人。明崇祯官编修。入清官至礼部侍郎，授弘文院大学士。顺治十三年（1656）三月，以结党罪，以原官发盛京居住，十月召还。十五年（1658）以贿结内监吴良辅入狱。十六年（1659）流徙盛京。至康熙五年（1666），卒于戍所。有《浮云集》。

　　曹秋岳曰：兴朝相国海昌陈素庵（即陈之遴），有《上阳词》，其
《南楼令》诸作，俱出塞之曲。①

　　曹秋岳曰：故相国陈素庵徐夫人名灿者，有《湘苹词》百首。②

　　陈素庵曰：秋岳词，从无一蹈袭之语，正不必拟之以周、秦，周、
秦合让一头地。③

　　曹溶认为陈之遴的词有边塞曲风，并且特别提到了陈之遴的继室——
才女徐灿也有词集传世，而陈之遴也赞扬曹溶的词不蹈袭前人之作，甚至
认为他有超过周邦彦、秦观的能力。

　　此外，曹溶还论及商辂④等明代词人"明净简练"的词风⑤；又借周在
浚⑥之口，表示作品需要有人赏识，表明自己甚至愿意把一些无名氏的杰作
推荐给世人⑦；曹溶还借汤斌⑧称赞宋荦⑨的诗歌"萧闲淡远"，进而指出宋

---

① 《古今词话·词话下卷》，载《词话丛编》，第813页。
② 《古今词话·词话下卷》，载《词话丛编》，第819页。
③ 《古今词话·词评下卷》，载《词话丛编》，第1036页。
④ 商辂（1414－1486），字弘载，号素庵，淳安（今浙江淳安）人。正统中，乡试、会试、
　　殿试皆第一。为人平粹简重，宽厚有容，坚毅果断。存词6首。
⑤ "先正弘载商辂诸公，负荷鼎辅重望，即其见于文情诗思，亦不愿以庸滥争长。故其为小
　　词也，明净简练，亦复沾沾自喜。至今读其《旅情》《春暮》《秋月》《退食》篇什，不堕
　　时趋，自有殊致。"见《古今词话·词评下卷》，载《词话丛编》，第1026页。
⑥ 周在浚（1640－？），字雪客，号梨庄，河南祥符（今开封）人，周亮工子，少承家学，有
　　誉当世，清康熙十年（1671）之秋水轩倡和即由其幕后组织。曾助卓回编辑《古今词汇》。
　　有《花之词》《梨庄词》。
⑦ "'周雪客云，文章不遇赏鉴家，宁落咸阳一劫，甚为士人之恨。'余每读古今填词，非能
　　自振拔，无为呵护者，必不流传。三复斯语，因读无名氏诸杰作，亦思设一法以公之举世
　　也。"见《古今词话·词品下卷·读词》，载《词话丛编》，第879页。
⑧ 汤斌（1627－1687），字孔伯，号潜庵，原籍滁州，生于睢州（今河南睢县），名儒孙奇逢
　　之弟子。少年时家道衰落，顺治五年（1648），乡试考中举人，次年考中贡士，顺治九年
　　（1652）殿试中三甲，选庶吉士，授翰林院国史院检讨，修撰《明史》。康熙间，举博学宏
　　词科，授翰林院侍讲。历官内阁学士、江宁巡抚，官至工部尚书，为官公正明断，勤政清
　　廉，病逝于工部尚书任。乾隆元年（1736）追封谥号"文正公"。治理学，笃守程朱而不
　　薄阳明。著有《洛学编》《潜庵语录》《汤子遗书》等。
⑨ 宋荦（1635－1714），字牧仲，号漫堂，别号绵津山人、西陂放鸭翁等，商丘（今河南省
　　商丘市）人。其父宋权是明天启五年进士，官至顺天巡抚，入清后诏拜国史院内阁大学
　　士。顺治四年（1647），诏令大臣各送一子，担任宫廷侍卫之职，宋荦因之14岁入宫，担
　　任御前三等侍卫。两年之后，归里读书，与贾开宗、侯方域、徐作肃、徐世琛、徐邻唐并
　　称为雪苑六子（后六子），名噪一时。康熙三年，被任命为湖广黄州通判，开始（转下页注）

莘的词也是大家之作。①

沈雄对明清之际的文坛领袖钱谦益②是执弟子礼的,《古今词话·词话下卷》有一条记载:

> 虞山牧斋师语余曰:"沈中翰词数阕,最工香奁。其昆仲如君服善诗,君庸善曲,闻之周安期,素矣。若其贞性劲节,固不可以柔情艳语测之耳。"余应之曰:"《清平调》起自太白,后遂绝响,至家闻华而始为抗衡,如'凤楼百尺绕垂杨,暗送莺声促晓妆。太液胭脂流不尽,人间来作杏花光。''春日溶溶春夜阑,风流帝子惜春残。三千歌舞犹不足,令抱琵琶马上弹。'低徊无限,此非仅以宫词传之者。"③

从这段材料中我们能够获得的信息其实非常多,对于我们了解沈雄和钱谦益的关系、了解沈雄与吴江沈世家族的关系都有重要的价值。

第一,沈雄称钱谦益为老师,如果没有师生名分,是不能这样称呼的。钱谦益出生于万历十年(1582),比沈自晋年长一岁,据此,也再次印证了沈雄应该出生于万历后期,是钱谦益、沈自晋这一代人的晚辈。在《古今词话》中,沈雄记录自己和钱谦益师生关系的材料还有以下几条:

> 《柳塘词话》曰:余师钱宗伯云:"夏公谨工于长短句,草稿未削,已传播都下。殁未百年,《花间》《草堂》而后,无有及公谨名氏者。求如前代号为曲子相公而不可得。"余对曰:"少曾读书于大姓家,曾见其书《踏莎行》四阕,后题桂洲字。旧刻又嫁名于无名氏,及检《桂洲集》,有之。"④

---

接上页注⑨仕途生涯,后升理藩院院判,历任刑部郎中、山东按察使、江苏布政使、都察院右副都御史,巡抚江西、江宁,擢吏部尚书,致仕授光禄大夫、太子少师。宋荦是清初文学家、诗人、书画家,与汪琬、施闰章、王士禛等人,并称为康熙朝十大才子。著有《西陂类稿》《绵津山人诗集》《漫堂说诗》《江左十五子诗选》《纬清草堂诗》等。

① "汤潜庵称牧仲诗为萧闲淡远,于山水文章有深情者。《枫香》小词,亦浸淫于乐府,流溢而为法曲,不作愰巧,是一大家。"见《古今词话·词评下卷》,《词话丛编》第1039页。
② 钱谦益(1582-1664),字受之,号尚遹,又号牧斋,江苏常熟人。明万历三十八年(1610)进士。历任翰林院编修、太子中允,官至礼部右侍郎,早年是东林党重要人物。南明召为礼部尚书,清兵南下,迎降,授秘书院学士兼礼部侍郎,充修《明史》副总裁。旋归乡里,不复出仕,秘密进行反清活动。钱谦益文学冠东南,领袖明末清初文坛,不以词名,间亦染指,随作随弃。
③ 《古今词话·词话下卷》,载《词话丛编》,第808页。
④ 《古今词话·词话下卷》,载《词话丛编》,第803页。

这段材料摘自沈雄自己的《柳塘词话》，是钱谦益和沈雄讨论夏言（1482－1548）词的对话。夏言在嘉靖时做过首辅，后遭严嵩（1480－1566）陷害，被处死。钱谦益和沈雄都比较推许夏言词。

> 沈雄曰：往日读《文江倡和》（朱中楣词集），余师牧斋叙之，雪堂跋之，所谓司马梅公（朱中楣丈夫李元鼎），敛经济之业，养晦名园，远山夫人（即朱中楣），以林下之风，联吟一室者是也。今得读其《随草诗余》（朱中楣之子李振裕结集），登其一二唱和者，以备佳话。……词皆隽永有致，得一唱三叹之妙，而不为妍媚之笔。①

> 沈雄曰：李司马（即李元鼎）风神玉立，如阆苑蓬岛中人，更得远山夫人，佳丽唱酬，足传千秋佳话。《文江集》（李元鼎、朱中楣合撰）出，余师钱牧斋为之序，迄今脍炙人口。②

这两段材料提到了明末清初时的李元鼎（1595－1670）与他的夫人——才女朱中楣（1622－1672）的文学活动，钱谦益曾为朱中楣的词集《文江倡和》和李、朱二人的文集《文江集》作序，这两段材料提到钱谦益时，均称为"余师"。

> 沈雄曰：安期（即周永年）师，以博洽著名，冢宰白川（即周用）之孙，固世其家学者。虞山钱牧斋师所撰《列朝诗选》，从中补辑亦多。所著《词规》未竟，无后而废。③

在这段材料中，沈雄不仅称钱谦益为"虞山钱牧斋师"，还提到了周永年④也是自己的老师，可见沈雄曾经转益多师。

第二，钱谦益提到的中翰（沈自炳，1602年生）、君服（沈自然，1605年生）、君庸（沈自征，1691年生），都是沈珫（1562－1622）的儿子，而沈珫与沈自晋的父亲沈瑄（1564－1642）为从兄弟。在这里，沈雄和老师

---

① 《古今词话·词话下卷》，载《词话丛编》，第820页。
② 《古今词话·词评下卷》，载《词话丛编》，第1031页。
③ 《古今词话·词评下卷》，载《词话丛编》，第1033页。
④ 周永年（1582－1647），字安期，江苏吴江人，诸生。少有才名，工诗文。晚年居吴中西山。一生作诗累万首，不以推敲镂刻为能事。有《怀响斋词》。

钱谦益在讨论沈氏兄弟 3 人的文学成就时，称呼沈自炳为"家闻华"①，意思可以理解为"我们沈家的闻华"。从语气中可以看出，沈雄对沈自炳是颇为亲近的，虽然不能据此确定沈雄的出身，但是可以断定沈雄与沈自炳兄弟应该非常熟悉，甚至可以认为他与沈氏这一支脉的关系应该不是很简单。

第三，钱谦益以沈自炳与周永年相比较。从两人谈话的内容来看，钱谦益认为沈自炳长于香奁体，但是与周永年相比，就显得朴实多了，赞扬沈自炳"贞性劲节"，沈雄也以"低徊无限"回应。参照沈自炳曾参加复社，后来抗清而死的经历看，这番对话应该是在清代初年钱谦益返乡开始秘密抗清活动以后。

与沈雄关系密切的还有龚鼎孳②，两人曾为"法门兄弟"，《古今词话》中曾经记录了钱光绣③说过的一段话：

> 钱光绣曰：芝麓尚书，自受弘觉记莂，仆与偶僧俱忝为法门兄弟。尚书退食之暇，闭户坐香，不复作绮语。有以《柳塘词》进者，尚书曰："艳才如是，可称绮语一障。我可以谢过于山翁，并可以谢过于秀老矣。"因驰翰相讯，偶僧答以《歌头》有云："不入泥犁狱底。便主芙蓉城里。抱椠也风流。莫借空中语，大雅定无尤。"尚书重为之首肯。④

① 沈自炳（1602－1645），字君晦，号闻华。补邑庠廪膳生，恩贡授中书舍人。工于词。少有志操，为复社成员；明亡后，募集乡兵亢清，兵败赴水而死。
② 龚鼎孳（1615－1673），字孝升，号芝麓，安徽合肥人。明崇祯七年（1634）进士，官兵科给事中。先降顺，后降清，成为人生污点。康熙初年，在京城主盟文坛，相继转任刑部、兵部、礼部尚书，卒谥端毅。乾隆三十四年（1769），诏削其谥号。龚鼎孳文学声望与钱谦益、吴伟业相近，有"江左三大家"之称，词与吴伟业并称，领袖清初词坛；追沿明末余绪。龚鼎孳身前即有《香严集》《三十二芙蓉斋词》之刻。后孙默刻《十六家词》，亦收其《香严词》二卷。孙默《十六家词》本收入《四库全书》时，《香严词》遭抽毁，遂改称《十五家词》。著作有《定山堂集》《定山堂诗余》等。
③ 钱光绣（1614－1678），字圣月，晚号蜇庵，鄞县（今浙江宁波）人。随其父侨居海宁硖石，得以与浙西诸名士交往，后又随父游吴中、宛中、南中，因而得识江左诸名士，曾师钱谦益。是时社会方疮，四方豪杰俱游江浙间，钱光绣交游也就更广，眼界更加开阔。当时硖石有澹鸣社、萍社、彝社，吴中有遥通社，杭州有介社，海昌有观社，嘉兴有广敬社，语溪有澄社，龙山有经社，钱光绣经常参与这些文学社团活动。他喜欢佛学，明亡后，颓然自放，隐居不出，别署寒灰道人。曾与黄宗羲论学，黄宗羲阐述蕺山之学，钱光绣谈儒释异同，两不相下。后自硖中返甬上，建造茎薝庵，开辟械园，修筑归来阁，与董守谕、王玉书、高宇泰辈，往还酬和，晚年与高宇泰组织耆社。后因感怀家国，忧郁成病。康熙十七年（1678）因愤懑失意自尽。著作有《从慕堂诗文》。
④ 《古今词话·词话下卷》，载《词话丛编》，第813页。

　　这段话交代了龚鼎孳曾经受到弘觉禅师①的"记莂"。"记莂"其实应为"记别"，是佛为弟子预记死后生处及未来成佛因果等事，可见弘觉禅师是把龚鼎孳作为弟子对待的，而钱光绣和沈雄在龚鼎孳受"记别"后相互之间成为"法门兄弟"。史料记载，龚鼎孳和顾媚的幼女在顺治十五年（1658）染痘疫夭折后，顾媚专心礼佛。次年，有道忞和尚奉旨进京讲法的事情，龚鼎孳应该是在这时开始接触到道忞，直至后来接受"记别"。龚鼎孳看到沈雄的《柳塘词》后，认为沈雄的词过于香艳，有"绮语"的特征，于是写了一封书信给沈雄，而沈雄的回答得到了龚鼎孳的首肯。由此可以看出，此时已经身居高位的龚鼎孳与沈雄的这一通书信应该是相熟之人的交往。

　　在《古今词话》中，沈雄搜集的关于龚鼎孳的材料还有几条：

　　《梅墩词话》（撰者不详，或谓江士式撰）曰：近代芝麓龚宗伯有《催妆词》云："一搊芙蓉，闲情乱似春云发。凌波背立笑无声，学见生人法。此夕欢娱几许，唤新妆伴羞浅答。算来好梦，总为今番，被他猜杀。"则已极此调之工艳矣。②

　　《倚声集》（邹祗谟撰）曰：南宋诸词以进奉故，未免浅俗取妍。《香严》（即龚鼎孳的词集《香严斋词》）一集，如此雕搜彩致，仍归生色真香，所谓妙音难文，未易为浅人索解。

　　徐釚曰：古人蕴藉生动，一唱三叹，以不尽为嘉。清真以短调行长调，滔滔莽莽，如唐初四杰作七古，嫌其不能尽变。至姜、史、蒋、吴融炼字句，法无不备，兼擅其胜者，惟芝麓尚书矣。③

　　沈雄将这三段材料分别编入了书中的《词辨》和《词评》，虽是从各处搜罗而来，但总体评价都是对龚鼎孳的肯定。《梅墩词话》中称赞龚鼎孳的《催妆词》是用《烛影摇红》这一词牌写得最好的一首作品，未免有些言过其实，但沈雄把这条评论收在《烛影摇红》之下，可见他是认可这种说法

---

① 弘觉：即道忞（1596－1674），清代临济宗僧人，广东潮阳人。初习儒学，嗣法于四明山天童寺密云圆悟禅师。圆悟圆寂后，住持天童寺。顺治十六年（1659）奉诏进京为帝说法，赐号"弘觉禅师"。
② 《古今词话·词辨下卷》，载《词话丛编》，第 943 页。
③ 《古今词话·词评下卷》，载《词话丛编》，第 1036 页。

的。邹祗谟①在《倚声初集》中给予龚鼎孳《香严斋词》"雕搜彩致""生色真香"的评价，而徐釚②认为龚鼎孳能兼擅宋人诸家之长，都是极高的评价。沈雄把这些评语收集在一起，应该是认为龚鼎孳当得起这些评价的，从这里也能够推测出，沈雄对龚鼎孳和他的作品都是极为熟悉的。

沈雄在清初江南地区的词学圈子中比较活跃，除了词话之外，他的词也有一定名气。他的词集《柳塘词》收词60余首，清初几种有影响的词选如《倚声初集》《瑶华集》《古今词选》《松陵绝妙词选》等都收有他的词。《全清词》（顺康卷）及补编共收沈雄词78首。沈雄的词风绮艳，尚书龚鼎孳称沈雄为"艳才"。当时著名的文人、翰林院编修曹尔堪③也曾经谈到过两人在词的创作上的交流，并且对沈雄词作出了较深刻的评价：

> 余数过柳塘，与偶僧和小词，如按辔徐行于康庄大堤，不似矜奇斗险，驰逐于巉岩峭壁以为工者，然亦时出新警之句，藻思亦不犹人，正徐文长所云，读之陡然一惊也。④

在我们看来，曹尔堪的评语不乏溢美之词，但也说出了沈雄词的主要

---

① 邹祗谟（1627－1670），字讦士，号程村，别号丽农山人，江苏武进人。顺治十五年（1658）进士。邹祗谟自幼聪慧，经史以及天文宗乘百家之书，无不悉记，诗词尤工。其与董以宁并称"邹董"，又与陈维崧、董以宁、黄永有"毗陵四才子"之称。词名与王士禛、彭孙遹并重，与王士禛同辑《倚声初集》二十卷，为清初大型词选总集。其词单行者有《丽农词》二卷。《倚声初集》后附刻祗谟《远志斋词衷》一卷。

② 徐釚（1636－1708），学电发，号虹亭，又号拙存，晚号枫江渔父。江苏吴江人。监生。清康熙十八年（1679）召试博学鸿词，授翰林院检讨。二十五年，罢官归里。后以原官起用，辞不受。乃筑"丰草亭"自居，著述终身。徐釚早年受知于宋既庭之门，工诗，尤擅倚声，其词"绵丽幽深"。著有《南州草堂集》《词苑丛谈》《菊庄词》《南州草堂词话》《本事诗》《啸虹笔记》等。

③ 曹尔堪（1617－1679），字子顾，号顾庵，浙江嘉善人。清顺治九年（1652）进士，授翰林院编修，扈从瀛台、南苑，奉旨与吴伟业同注唐诗。丁艰，起补转侍读，升侍讲学士。后因"奏销案"罢职，又因家事牵系下狱，判流放，经友人搭救出狱，晚年优游田园。曹尔堪幼甚颖慧，博学广识，能文善诗，与宋琬、施闰章、沈绎堂、王士禛、王士禄、汪琬、程周量合称"海内八家"。曹尔堪亦以词名世，与山东曹贞吉并称"南北二曹"，为清初"柳洲词派"骨干，清初词坛重要词人。康熙初三次参与词坛唱和。其一为康熙三年前后，与宋琬、王士禄在杭州唱和，以《江村唱和词》题名刊行；其二为王士禛在扬州推官任上，会集词坛名流，朝夕唱酬于红桥、蜀冈间，即广陵唱和；其三为康熙十年，曹尔堪至北京，作《贺新凉·雪客秋水轩晓坐，柬栗子、青藜、湘草、古直》，唱和者甚众，即秋水轩倡和。著有《杜鹃亭稿》《南溪诗略》，词集有《南溪词》《秋水轩唱和词》。

④ 《百名家词钞》引曹尔堪语，见聂先、曾王孙《百名家词钞影印本》，国家图书馆出版社，2011。

特点：词意平和，注意锤炼句子，辞藻多有新意。更重要的是，我们借此还了解到曹尔堪与沈雄曾经过从甚密。曹尔堪是清初词坛一位影响力很大的人物，但他和沈雄应该颇有交情，曾经数次专程前往柳塘与沈雄相会。

沈雄还谈到过其他一些和曹尔堪的词学交往活动：

> 沈雄曰：顾庵学士，贻我《佳哉轩词》（易震吉撰），盖易月槎稿也，流寓金陵所得。词总不拾人牙后慧，而饶有别致。①

这段材料是说曹尔堪曾经送给沈雄一部易震吉②的词集《佳哉轩词》，从评价来看，沈雄对易震吉创作中采取的稼轩风持肯定的态度。以下几条材料也反映了沈雄和曹尔堪的密切交往：

> 《诗余五集》者，顾庵学士所辑。贻我《行香子》一阕云："俊翮无声。饥掠寒庭。满樛枝，鸟雀皆惊。惜哉不中，徂击嬴秦。恨筑参差，椎孟浪，剑纵横。　汝鹘来听。休耻无能。问何如，绣臂金铃。空拳未往，气已峥嵘。任破长空，没孤影，搅青冥。"云见一鹘击鸟不中，而旁为之叹惜者。系黄山词客所作，惜逸其名也。③

这段材料记录了沈雄和曹尔堪词学交往中的另一件事，曹尔堪曾编《诗余五集》，抄了一首《行香子》送给沈雄，这首词的作者署名"黄山词客"，大概曹尔堪希望沈雄能帮助他确定作者的身份。

> 沈雄曰：实庵（即曹贞吉，1634－1698）词，久从南溪（即曹尔堪）读其一二，恨未窥其全豹。《珂雪》（曹贞吉词集名《珂雪词》）新笺，欲想见其丰采而未可得。④

这段材料提到的事情是沈雄在曹尔堪那里读曹贞吉词的事情。从以上这几条材料可以看出，沈雄和曹尔堪的词学互动是非常频繁的，足以说明两人深厚的友谊。

---

① 《古今词话·词评下卷》，载《词话丛编》，第 1034 页。
② 易震吉（生卒年不详），字起也，号月槎，金陵人。崇祯七年（1634）进士。其词为辛弃疾一路，有《秋佳轩诗余》十二卷，收词 1180 余首，为明代作品传世数量最多的词人。
③ 《古今词话·词话上卷》，载《词话丛编》，第 810 页。
④ 《古今词话·词评下卷》，载《词话丛编》，第 1046 页。

沈雄与清初词坛的许多知名词人都有交往，根据《柳塘词》和《古今词话》的记载，与沈雄交往比较频繁的词人的地位身份各不相同，但在词学方面的交流和互动使他们联系在了一起。

沈雄与钱继章①的交游：

> 沈雄曰：魏里钱尔斐，五十三年填词手也。曾贻我《菊农长短句》，见其编以岁月，感慨系之，其词亦整而有法。②

这段材料中的钱尔斐即钱继章，他和曹尔堪都是"柳洲词派"的代表词人，他也曾把自己的词集赠送给沈雄，可见两人交谊也颇为深厚。其实，沈雄对于柳洲词人应该是比较熟悉的，他曾经谈到过"柳洲诸公寄情于《虞美人》曲者，不下百家。而魏学濂为最"③，可见他对柳洲词人群体都比较熟悉，而且与他们的交流应该也比较多。

沈雄与黄周星④的交游：

> 黄九烟曰：兰陵邹祗谟、董以宁辈，分赋《十六艳》等词。云间宋征舆、李雯，共拈《春闺》《风雨》诸什。遁浦沈雄亦合及丹生、汪枚、张赤共仿《玉台》杂体。余数往来吴淞间过之，欲作一法曲弁言而未竟，殊为欠事。⑤

> 黄九烟曰：康熙甲寅元旦，有孪生男女堕地时，尚有联合作欢状，弃置冰雪中。沈雄词以哀之。"趁春光迁变，一会颠连。生堕地，不升天。并头开雪里，比翼落风前。合欢锦，联环玉，短姻缘。　笑人薄

---

① 钱继章（1605 - 1674），字尔斐，号菊农，嘉兴（今浙江嘉兴）人。明崇祯九年（1636）举人。入清，以词名于清初浙西词坛，为"柳洲词派"重要作家，著有《菊农词》，原本未见，清初诸词选集中存词 37 首。

② 《古今词话·词评下卷》，载《词话丛编》，第 1044 页。

③ 《古今词话·词话下卷》，载《词话丛编》，第 810 页。

④ 黄周星（1611 - 1680），字九烟，又字景明，改字景虞，号而庵，江苏上元（今南京）人。崇祯十三年（1640）进士，官户部主事。明亡，顺治二年（1645）自南京出走入闽，在福州为道士，顺治十一年（1654）在南京自更名号，改名黄人，字略似，号丰非，又号圃庵，别称笑苍道人、汰沃主人、石头黄人、将就主人等。康熙十二年（1673）到苏州访徐枋，两人遂互诉民族悲愤，相持大哭。康熙十九年（1680）在湖州南浔镇投水死。黄周星工诗文，虽处困穷不改其操。善书法，真、行、草、隶皆精，人称其 8 岁所书《兰亭》《曹娥》有二王笔意。亦工篆刻，苍劲有风骨。所著有传奇、杂剧多部及《制曲校语》《夏为堂集》《刍狗斋集》《九烟诗钞》等。

⑤ 《古今词话·词话下卷》，载《词话丛编》，第 817 页。

倖，怅尔缠绵。空觌面，共偎肩。已辞香案远，难续镜台圆。愿同衾，长交颈，白头年。"聊为纪事，以见未免有情，亦复谁能遣此也。①

这两段材料中的黄九烟即黄周星，他虽然在明朝灭亡后做了道士，但这只是他掩饰身份的一个手段，黄周星长期活跃在清初词、曲创作的圈子里。这两段材料中，第一段记载了吴江遁浦的词学群体活动，包括沈雄、殳丹生、汪枚、张赤等人；第二段记载了关于沈雄的一则见闻，是沈雄见到一对龙凤胎降生而填的一首词。

沈雄与沈谦②的交游：

> 沈雄曰：家去矜列名于西泠十子，填词称最。大意以《薄倖》一篇，语真挚、情幽折以胜人。宋歇浦（即宋征璧）特以书规之。及贻我《东江别业》有云："野桥南去不逢人，濛濛一片杨花雪。"此即小山"梦魂惯得无拘锁，又逐杨花过野桥"也。谁谓其仅仅言情者乎？③

> 沈雄曰：家去矜诸词，率从屯田、待制浸淫而出，言情最为浓挚，又必欲据秦、黄之垒以鸣得意，所以来宋歇浦之论词书也。④

在这两段材料中，沈雄称呼沈谦都用了"家去矜"的说法，表现得非常亲近，二人年龄相仿，又同属沈氏，虽然沈氏宗祖在江浙一带分布非常普遍，但是宗族分支错综复杂，即便没有证据证明沈雄和沈谦在沈氏宗族中的关系，但从沈雄的称呼中可以看出两人交往应该是比较多的。另外，两段材料提及了同样的一件事情，即沈谦的词偏重言情，且有追比柳永、黄庭坚、周邦彦艳情的倾向，因此宋征璧⑤曾写书信规劝沈谦。此事原委沈

---

① 《古今词话·词辨下卷》，载《词话丛编》，第 932 页。

② 沈谦（1620－1670），字去矜，号东江，浙江仁和（今杭州）人。明崇祯十五年（1642）补县学生员。明朝亡国后，与毛先舒、张丹绝口不谈世务，日登南楼，舒啸高吟，时称"南楼三子"。又与柴绍炳、丁澎、陆圻、孙治等并称"西泠十子"。入清后，不图仕进，子承父业，行医为生，但是致力于文学创作，在诗、文、词、曲方面皆有成就，尤工词，擅散曲，为洪昇老师。晚年筑东江草堂，自号东江渔父，吟咏不绝，潜心著述。著有《东江集钞》《东江别集》《词学》《填词杂说》《词韵略》，又有《词韵》《词谱》《南曲谱》《古今词选》等。

③ 《古今词话·词话下卷》，载《词话丛编》，第 816 页。

④ 《古今词话·词评下卷》，载《词话丛编》，第 1041 页。

⑤ 宋征璧（约 1620－1672），原名存楠，字尚木。清华亭（今属上海）人，以黄浦江的别称"歇浦"称之。崇祯十六年（1643）进士，官中书舍人，曾入复社、几社。入清，官潮州知府。有《含真堂诗稿》《抱真堂诗稿》《三秋词》《抱真堂诗话》等。

雄颇为了解，他还用沈谦所赠的《东江别业》中的词句为其辩解，可见二人的关系很不寻常。

在沈雄的交游中，江尚质①无疑是一个重要的人物，没有江尚质，或许《古今词话》未必能够在沈雄去世前刊行，因此江尚质和沈雄的交往主要应该是为了对《古今词话》进行增辑和刊刻。

> 曹秋岳曰："乙丑夏日集澄晖堂，江子丹崖问：'明词去取以何为则？'余曰：'自《花间》至元季调巳盈千，安得再收自度？如王世贞之《怨朱弦》《小诺皋》，杨慎之《落灯风》《灼灼花》，屠隆之《青江裂石》《水漫声》。'"丹崖平日留心古调，询及明词如此。至若滕克恭有《谦斋稿》，陈谟有《海桑集》，俱元人而入明者。小词仅一二见，故亦不收也。②

这段材料中有几点需要注意之处。

其一，曹溶提到在"乙丑夏日集澄晖堂"，乙丑年是康熙二十四年（1685），曹溶其实是在这一年过世的，夏天的时候还曾经有过在"澄晖堂"的聚集，既然是聚集，应该有多人。

其二，现在最早的《古今词话》刊本为"澄晖堂刻本"，那么"澄晖堂"应该是一个有实力刻书的地方，材料的下文是曹溶对明词选录标准发表的意见，可见"澄晖堂"是致力于词学书籍编辑出版的地方。

其三，材料里还提到了江尚质。目前关于江尚质的了解很少，但可以确定的是，澄晖堂应该是江尚质的产业。据《百名家词钞》③可知，江尚质的词集名为《澄晖堂词》，因此"澄晖堂"当属于江尚质所有。江尚质是安徽休宁人，休宁紧邻歙县，而歙县城北的江村是徽商江氏家族的聚居地，虽然没有找到江尚质与江村江氏关系的证据，但江尚质具有的经济实力和热衷于文化活动的行为与江村江氏的行事方式非常相似。④ 根据材料中提供

---

① 江尚质（生卒年不详），字丹崖，安徽休宁人，著有《澄晖堂词》，又参与沈雄《古今词话》的编纂增辑工作。

② 《古今词话·词话下卷》，载《词话丛编》，第801页。

③ 聂先、曾王孙：《百名家词钞影印本》，国家图书馆出版社，2011。

④ "明中后期至清中叶是江村江氏商业最为兴盛的时期，也是其宗族教育最为发达的时期。在这一时期里，江氏商人除各自设塾延师、课其子弟外，还建立起许多宗族性的文社、书院、书馆，为全族士子讲学会文、应试肄业提供条件。"见李琳琦《徽商与明清徽州教育》，湖北教育出版社，2003，第245页。

的时间"乙丑"，到"澄晖堂本"《古今词话》刊刻的"己巳"，相隔 5 年，这 5 年间江尚质应该一直致力于编撰和刊刻词学方面的书籍，然而可惜的是，目前并未发现澄晖堂更多的书籍刊本流传。与澄晖堂相关的词学活动，聂先①在《百名家词钞》中却有一段按语：

> 新安词家甚少，近推孙无言、赵天羽、程梓园诸公，然皆以片言只调为拱璧，俱未获瞻全豹。读《梦花窗》《澄晖堂》唱和新词，如行黄山白岳间，层峦曲折，愈变愈奇，烟云设色，非王右丞、李将军点染山水所能描摹其万一。②

这里提及的"《梦花窗》《澄晖堂》唱和新词"恰好是休宁两位词人江士式的《梦花窗词》和江尚质的《澄晖堂词》，词集中收录了一些分题唱和的作品，受到聂先的肯定。在江尚质的《澄晖堂词》中，《罗敷媚》（崾龙长日轻云护）一阕有一段小序："乙丑春暮，曹秋岳夫子、林天友别驾、沈偶僧、聂晋人同集高澹游纪胜堂赏牡丹，分赋。"从这段记录可以了解到康熙乙丑年（1685）曹溶、沈雄等人的聚集活动，还有江尚质、聂先、林鼎复③、高简④等人。他们聚集在一起，除了词的唱和，其实主要的目的是在编选一部词选，但是由于不为后人所知的原因，大概这部词选最终未能流传下来，甚至今天也难以考知词选的名称。然而，这一个词集刊刻活动能够明确的是：刊刻地点为澄晖堂，编选者主要是曹溶、沈雄、江尚质、聂先等人，其中主要的工作应该是沈雄在江尚质的协助下完成的，《古今词话》的成书并流传代表了这个团队的成果。

沈雄与陈世祥⑤的交往：

---

① 聂先（生卒年不详），字晋人，生活于明清之际，与曾王孙刊刻《百名家词钞》。

② 聂先：《百名家词钞词话》，载屈兴国《词话丛编二编》，浙江古籍出版社，2013，第642页。

③ 林鼎复（生卒年不详），字道极，一字天友，福建长乐人。顺治初大将军范达礼荐授辟常州府通判，官九载，建议运粮改由漕运，后户部奏行，官民两便。兼摄县事。后以权宜行事落职，客死无锡行馆。笃于友谊，工于吟咏，兼擅书法。著有《华鄂堂诗集》。

④ 高简（1634－1707），清代画家，字澹游，号旅云，又号一云山人。吴县（今江苏苏州）人，能诗，工山水。

⑤ 陈世祥（生卒年不详），字善百，号散木，江南通州（今江苏南通）人。崇祯十二年（1639）举人。入清，官直隶新安县知县。罢归后，与冒襄、陈维崧等游。有《含影词》二卷，孙默刻入《国朝名家诗余》（又名《十六家词》）。

　　沈雄曰：善百老于填词，曾贻我《半豹吟》《虫余集》。数年以来，情词婉至，诸家必以《散木》为《金荃》《兰畹》之比，故咸快其流传。自以"散木"名其词。①

　　陈世祥曾经赠送给沈雄两部词集，名《半豹吟》《虫余集》，但未见流传。陈世祥又曾以自己的号"散木"命名词集，应该是当时暂时使用的词集名称，现在传世的《含影词》是因为孙默刻入《国朝名家诗余》才得以流传。由此可见，清初应该有不少词家的词集因为各种原因湮没无闻，也正是由于沈雄的记载，陈世祥的创作堪比《金荃》《兰畹》二集的特点才为后人所知。

　　沈雄和阳羡派宗师陈维崧②是好友：

　　沈雄曰：我友甫草（即计东）、其年辈，数游京洛，归即艳称宋公（即宋荦）为风雅宗盟。今读《枫香》一刻，固集周、柳、辛、陆诸家而为大成，翩翩材藻，正不屑争雄于下中李蔡也。③

　　在这段记载中，沈雄直称计东④和陈维崧是自己的朋友，并且谈到他们数次漫游京洛，回到江南后，对宋荦的词多有称赏。另一段材料中也能看

---

① 《古今词话·词评下卷》，载《词话丛编》，第 1037 页。
② 陈维崧（1625－1682），字其年，号迦陵，以清癯多须，海内称陈髯，江苏宜兴人。陈贞慧子，明诸生。清康熙十八年（1679）应博学鸿词科，授翰林院检讨，与修《明史》，越四年卒于官。陈维崧天才绝艳，幼有神童之誉，援笔成文，千言立就，吴伟业称其为"江左三凤凰"之一。然屡试不售，乃束装出游，所至自王公卿相而下，争相逢迎，声名大著。后由汴入都，与朱彝尊合刻《朱陈村词》，流传禁中，蒙帝赐问为荣。与王士禛、王士禄、宋实颖等时相唱和，维崧诗、文、词都可称绝一代。所作诗，风华典赡，后乃兀傲恣放，跌宕沉郁，直追吴伟业。文则能骈能散，尤以骈文为最，与吴绮、章藻功并称"清初骈体三大家"。词与朱彝尊齐名，世称"朱陈"，名扬天下。其年领袖清初词坛，开创阳羡词派，继云间、松陵、武陵、魏里诸词派而后来居上。其初师陈子龙，又与常州邹祇谟、董以宁过往颇密，相与唱和，时风所染，多作旖旎语。中年以后，乞食四方，词风一变。沉雄俊爽，飞扬跋扈，其短调更为词论家所称道，题材广泛，几无意、无事不可入词。著有《湖海楼诗集》《迦陵文集》《湖海楼词》，与潘眉同辑有《今词选》，又与曹亮武等编《荆溪词初集》。
③ 《古今词话·词评下卷》，载《词话丛编》，第 1039 页。
④ 计东（1625－1676），字甫草，号改亭，江苏吴江人，寄居浙江嘉兴。顺治十四年（1657）举人，旋被黜，无意功名。计东胸负奇气，过南京，见谢榛墓地遭到破坏，尽出囊中金为其修墓；过顺德（今河北邢台），知归有光曾在此地任通判，有厅记二篇，求遗址不得，乃入署旁废圃瓣香再拜；至吴中，称门生于孝子黄向坚，人共贤之。诗不苟作，时露胸中抱负。工诗，著作有《改亭文集》《改亭诗集》。

出沈雄与陈维崧交情应该比较深厚：

> 沈雄曰：溪南（即黄永）词，不趋新斗险，整摄自余情致。余偕其年读溪南词《金缕曲》云："说年来家同鸥泛，门央鹤守。细注农家新月令，乐事吾生尽有。茅檐下，乌乌击缶。鬈画戴溪都不恶，好风光只落闲人手。"得想见其生趣。①

这里所记之事是沈雄和陈维崧一同读黄永②的《金缕曲》，认为黄永词"不趋新斗险"。虽然沈雄和陈维崧是好友，但是他对陈维崧中年以后转向稼轩风的词并没有接受，而是以"别调"对待，"其年词如潜夫《别调》，一开生面。不能多载，因检其一二录之，不嫌偏锋取胜也。"③　由此也可以看出，陈维崧领导的阳羡派之所以在清初词坛很快衰落下去，与词风难以为词坛普遍接受有一定的关系。

沈雄与吴兆骞④是同乡，曾经一同游历，并且因吴兆骞而与顾贞观⑤结交：

> 沈偶僧曰：余同吴季子北游，与梁汾顾贞观谛交于芙蓉江上，此三十年事也。伯劳飞燕，已成白首。兹读《弹指词》，妙丽胜人，及寄

---

① 《古今词话·词评下卷》，《词话丛编》第 1042 页。
② 黄永（1621–1680），字云孙，号艾庵，江南武进（今江苏武进）人。清顺治十二年（1655）进士，官刑部员外郎。罢"奏销案"开革。家居后，读书终老。黄永工诗文，早年与董以宁、邹祗谟、陈维崧合称"毗陵四子"，名噪一时，同称才士。著有《黄云孙诗选》《溪南词》（又名《淑水词》）《艾庵存稿词》《姗姗传》。
③ 《古今词话·词话下卷》，载《词话丛编》，第 815 页。
④ 吴兆骞（1631–1684），字汉槎，兄弟中排行第四，故称为吴季子。江苏吴江人，清顺治十四年（1657）举人。以科场案遣戍宁古塔（今黑龙江宁安）20 余年。出关时以牛车载书万卷，于苦寒塞外仍与谪臣逐客饮酒赋诗。后得友人顾贞观为之求援于纳兰性德、徐乾学等人，于康熙二十年纳资赎回，不久病死于京师。吴兆骞少有才名，与陈维崧、彭师度同为"江左三凤凰"。有《秋笳词》。
⑤ 顾贞观（1637–1714），初名华文，字华封，改华峰，号梁汾，江苏无锡人。明末东林党领袖顾宪成曾孙。顺治十一年（1654），与同里秦保寅、严绳孙、安浚及兄顾景文等结"云门社"。20 余岁时北游京师，以诗受知于大学士魏裔介，名噪京城，超擢秘书监典籍。康熙十一年中举人，官内阁中书。康熙十五年，馆太傅纳兰明珠家，结识明珠长子纳兰性德，成为忘年之交。顾贞观儿时好友吴兆骞，因丁酉科场案获罪遣戍宁古塔，顾贞观力请纳兰性德援手，为兆骞谋还。后兆骞释还，此事成为士林佳话。纳兰性德卒后，归乡读书著述三十年，与同里秦松龄、严绳孙并称"三老"。顾贞观文备众体，能诗工词，为清初重要词人。有《弹指词》二卷，编辑《唐五代词删》《宋词删》，并与纳兰性德合选《今词初集》二卷。

季子《金缕曲》，叹其多情，于词亦无欲尽之病。①

在这段材料中，沈雄追忆了 30 年前的经历。当时他曾与吴兆骞一同北游，因而结识了顾贞观，成为朋友，然而 30 年的时光倏然而逝。这期间，顺治十四年（1657）丁酉科场案发生；次年，吴兆骞获罪远戍宁古塔；直到 23 年后的康熙二十年（1681），才在顾贞观和纳兰性德等人的营救下回到京城。"伯劳飞燕，已成白首"，沈雄在这里感慨曾经的少年挚友转眼已是白头。

沈雄与毛际可②的交游：

> 沈雄曰：余于同人辈，稔知会侯工填词。其古文已读之久矣，然未见其《映竹轩全集》也。曾有邮寄《蝶恋花》一阕云："桂魄清凉寒玉宇。顾影无聊，影也添凄楚。为月不眠情更苦。来宵廉下廉纤雨。待欲浇愁斟绿醑。酒尽愁生，毕竟愁为主。天上寄愁愁可去。天孙正别银河渚。"似此曲折情致，岂可与颓唐弄笔者比数哉。③

沈雄表示他深知毛际可工于填词，然而对他的古文读得很多，但是却没有见过他的词集《映竹轩全集》，如今毛际可的词集称《映竹轩词》或《浣雪词钞》，后来毛际可曾经给沈雄寄来一首《蝶恋花》。从这件事情可以了解到沈雄与毛际可是有书信来往的，书信中附上一首词，往往是朋友之间的互相交流。再看这首词所写，是词人月夜孤独无眠，借酒浇愁，寄托此种情绪的作品，寄给熟识的朋友是比较恰当的。

沈雄与王士禛④的交游：

---

① 《古今词话·词评下卷》，载《词话丛编》，第 1048 页。
② 毛际可（1633－1708），字会侯，号鹤舫，晚号松泉老人。浙江遂安（今属淳安）人。顺治十五年（1658）进士。授彰德府推官，改知固城，调祥符令。康熙十八年（1679）举博学鸿词科，卓异赐服，寻告归。尝充《浙江通志》总裁。毛际可幼即颖慧，九岁能文，擅长古文辞，与杭州毛先舒、萧山毛奇龄齐名，有"浙中三毛，文中三豪"之称。能诗擅词，其词堪称清初浙西名家，有《浣雪词钞》（一名《映竹轩词》）。
③ 《古今词话·词评下卷》，载《词话丛编》，第 1044 页。
④ 王士禛（1634－1711），字子真，一字贻上，号阮亭，别号渔洋山人，济南新城（今山东桓台）人。因避雍正帝胤禛讳，追改名为士正。乾隆时，复诏改为士禛。顺治十五年（1658）进士，选扬州府推官，入为礼部主事，由户部郎中改翰林院侍讲，入值南书房，后官至刑部尚书。康熙四十三年（1704）罢官归里。卒谥文简。王士禛才华横溢，少即有诗名，又受钱谦益提携，名声益重，为清初著名诗人，倡"神韵说"。其以余力填词，长于小令，曾主盟广陵词坛。有《衍波词》，又与邹祗谟合辑《倚声初集》，诗话、笔记有《渔洋诗话》《香祖笔记》《池北偶谈》《花草蒙拾》等。

沈雄曰：咏物入妙之句，如杜衍《咏荷》"真珠零落难收拾"，刘才邵《咏夜度娘》"一抹微云淡秋月"，若贺方回"淡黄杨柳带栖鸦"，秦处度"藕叶清香胜花气"，王阮亭、程村辈所云，取形不如取神也。

沈雄曰：即贺黄公《咏燕词》，"斜日拖花，微风扑絮"，如读柳塘、花坞诗，便觉春光骀宕。王阮亭《赠雁词》，"水碧沙明，参横月落，还向潇湘去"，又绝似筝声玉指，俱在行间也。①

"花触金丸红雨少。"王阮亭评沈雄词曰，"花触金丸"固是丽句，竹窗笺体，当不下《花间》《尊前》也。②

这三段材料中的前两段是沈雄对王士禛的评价，出自《词品》中的"读词"一目；第三段是王士禛评价沈雄的词，出自《词品》中的"句法"一目。沈雄认为王士禛、邹祗谟等人的咏物词"取形不如取神"，意思是王、邹等人的咏物之作在取"形"上有所不足，但是神韵十足，如王士禛的咏雁之作《赠雁词》，字里行间传递出如"筝声玉指"一般的内在神韵。沈雄对王士禛的词评价十分精到，应该是比较熟悉其人其词。而王士禛也称赏沈雄词的文辞为"丽句"，但值得注意的是，王士禛在这里提到了元末明初吴兴词人沈禧③，并且以《花间集》《尊前集》与他的《竹窗词》相比。在评价沈雄的时候举出沈禧，二人在宗族上是否有关系，现在没有更多的佐证材料。但是作为同一时代的人，王士禛曾经以扬州为基地，广泛交往江南词人，以沈雄广于交游的性格，他和王士禛的直接接触是应有之义，王士禛了解沈雄的家世传承，评价沈雄词立刻想到沈禧词，或许正是两人有一些还不为我们了解的联系，这里我们暂且只能作为一个进一步认识沈雄的线索来看待。

沈雄与汪森④的交游：

---

① 《古今词话·词品上卷·咏物》，载《词话丛编》，第 847 页。
② 《古今词话·词品上卷·句法》，载《词话丛编》，第 865 页。
③ 沈禧（生卒年不详），字廷锡，吴兴（今浙江湖州）人，1354 年前后在世。能词曲，有散曲八套与《竹窗词》一卷传世。
④ 汪森（1653－1732），原名文梓，字晋贤，号玉峰，又号碧巢、碧溪、碧梧、静闲居士，先后有碧巢、小方壶、裘杼楼、梅雪堂、当吟窝、华及堂、拥书楼、浮溪馆、桐溪草堂、碧巢书屋、他山碧巢等堂号。汪森自幼好学，17 岁丧父，事祖父以孝闻。康熙十一年（1672），拔贡入京，进国子监，时徐乾学任国子监祭酒，阅卷后拔为第一，诗名满京师。官广西 10 年，历临桂、永福、阳朔三县知县。康熙三十二年（1693）授桂林府通判，调右平府通判，迁郑州知府，因丁母忧，未赴。守制期满，补刑部山西司员外郎，（转下页注）

　　沈雄曰：汪晋贤盛称竹垞新词，贻我一卷。读之如梦窗之丽情幽思，不可梯接，但下语用事处，浅人固不易知。①

　　沈雄曰：晋贤与竹垞搜辑宋元未见词章，刻为《词综》三十卷以广见闻，俾倚声者之有所宗，大有功于词者。《月河》一刻不下百篇，而整洁自好，亦自成家，故其人亦如之。余访之于梧桐乡，赠答《百字令》，信知名下无虚也。②

　　汪森的年龄要远远小于沈雄，相差应该在 40 岁左右，因此两人可谓是忘年之交。从上面的两段材料可以看出，沈雄和汪森非常熟悉，汪森曾经在沈雄面前极力赞扬朱彝尊的词，并且送了一卷给沈雄，但是沈雄似乎并不太看好朱彝尊的新作，评语中"不可梯接"是说意脉不够连贯，"下语用事处，浅人固不易知"则认为朱彝尊词用典偏于生僻。毕竟沈雄是从明代进入清代的，他的观念中更多的还是坚持明代崇尚绮艳的词风。然而，他对汪森却非常欣赏，认为汪森的词"整洁自好，亦自成家"，甚至专程前往桐乡去找汪森，相互赠答《百字令》，堪称词坛佳话。

　　以上诸人其实并非沈雄交游的全部，他的一生虽然并不显贵，但是从他的交游情况可以看出，沈雄的家境应该能够保证他长期从事文化活动。他有机会拜入钱谦益门下，有机会和曹溶、龚鼎孳等人深入交往，也能和几代词坛的重要人物建立友谊，但是他身上仍然笼罩着许多谜团，今天依然无法把他的家世和人生经历梳理清楚，只能有待新的文献出现来解决这些问题。

## 三　沈雄交游的特点

　　在考察了沈雄的交游情况以后可以看出，这些与沈雄交往的人物表现出以下一些主要特点。

　　第一，他们都是当时著名的文人，不仅对清初文学的影响巨大，有些

---

（接上页注④）升户部江西司郎中。61 岁告归。汪森工诗词，早年曾迎嘉兴周筼至家，从之学诗，后又从学于黄宗羲、朱彝尊等学术名家，学业益进，诗名更盛。著有《小方壶存稿》《月河词》《桐扣词》《碧巢词》。帮助朱彝尊编纂《词综》，又与柯崇朴等辑补六卷，总成为三十六卷本。并且撰《词综序》一文，为浙西词派前期词学理论做出重要贡献。

① 《古今词话·词评下卷》，载《词话丛编》，第 1047 页。
② 《古今词话·词评下卷》，载《词话丛编》，第 1050 页。

还是身居朝廷高位的文坛领袖。如其师钱谦益入清后官至秘书院学士兼礼部侍郎，充修《明史》副总裁；曹溶官至户部侍郎、广东布政使；龚鼎孳官至礼部尚书；王士禛官至刑部尚书。

第二，这些人以江浙籍居多，非江浙籍者也曾宦居江浙一带。明清时期的江南经济繁荣、人文荟萃，当地重视教育成为传统，许多家族注重文化的传承，因此，江南地区出现了文化的代际迭变，江南知识分子的诗、文、词、曲、书、画、乐等造诣普遍颇高，词学文献的编纂整理也受到重视，十分丰富。

第三，这些人均生活于明清易代之际，改朝换代对这个时期文人的思想情感冲击十分剧烈，加之清代初期对江南的刻意政治打压，丁酉科场案、通海案、哭庙案、奏销案、明史案等使许多江南文人受到牵连，甚至命运为之改变。

沈雄在《古今词话》中引录了陈维崧的《鸳湖烟雨楼感旧》词：

> 水宿枫根缚。尽沾来、鹅黄老酿，银丝鲜鲊。记得筝堂和会馆，尽是仪同仆射。园都在、水边林下。不闭春城因夜宴。望满湖、灯火金吾怕。十万盏，红球挂。　　重游陂泽偏潇洒。剩空潭，半楼烟雨，玲珑如画。人世繁华原易了，快比风樯阵马。消几度、城头钟打。惟有怨鸳湖畔月，是曾经、照过倾城者。波织簟，船堪藉。①

面对眼前熟悉的景象，已是明日黄花，这对于经历过明末锦衣玉食的陈维崧和沈雄来说，自然生出了一种物是人非之感，于是沈雄发出深沉的感慨："余读《感旧》二词，与其年同一山丘华屋之感，词若为余作也！"② 可见沈雄与当时文人思想情感的深刻共鸣。

与当时江南著名文人的交往说明沈雄在当时也是一个知名度颇高的文人，生活于明清易代之际词坛中心所在的江南，多与当时的词学耆老新秀交往，能够有更多的机会参与文坛的交流活动，使他具备了汇集词学文献的优势和条件。曹溶说："所赖集诸家而为大晟，规摹亦可尽变。综前说而出新编，穿贯即为知音也。"③ 沈雄广搜博采，依靠自己在词坛积累的人脉，

---

① 《古今词话·词话下卷》，载《词话丛编》，第 815 页。
② 《古今词话·词话下卷》，载《词话丛编》，第 815－816 页。
③ 曹溶：《古今词话序》，载《古今词话》卷首，第 729 页。

得以收集到大量珍贵的词学文献，经过分类整理，汇集成编，在清初的词坛，这无疑是一项颇有意义的巨大工程，因此曹溶以"大晟"赞之，并且认为沈雄的词话编纂并不是简单地搜集材料，取舍中其实已经表现出了沈雄的词学思想。

# 第二节 《古今词话》的文体特点、文献价值与词学观念

清初顺治至康熙初期是词学"中兴"的第一个高潮期，此间产生了大量的词话著作，其中辑录前人词学思想的词话成为一个热点，沈雄的《古今词话》① 即为其中之一。然而由于沈雄其人生平事迹不够彰显，其《古今词话》又被长期视作只是一部单纯的辑录类词话，因而其价值没有引起词坛足够的重视，很少有人论及，甚至在各种词学史著作中也少有提及，更遑论系统评价。其实，《古今词话》并不仅是辑录前人的词话材料，其中有 240 余条是编者沈雄的按语和词论，如果汇集起来，可以看作一部沈雄个人的词话，因此，研究《古今词话》可以发现明末清初词学发展的演变痕迹。下面，我们将从《古今词话》的文体特点入手，发现此书的文献价值，探讨其对清代词坛的影响，以期引起词学研究者的注意。

## 一 《古今词话》的内容和体例

沈雄的《古今词话》是一部以辑录为主的词话。辑录类词话以汇集词学文献为特征，并非辑者的撰述。这一类词话的特点是"辑"而不是"撰"，与表达作者观点的原创型词话不同，是收集他人言论的汇编型词话。在《古今词话》之前，宋代的《苕溪渔隐词话》和《魏庆之词话》皆是这

---

① 词学史上共有 3 种名为《古今词话》的著作。南宋人杨湜曾撰有一部《古今词话》，久已亡佚；近人赵万里先生从《苕溪渔隐丛话》《花草粹编》等书中辑出 67 则，今有唐圭璋《词话丛编》（中华书局）本；此外，沈雄的《古今词话》和清代初期的《历代词话》中曾引用另一种《古今词话》，作者不详，其内容"多涉宋南渡后及元明人事，盖别一书，与杨湜无涉"（赵万里语），是第二种名为《古今词话》的书；沈雄的《古今词话》则是第三种。

类词话。然而，沈雄的《古今词话》虽为辑录类词话，但并非如以前此类词话那样随意编排，而是经过深入思考和精心规划的。他的这部书并非对前人词话的简单抄撮，而是在综览前人著述的基础上融入自己的词学思想，不仅编排汇集，而且时时加以阐述评论。因此，这部书并非仅是汇编辑录，其中还收录了沈雄、江尚质等书籍的编撰者的词学思想阐述，蕴含着丰富的词学思想。

《古今词话》的形式是根据汇集的材料内容分类进行编排，分为词话、词品、词辨、词评4个门类，每个部分又分成上下两卷，总共8卷。沈雄在该书的《凡例》中说明了分类的理由。

"词话"部分分为上、下两卷，收录了历代关于词学的文献，多记录"词本事"，即词作产生的故事。上卷内容为唐、五代、宋的词话材料，共计130则；下卷为金、元、明和清初词话材料108则。

"词品"部分"必举宫律以救通行之弊，更严韵说以正滥用之非"，上卷类列原起、疏名、按律、详韵、本意、虚声、小令、中调、长调、换头、起句、结句、辨句、叠句、对句、复字、衬字、转韵、藏韵、排调、衍词、集句、回文、隐字、檃括词、福唐体、和韵、节序、咏物、曲调等30个子目，下卷类列品词、用语、用事、用字、句法、割裂、禁忌、语病、改词、戏作、感遇、词谶、读词、传词、选词等15个子目。从这45个子目可以看到，这些都是与词创作本身相关的一些词学问题，不仅涉及声、韵、律、调，也涉及字法、句法、使事用典，以及题材、体制、应用、传播形式等内容，可以说是从各个层面，多角度地对词体特性进行辨析体认，也更具有理论价值。

"词辨"部分考察了《十六字令》《六州歌头》等131个词调，意在辨调，不仅引录了前人关于词派名称来历的记载，还辑录了词史上有关此种词牌的名作，不仅有展示典范之意，更突出了词调特点。

"词评"部分搜罗了对历代词人的评论资料，以时代为序分列两卷，上卷为唐、五代、宋词人的评论材料149题，下卷为金、元、明、清词人的评论材料132题。沈雄认为古代没有词评的专门著作，列"词评"一部为自己首创，目的在于"以昭历代人文，以鼓后来学者"。实际上，古代虽无词评专书，但关于词人的记载、评价多杂列于各种诗话、词话以及野史笔记著作中，沈雄的贡献在于把这些散落的材料集中起来，进行了分析、选择和对比。

《古今词话》虽然只分为四类，显得还不够精细，但其意义却并不简单。这里的编排方式反映了沈雄对词学文献分类的思考以及建立词学理论体系的一种尝试。词学的发展自唐五代迄清初，历经千年的起落，清人已经开始对它进行全面的审视和理论总结。沈雄的《古今词话》将词学文献分为四个部分，同时在大类之下又分为若干小类，其分类方式直接影响到当时乃至后世对词学研究领域的划分，对后世词学理论体系的建立也具有启发和导向作用，江顺诒、龙榆生、唐圭璋等人的词学研究分类思想皆可认为源于沈雄。

清人江顺诒①的《词学集成》乃是清代中后期的辑录类词话，共分八类：词源第一、词体第二、词音第三、词韵第四、词派第五、词法第六、词境第七、词品第八，是《古今词话》分类的进一步发展。

现代学者龙榆生发表于 1934 年的论文《研究词学之商榷》② 提出了词学研究的八个分类：词史之学、词乐之学、图谱之学、词韵之学、声调之学、目录之学、校勘之学、批评之学，在传统的分类方式基础之上，又借鉴西方的学术思维而成。

20 世纪 80 年代初，唐圭璋、金启华发表了《历代词学研究述略》③ 一文，提出了词学研究的十大分类：词的起源、词乐、词律、词韵、词人传记、词集版本、词集校勘、词集笺注、词学辑佚、词学评论，分类更加细密。

将沈雄的《古今词话》与后世对词学研究的分类进行对比后，可以得出两点认识。

第一，沈雄《古今词话》的分类对后世的影响是显而易见的，他揭示出的词学四大门类已经囊括了词学研究的主要领域，后世词学确定的研究方向在《古今词话》中已有显示，特别是江顺诒《词学集成》的承继线索更为清晰。

第二，词学研究的门类随着学术的发展在不断深化和细化，新的研究

---

① 江顺诒（1822–1889），字子谷，号秋珊，晚号窳翁，别署明镜生、愿为明镜室主人。安徽旌德人。廪贡生，官浙江钱塘县丞。与曲家宗山等酬唱，编有《西泠酬唱集》。工诗词，善戏曲。著作有《梦花草堂诗钞》《梦花草堂诗话》《读〈红楼梦〉杂记》等，有《愿为明镜室词稿》九卷，另有《词学集成》八卷。

② 龙榆生：《词学季刊》第 1 卷第 4 号，国家图书馆出版社，2015，第 1 页。

③ 《词学》第一辑，华东师范大学出版社，1981，第 1 页。

领域不断开拓出来，词学的学科体系逐渐完备，特别是龙榆生、唐圭璋等现代学者借鉴了诗学、朴学乃至西方学术的方法，开拓了一些新的研究领域，如版本、校勘、笺注、辑佚、传记等。

江顺诒的时代距离沈雄已经 200 年，而江、龙、唐三家词学分类思想的发表时间间隔各约 50 年，从清初到当代，从沈雄到唐圭璋前后共 300 余年，可以明显看出，词学家对词学研究领域分类的认识在不断深化、不断演进的轨迹十分清晰，沈雄《古今词话》的分类价值在后世的词学研究中也得到了展现。

## 二　《古今词话》所体现的词学思想

《古今词话》的 4 个门类中最具有理论价值的当属"词品"部分，这部分分为两卷，共 45 个子目。这些子目的标题有些是沿袭前人的旧名，其中有张炎的《词源》、陆辅之的《词旨》等书的旧题，如节序、咏物、用事等；小令、中调、长调之分显然是接受了明代顾从敬重编《草堂诗余》分类方式的影响；当然也有一些是沈雄自己的发明，如割裂、禁忌、词谶等。沈雄的意图在于选取诸家评说，以彰显自己的主张，从词学思想的角度来考察，这些子目的确定也体现了沈雄对词学观念和词学理论的发展。

《词品》中有"品词"一门，沈雄辑录了历代词论家关于词情、词意的论述并加以自己的阐述，共计 23 条，从不同角度探讨了如何品鉴词作，词中情景之间的关系，词风的清空、质实，词意的离合、圆转，如何立新意，词旨的深浅、雅正，用语的本色、险易、自然、率露等。

关于"情景"关系：

> 宋征璧曰：情景者，文章之辅车也。故情以景幽，单情则露。景以情妍，独景则滞。今人景少情多，当是写及月露，虑鲜真意。然善述情者，多寓诸景，梨花榆火，金井玉钩，一经染翰，使人百思。哀乐移神，不在歌恸也。

> 沈雄曰：词有写景入神者。尹鹗云："尽日醉寻春，归来月满身。"后主云："酒恶时拈花蕊嗅。"亦有言情得妙者，韦庄云："妾拟将身嫁与，一生休。纵被无情弃，不能羞。"牛峤云："朝暮几般心。为他情谩真。"抑亦其次，尽人谓言情不如言景，然赵秋官妻所作《武林春》

则云："人道有情还有梦，无梦岂无情。夜夜思量直到明。有梦怎教成。"纯乎情矣，亦甚脱化而不落俳调。①

情景是诗学中的传统论题，清代之前的词学中讨论此论题者也不乏其人，如南宋张炎《词源》说："离情当如此作，全在情景交炼，得言外意。"沈雄《古今词话》的意义在于将情景的阐述集中罗列，以考察其内涵。《古今词话》先引宋征璧关于词中情与景关系的阐述，然后自己通过摘引前人词中描写，举出"词有写景入神者""有言情得妙者"等具体创作情况，表明了他的认识。当时的词坛论者认为"今人景少情多"，主张"言情不如言景"，沈雄则认为情、景二者不能偏重、偏废。

又如"离合"：

> 宋征璧曰：词家之旨，妙在离合，语不离则调不变宫。情不合则绪不联贯。每见柳永，句句联合，意过久许，笔犹未休，此是其病。
>
> 毛骙曰：词家惟刻意，俊语，浓色，俱赖作者神明。然虽有浅淡处，寻常处，忽着一二乃佳。所以词贵离合。如行乐词，微着愁思，方不痴肥。怨别词，忽尔展拓，不为本调所缚，方不为一意所苦，始有生动。
>
> 沈雄曰：词至离合处，有不为浅人索解者。"时复见残灯，和烟坠金穗"，"人不见，春在绿芜中"，"梦断彩云无觅处，夜凉明月生南浦"，诸语耐人遐想，又岂独开宕者所能参耶。②

所谓离合，既指意境，也指语言。"离"指语势的跌宕起伏，结构的舒张变化；"合"指前后一贯，上下联系。离合二者的关系是辩证的统一，只离不合，则语气不流畅，意境不连贯；只合不离，则呆板滞塞，无动荡之趣，缺少含蕴。宋征璧批评柳永"句句联合，意过久许，笔犹未休"，指出柳永词中铺叙过多，把话说尽，缺少蕴藉，正是能合不能离之"病"。毛骙所说的"离合"指语言描写，提出词中的浓淡、悲喜运用有致，不能偏执一端。《古今词话》将三段阐述离合的词论集录排列，表达了要求在词的表情达意和结构语言安排上离合有致、适得其宜的思想。

---

① 《古今词话·词品下卷》，载《词话丛编》，第849页。
② 《古今词话·词品下卷》，载《词话丛编》，第850－851页。

沈雄在"品词"中还搜集了词学史上的一些精妙范畴，作为读词品词的关键，用于指示品评词作的门径：

> 沈雄曰：山谷谓好词，惟取陡健圆转。屯田意过久许，笔犹未休。待制滔滔漭漭，不能尽变。如赵德麟云："新酒又添残酒病，今春不减前春恨。"陆放翁云："只有梦魂能再遇，堪嗟梦不由人做。"又黄山谷云："春未透。花枝瘦。正是愁时候。"梁贡父云："挤一醉留春，留春不住，醉里春归。"此则陡健圆转之榜样也。
>
> 张炎曰：词须要出新意。能如东坡清丽舒徐，出人意表，不求新而自新，为周、秦诸人所不能到。辛、刘徒作壮语，于文章政事之暇，游戏笔墨为之。实为长短句诗，以语于新意，则亦勉强云尔也。
>
> 彭孙遹曰：词以自然为宗，但自然不从追琢中来，则亦率易无味。如所云绚烂极臻仍归平淡。若使语意淡远者，稍加刻划，镂金错采者，渐近天然，则骎骎乎绝唱矣。若无住词之"杏花疏影里，吹笛到天明"，石林词之"美人不用敛蛾眉，我亦多情无奈酒阑时"，自然而然者也。①

第一段材料，沈雄指出黄庭坚强调词的风格应达到"陡健圆转"的要求，并且援引赵令畤的《蝶恋花》（卷絮风头寒欲尽）、陆游的《蝶恋花》（水漾萍根风卷絮）、黄庭坚的《蓦山溪·赠陈湘》、梁曾的《木兰花慢》（问花花不语）等作品作为实例，让学词者明白，"陡健圆转"的词应该有深挚的情感、凝练的语言、丰富的意蕴，这种词风与柳永平铺直叙、语多情少的词风是相对立的，应该是黄庭坚对苏轼摒斥柳词思想的发展。

第二段材料，沈雄认为张炎主张"词须要出新意"的观点其实是张炎从杨缵那里继承而来的，当然张炎也认可这一点，如他在谈到姜夔的咏梅词时就说过："词之赋梅，惟姜白石《暗香》《疏影》二曲，前无古人，后无来者，自立新意，真为绝唱。"② 接着，其实是沈雄在谈个人的看法，然而他把自己的看法和对张炎的引用混在了一起，这与古人写作不加标点有很大关系。沈雄由张炎的"立新意"引发出了关于词的"清丽舒徐"风格

---

① 《古今词话·词品下卷》，载《词话丛编》，第 849－852 页。
② （宋）张炎著，夏承焘校注《词源注》，人民文学出版社，1963，第 29－30 页。

的看法，他认为这是对苏轼词精妙特点的最佳概括，无论是周邦彦、秦观，还是辛弃疾、刘克庄，其实都很难达到这样的新意。

第三段材料，沈雄肯定了彭孙遹"词以自然为宗"的观念，彭孙遹虽然强调词的"自然"，但是他认为词如果纯任自然，就会缺乏深厚的韵味，因而要追求"从追琢中来"的自然，这一观念是颇为辩证的创作心得。引用了彭孙遹的观点后，沈雄举出了陈与义的《临江仙·夜登小楼记洛中旧游》和叶梦得的《虞美人》（落花已作风前舞）中的句子作为例证，指出什么样的词是符合彭氏观念的自然之作。

以上 3 条材料虽然都是对他人词学观念的引录，但是沈雄都有深刻的体会和理解，也表现了他对词体审美理想的追求。

再如《词品》中有"禁忌"一门，辑录了由宋至清初词论家有关"禁忌""弊病"的论述 12 条，涉及的内容有：词忌与诗、曲相混，命意、命句之忌，语言、风格之忌，用事、用语、用字之忌，词贵自然等，举其中的两条为例：

> 《爱园词话》曰：遇事命意，意忌庸，忌陋，忌袭。立意命句，句忌腐，忌涩，忌晦。意卓矣而束以音，屈意以就音，而意能自振者鲜矣。句奇矣而摄以调，屈句以就调，而句能自然者鲜矣。
>
> 《词筌》曰：词须风流蕴藉，作者当知三忌，一不可入渔鼓中语言，一不可涉演义家腔调，一不可象优伶人叙述。其最丑者为酸腐，为怪诞，为粗莽，是不可不禁也。然则险丽者重矣，须泯其刻划之迹。创获者贵矣，尤忌为突兀之辞。①

明代俞彦的《爱园词话》所指的庸、陋、袭、腐、涩、晦，清初贺裳的《皱水轩词筌》指出的渔鼓中语言、演义家腔调、优伶人叙述、酸腐、怪诞、粗莽，皆是当时词坛创作中常见的弊病，《古今词话》汇集此类有关弊病的论述，说明沈雄对词史及当代词坛所存在的种种弊端有清醒的认识，沈雄辑录古今论者之语，以彰显之，以"禁忌"之名警示词坛，再加以总结排列，是一种特殊的批评方式。

《古今词话》以"词品"单立一门，意在以品评词之高下，引导创作方向，既结合实例进行理论阐发，又有创作方法的揭示，沈雄的词学思想蕴

---

① 《古今词话·词品下卷》，载《词话丛编》，第 874 页。

含于其间。

## 三　《古今词话》引录文献的价值和问题

沈雄的《古今词话》是一部辑录类词话著作，辑录类词话虽然大都不是编撰者的创作，但仍有其独特的价值，突出的是文献价值。《古今词话》引书130多种，引人140多人，人书合并，引用有280余种。在印刷术尚不发达的年代，文献颇易散佚，而作为小道、卑体的词学文献更易流失。辑录类词话或为保存文献，或为读者便于分门别类阅读，或为朋友同道捧场而作，但这类词话往往保存了一些文献资料，特别是一些论者的其他文献皆已遗失，赖此类词话保存吉光片羽，显得弥足珍贵。这种情况在《古今词话》中十分突出，书中收录的许多明清之际的词论十分罕见，如徐𤧚、汤显祖、钱谦益、王庭、龚鼎孳、曹溶、徐釚、吴伟业、潘眉、张砚铭、汪枚、吴樵、李容斋（李天馥）、桑雪苀（桑苀）、顾茂伦（顾有孝）、钱葆馚、聂先等人以及不能确定作者身份的词论，或举数条，或仅片言只语，不乏精彩之处，下面试举几例。

《梅墩词话》的作者不能确指，仅知为明末清初的安徽休宁人江士式[1]，字梅墩，与沈雄有交集，或为《梅墩词话》的作者。《梅墩词话》今已亡佚，其残章仅见于沈雄《古今词话》所引，共14则。从残存的《梅墩词话》来看，颇有学术价值，如论小令长调：

> 词贵柔情曼声，第宜于小令。若长调而亦喁喁细语，失之约矣，惟沈雄悲壮，情致叠叠，方为合作。其多有不转韵者，以调长势散，恐其气不贯也。[2]

明末清初的词坛风气尊北宋而黜南宋，尚小令而轻长调，但从《梅墩

---

[1] 清初人江士式，字梅墩，安徽休宁人，可能是《梅墩词话》的作者。林玖仪云："此书作者，当为清初人，与沈雄时代相若。沈氏《古今词话·词品》卷下云：'何物便称情种，败人学道根苗。梅墩曰：此偶僧去妾寄调〔清平乐〕句也。学道人亦复未免有情邪！'偶僧为沈雄之字。由此观之，二人显为友辈。《古今词话·序》作于康熙二十七年（1688），则梅墩其人之年代，呼之欲出矣"（《词话七种考略》，载《词学考诠》，台北联经出版事业公司，1987）。

[2] 《古今词话·词品下卷》，载《词话丛编》，第837页。

词话》的这段话中可以看到对长调的审美特性已经有所认识。康熙前期，浙西词派登上词坛，朱彝尊反复倡导慢词长调学习南宋，《梅墩词话》此论可视为浙西词派推南宋长调的先声。

《梅墩词话》还有如下一条材料，记载了明朝时期朝鲜词人苏世让和西域词人锁懋坚的两首词，体现了明代文化交流的情况：

> 朝鲜苏世让与华使君倡和集，其《忆王孙》赋残春云："无端花絮晓随风。送尽春归我又东。雨后岚光翠欲浓。寄征鸿。家在千山万柳中。"又西域锁懋坚于成弘间作乐府有声，其《菩萨蛮》赋残春云："晓钟若到春偏过。一番日永伤迟暮。谁送断肠声。黄鹂知客情。　山光娇罥湿。仍带伤春泣。绿酒泻杯心。卷帘空抱琴。"即此可以见盛明文教之远。①

二词情景交融，颇具感染力，可见苏、锁两位词人填词技巧的娴熟。异域的文人能够创作出如此成熟的作品，可见填词风气已远播海外，为我们深入认识中外文学交流史提供了宝贵的资料。

江尚质是沈雄的好友，安徽休宁人，有《澄晖堂词》一卷。② 他与明末清初的许多词坛名流都有交往，然而可惜的是至今尚无法考知其生平。他参与了沈雄《古今词话》的增辑工作。江尚质的词话作品并无传本，然而在《古今词话》中却以"江尚质曰"和"江丹崖曰"保存了20条，是极为珍贵的词学文献资料。其中以"江尚质曰"出现的18条词话当为江尚质"增辑"时补入，如下面一条：

> 人文蔚起，名制若林。近披朱竹垞《词综》、毛驰黄《词谱》、邹程村《倚声集》、蒋京少《瑶华集》，家玩人璧，评者纷如。得与柳塘沈子，稽古证今，赞成是书。再愿考核定谱，公之天下，惟冀名篇典论之惠教耳。③

从记载中可以看出，江尚质会同沈雄，遍览当时词坛众多名家词集，

---

① 《古今词话·词话下卷》，载《词话丛编》，第801页。
② 叶恭绰：《全清词钞》，中华书局，1982，第376页。
③ 《古今词话·词品下卷》，载《词话丛编》，第881页。

包括了朱彝尊主持编选的《词综》、毛先舒①的《填词图谱》、邹祗谟的《倚声初集》、蒋景祁②的《瑶华集》等，江尚质对当时词坛的情况非常熟悉，能够协助沈雄的编撰工作。由于这条材料收录在《古今词话·词品》中对"选词"的讨论里，应当是与沈雄一同编选一部词选的情景，这部词选并未流传至今，但由此可以想到，江尚质在《古今词话》的编撰成书过程中应该也做了大量工作。

江尚质对词学问题的批评颇为独特，如他为柳永辩解而对苏轼进行的批评：

> 东坡《酹江月》，为千古绝唱。耆卿《雨霖铃》，惟是"今宵酒醒何处，杨柳岸晓风残月"，东坡喜而嘲之。沈天羽曰：求其来处，魏承班"帘外晓莺残月"，秦少游"酒醒处，残阳乱鸦"，岂尽是登涩语。余则为耆卿反唇曰，"大江东去，浪淘尽千古风流人物"，死尸狼藉，臭秽何堪，不更甚于袁绹之一哂乎。③

他指出柳词语有出处，并非俚俗，为柳永鸣不平；他对苏轼《赤壁怀古》的批评非常激烈，认为像袁绹④这样的歌唱大家讥笑的词都要强于这首《酹江月》（又名《念奴娇》）。虽看似赌气，实际上他是在提醒批评家在进行文学作品评判时不应因个人好恶而妄加贬诋。

---

① 毛先舒（1620－1688），字稚黄，初名骙，字驰黄，浙江仁和（今杭州）人。明崇祯诸生。父殁后弃举业，以著述终老。事迹见《清史稿》《杭州府志》等。驰黄少工诗，年十八以《白榆堂诗集》就教于陈子龙，得其称赏，并为之序。诗文与毛奇龄、毛际可齐名，时人称"浙中三毛，文中三豪"。中年病困，久卧草荐，乡人戏称"草荐先生"。家居时，常与张丹、沈谦唱和，号"南楼三子"；又与陆圻、孙治、柴绍炳、丁澎等并称"西泠十子"。著有《潠书》《小匡文钞》《稚黄子文浑》《思古堂文集》《东苑文钞》；诗有《蕊云集》《晚唱》《东苑诗钞》；词则有《鸳情集选填词》三卷，并《填词名解》《填词图谱》等多种。

② 蒋景祁（1646－1695），初字次京，改字京少，一作荆少，号罨画溪生，江苏宜兴人。贡生，清康熙十八年举博学鸿词科未遇。父蒋永修，早年与陈维崧同为"秋水社"盟友，故景祁以同里后辈与陈氏过从尤密，由陈维崧而结识朱彝尊，得朱氏垂青，经陈、朱熏染，遂以词学名家。蒋景祁著有《梧月词》二卷，晚年结集《罨画溪词》。词风近陈维崧，乃阳羡词派殿军。康熙十七年（1678）辅佐曹亮武编选阳羡词选《荆溪词初集》，康熙二十五年（1686）独力编成《瑶华集》，不拘门户之见，广收当代各家之词并兼收前人之作，代表了顺、康两朝词之精粹，是研究清初词学的重要文献。陈维崧殁后，蒋景祁用心整理维崧著作手稿，选编刊刻了《陈检讨词钞》以及众多诗文。

③ 《古今词话·词话下卷》，载《词话丛编》，第771页。

④ 袁绹（生卒年不详），善歌，宣和间，为教坊大使，靖康元年（1126），因逐人家财，其家被籍没。

《古今词话》还收录了当时一些并不以词闻名的人物的片言只语，其中多有精辟见解，或保留了重要的词学文献，或反映了当时词坛词学思想的活跃。如引钱谦益的一条论述就记录了词乐在明代存续以及消亡的情况：

> 教坊李节等歌，何元朗品为第一。全陵全盛时，顾东桥必用筝琶侑觞。相传武宗南巡，乐工顿仁随驾，学得金元杂剧，何元朗小鬟尽得其曲而用之。比时词调犹作引子过曲，今供筵所唱类其时曲，并无人问及词调。则倚声之被管弦者，殁未百年而竟成广陵散矣。①

词乐自南宋灭亡后，大量失传，但直至明代仍有少量保存了下来，钱谦益这段材料表明在何良俊（元朗）生活的明代中叶正德到隆庆年间，词乐还有流传使用，然而也就是这个时代，大概随着昆曲的流行，词乐终于彻底消散在了历史的时空里。钱谦益乃明末清初文坛领袖，但极少论词，这条材料说明他对词乐、词体还是十分关注的，表现了钱谦益文学活动的一个侧面。

沈雄的《古今词话》一书问世后颇受关注，后世的许多词话，如王奕清的《历代词话》、冯金伯的《词苑萃编》、江顺诒的《词学集成》等，从《古今词话》中转录材料甚多，其他词学著作中引录《古今词话》者更是不胜枚举。同时，《古今词话》也受到了一些批评，近人赵万里批评其"芜陋不足道"②，最有代表性的是《四库全书总目提要》：

> 国朝沈雄纂。雄字偶僧，吴江人。是编所述，上起于唐，下迄康熙中年。杂引旧文，参以近人之论，亦间附己说。分词评、词辨、词品三门，征引颇为寒俭。又多不著出典。所引近人之说，尤多标榜，不为定论。③

这段提要短短几句话几乎彻底否定了《古今词话》的价值。四库馆臣的批评未免过苛，但是《古今词话》在引录文献资料时也的确存在不少问题。《古今词话》"多不著出典"，即没有注明文献原始出处，这是清初人撰写词话的普遍问题，如徐釚的《词苑丛谈》、王又华的《古今词论》、田同

---

① 《古今词话·词话下卷》，载《词话丛编》，第805页。
② 赵万里：《校辑宋金元人词》，国家图书馆出版社，2013。
③ （清）永瑢等：《四库全书总目》，中华书局，1965。

之的《西圃词说》等皆是如此。当时词论家大多不能像今人以专业的学术眼光对待词学研究，学风上不够严谨，但是说"所引近人之说，尤多标榜"而加以否定就太苛责古人了。

沈雄的《古今词话》是一部以汇集词学文献为目的的辑录类词话，与原创类词话有着本质的不同。从保存文献的角度看，"所引近人之说"保存了明末清初这段重要时期的词学文献，其功绩不可小视。钟振振教授曾发表《〈古今词话〉批评》①，认为"《古今词话》一书，玉石杂陈，得失参半，不无其用，但又未可轻用"，是十分中肯的意见。《古今词话》在引述文献时主要有以下三个方面的问题。

第一，征引文献体例比较混乱，大略半用作者人名标目，半用典籍名称标目，即便是同一位作者，又往往用各种不同的名称来标目，比如书中对邹祇谟的引用就有"邹祇谟曰""邹程村曰""《词衷》(《远志斋词衷》)曰""《倚声集》(《倚声初集》)曰"等。

第二，一些引录的资料并非原始出处，而是转引的二、三手材料，主要集中于当时流传较广的材料。这些材料被辗转传抄，沈雄也没有刻意考校，而是随见随抄，因此与我们目前能见到的通行版本有一些文字上的差异。如前沈雄所引彭孙遹讨论"词以自然为宗"的一段话，其中"则亦率易无味"在《金粟词话》中为"便率易无味"，"如所云绚烂极臻仍归平淡"在《金粟词话》中为"如所云绚烂之极，仍造平澹耳"。从这些文字的差异可以看出辗转传抄中造成的文字差异。

第三，有些地方将引用文献与编著者自己的文字杂糅在一起，可能造成读者理解上的错误。这种情况普遍存在，如前文所引"品词"中的几段材料都是这种问题，应该详加分辨。

另外，《古今词话》中还有一些编者阅读理解的错误、文献抄录"或作删节，或为缩写，或系改述，多不忠实于原文"等问题，确是《古今词话》的毛病，应提醒读者多加注意。

## 四　《古今词话》体现的沈雄词学观

沈雄的《古今词话》中引录有署为"《柳塘词话》"的 98 则，署为

---

① 钟振振：《〈古今词话〉批评》，《文学遗产》1996 年第 6 期，第 87－92 页。

"沈雄曰"或"沈偶僧曰"的148则，两者合计246则。清末民初，况周颐、王先濡将这些文字从《古今词话》中辑出，名为《柳塘词话》刊行，今有《词话丛钞》本。① 由此，《柳塘词话》成为沈雄个人的原创词话著作。

从《古今词话》中引录《柳塘词话》或"沈雄曰"的情况来看，《柳塘词话》或许是沈雄曾经完成的一部词话著作，在他编撰《古今词话》时，摘录了《柳塘词话》中的一些内容。

沈雄编撰《古今词话》采用了分类辑录、改写他人词话材料并加上个人评论的方式。沈雄编辑《古今词话》时，将自己见到的材料分类罗列出来，有时也会借机发表自己的词学见解。他在编辑他人的词话后，经常会加上自己的评论和分析，有些作为引录材料的补充，有些相当于引录材料的按语。或从《柳塘词话》中摘录，或以自己的名字加以评论。

明末清初时期，词坛开始走出明代的衰颓，有振兴的气象。此时以陈子龙为代表的云间词派、以毛先舒为代表的西泠词派、以王士禛为代表的广陵词人群、以陈维崧为代表的阳羡词派等十分活跃，以朱彝尊为代表的浙西词派初登词坛，正在整合浙江一带的词家，逐渐形成气候。从词学批评理论以及词学思想来看，这一时期主要是继承明代的观念，同时又进行了多方面的思考和探索。沈雄的词学思想也是这一时期词学思想的体现，主要有三个方面。

第一，对词体特征的认识。词与诗、曲都是韵文，皆可和乐演唱，相似之处也很多。词在韵文的发展历史上处于诗、曲之间，创作时很容易与诗、曲相混淆。

在《古今词话》中，沈雄多次言及词与诗、曲的关系，强调二者的区别。沈雄特别注意辨体，提出"力崇词格"，即强调词体的文体特性。

> 《乐府解题》曰：《长命西河女》，羽调曲，唐五言体云："云送关西雨，风传渭北秋。孤灯然客梦，寒杵捣乡愁。"和凝集中云："天欲晓。宫漏穿花声缭绕。窗里星光少。 冷霞寒侵帐额，残月光沉树杪。梦断锦闱空悄悄。强起愁眉小。"力崇词格者，当不取诗体也。②

---

① 况周颐、王先濡辑本《柳塘词话》失收40余则。见《词话丛钞》，上海大东书局，1925年石印本。

② 《古今词话·词辨上卷》，载《词话丛编》，第898页。"孤灯然客梦"《词话丛编》误"孤"为"狐"，此处据《古今词话》康熙二十八年澄晖堂刻本改。

　　"力崇词格"一是注意诗词之辨。沈雄主张填词要"不取诗体",在
《古今词话》中引用吴兢①《乐府解题》中的观点,将岑参用乐府旧题《长
命西河女》创作的五言诗《宿关西客舍寄东山严许二山人,时天宝初七月
初三日在内学见有高道举征》与五代时和凝的词《薄命女》(天欲晓)进行
对比,以区别诗词的不同。

　　"力崇词格"二是注意词曲之辨。沈雄在强调"力崇词格"但"不取诗
体"的同时,也对词格鄙俚近曲的作品颇多不满。如他对冯延巳的《长命
女》一词就颇为不屑:

　　　　冯延巳别有《长命女》词:"春日宴。绿酒一杯歌一遍。再拜陈三
　　愿。　一愿郎君千岁,再愿妾身长健。三愿如同梁上燕。岁岁长相
　　见。"留为章法,词则俚鄙。②

　　这段记载在《古今词话》中并未标明来源,附于上引吴兢《乐府解题》
之后,根据文中语气,当是沈雄自己的记录。

　　他还引用陈振孙③评价柳永、王观、陈克词的评语,表现出自己的
赞同:

　　　　陈质斋曰:柳词格不高,而音律谐缓,词意妥帖,承平气象,形
　　容曲尽,尤工于羁旅行役。④
　　　　陈质斋曰:逐客词格不高,以《冠柳》自名,概可知矣。⑤

　　陈质斋就是陈振孙,从他对柳永的《乐章集》和王观的《冠柳集》"词

---

① 吴兢(670-749),唐史学家,汴州浚仪(今河南开封市)人。武则天时入仕,拜右拾遗
　内供奉。中宗时,任右补阙、起居郎、水部郎中等职。玄宗时,任谏议大夫、卫尉少卿兼
　修文馆学士等职,并继续参与国史修撰。曾与刘知几等共撰《武后实录》,直笔无讳。任
　职史事期间,曾私撰《唐书》《唐春秋》《贞观政要》等多种史籍。
② 《古今词话·词辨上卷》,《词话丛编》第898页。
③ 陈振孙(?-约1261),原名瑗,字伯玉,号直斋,安吉(今属浙江)人。南宋藏书家、
　目录学家。幼年好学,常从人借阅。嘉定间为浙江鄞县县学、绍兴教官、江西南城县令。
　宝庆时为兴化军(今福建莆田)通判,兴化军为宋代刻书、藏书兴盛之地,他在此抄录收
　集了大量典籍。端平年间以朝散大夫知台州兼浙东提举、改嘉兴府知府、任浙西提举。淳
　祐四年(1244)入京为国子监司业。淳祐九年前后,以侍郎、宝章阁待制致仕,卒赠光禄
　大夫。
④ 《古今词话·词评上卷》,载《词话丛编》,第982页。
⑤ 《古今词话·词评上卷》,载《词话丛编》,第988页。

格不高"的评价可以看出，他不满于词的俚俗近曲，但也肯定了陈克《赤城词》的格调：

> 陈质斋曰：词格颇高丽，晏、周之流亚也。①

也就是说，陈振孙认为晏殊、周邦彦词的格调是值得学习和肯定的，而陈克的创作对此颇有心得。沈雄引用陈振孙的这几条评语，表明了自己也是认可这样的说法。此外，沈雄还举出"元曲四大家"的关汉卿、郑德辉、白朴与王实甫的曲作为例，指出他们的曲虽然"情致不减于词"，但仍然是曲，而不是词。② 沈雄"上不类诗，下不类曲者"的原则与曹溶在《古今词话序》中所说的"上不牵累唐诗，下不滥侵元曲者，词之正位也"相互呼应，是清初词学思想的典型表现。

为了探得词体特性的产生原因，沈雄还深入分析了词体的内在结构形式。词体与诗体的不同表现在许多方面，语言节奏的不同即是重要的表现。一般来说，诗体的五言诗句以上二下三的节奏为常格，七言诗句则是上四下三，而词体则不同。沈雄指出，"如《木兰花慢》首句，'拆桐花烂熳'，《三奠子》首句，'怅韶华流转'，第一字必用虚字，一如衬字，谓之空头句，不是一句五言诗可填也"。意思是说，这些词句的节奏是上一下四，与诗句的上二下三有显著的差异。词中的七字句也有类似情形，"如《风中柳》中句'怕伤郎、又还休道'，《春从天上来》中句，'人憔悴、不似丹青'，句中上三字须用读断，谓之折腰句，不是一句七言诗可填也"。指出词句的上三下四节奏与诗句的上四下三有明显的区别。词体的音乐美、声腔美都与语言的节奏有直接的关系，因而考察诗词语言节奏的差异十分重要，这种差异从词谱的平仄标识中无法认识，必须从唐宋人词作实例中方能考察。沈雄这些精到的认识发前人所未发，民国的一些词学家（如丘琼荪的《诗赋词曲概论》等）于此多有借鉴。

第二，风格之辨。词本为"艳科"，以婉丽缠绵为词体特征。但是随着时代的发展，词体的风格也出现了多样化的趋势。明代的张綖就将词体风格分为婉约和豪放两类，并以婉约为正。沈雄对词体的不同风格形态也十分关注。受明人的影响，沈雄也将婉丽绮艳视为词体的当行本色，曾借用明

---

① 《古今词话·词评上卷》，载《词话丛编》，第991页。
② 《古今词话·词话下卷》，载《词话丛编》，第793页。

代人顾璟芳之言"词以艳冶为正则,宁作大雅罪人,弗带经生气"①,肯定了以"艳冶"为词之正体,以之作为填词应该遵循的规范。但是他又进一步指出词的"艳冶"和"丽"要"隽永有致,得一唱三叹之妙,而不为妍媚之笔"②,将风格的"丽"与品格的"妍媚"区分开来。

沈雄虽然倾向于婉约风格,但对豪放词风也能肯定其价值。如他引陈模的《论稼轩词》,称"苏、辛所作"为"万古一清风"。赞辛派传人刘克庄的词"为壮语,足以立懦",称清初陈维崧的豪放词为"一开生面""偏锋取胜"。沈雄还从词调本身加以考察,他注意到《歌头》及《六州歌头》《水调歌头》,"皆宜音节悲壮,以古兴亡事实之,良不与艳词同科者"。③词乃音乐文学,先有曲调,后有歌词,词的曲调本身具有声情特性。词体风格不仅有被称为本色当行的婉丽,也有像《歌头》一样的豪放。沈雄区分词体风格具有差异性,其目的在于说明词体风格并非婉丽的一统天下,"贞性劲节,固不可以柔情艳语测之"。④过分强调本色当行的风格是对词体风格多样性认识的疏陋,是不可取的。

第三,沈雄还对一些词坛存在的弊病予以批评,如明人喜欢自度曲,就是自己创制一些词调词牌。沈雄对此现象不以为然:"自《花间》至元季调已盈千,安得再收自度。"⑤即使像王世贞、杨慎、屠隆等明代著名词人的自度曲也皆在沈雄的否定之列。后世的词学批评家普遍认为,自度曲乃明词衰敝的原因之一,沈雄此说可谓先河。

又如用典。在词史上使用典故入词是常见的现象,如果运用得好,可以增加词的艺术表现力;如果过分,就会失之为"调书袋",破坏词的美感,如"放翁、稼轩,一扫纤艳,不事斧凿。词则高矣,但时时掉书袋,固是一病"。⑥沈雄指出南宋词人刘克庄的《清平乐》词中用佛经"除是无身方了,有身定有闲愁","是妙悟一流人语",用典而不着痕迹,是值得肯定的;而辛弃疾的《踏莎行》"长沮桀溺耦而耕,某何为是栖栖者"、刘过的《西江月》"天时地利与人和,燕可伐与曰可","用经书语入词,毕竟非

①　《古今词话·词话下卷》,载《词话丛编》,第807页。
②　《古今词话·词话下卷》,载《词话丛编》,第820页。
③　《古今词话·词品上卷》,载《词话丛编》,第837页。
④　《古今词话·词话下卷》,载《词话丛编》,第808页。
⑤　《古今词话·词话下卷》,载《词话丛编》,第801页。
⑥　《古今词话·词话上卷》,载《词话丛编》,第767页。

第一义"。① 这些从经书中套用而来的典故用在词中不仅生硬，还破坏了意境，甚不可取。

沈雄特别批判格调低下甚至恶俗的作品，如南宋无名氏献给权相贾似道的词："算来闲不到人间，一半神仙先占取，留一半与君闲"；南渡词人康与之阿谀奸相秦桧的词："篆刻鼎钟将遍，整顿乾坤方了"，皆是"谀媚"之词；又如秦观的"怎得香香深处，作个蜂儿抱"、柳永的"愿得你兰心蕙性，枕前言下，表余深意"，皆为"秽亵"之作。沈雄指斥其为"粗鄙之流为调笑，调笑之变为谀媚"，"谀媚之极，变为秽亵"。② 这些词或心理鄙下，或沉溺情欲，皆在摒弃之列。

清词史称"中兴"，清代的词学批评理论更是代表了古代词学的最高水平。清初顺治至康熙初期正是"中兴"的第一个高潮期，尤其在江南，词坛上创作和批评均呈现出高潮：词派林立，大家涌现，词集、选本纷呈，词韵、词谱不断刊行，繁荣景象不仅超越前朝，后世也很难再现。就词学批评理论来说，李渔的《窥词管见》、毛奇龄的《西河词话》、刘体仁的《七颂堂词绎》、沈谦的《填词杂说》、邹祗谟的《远志斋词衷》、王士禛的《花草蒙拾》、贺裳的《皱水轩词筌》、彭孙遹的《金粟词话》、董文友的《蓉渡词话》、钱芳标的《菇渔词话》都产生于这一时期，沈雄的《古今词话》能够在此时产生，与词坛繁荣的大背景是分不开的。受时代精神的感召，沈雄编撰了规模空前的《古今词话》，其意义主要表现在 3 个方面。

其一，记录一代词坛盛况，为词家提供文献资料。在《古今词话》这部书中，沈雄网罗了唐宋以来的论词之语，特别是根据自己的词坛交往，大量收集明末清初人的词话，不仅保留了珍贵的词学资料，而且客观反映出清代初年词坛上各派分起、众家纷呈的活跃气象，昭示了词学兴盛局面的再次到来。

其二，分门别类，提出词学研究的思路。沈雄编撰词话时对材料的分类处理是一种学术的思维，他将材料分别归入词话、词品、词辨、词评，看似理所当然，实则颇费心力。而这样的分类使词学研究开始有了侧重，对词学研究的深入发展起到了推动的作用。

其三，对许多词学问题发表见解，不乏灼见。沈雄的《古今词话》与

---

① 《古今词话·词品下卷》，载《词话丛编》，第 853 页。
② 《古今词话·词品下卷》，载《词话丛编》，第 875 页。

一般汇集型词话不同，并非纯粹摘抄和汇集材料，他在书中有大量自己的评语、按语，时刻表明自己对相关问题的看法，而这些看法往往闪现出真知灼见。但值得注意的是，沈雄的许多个人意见并没有与引文明确区分，有时在引用后借题发挥，有时在引用后举例印证，又没有明确标示哪些是引自他人，哪些是出自本人之口，为后人使用材料带来了困扰。虽然存在这样的问题，但仔细分辨后，仍然能够看出沈雄深刻丰富的个人词学思想。

沈雄的《古今词话》与同时期同类词话——徐釚的《词苑丛谈》共同创新了辑录类词话的形式，变随意抄录为分类编纂，后世的《词苑萃编》《词学集成》都是继承这一形式而发展的，可以说，沈雄的《古今词话》为词学百花园增添了一枝奇葩。

## 第三节　沈雄的词史观念

明人已有明确的词史观念，如杨慎认为："在六朝：若陶宏景之《寒夜怨》，梁武帝之《江南弄》，陆琼之《饮酒乐》，隋炀帝之《望江南》，填辞之体已具矣。……孟蜀之《花间》，南唐之《兰畹》，则其体大备矣。"① 汤显祖也说过类似的话："尝考唐调所始，必以李太白《菩萨蛮》《忆秦娥》及杨用修所传《清平乐》为开山。而陶宏景之《寒夜怨》，梁武帝之《江南弄》，陆琼之《饮酒乐》，隋炀帝之《望江南》，又为太白开山。"② 沈雄继承了明人的词史观念，在书中旁征博引，以翔实的文献资料为依据，试图厘清词的源流。

他在全书开始就征引《曲洧旧闻》所记，认为"词滥觞于六代"：

> 唐词起于唐人，而六代已滥觞矣。梁武帝有《江南弄》，陈后主有《玉树后庭花》，隋炀帝有《夜饮朝眠曲》。岂独五代之主，蜀之王衍、孟昶，南唐之李景、李煜，吴越之钱俶，以工小词为能文哉。如王衍之"月明如水浸宫殿，有酒不醉真痴人"，李玉箫爱赏之，元人用为传

---

① （明）杨慎：《草堂诗余序》，载施蛰存《词籍序跋萃编》，中国社会科学出版社，1994，第665页。
② （明）汤显祖：《花间集叙》，载施蛰存《词籍序跋萃编》，中国社会科学出版社，1994，第634页。

奇。孟昶之"冰肌玉骨,自清凉无汗",东坡复衍足其句。钱俶之"金凤欲飞遭掣搦,情脉脉、行即玉楼云雨隔",为艺祖所叹赏,惜无全篇,而亦流递于后矣。①

沈雄把这段材料安排在全书之首,用意比较明显。首先,明确词的源头。沈雄引用杨慎的话说:"填词必泝六朝者,亦昔人探河穷源之意。"② 把词的源头推至六朝梁武帝,意味着唐词和唐诗具有同源性。人们历来认为唐代近体诗的兴盛与齐梁时代沈约、谢朓等人推行的声病说有紧密关系,沈雄等人上溯词的源头至齐梁时代,应该有以词源比诗源的意味在里面,这也是推尊词体的基础。其次,借历代君王的爱好彰显词之影响。这段文字中精心罗列了自梁武帝至宋太祖(艺祖)历代君王或制词或赏鉴以及影响后世的作品和事迹,无形中提高了词的地位,使这部书的编撰名正言顺了。虽然人们一向认为"填词于摛文最为末艺",但沈雄溯词源与唐诗同,又搬出历代君王于卷首,为自己编撰《古今词话》一书找到了历史依据。

沈雄在书中对词史的发展和演变进行了考源溯流,对材料的安排完全根据自己的需要来取舍,有前人言论可用的,他就采摭而来;无前人文献可用的,他就自己进行考论,这在整部书中都非常普遍,主要以"沈雄曰""《柳塘词话》曰"的形式出现。当然,还有一些地方直接阐述自己的观点,附着在前人的观点之后,并没有标明自己的身份,虽然体例颇受指责,但客观来说,沈雄的词学观念还是值得重视的。沈雄的考论在书中的突出重要价值就是他的词史观念。

## 一 辨体明史,反对以诗、曲乱词调

沈雄考察词史是从明辨词体开始的。词与诗、曲都是韵文,且3种文体在文学史上都有和乐演唱的情况存在,虽然诗早已不再作为演唱的主要对象,但是从《诗经》到汉魏乐府再到唐代歌诗,诗歌曾经长期承担着乐曲歌词的功能;词伴随隋唐燕乐的流行而出现,从流行于市井民间到风靡文人阶层的公私聚会,词的演唱在数百年间长盛不衰,然而,任何一种文体在发展到成熟阶段就会增加重重束缚而失去活力,词乐被新兴的曲乐所取

---

① 《古今词话·词话上卷》,载《词话丛编》,第 741 页。
② 《古今词话·词话上卷》,载《词话丛编》,第 743 页。

代，也在明代中期以后失传；曲从一产生，就是坚持世俗的道路，为普通人喜闻乐见，成为社会娱乐的主要形式，几经演变，以散曲、戏剧的形式流传。这三种文体相似之处毕竟很多，词又处于诗、曲之间，创作时很容易上类诗或下似曲。沈雄对词体辨析的重视说明他已经认识到了词的发展与演变具有特殊性，他在构建词史体系时努力避免诗、曲的影响。

《古今词话》中，沈雄多次言及词与诗、曲的关系，强调二者的区别。如"别见之五言诗"一段，他考较了一些词牌中收录五言句式的情况：

> 今以五言之别见者汇较之。如《何满子》，已收六言六句矣，兹载薛逢之《何满子》云："系马宫槐老，持杯店菊黄。故交今不见，流恨满山光。"按白词有一曲四词，歌八叠句，则此词先有是名者，故张祜诗有"一声《何满子》，双泪落君前"也。如《三台令》，已收六言四句矣，兹载李后主之《三台令》云："不寐倦长更，披衣出户行。月寒秋竹冷，风切夜窗声。"如《杨柳枝》，已收七言四句矣，兹载李商隐之《杨柳枝》云："画屏绣步障，物物自成双。如何湖上望，只是见鸳鸯。"如《醉公子》，已收无名氏之五言八句矣，兹载无名氏之《醉公子》云："昨日春园饮，今朝倒接罗。谁人扶上马，不省下楼时。"如《长命女》，已收长短句矣，兹载无名氏之《长命女》云："云送关西雨，风传渭北秋。孤灯然客梦，寒杵捣乡愁。"如《乌夜啼》，已收长短句矣，兹载聂夷中之《乌夜啼》云："众鸟各归枝，乌乌尔不栖。还应知妾恨，故向绿窗啼。"如《长相思》，已收琴调之长短句矣，兹载张继之仄韵《长相思》云："辽阳望河县，白首无由见。海上珊瑚枝，年年寄春燕。"又令狐楚之平韵《长相思》云："君行登陇上，妾梦在关中。玉箸千行落，银床一夕空。"诸如此类，恐后之集谱者，多以诗句而乱词调也。①

接着，他又在"别见之七言诗"一段中做了同样的考察。

> 今以七言之别见者略举之。如《江南春》，既列长短句之小令矣，兹载刘禹锡之平韵《江南春》云："新妆宜面下朱楼，深锁春光一院愁。行到中庭数花朵，蜻蜓飞上玉搔头。"又后朝元之《江南春》云：

---

① 《古今词话·词品下卷》，载《词话丛编》，第 745 页。

"越王宫里如花人，越水溪头采白苹。白苹未尽秋风起，谁见江南春复春。"按刘梦得为答王仲初之作，仲初与乐天俱赋仄韵，而兹以平韵正之。后朝元又是一种感慨所系矣。如《步虚词》，已列长短句之双调矣，兹载陈羽之《步虚词》云："楼阁层层阿母家，昆仑山顶驻红霞。笙歌往见穆天子，相引笑看琪树花。"如《渔歌子》，已列长短句之单调、双调矣，兹载李梦符之《渔父词》二首云："村市钟声渡远滩，半轮残月落前山。徐徐拨棹却归去，浪叠朝霞碎锦翻。""渔弟渔兄喜到来，婆官赛却坐江隈。椰榆杓子瘤杯酒，烂煮鲈鱼满盎堆。"如《凤归云》，已列林钟商之长调矣，兹载滕潜之《凤归云》二首云："金井阑边见羽仪，梧桐树上宿寒枝。五陵公子怜文采，画与佳人刺绣衣。""饮啄蓬山最上头，和烟飞下禁域秋。曾将弄玉归云去，金翮斜翻十二楼。"他如《离别难》《金缕曲》《水调歌》《白苧》，各有七绝，杂以虚声，亦有可歌者，总不欲以诗句而乱词调也。①

沈雄认为乐府诗和唐歌诗是词的重要来源，但他担心的是"恐后之集谱者，多以诗句而乱词调"，为避免这种现象，他认为需要辨析诗词之异，"总不欲以诗句而乱词调也"。他告诉人们词中有大量的五、七言句式，但不能因为形式上与五、七言诗相同而混淆诗词。由此可见，沈雄对于诗词界限的区分在态度上是十分认真的。

不仅对诗、词的态度如此，对词、曲的态度也是一样，在"元曲情致不减于词"一段中，他征引自己所著的《柳塘词话》云：

　　余阅元曲，关汉卿商调《集贤宾》云："裙染榴花，睡损胭脂皱。钮结丁香，掩过芙蓉扣。线脱珍珠，泪湿香罗袖。杨柳眉颦，人比黄花瘦。"郑德辉越调《圣药王》云："近芦花。揽钓槎。有折柳衰蒲绿蒹葭。遥望见、烟笼寒水月笼沙，我只见茅舍两三家。"白仁甫题情《阳春曲》云："笑将红袖遮银烛，不放才郎夜读书。只不过迭应举，及第待何如。"王和甫别情《尧民歌》云："自别后遥山隐隐，更那堪远水粼粼。见杨柳飞绵滚滚，对桃花醉眼醺醺。"其情致不减于词也。徐士俊曾叙余词曰："上不类诗，下不类曲者，词之正位也。"余欲力

---

① 《古今词话·词品下卷》，载《词话丛编》，第 745－746 页。

崇词格，特究心于曲调如此。①

他承认元曲中有许多作品"情致不减于词"，但毕竟这些作品是曲而非词，元人的才情都用在了曲的创作，对于词却没有过多的投入，每个时代都有独特的主流文学，词在宋代以后已经失去了主流的地位，虽然元、明两代仍然有不少作品问世，但词在韵文领域已经退居次席。清初词坛重现曙光，但词体与诗、曲的纠结又困扰着许多研究者和创作者，因此许多词学家致力于确定"词之正位"。沈雄提出了基本的原则，即"上不类诗，下不类曲者"才是严格意义上的词，对于这一观念，他还引用周永年的观点加以首肯："词与诗曲，界限甚分，惟上不摹《香奁》，下不落元曲，方称作手。譬如拟六朝文，落唐音固卑，上侵汉制，亦复伧父。"这里的意思就更为清楚了，虽然词以绮艳为本色，但是不能模仿韩偓的《香奁集》，使词和诗中的宫体艳情之作相混，同时也不能俚俗直白，落入元曲的窠臼。为了帮助理解，他还举出了拟写六朝文，既不能与后面的唐文相似，也不能模仿前代的汉朝文风。

由于久远的时代漫患了诗、词、曲的疆界，沈雄指出了由"曲调"而定"词格"，最终明确词体的研究道路，这种研究的方法与对词史的考察紧密结合起来，二者在理论上得到了相互支持。

沈雄辨别词体的态度十分认真，并在《古今词话》中专门设置了《词辨》这一部分，用于对词体的考辨，列举了131个词调，考证主要流行词调的来源、历史演变、同调异词等情况。沈雄不仅大量征引词学文献，自己也做了许多的考辨工作，如他对《临江仙》的考辨：

> 《唐词纪》曰：《临江仙》，多赋水媛江妃，南唐人多效为之。
>
> 《古今词谱》曰：仙吕宫曲。《尧山堂外纪》曰：乐曲有《念家山》，后主倚其声为《念家山破》，在围城中，赋《临江仙》未终而城破。词云："樱桃落尽春归去，蝶翻轻粉双飞。子规啼月小楼西。曲阑朱箔，惆怅卷金泥。　门掩寂寥人散后，望残烟草凄迷。"后刘延仲足成之云："烬香闲袅凤皇儿。空持双带，回首故依依。"
>
> 《古今词话》曰：鲁直守当涂，贺方回过之。人日席上，取薛道衡诗句作词，名《雁后归》，即《临江仙》也。

---

① 《古今词话·词话下卷》，载《词话丛编》，第793页。

《乐府纪闻》曰：李清照每爱欧阳公《蝶恋花》词"庭院深深深几许"，作《庭院深深》曲，即《临江仙》也。

《柳塘词话》曰：《花间集》起句，不拘平仄粘，有用韵有不用韵者，有作七字句起，有作六字句起者，韦庄为减字词，晏几道为添字词，共有九体。①

沈雄通过征引材料，首先明确了《临江仙》的词调本意多用于"赋水媛江妃"，也就明确了该词调在起源时的题材来源；接着确定其所属曲调，音乐的声情也得以明确，如果以元人燕南芝庵的《唱论》② 中关于《仙吕调》"清新绵邈"的声情特征来判断，《临江仙》的音乐声情当属空灵缠绵、舒缓迂徐的风格；然后，沈雄选择贺铸、李清照所作考证《临江仙》的别名《雁后归》和《庭院深深》；最后，沈雄引自己的《柳塘词话》，从格律、句式的差异指出《临江仙》共有 9 种异体。这段考辨具有代表性，涉及词调与词体多个方面的问题，如词的音乐、文辞、声律、变体等，这些问题随着词调的历史变迁而出现，情况复杂，从词史发展的角度说，弄清这些问题对于辨别词体，区分词与诗、曲的界限具有重要意义。

词的产生是诗体演变的结果，词出现之后曾经有过一段与乐府、歌诗并存的时期，唐代的许多诗歌确实可以用于演唱，但是随着词的流行，诗歌的演唱功能逐渐被词取代。宋人对诗、词的功能有严格区分，苏轼曾"以诗为词"，模糊了诗、词的界限，结果受到词坛的普遍批评。南宋之后，词逐渐向案头文学演变，人们开始将诗、词相混淆。金元时期，曲的兴起取代了词的演唱功能，成为社会生活中最为流行的音乐文学，但词乐直到明代中叶以后才彻底消失。因此，词、曲在体制上互相干扰的情况并非个别现象。在明代，诗、词、曲三者体制上淆乱的情况相当普遍，不仅影响创作，也影响人们对文学史的认识。明人已经意识到了这个问题，徐师曾为此著《文体明辨》一书区别各种文体，沈雄也十分清楚这个问题，但他对明人的辨体工作并不满意，书中曾多处批评《词体明辨》和《啸余谱》。

近人多据《图谱》《啸余谱》二书，平仄差核，而又半黑半白以分别之。其中虚实句读，每置不论，且载词太略。如字数稍有起结相类，

---

① 《古今词话·词辨上卷》，载《词话丛编》，第 924 页。
② 龙建国：《〈唱论〉疏证》，江西教育出版社，2015。

遂讹为一调矣。《明辨》一书，多遵《啸余谱》，舛错更甚，或逸本名，或列数调，或分讹字，甚则以衬字为实字，则有增添字数之讹。以上二字可联在下句，以下三字可截在上句，则又错乱句读之讹。成谱岂可如是，是不可不辨句也。①

　　词辨者，徐鲁庵先生先有《明辨》一书，但辨于名不辨于实。钱唐毛氏力整《啸余》之错误，阳羡万子又讹《图谱》之乖违，今辑词话，分调列之，而考核未尽也。②

这样的书籍在词坛流传，消极影响非常严重，沈雄不仅指出了《词体明辨》和《啸余谱》存在的严重问题，还痛斥其"成谱岂可如是，是不可不辨句也"。对于书中存在的问题，清初就有有识之士进行了校正，比如毛先舒曾致力于对《啸余谱》的修订。鉴于明人几部书籍中的错误，沈雄在《古今词话》中专列"词辨"一门，试图通过明辨词体，进而厘清词史的发展。

## 二　兼顾别调，以艳冶为正则

沈雄在明辨词调、词体的基础上，上溯词源、下疏词流，设"词话"一门，以朝代更替为主线勾画出词史发展的脉络，从沈雄的论断以及他在书中对文献的选择与安排可以看出他对词史的认识。他认为词史的兴衰就是以婉约词风的兴衰为主导的，并在书中特意引用了一则词话："顾宋梅常言词以艳冶为正则，宁作大雅罪人，弗带经生气。"③ 他肯定了以"艳冶"为特征的婉约词为词之正体，是应该遵循的规范，其他风格的词则被视为"别调""偏锋"，如辛弃疾、刘克庄、陈维崧等人的词，就是如此。

沈雄的认识渊源于明人的词学观念，在比较秦观和苏轼词的时候，他以明代中叶词学家张綖所论作为依据，明确肯定"少游多婉约，子瞻多豪放，当以婉约为主"。④ 明代张綖区分词为"婉约""豪放"二体后，这种二分法就逐渐成为词体事实上的分类标准。明人更欣赏"婉约"体词，这

① 《古今词话·词品上卷》，载《词话丛编》，第839页。
② 《古今词话·凡例》，载《词话丛编》，第730页。
③ 《古今词话·词话下卷》，载《词话丛编》，第807页。
④ 《古今词话·词话上卷》，载《词话丛编》，第766页。

从《花间集》和《草堂诗余》两本词选在明代的流行就可以得到证实。沈雄生活的明末清初，此种影响仍然非常深刻，因此，沈雄以婉丽艳冶之词作为词之正体，也是词坛风气使然。在《古今词话》中，沈雄反复表达了他对词的审美要求，如：

> 杨用修云，填词必溯六朝者，亦昔人探河穷源之意。长短句，如梁武帝《江南弄》云：……梁僧法云《三洲歌》"一解"云：……梁臣徐勉《迎客曲》云：……《送客曲》云：……隋炀帝《夜饮朝眠曲》云：……王叡《迎神歌》云：……《送神歌》云：……此六朝风华靡丽之语，后来词家之所本也。①
>
> 余经莺脰湖殊胜寺，挂壁有中峰明本国师题词，后书至正年号，乃《行香子》也。……若不经意出之者，所谓一一天真，一一明妙也。②
>
> 宋金华文集，以大手笔开风气而犹有丽语。③
>
> 家去矜列名于西泠十子，填词称最。大意以《薄幸》一篇，语真挚，情幽折以胜人。④
>
> 词皆隽永有致，得一唱三叹之妙，而不为妍媚之笔。⑤

沈雄推重艳冶的婉约词为正，但他对婉约词也有自己的审美标准。首先，词要"风华靡丽"，这是对词的语言进行的限定，"丽语"受到肯定，但"妍媚"的俗笔则为沈雄摒弃；其次，词情要自然而"幽折"，标志为"天真""明妙""真挚"；再次，词境要"隽永"，这是对词的整体要求。

沈雄对婉约词的审美要求可以认为是代表了清初词坛的普遍风尚，从云间到西泠、广陵等地的词人群体虽然词学实践有所差异，但对词的基本认识依然延续明代词风而来。当然，清初词坛的词人们在努力改变明代词风的熟烂之弊，沈雄就是其中的一个实践者，他的创作和主张是一致的，《古今词话》中收录了一段讨论沈雄《柳塘词》的文献：

---

① 《古今词话·词话上卷》，载《词话丛编》，第 744 页。
② 《古今词话·词话下卷》，载《词话丛编》，第 796 页。
③ 《古今词话·词话下卷》，载《词话丛编》，第 799 页。
④ 《古今词话·词话下卷》，载《词话丛编》，第 816 页。
⑤ 《古今词话·词话下卷》，载《词话丛编》，第 820 页。

　　　尚书退食之暇，闭户坐香，不复作绮语。有以《柳塘词》进者，
尚书曰："艳才如是，可称绮语一障。我可以谢过于山翁，并可以谢过
于秀老矣。"①

　　这段文献记载了龚鼎孳对沈雄词的认可，"艳才"的评价对一位词人来
说是相当高的，同时也表明沈雄的创作风格与词的传统深度合拍。
　　沈雄虽然倾向于婉约风格的词，但他在描述词史时也兼顾到了其他词
体的影响，对于苏辛一派的评价也尽量表现出宽容的态度，并未简单加以
否定，比如他引陈模《论稼轩词》②中的一段话来表明自己对苏辛词的
肯定：

　　　陈子宏曰：近日词，惟周美成、姜尧章，而以东坡为词诗，稼轩
为词论，此说固当。然词曲以委曲为体，徒狃于风情婉恋，则亦易厌。
回视苏、辛所作，岂非万古一清风哉。③

　　沈雄引用陈模这段评论实际上也表明了自己的态度，苏轼和辛弃疾对
词体的改变确实令词坛震动，也有不少质疑的声音，但他们的天纵之才又
充分发挥了词的魅力。此处所谓"万古一清风"的评价是对苏辛词的一种
肯定，但这种肯定是有保留的，言外之意，苏辛的创作不过是词坛上的一
种特例，并没有成为主流。
　　沈雄对苏辛的态度尚有保留，对辛派传人刘克庄的评价就更直接了：

　　　张叔夏曰：潜夫负一代时名，《别调》一卷，大约直致近俗，效稼
轩而不及者。
　　　沈雄曰："贪与萧郎眉语，不知舞错伊州"，"除是无身方了，有身
常有闲愁"，此后村悟语也。杨慎谓为壮语，足以立懦，信然。④

　　他先引张炎的评价，批评刘克庄的词"直致近俗"，模仿辛弃疾而难望
其项背，更缺乏词所应有的"委曲""婉恋"之态；接着又以"悟语""壮
语""立懦"给予刘克庄肯定的评价，但言外之意，刘克庄的词并不能与主

①　《古今词话·词话下卷》，载《词话丛编》，第813页。
②　（宋）辛弃疾著，徐汉明编校《稼轩集》，长江文艺出版社，1990，第386页。
③　《古今词话·词话上卷》，载《词话丛编》，第767页。
④　《古今词话·词评上卷》，载《词话丛编》，第1005页。

流创作相提并论。

沈雄对苏辛一脉的态度明确体现在对陈维崧词的评价上，他直接以陈维崧上接刘克庄，把他的词看作"别调""偏锋"：

> 其年词如潜夫《别调》，一开生面。不能多载，因检其一二录之，不嫌偏锋取胜也。[①]

陈维崧是清初阳羡词派的领袖，中年之后词风转入豪放一路，沈雄对陈维崧的评价其实就是对苏辛一派豪放词的评价。他认为这一词派虽然在词坛别开生面，但毕竟不是主流，只不过是"偏锋取胜"，因此不应该大力提倡，略加了解就可以了。

沈雄对待婉约、豪放两体的态度非常明确，以婉约为正，以豪放为偏，实际上是对流行于明代的词学正变观在清代的继承。虽然清人对正变的看法有较大差异，但沈雄的观念基本上还是延续明代崇婉约柔曼、抑豪放雄俊而来的。如果说有所不同的话，就在于他主张"词贵运动自然"，要避免"粗鄙""谄媚"之病。

《古今词话》中体现出的词史面貌就是建立在沈雄对词的审美认识上的，他形成了以婉约词的传承为主线的词史变迁思想，虽然他没有回避词学发展的支流，但在这些方面仅略加点染，并未过多关注，其目的在于突出词学主流，引导词学的发展方向。

## 三　纪事褒贬，自成史论

在沈雄心目中，词史的发展脉络是很清晰的。他通过对历代词话中纪事材料进行选择编排，加上点评，做出褒贬，系统表达了他对词史的认识。当然，沈雄的一些观点在现在看来也存在一定局限，如他对苏辛一派词人评价不高，但他在把握词的发展历程时能够以婉约词为主线，标准明确、主流突出。

沈雄对词史上坚持传统婉约词风的词人不惜笔墨、详加记载，点评之语虽主要是褒扬，但也能指出许多问题，虽然《四库总目提要》批评他"多标榜"，但还是显示出一定的客观性。《花间集》往往被认为是婉约词的

---

① 《古今词话·词话下卷》，载《词话丛编》，第815页。

典范，沈雄也这么认为，但他在评价花间词人时并未一味称赏。

例如对魏承班，他首先引述了元好问的评价："魏承班俱为言情之作，大旨明净，不更苦心刻意，以竞胜者。"然后又自引《柳塘词话》说：

> 魏承班词，较南唐诸公，更淡而近，更宽而尽，尽人喜效为之。愚按，"相见绮筵时，深情黯共知"，"难话此时心，梁燕双来去"，亦为弄姿无限，只是一腔摹出。至"好天凉月尽伤心"，"为是玉郎长不见，少年何事负初心"，"泪滴镂金双衽"，有故意求尽之病。①

沈雄对魏承班词的肯定是毫无疑问的，他能够看出魏词的与众不同。花间词人虽然习惯上被看作一个词派，他们的词也有题材、语言、声情等方面的共同之处，但个性差异同样明显，魏承班词虽同样以艳丽柔靡为基调，但却能做到"更淡而近，更宽而尽"，颇类韦庄词清疏明净的特点；称赞的同时，沈雄也指出了他的词有"故意求尽"的弊病。

对于元代词人邵亨贞，沈雄也是在首肯的前提下指出其不足：

> 邵亨贞，字清溪，曾有《沁园春》二首。一赋美人眉，一赋美人目，新艳入情，世所传诵。其单调《凭阑人》云："谁写江南一段秋，妆点钱塘苏小楼。楼中多少愁，楚山无限愁。"仅此四句，为创调，气竭于直，而情亦不赡。②

他肯定了邵亨贞"新艳入情"的作品，也指出了他的作品中有"气竭于直，而情亦不赡"的地方，既有实例，又有断语，表现了他对待词人词作评价的认真态度。

沈雄对待为词学发展做出贡献的词人则是给予了充分肯定，揭示出他们的贡献所在，让词坛了解他们的价值。比如对张綖，沈雄就给出了很高评价：

> 维扬张世文为《图谱》，绝不似《啸馀谱》《词体明辨》之有舛错，而为之规规矩矩，亦填词家之一助也。乃其自制《鹊踏枝》有云："紫燕双飞深院静。宝枕纱厨，睡起娇如病。一线碧烟萦藻井。小鬟茶

---

① 《古今词话·词评上卷》，载《词话丛编》，第 974 页。
② 《古今词话·词评下卷》，载《词话丛编》，第 1022 页。

进龙香饼。"又"斜日高楼明锦幕。楼上佳人，痴倚阑干角。心事不知缘底恶，对花珠泪双双落。"更自新蒨蕴藉，振起一时者。①

沈雄不仅强调了张綖的《诗余图谱》对词坛的贡献，也对他的创作进行点评。他认为张綖的词作"新蒨蕴藉"，与注重模仿、陈陈相因的明代词坛创作风气大相径庭，因此能够在明代词坛"振起一时"，全部都是正面的肯定。

沈雄的评论并非都是褒扬，有时也做出非常尖锐的批评，他对徐师曾《词体明辨》的错误就直接进行抨击：

> 徐师曾鲁庵著《词体明辨》一书，悉从程明善《啸余谱》，舛讹特甚。如南湖《图谱》，仅分黑白。鲁庵《明辨》亦别平仄，但衬字未曾分析，句法未曾拈出。小令之隔韵换韵，中调之暗藏别韵，长调之有不用韵，亦未分明。较字数多寡，或以衬字为实字。分令慢短长，或以别名为一调。甚则上二字三字，可以联下句。下五字七字，可以作对句。过变竟无联络，结束更无照应，成谱岂可以如是。此我邑先辈著书最富，谅必为人所误也。②

徐师曾的《词体明辨》一书确实存在严重弊病，沈雄在此毫不留情地批评其"舛讹特甚"，在一一指出其存在的问题后，语气非常严厉地批评道"成谱岂可以如是"。当然，最后沈雄还是没有忘记替他的乡先贤略加分辩，认为徐师曾是受程明善所误，但这并没有影响他对《词体明辨》持否定的态度。

对于词史上的一些支流，沈雄采取有意淡化的方式，比如对苏辛一派，不仅安排的材料很少，而且也有许多贬词，他引用王世贞的《艺苑卮言》批评辛弃疾词缺少"浓情致语"，远远背离了词的正途：

> 词至稼轩而变，其源实自长公，至改之极矣。南宋如曾觌、张抡辈，应制之作，志在铺张，故多雄丽。稼轩抚时之作，故饶明爽，然于浓情致语，几于尽矣。③

---

① 《古今词话·词评下卷》，载《词话丛编》，第1029页。
② 《古今词话·词话下卷》，载《词话丛编》，第806页。
③ 《古今词话·词话上卷》，载《词话丛编》，第767页。

又引用刘克庄的话批评陆游、辛弃疾等人词中用典太多的弊病：

> 放翁、稼轩，一扫纤艳，不事斧凿。词则高矣，但时时掉书袋，固是一病。①

除了有选择地引用他人的词论，自己也直接点评，他在"辛弃疾稼轩词"一段引述了一些材料后，直接加上自己的评语：

> 稼轩词亦有不堪者，"一松一竹真朋友，山鸟山花好弟兄"是也。②

这些材料非常清楚地表明了沈雄对苏辛一派词的偏见。在他眼中，这一派为词中"变调"，辛弃疾的词固然写得不错，但不具备传统词中所蕴含的绮靡之情和婉丽精巧的辞藻，并且好用典，有卖弄学问的情况。此外，对于辛弃疾词中开拓新题材的作品，他也以"不堪"的评价表现出了保守的态度。

沈雄的词史观念是很明确的，他在突出词史发展主线的前提下精心安排材料，或借对前人论断的取舍以明高下，或直接发表评论进行褒贬，他的词史不仅是纪事材料的汇集，更重要的是其中包含着史论的内容，这就使《古今词话》这部以辑录类词话形式出现的作品具有了理论价值。

沈雄生活于一个特殊的时代，既经历了晚明词坛颓靡中的萧瑟，也经历了清初词坛振起中的纷纭。明清易代之后，词坛虽然已经开始反思明词的积弊，但是彻底的变革还需假以时日，此时的词人和词学家们依然保持着明代对词的基本认识，比如广陵词人群体的领袖王士禛就依然以《花间集》和《草堂诗余》为学词的门径，《花草蒙拾》一书就是他的学习心得。此时的词坛风起云涌，诸多词人、词派云集，但在基本词学观念上却仍然没有摆脱明代的影响，基本上还是强调唐五代、北宋词为典范，追求以婉丽多情为本色的词风。

沈雄并没有超越这个时代，他的《古今词话》客观反映了这个时代词坛的主流趋向，其价值主要体现在以下几个方面。

首先，沈雄的词学思想具有系统性。当时词坛虽然有众多的词人和词人群体，但能够进行系统理论思考的词学家非常有限，沈雄能够全面考察

---

① 《古今词话·词话上卷》，载《词话丛编》，第767页。
② 《古今词话·词评上卷》，载《词话丛编》，第1000页。

词学发展历史，结合词体演变、词学创作的发展以及自己对词的审美体验，较为完整地展示了其词学理论，这一点对于后人了解词史、认识清初词坛的状况具有重要意义。

其次，《古今词话》的结构体系具有独创性。为更充分表现自己的词史思想及其他词学理论，沈雄改变了过去词话著作随意安排材料、缺乏理论内涵的做法，他在精心思考的基础上分列词话、词品、词辨、词评 4 个门类，体现了他对词史、作品、词人的认识。4 个门类既有分工，又相互支持和补充，"词话"部分就是一部词史，但对于词史上的许多理论问题在词品、词辨中予以更详细辨析，而词人和作品也在词评和词辨中再做补录，这样既突出了词学发展史的主线，也兼顾了其他词学问题不被忽略。沈雄构建的词学体系虽然还比较粗糙，但对词学的发展具有启发意义。

最后，《古今词话》中的材料选择具有明确的目的性。沈雄以自己的词史思想统领对文献的选择与安排，后世研究者如赵万里、唐圭璋、钟振振等指责沈雄选择材料存在许多问题，比如出处不详、张冠李戴、使用二手材料、随意剪裁甚至改写等。上述情况确实客观存在于书中，之所以出现这些问题，应该与沈雄编撰这部书的目的有关。沈雄的《古今词话》虽为辑录类词话，但并非主要为汇集资料而编，他的目的在于通过这部书展示自己的词学思想，资料的选取只是为思想的传达服务。当然，我们对《古今词话》的缺点也要有足够的重视，尤其是引用书中材料的时候，一定要核对出处。

## 第四节　清初豫东词人刘榛

### 一　刘榛及其著作

刘榛（1635－1690），字山蔚，号董园，晚号事庵，商丘（今河南省商丘市）人，诸生。

刘榛一生未仕，除了一些短暂的幕府经历外，终生居住于归德（即商丘），读书作文，整理先贤遗著，终生笔耕不辍，故而著述颇多。所作诗、文、词收入《虚直堂文集》，另有《女史》《韵统》，曾行于世。

《虚直堂文集》的版本不多，流传至今的有 3 种刻本，分别是康熙二十七年刻本、康熙刻补修本、清刻本，国内多家图书馆均有收藏。目前常见的影印本为北京出版社 2000 年版的《四库未收书辑刊》本和上海古籍出版社 2010 年版的《清代诗文集汇编》本，二者的底本皆依据康熙刻补修本。

《虚直堂文集》共计 24 卷，首 1 卷。卷首收录序文 7 篇，分别为徐邻唐、徐作肃、田兰芳、宋荦、汤斌、王嘉生所作和刘榛自序，又有各卷目录和窦克勤所作本传；正文 24 卷，其中序、书、记、传、说、论、议、墓志铭、祭文、杂著、行状、答问等各类古文 16 卷 196 篇，赋 1 卷 10 篇，诗 6 卷 439 首，词 1 卷 68 首。

刘榛的文集之所以命名为《虚直堂文集》，是因为刘榛为自己的居所取名"虚直堂"，在文集卷七《虚直堂记》中有清楚的记载：

> 予多欲人也，近稍知自检。又赖一二良友，相与提警，欲渐寡。然对向之多欲而言则较寡，对古人之无欲而言则正多矣。夫吾心之体本虚也，有物以入之则实；吾心之用本直也，有物以挠之则屈。程子曰："才有所向，便是欲。"一日之间，危吾心者顾可数计哉？予颜其堂曰"虚直"，志无欲也。
>
> 《易通》曰："无欲则静虚动直。"夫虚以涵其中，直以蹈其和。虽圣人不加此矣，而于予多欲人也何有？虽然予与圣人同其性也，同其性则同其虚。予与圣人同其情也，同其情则同其直。圣人惟无欲，故虚直迭运而不杂。予惟多欲，故动静危疑而有累。然则虚直，岂本非吾家物哉，譬如失业者，人人自兴复之责，而第振弊扶衰，蓄精作气，不知终能如何耳？然而，吾志存焉已。①

从这篇文章中可以看出，刘榛非常重视对自身的修养。他认为自己有很多欲望，在不断反躬自省和朋友们的提醒下，逐渐减少了内心的各种欲望，而"欲渐寡"。但是，通过反省，他认为自己心中的欲望只是和过去相比减少了，如果与古圣先贤相比，则依然很多。经过分析，他发现"心"的体为"虚"，用为"直"，而自己的心在外物的诱惑下，会变得"实"而"屈"，失去其本，因此他命名自己的堂号为"虚直"，是为了时时提醒自己不要受到外物的诱惑，从而保持"无欲"的心境。其实，刘榛的"虚直"

---

① （清）刘榛：《虚直堂文集》卷七，清康熙刻补修本，《四库未收书辑刊》第 7 辑第 27 册，北京出版社，2000 年影印本，下引《虚直堂文集》原文，皆出自此影印本。

之论正是他对理学的认识，并且身体力行、自我修养的实践，他认为"虚以涵其中，直以蹈其和""圣人惟无欲，故虚直迭运而不杂"，只有保持心的虚直，才能够达到"圣人"的境界。这段文字一方面可以看出刘榛在理学方面有颇为深厚的造诣；另一方面也可以认识到清代初期的普通知识分子自觉弘扬理学的精神，以延续传统文化为己任。

《女史》一书是刘榛仿效刘向的《列女传》所作，计12篇，未见刊本流传于世，但在《虚直堂文集》卷十二中收录了《女史》一书的传论12篇，分别是：《女史母德传论》《女史孝行传论》《女史贤淑传论》《女史贞一传论》《女史节烈传论》《女史义烈传论》《女史哲慧传论》《女史才艺传论》《女史妒媢传论》《女史倾邪传论》《女史淫乱传论》《女史逆恶传论》。由此可知，全书的结构是提倡德、孝、贤、贞、节、义、慧、才八善，警示妒、邪、淫、逆四恶。对于编撰此书的目的，刘榛在《虚直堂文集》卷一的《女史序》中说得十分明白，他认为：

> 从来齐家之难，难于治国、平天下，而家之难齐，尤难于妇人。故尧之试舜，不汲汲于天下之事，而先之以二女；"二南"咏文王之化，首《关雎》，次《葛覃》《卷耳》《樛木》诸诗，皆惓惓于女德焉，岂不以闺闱所系之重乎？
>
> 且自古妇人之祸人家国，毒于敌国外患。而原其所以致之者，又未可徒咎妇人也，何也？无宿昔之教，无身范之端，无思患预防之法，因循骄纵，以至于家破国亡，为天下笑，君子有专责矣！……不然，闺阁之中不习诗书之文，不闻古今兴亡治乱之故，理义之言不熟于耳，是非之介不明于心，而又临以不行道之身，无端而责其贞且顺，必不得之数矣。
>
> 故予推广刘向《列女传》，述《女史》十二篇，有家者早以是训之兴亡治乱之故，班班可考，由是以熟理义于耳，由是以明是非于心，其为家人之助岂眇欤？夫君子修己之学，不但齐家已也，而夫妇居室之间，实道之所托始。然则吾十二篇之法戒，顾特为女子设哉？其亦反身之谓焉尔。否则一家之内，且无宿昔之教，无身范之端，无思患预防之法，又何论国与天下也？[①]

刘榛本着修身、齐家、治国、平天下的儒家传统观念，认为"齐家"

---

① 《虚直堂文集》卷一。

是非常重要，也是非常困难的，甚至比治国、平天下还要困难，而齐家的根本在于家中的"妇人"。虽然中国古代女子地位低下，但是刘榛并没有忽视女性在家庭中的作用，他敏锐地意识到家庭氛围、家风好坏都与家中女子的品性见识有关，因此他认为应该对女子进行教育。当然，囿于时代的局限，刘榛并没有想出更好的办法，而是借助于推广刘向的《列女传》，而撰著《女史》12 篇。

刘榛认为对女子的教育和规训必须引起重视，他撰写《女史》完全是出于现实的考虑，希望帮助女子能够明事理、知进退，遇到各种现实问题知道应对之方，并且认为这不仅是女子的事情，本质上是"齐家"之道。

刘榛把女性放在家庭中的根本来看待，这是他眼光独到之处，但是他并没有意识到需要提高女性地位，使女性能够和男性平等地获取知识和教育，只是强调"女德"的修养，依然显现出封建知识分子难以超越所处时代的狭隘眼光。

《韵统》则是一部音韵学普及读物，共 3 卷，目前未见传本存世，书中序言收入了《虚直堂文集》。对于编著此书的目的，刘榛也言之甚详，他在《韵统序》中指出，文字本身就是传递圣人之道的载体：

> 道之在天地古今者，不能人人默识而通也，圣人不得已而有言。言之不能远且久也，圣人不得已而制文字。故道之昭，乖于天地，章施于古今，如日星河岳之不可掩没者，圣人之言为之，圣人之文字为之也。
>
> 学者生千百世之后，欲上考古圣人相传之统，兴亡治乱之规模，君臣父子人道之大经大法，天命人心危微之几，阴阳动静吉凶消长之变。与夫鬼神之情状，日用酬酢万事万物之机宜，无不赖圣人之文字，以通圣人之言，然后道之在天地古今者，始灼然晓著于人心而不晦，由是言之，文字顾可忽乎哉？后世不察，虽以欧阳子之贤，犹谓儒之学者远且大，而用功多，文字莫暇精也，盖有不两能者矣。夫文以载道，谓之两焉可乎？况儒者之学始于格致，而展卷亲聆圣人之提命，即安于茫昧而弗晓，将格物致知俱有所弗暇也哉？其尤惑者，且曰："非所求于上也，不必异于俗也。得其义何必区区详其声也？"于是承讹袭陋，或据之于半角，或窥之于近似，朗诵高谈，恬不知怪，弗畏

圣人之言孰大，于是且见天地古今之道将日晦于人心也。①

刘榛充分肯定了文字的崇高地位，认为文字是圣人为了传递天地之道，其实也就是儒家的圣人之道而被创制出来的。随着文字的传承，"道之在天地古今者，始灼然晓著于人心而不晦"，文字帮助人们明了世间万事万物的发展规律，心境清明。

然而，后世的学者往往在文字功夫上存在不足，即便是欧阳修这样的前代学者，刘榛也认为他在"文字莫暇精也"。进而，刘榛指出忽视文字功夫的弊端，许多人学风浮躁，不能够对儒家强调的格物致知身体力行，其实也就是说许多人不能够以踏实的学风，切实获取知识、修养自身，而是"承讹袭陋"，一知半解，却夸夸其谈，造成不良影响。鉴于现实中的这些问题，他认为急需编撰一部字书，于是就有了这部著作。

刘榛秉承宋明理学传统，身体力行，对商丘地区的学风、文风影响都比较深刻，这从他的上述几部著作也可以略窥端倪。

## 二　刘榛的家世

刘榛的先世原籍为河南桐柏，他的七世祖由于立下军功，封赏至归德府卫籍。刘榛在《刘氏祭田碑记》中追述其明：

> 吾家戍籍也。故明之初，削平海内，论血战之功，大者封，小者赏，山砺河带，享分土而及苗裔。即凡执殳荷戈之士，亦无不有百亩之敷锡者。故是时，去桐柏之籍，隶商丘之伍，有为吾之始祖者，受田于阏伯台右，盖三百载之先畴矣。②

自此刘氏移居商丘，渐为中州大族。刘榛曾祖父名刘经、祖父名刘思敬、父刘浩。

同属归德府卫籍的还有原籍为开封的侯氏家族，刘、侯两家交厚，世代为姻亲，刘浩即娶太常寺卿侯进的孙女侯氏为嫡妻，侯氏无子，生一女，为刘榛长姐，年十八嫁给侯氏堂兄太常寺卿侯执蒲三子侯恂为妻，"明末四

---

① 《虚直堂文集》卷一。
② 《虚直堂文集》卷八。

公子"之一的侯方域即为侯恂长兄侯恂之子。

崇祯十五年（1642）三月，侯氏前往侯忭家看望刘榛长姐，逢李自成猛攻归德府，后来归德城沦陷，侯氏被闯王李自成的士兵捉住，由于被逼迫推磨，破口痛骂，被李军士兵三箭射死；刘榛的长姐也因为拒绝被掳走，因痛骂闯王兵士而被杀。刘榛在《终天遗憾记》中记载了侯氏被杀的经过：

> 明年三月，母省吾长姊于其婿侯忭家。李自成攻城，礌石如雨，不能归。城陷，……贼去，生母携榛至忭家，求母氏不获，乃获姊尸。越四日，忭使至，述母在许氏宅，贼驱之磨，母曰："不能！"贼临以刃，母厉声曰："即能，亦不为贼役。况不能乎？"贼怒，捽之出。适有他贼停忭至，母目之忭，恐俱死不敢言。贼指忭问母曰："此汝何人？"母曰："不识也，何问为？"贼愈怒，缚之庭树，解胸前衣，拔三矢立射杀之。[①]

又在《烈姊传》中记录了其长姐罹难的经过：

> 崇祯辛巳夏，父卒，姊日夜哭，遂失明。明年李自成陷归德，姊敝衣垢面坐厨下，贼至欲俘之。一仆妇在侧曰："此盲者也，不任行步。"贼疑为讴者，曰："试讴！当逭尔死。"姊曰："吾侯太常妇，宁讴者乎？"贼曰："从我去。"姊曰："宁死不能去也。"贼反刃挝之，姊据地骂曰："逆贼杀即杀耳，何挝为？"贼怒刃其项，仆而未绝。贼去，其仆妇窃以饮食进，辄挥去，辗转呜咽，血流遍灶隙间，越一日夜乃死，时年二十八。[②]

被闯王破城的士兵杀死的侯氏是刘榛的嫡母，他的大姐为侯氏所生，由于侯氏没有为刘浩生下子嗣，刘浩在晚年又娶了如夫人沙河张氏和禹州张氏，52岁时，沙河张氏为刘浩生子刘榛。崇祯十四年（1641）五月，刘浩过世，刘榛年方7岁。次年，李自成军陷归德府，刘榛生母张氏抱刘榛逃入城外尼姑庵避难，后避至侯忭家，其间数历险境，待事平后归家，家赀已为豪奴尽数掠去，刘家遂家道败落。

刘榛初娶沈氏，沈氏生二女，于康熙乙巳五月（1665）卒。继娶杨氏，

---

① 《虚直堂文集》卷七。
② 《虚直堂文集》卷九。

又娶侧室李氏，李氏生二子刘丕、刘坺。刘坺 9 岁而殇，《虚直堂文集》卷十四《坺儿圹志》中叙述甚详：

> 夫吾儿生于康熙癸卯十二月初四日，殇于辛亥八月十七日，得年九岁耳。生数月，黄州别驾宋公莘谒选归，过予，见婢子褓儿出，异其貌，即以女许字焉。

刘家自明末以来，经历瘟疫、战乱后，本来就人丁不旺，小儿子又 9 岁夭折，对刘榛来说无疑是一个沉重的打击。

## 三　刘榛的人生经历与交游

### （一）年幼失怙，遭逢战乱

明崇祯八年（1635），刘榛出生，其父广庵公刘浩已经 52 岁，老来得子，刘浩对刘榛疼惜有加。

> 吾父五十二始生榛，惜之甚。七岁就外傅，为王克义先生，书字误，先生引手怖之，曰："当挟。"榛恐而啼，父闻之牵榛手曰："设先生径挟之，岂不痛吾心，为之掩泣。"母笑曰："师教应如是。君少时，宁未扑哉。"至今，每一念之，泪下不可挥。一日，父据食案坐。榛来，唤而前，双手摩榛，顺久之，挟蒲芽饲于口，曰："何物乎？"榛曰："儿顷所读书有之矣。蒲卢也。"父大喜，呼母氏姊氏遍告之曰："儿初授书，便能解说，非凡器也。"①

这段文字记录在《终天遗憾记》中，写出了老来得子的刘浩对儿子的爱怜和期许。然而，在刘榛 7 岁的时候，父亲就去世了，自此，父亲的音容笑貌只能深深地埋藏在记忆之中，更为要紧的是他失去了父亲的保护和教导。

刘浩去世时为崇祯十四年，此时的中原连遭旱灾和蝗灾，物价飞涨，李自成的农民军借机进军河南，灾民群起依附，一时间声势浩大。李自成在正月攻破洛阳后，一年半之内，三围开封，最终决黄河水冲毁开封，紧

---

① 《虚直堂文集》卷七。

接着于崇祯十五年攻陷归德府（商丘）。归德城破后，刘榛的嫡母侯氏和长姐死于乱军之中，生母张氏则带其辗转逃难，九死一生，后来随他的姐夫侯忭逃难至曹南等地。在《终天遗憾记》中，刘榛记述了他幼年逃难时的经历：

> 城陷，生母抱榛投门前尼庵。一贼来欲略予，而予方在衰绖中，恶其服，曰："为觅好衣来着之，从我去。"生母惧，偃柜覆之，贼旋提锦袄袴至，问曰："衣小儿。"金以不知谢，久之方免，发视几闷死。
> ……袁时中贼又至，生母抱榛，仍避前尼庵中。有三贼误为仇家儿，将提而杀之，告以吾父姓字，然后解。①

这一场劫难，商丘一地死难者十余万人，可谓十室九空。计东在《偶更堂诗稿序》中谈及当时的情形：

> 壬午岁，中州即大被寇难，屠戮梁园名士几尽，制科事亦不行。自是以后风流凋丧，南北声问阻绝不通者数年。②

战乱之后，刘氏凋零，甚至刘家的后世子孙已难以说清楚祖辈的传承事迹。刘榛的《刘氏阙谱序》所言即为当时的实际情况：

> 吾家族姓不繁，而又益以疫鬼凶贼之惨；落落无几人存，而终不敢妄为依附，所以尊祖宗敬后人也。顾闻事亭兄修谱于前代，不一二十年销灭于燹磷之烬，无复一字之可征。至于落落无几人存者，而犹不知其支分之于何世，高曾之何名，匹配之何姓氏。呜呼！一树而枝零干折，离本根而莫附，则生意之伤多矣。若复迟之又久，必将疏弃而不可联。③

在刘榛撰写的《祭族子允孚文》中，借祭奠族侄刘允孚，也谈到了家族在 1641 年和 1642 年连遭瘟疫和闯军之乱后走向衰落的问题：

---

① 《虚直堂文集》卷七。
② （清）徐作肃：《偶更堂集》，清传盛堂刻本，上海古籍出版社，1982 年影印本，下引皆出自此书。
③ 《虚直堂文集》卷三。

> 忆吾家于辛巳之疫、壬午之乱，凋零衰谢，长年者莫存其一也。所遗者，吾五六弱息也。今幸各衍其嗣，方欲各崇其德，长养训迪，以复其盛于一日也。不谓十五年来，后先降虐，而又夺吾两侄也。①

从上面的两段文字可以看出以下几点值得注意的现象：其一，刘氏家族虽然能够追溯先祖，但是经历明清之际的动荡后，到清代初年传承的谱系已经难以考证。其二，至刘榛这一代，刘氏族人已经零落无几，而且前代族谱尽毁，亟须修订族谱，厘清家族传承。其三，刘家的人丁不旺，迅速走向凋零与"疫鬼凶贼"有很大关系。由此可知，明末时期除了战乱频仍外，在中原大地也经历过严重的瘟疫。

刘榛生当乱世，幼年时期亲人纷纷离世，对他的成长必然会产生严重的影响，然而在逆境中艰难成长的刘榛依然能够立志苦学，终于有所成就，获得了一定的文坛地位。

## （二）立学雪苑，唱和砥砺

刘榛家族的败落是明末清初战乱的一个缩影，虽然如此，刘氏毕竟是归德大族，各支刘氏族人会聚在祖宅祖地，休养生息。刘榛的《敬享约序》称：

> 顾吾家自辛巳之疫、壬午之寇，彫伤零落，所幸而存者，五六髫龀之童孙幼子而已。②

这些刘氏后人读书守业，渐渐成长起来。刘氏族人虽然凋零，但是与之亲近的侯氏、徐氏、吴氏、宋氏等相互照拂，刘榛得以依附姐夫侯忭，获得了系统的文化教育。

顺治八年（1651）刘榛17岁时，补为博士弟子，这对他的成长来说是一个重要的转折点，刘榛自此立志于学，且在商丘文坛开始初露头角。这一年恰逢侯方域再起"雪苑社"，刘榛积极参与其中，虽奉于末座，但商丘学人的文采风流在他的心中埋下了文学的种子。他在《徐作肃本传》中对此记载道：

① 《虚直堂文集》卷十五。
② 《虚直堂文集》卷一。

顺治辛卯，作肃登贤书，方域复修社事，而益以徐邻唐、世琛、宋荦为六子，海内之相与求应者落落矣。①

"雪苑社"是明清之际有影响的文社。"雪苑"之名来自西汉梁孝王的梁苑，又称梁园、东苑、菟园，司马迁《史记》说："孝王筑东苑，方三百余里，广睢阳城七十里。"

"雪苑社"在明代末年兴起于归德府（即商丘），堪称长江以北最大的文社。"雪苑社"的前身可以上溯到万历末年的"雪台社"。②崇祯二年（1629），随着侯恪③出任南京国子监祭酒，侯氏子弟有更多的机会进入南京国子监读书，而江南士子中的翘楚杨廷枢、张溥、陈子龙、吴伟业、彭燕等都出于侯恪门下，使得江南与商丘的文学联系建立了起来。随着应社、复社的建立和开展活动，商丘文人与之同声相应，尤其是应社、复社合并后，雪苑诸子实际上在侯方域④的领导下参加了复社的活动。

侯方域10岁时已文采初露，参与社事，历练文笔，受益良多。崇祯十三年（1640），侯方域自南京回到归德，"雪苑社"再度兴起，他成为主盟者，徐作霖、吴伯裔、吴伯胤、侯方镇、张渭、贾开宗等都是社中成员。因此时天下乱局已现，雪苑诸子怀才不遇、愤世忧时，社中文字多有慷慨激昂的创作。"雪苑社"这一阶段的活动终结于崇祯十五年（1642）李自成大军屠戮梁园，社中成员多在战乱中死去。

清初，侯方域再次返乡，在他和贾开宗的努力下，"雪苑社"得以重振。新一代雪苑诸子主要有侯方域、贾开宗、徐邻唐、徐作肃、徐世琛、宋荦等6人，刘榛也参与了雪苑六子的社集活动，他们这一时期的创作更多表现出疏离社会现实的志趣。侯方域文宗韩、欧，"倡韩欧之学于举世不为

---

① 《偶更堂集》卷首。
② 扈耕田：《雪苑社与复社关系考辨》，《南京师大学报》（社会科学版）2005 年第 5 期，第 150－153 页。
③ 侯恪（1592－1634），字若木，一字若朴，号木庵，又号遂园，商丘（今河南省商丘市）人。太常寺卿侯执蒲次子，侯恂之弟，侯方域的叔叔。
④ 侯方域（1618－1655），字朝宗，号雪苑，明末清初商丘（今河南省商丘市）人。与方以智、陈贞慧、冒襄齐名，号称"明末四公子"；又与魏禧、汪琬齐名，号称"清初散文三大家"，为人豪迈不羁。22 岁时至南京应试，与张溥、陈贞慧等"复社"成员结交，后主盟复社，抨击阉党魏忠贤、阮大铖、马士英等人。南明时，阮大铖迫害复社文人，侯为避祸而投奔史可法。清兵南下，侯返回故乡，主持"雪苑社"。顺治八年，应乡试，中副榜举人，后抑郁而死。早年以诗文名海内，后肆力古文。诗追杜甫，文学韩、欧。有《壮悔堂文集》《四忆堂诗集》。

之日，遂以古文雄一时"。① 方域屡经离难，虽于顺治八年（1651）参与乡试，中副榜，但继而悔之，筑壮悔堂以明志，自此隐于乡野，在抑郁中逝去。

贾开宗②亦为"雪苑社"元老，早年落拓不羁，曾效仿阮籍大醉60日，诗学杜甫，后学陶渊明、韦应物，自成一体，论明诗则推崇李梦阳。

徐邻唐③性格刚正清介，不合时俗，恬淡自守，不事干谒，有雄骏之才，古文奇崛骀荡，对先儒语录笃志躬行。

徐作肃④是徐作霖的五弟，顺治八年中河南乡试举人，但是他淡泊名利，此后未继续应试，为人"性疏散，峻风采，精悍之色奕奕，流眉宇间，狷洁自命"⑤，诗以五言古诗见长，"窈然以幽，巉然以峭。正如先生之岩岩不可跻攀，而萧澹于尘外，其真意无与同也"。⑥

徐世琛则有竹林名士阮咸之风，而宋荦的诗文创作成绩斐然，其诗工

---

① 侯方域：《四忆堂诗集》，《续修四库全书·集部》第1406册，影印中国科学院图书馆藏清顺治刻增修本。

② 贾开宗（1594－1661），字静子，自称野鹿居士，明末清初商丘（今河南省商丘市）人，"雪苑社"的发起人之一。明末，侯方域慕昔日梁苑风雅，于崇祯十三年（1640）与同里吴伯裔、吴伯胤、贾开宗、徐作霖、刘伯愚等组织"雪苑社"，有"雪苑六子"之称（此为雪苑前六子）。贾开宗自幼天资聪慧，博览史籍，恃才傲物，放纵不羁，不事生业。曾7次应试不中，感叹"读书何用"，便把所读之书愤然烧掉。有《溯园集》。

③ 徐邻唐（1611－1679），字迩黄，号我庵。清初文学家、教育家、书法家，雪苑六子之一。祖上本是金陵人，因其祖父在商丘做官，遂家商丘。自幼天资聪颖，而荡轶不羁。入学后闻书便能解悟。好缮写，能做蝇头小楷，伏案濡墨无虚日。精讨于宋元明诸儒书，日夜研究，并手抄数百卷。中秀才后，绝意功名，后选贡于礼部而不赴试。侯方域、贾开宗等重其文，与之结"雪苑社"，声望鹊起，拜其门下称弟子者日益增多。侯方域病逝后，他弃文学而从事理学研究，并授徒讲学。康熙初，归德知府闵子奇慕徐邻唐之名，延请他主范文正公书院。他以渊博的学识，传道、授业、解惑，学子慕名而至，络绎不绝。刘榛、田兰芳、陈宗石皆是他的弟子。徐邻唐刚正清介，恬淡自守，不喜交往。晚号"我庵"，自作《我庵传》以明志。恶为词章，不事著述。卒后，田兰芳集其问答之言名《我庵语略》，刘榛将其制义文结集为《徐迩黄制艺》。

④ 徐作肃（1616－1684），字恭士，明末清初商丘（今河南省商丘市）人，自幼天资聪颖，以兄徐作霖为师，垂髫即随其兄参与"雪苑社"活动，崇祯十五年（1642），李自成农民军攻入商丘，徐作霖等人死难，"雪苑社"仅存侯方域、贾开宗两人。顺治八年（1651），徐作肃参加乡试，中举人。不久，侯方域重建"雪苑社"，徐作肃加入，与侯方域、贾开宗、徐邻唐、徐世琛、宋荦称"雪苑六子"（此为雪苑后六子）。徐作肃性疏散，以狷洁孤高自命。终生隐居不仕，平时则举止落落，不妄交友，与他交往密切者有计东、宋维崧以及"雪苑社"诸人。他的著作现存《偶更堂集》。顺治年间，他还曾与侯仲衡、贾开宗、徐邻唐诸人编修《归德府志》和《商丘县志》。

⑤ 刘榛：《徐作肃本传》，见《偶更堂集》。

⑥ 刘榛：《偶更堂诗序》，见《偶更堂集》。

于近体，亦长于歌行，近体诗工丽清新气势刚健，歌行体纵横雄放恢宏奇丽，与王士禛齐名。

刘榛在与这些人的唱和中，诗文素养得以提升，其中古文功夫得益于侯方域的提点，诗歌创作踵贾开宗之途，后来又求教于好友宋荦。当然，社中诸子的创作都是刘榛悉心追摹的对象，而社中诸人也大都成为刘榛终生的师友。

### （三）江南之游，论交迦陵

刘榛交厚的朋友中，以宋荦仕途最为得意。宋荦与王士禛、施闰章[①]等人同称"康熙年间十大才子"。康熙三年（1664），宋荦被授予湖广黄州通判，累官至江西巡抚、江苏巡抚、吏部尚书。正是由于宋荦的邀约，刘榛才离开中州，步入江南。是年12月，刘榛游黄州，登黄州城楼，凭古吊今，在《登黄州城楼》中发出了感叹：

> 古今形胜还眼前，魏武周郎独何有。山自矗矗水自流，荒凉空叹古黄州。楼下人指猛虎迹，城边时见麋鹿游。风物处处供愁恼，况是输转西山道。一身祸患那足言，欲为苍生叫有昊。[②]

随着足迹所至，相继作了《临蔡道中口号》《汝阳道中苦风暮宿三桥店》《楚山行》《僧舍对雨柬牧仲》等诗。在黄州宋荦官署，刘榛遇到魏裔介门客彭士报，作诗相赠，魏裔介对刘榛的诗作评价颇高："山蔚黄州诸诗，忱爽之余，出以温丽，可谓诗人之蕴藉者。"[③]

康熙四年秋，刘榛抵达金陵，开始了江苏之行。在金陵，他游访雨花台，踏足侯方域旧迹，追怀方域旧事，和方域旧作《九日雨花台五首》韵，作《九日雨花台次侯朝宗旧韵五首》，宋荦认为这几首诗写得"悲壮雄浑"，如其一：

---

① 施闰章（1619-1683），字尚白，又字屺云，号愚山、媲萝居士、蠖斋，晚号矩斋。江南宣城（今安徽宣城）人。顺治六年（1649）进士，授刑部主事。康熙十八年（1679）举博学鸿词科，授翰林院侍讲，纂修明史，典试河南。施闰章生性好学，受业沈寿民，博览经史，勤学强记，工诗词古文学。为文意朴而气静，诗与宋琬齐名，有"南施北宋"之誉。与邑人高咏生主持东南诗坛数十年，时称"宣城体"。有《双溪诗文集》《愚山诗文集》等。
② 《虚直堂文集》卷十八《瑶圃诗》。
③ 《虚直堂文集》卷十八《瑶圃诗》。

茱萸此际插清秋，独倚晴峦孰与俦。自是沉烟消王气，犹然绮日丽皇州。幽忧亦对千头菊，形势翻怜百尺楼。闲向游人听往事，六朝次第说风流。①

这一次的江南之行对刘榛影响最大的一件事是他得以结识了宜兴陈维崧。两人一见如故，刘榛为陈维崧的风采折服，向他学习作词，自此与陈维崧亦师亦友，相交莫逆。刘榛一生填词自此开始，而绝笔于陈维崧谢世之后。

陈维崧由于家道衰落，生计困难，虽然有冒襄的大力资助，但是康熙七年（1668）还是毅然北上入京，希望能够找到出路。在龚鼎孳的推荐下，他进入了河南提学史逸裘的幕府，自此长居中州至康熙十一年（1672）。由于陈维崧的四弟陈宗石娶侯方域的女儿而入赘侯家，在商丘时，陈维崧主要是依陈宗石而居，开馆授徒，纳妾生子。其间，与侯方岩、侯方岳、刘榛、田兰芳、徐作肃、宋荦、徐邻唐等往来密切。②

陈维崧寓居中州期间，足迹遍布大河南北，这一时期也是陈维崧诗词风格的重要转折期。严迪昌在《清词史》中指出：

> 所以考察河南词人的审美倾句，对豫东（商丘、睢州、祥符一线）词风略作关注，有助于认识陈维崧沛然飙举的"湖海豪气"，因为他的在康熙十年左右专力为词，正是他结束商丘滞留生涯之不久，《迦陵词》（继《乌丝词》后）的上限就得从寄居豫东算起。③

陈维崧诗文的变化也发生在这一时期，其弟陈维岳在《湖海楼诗集》跋中说：

> 大兄诗凡三变……既而客游羁旅，跌荡顿挫，浸淫于六季三唐，才情流溢，而诗一变，所谓《射雉集》者是也。④

徐乾学在《陈迦陵文集序》中说：

---

① 《虚直堂文集》卷十八《瑶圃诗》。
② （清）陈维崧：《过仲衡西村看牡丹同恭士、叔岱、梁紫、子万弟赋》，见《陈维崧集》，上海古籍出版社，2010。
③ 严迪昌：《清词史》，人民文学出版社，2011，第153页。
④ （清）陈维崧：《陈维崧集》，上海古籍出版社，2010，第1821页。

　　访旧雒皋，薄游大梁，多故人寂寞之游，所至辄徙倚穷年，少亦
累月，当花对酒，感慨悲凉，一以文章自遣。[①]

　　陈维崧诗、词、文的变化正是在与以刘榛为代表的商丘文人群的密切
互动中发生的，刘榛词的创作即追随陈维崧的路径，无论词的题材选择，
还是艺术风格，皆打上了深刻的阳羡印迹，由此可见陈维崧对豫东这一时
期文学活动的影响何其明显。

　　康熙十一年（1672）暮春，陈维崧结束了中州的生活，留妾于梁园，
独自南下返乡，为此刘榛作《阮郎归·戏送陈其年》相别：

　　一声折柳不堪闻。长途谁伴君？六郎憔悴益丰神。深闺当垆
人。　　无恙月，有分春。魂随去马尘。今朝先比旧缃裙。来时宽几分。[②]

　　两年后的夏秋之际，陈维崧再至商丘，其妾为他诞下的儿子狮儿已经 5
岁，陈维崧见之甚喜，盘桓数月。秋末，载妾与子返回宜兴，宋荦、刘榛
等为其饯行，刘榛等与陈维崧以《行香子》《阳关引》《最高楼》《金菊对
芙蓉》等词牌相互酬唱赠答，宾主尽欢而别。

### （四）三度入幕，名动京师

　　刘榛在中年之后声名渐显，他人生的最后十几年分别被宋炌[③]、张衡和
宋荦邀请到江南入幕，其间也曾北游京师，其他时间，他的全部身心都投
入了整理前辈遗文中，直至生命的尽头。

　　宋荦的二弟宋炌于康熙十六年（1677）出任奉政大夫，监督芜湖关税，
43 岁的刘榛受邀入幕，协助公务。刘榛跟随宋炌一路巡视，饱览沿途风光，
先从建康北上，至滁州，访醉翁亭，再过宿州，一路行之吟咏，如《醉翁
亭》《宿州道中二首》等诗记录了游踪所至。转而南下回到建康，在建康夜
游佟园，作《秉烛游佟园记》：

---

① （清）陈维崧：《陈维崧集》，上海古籍出版社，2010，第 1799 页。
② 《虚直堂文集》卷二十四《董园词》。
③ 宋炌（1639－1684），字子昭，生员。少即嗜学，寒暑靡间。以荫人仕，授中书舍人，历
　任吏部稽勋司主事、户部陕西司主事、广东司员外郎、工部虞衡司郎中等。性本朴淳，爽
　直天真，喜愠形于言色。为官能洁己奉公，论事侃侃直言，无所隐避，深得梁清标、魏象
　枢器重。善为文，能自出机杼，究心正法。生平落落寡纳，于官独与王士禛、谢重辉二
　人友善，于里喜交徐作肃、刘榛等乡贤。

丁巳，予同宋子昭员外过建康。有称佟中丞园亭者，子昭趣治具往游焉。日已暮，客有谏者，不听。及至，阴霾四塞，但辨人声而已。从者皆窃笑，张灯列炬，导而入，攀以跻乎山，扳以循乎桥，仰乎树，花灼灼也。俯乎池，鹤翩翩也。亭半敞而受风，阁静窅以封云，凡物之情态皆若异观。而萧爽之气沁人肌肤，洒洒乎不复知为人间世也。拂石榻而憩，从者酌巨觞来献，歌儿按檀板奏吴歈侑之。①

文中可见二人兴致之浓。在建康稍作停留后，二人继续乘舟溯流而上，夜泊采石矶，刘榛在《游采石记》中叙述拜访翰林祠、谪仙楼、捉月亭，又登高俯瞰长江，"壁立数百仞，虚崖之危欲坠焉，盖天下之至险也"，感慨天险之雄奇，转而回忆起明太祖伐元的采石之战。同年冬天，刘榛与词坛名家周在浚在芜湖识舟亭结伴同游，观赏江边雪景，以诗词相唱和，发古今之哀愁。

刘榛于康熙二十一年（1682）秋天北游京师，与王士禛、施闰章、黄虞稷、蒋景祁、冯廷櫆、谢重辉等知名文人唱酬，应和之诗颇多，一时间名动京师。刘榛写下了《王阮亭先生见招，限"秋菊有佳色"句为韵，同冯大木、蒋京少、钱介维各赋五首》《施愚山先生招饮》《黄俞邰见访》《谢方山先生席上言别，阮亭先生以"菊垂今秋花"句分韵得"菊"字》《次韵酬方山送别》《次韵酬大木送别》《次韵酬京少送别》以及《卢沟道中》《枯松叹》等作品。刘榛的这一次唱酬赠答活动，参与者多为当时诗坛执牛耳者，足见刘榛的影响已经不再局限于中州一地，其诗名文采已为文坛认可。

刘榛自京城返回后的次年春天接到了浙江督学张衡聘请入幕的邀约，遂告别亲人和朋友，再次南下，开始了第二次幕府经历。在张衡幕府，刘榛结识了潘双南、毛季莲、雷健初等，他们诗文相交，同游越地，"予乃与毛子季莲来游，溯钱塘而上，登严先生之矶，谒吕成公之祠，访诚意伯里居，瞻文丞相题诗处。凡山川之胜，古迹之所存者，无不流连低徊而不忍去"。② 这一年从春至秋，历时 8 个月，刘榛的足迹踏遍富春江、衢州、处州、婺州、杭州等地，在此期间作《浦上纪事》《浦上寒食三首》《严先生钓台》《衢州登楼有感二首》《夜宿缙云》《度桃花隘》等诗，作《严先生

---

① 《虚直堂文集》卷七。
② 《毛季莲诗序》，载《虚直堂文集》卷三。

钓台记》《衢州署楼记》等游记。行程"相从渡钱唐而东历睦州，转太末及于东瓯之国，返而括苍，而婺州，北至于檇李，又西至于昭庆。其为时自春徂秋，凡八阅月。其与文事始睦州讫檇李，凡六郡。其读文，总诸生及童子凡三千七百一十三卷……"① 刘榛的工作量很大，但是他完成得井井有条。其间因思念家中已 75 岁的母亲，两次向张衡请辞归家，都被张衡极力挽留，足见刘榛工作的重要。

　　刘榛的好友宋荦于康熙二十七年（1688）升任江西巡抚，即招刘榛赶赴江西，这是刘榛人生中的第三次入幕活动。在江西期间，刘榛与宋荦、宋至、张长人、袁士旦和众多江西文人谈经论文，诗酒唱酬赠答，所作甚多，结成诗集《秋屏草》。此外，宋荦整理了自己的诗集《绵津山人集》，刘榛为之作《绵津山人诗序》，刘榛也再度整理了自己的文集，宋荦为《虚直堂文集》作序。这年除夕，刘榛与宋荦等人聚会宴饮，作诗唱和。刘榛的这次江西之行长达两年之久，直到康熙二十九年春末，才由江西返乡，秋后即一病不起而逝。

　　刘榛的一生大多数时间居于商丘，秉承着振兴理学、传承文化、改变世风的信念，身体力行，对清初豫东学风、文风的影响都比较深刻。刘榛与豫东的知名文士和儒者，如贾开宗、徐邻唐、徐作肃、侯方域、汤斌、田兰芳、郑廉、宋荦、宋炘、宋炌等过从甚密，是商丘文坛举足轻重的人物。

　　刘榛的一生坚持不入仕途，但也受朋友之邀，三度于江南入幕，和南方士人互动频繁，后来因为陈维崧病逝于北京而北上京都，在京中也结识了许多当世文坛名流，如施闰章、王士禛、蒋景祁等，都曾经相与唱和，切磋砥砺。

　　在刘榛的交游中，侯方域、徐作肃对刘榛文风的形成有较大影响；贾开宗和宋荦则向他传授诗法，刘榛的诗虽然未曾洗去明代七子风气，但已显示出清逸朴质、自然新雅的面貌；陈维崧和刘榛亦师亦友，刘榛学词于陈维崧，一洗当时词坛学花间而形成的绮艳风气，词风清雅秀丽。作为同乡，刘榛与宋荦的兄弟宋炘、宋炌②的文学交流非常频繁。

---

① 《浙牍分存序》，载《虚直堂文集》卷三。
② 宋炌（1643－1683），字介子，又称介山，号然若。以父荫官生，中顺天辛酉举人，候补内阁中书，敕授征事郎。少颖异，喜词赋，好交游，为诗古劲幽折，有王、孟遗意，今存《西湄草堂诗》一卷。且擅画，落笔清远。

刘榛作为清代初期中州文坛的名宿，学识渊博、品行端方，以重建理学的秩序，恢复与保存传统文化为己任。因此，刘榛一生的活动和创作都与实现这些目标而密切相关。比如，他积极参与和组织文人结社活动与唱和活动，他在 17 岁的时候就参与了由侯方域组织的雪苑社，在《徐恭士墓志铭》中记载了当时的情形："君与朝宗、静子、迩黄、牧仲及其兄子世琛为'六子'社时，予年方十七，一日朝宗季父辅之置酒，所召皆一时名流宿士，予与参。"① 他的诗集中有大量唱和酬赠之作，如《赠徐季畏》《赠樊奕文先生二首》《赠汤潜庵先生》《次韵酬方山送别》《次韵酬京少送别》《赠张晴先生》《赠张子白先生》《次宋山言大梁夜雨韵二首》《九日酬宋山言见赠韵》《酬陆林崖别后见怀用原韵》《节庵喜予〈遥青园赋〉而形于诗，依韵奉酬并述鄙怀》《酬袁士旦送别原韵六首》《酬宋中丞送别原韵四首》等。这些交往活动充分说明了刘榛在当时是积极地和文坛进行着交流和互动，他借助于这些活动和交流互动，使自己的学养与文学趣味得以充分展示。因此，刘榛事实上成为了商丘地区文化和文学活动的一个中心人物，他的文化和文学活动在他的《虚直堂文集》中有全面的体现。

## 第五节　理学背景下刘榛词的清朴之美

刘榛无疑当得起清初中州作家的代表，他的诗、文、词创作在当时的中州作家中都堪称上乘之作。具体到刘榛的词，康熙初年，由于他在江南游历时和陈维崧结识，两人一见如故，陈维崧作为阳羡词派的领袖，刘榛为之折服，于是他向陈维崧学习填词，为略显寂寞的中州词坛带来一缕清风。

较早注意到刘榛词的艺术价值并对刘榛词做出系统评价的是严迪昌先生，他认为刘榛是"稼轩风"的鼓扬者，力主"气骨"，斥去脂粉味，并给予刘榛《董园词》"自然条畅、气盛自得"的评价。② 陈水云在研究康熙年间的河南词人群体时，认为刘榛在词的创作上"推崇写真情"，在论词时"标榜稼轩风"③，延续并发展了严迪昌先生的观点。此后，冯琳的硕士论文

---

① 《虚直堂文集》卷十四。
② 严迪昌：《清词史》，人民文学出版社，2011，第 153 – 155 页。
③ 陈水云：《论康熙年间河南词人群的词学思想》，《商丘师范学院学报》2000 年第 3 期，第 43 – 46 页。

概括刘榛词的特点为"直抒胸臆，力主气骨，贬斥脂粉气"。① 刘佳晔的硕士论文细致地研究了刘榛词的题材和词调使用，认为他的词学思想主要体现在词作中，概括而言，刘榛厌恶艳冶词风和模拟的创作风气，主张"写兴排情"，推崇豪放。② 上述研究代表了目前学术界对刘榛词的基本认识，即刘榛深受陈维崧影响，其词主张写真性情，标榜稼轩词风。刘榛词确实表现出这些特点，但对这些特点的认识不能仅停留在他和陈维崧亦师亦友的交往，还应从刘榛所处的历史情境中去发现和探求更深层的原因。

细读《董园词》后可以体会到，刘榛词有其独特的创作倾向和审美追求，概而言之，可以用"清朴"这样一个经过反复筛选提炼而形成的关键词作为深刻认识和解读刘榛词的一把钥匙。

所谓"清朴"，一般会被理解为清新质朴，但是此处的"清朴"，内涵更加丰富。"清"统摄了清淡、清健、清刚、清逸、清丽、清静、清新等不同的含义，而其词义的本源来自中国传统哲学观念中对阴阳调和之气的理解，所以"清"在本质上是冲和的，蒋寅先生认为"其源头可以追溯到道家的清静理想"，"清"的美学内涵表现为语言上的"明晰省净"，气质上的"超脱尘俗而不委琐"，立意与艺术表现上的"新颖"等。③ "朴"生发出的义项有质朴、淳朴、朴实、朴素、朴厚、朴雅等，《荀子·性恶》云"今人之性，生而离其朴"，唐人杨倞注"朴"为"质"，可见"朴"的本义在于表达事物的本质和本性。在中国美学中，"朴"源于《老子》"反朴归真"的观念，李天道先生认为："'朴'是指自然状态和本来面目，因此，各种保持其自然状态和本来面目的事物也都可以叫'朴'。"④ 肖文荣对"朴"的范畴研究后认为："追求'朴'的生活，……是文人与世俗的抗争，也是对世俗的逃避。"⑤

清、朴虽然皆源于道家，但理学在发展中汲取了其中的美学精神，刘榛深受理学的影响，为人冲和平淡、朴厚和雅，他的创作面貌和文风形成，与他的人生经历、家族传统以及清初知识分子的历史责任感，皆有不同程度的关联。本节以清初理学复兴为背景，借助于发现刘榛词清朴之美形成

① 冯琳：《刘榛及其〈虚直堂文集〉研究》，暨南大学硕士学位论文，2006，第54页。
② 刘佳晔：《明末清初豫东词人群体研究》，华东理工大学硕士学位论文，2012。
③ 蒋寅：《古典诗学中"清"的概念》，《中国社会科学》2000年第1期。
④ 李天道：《中国美学的"朴"与"归朴"之域及其构成》，《文学评论》2009年第5期。
⑤ 肖文荣：《中国古典美学"朴"范畴研究》，暨南大学硕士学位论文，2015。

的原因，深入探究刘榛词的时代价值与意义。

## 一　从"清朴"之诗文到"清朴"之词

《虚直堂文集》中所收的各体文章和诗、词都经过刘榛的反复斟酌，并且精心选择了友人的评点附于文末，分文体、按年代先后编次。可以认为，这部文集是刘榛认可的，能够较为客观地体现他的文学旨趣和人生追求。

刘榛之所以用"虚直"二字名堂名集，体现了他对理学修身养心思想的身体力行，"夫吾心之体本虚也，有物以入之则实；吾心之用本直也，有物以挠之则屈"①。他希望通过自我修养，达到"无欲"的理想境界。显然，这种追求是他一生执着坚守的，为人要"自检"而"寡欲"，乃至追求"无欲"，文学创作自然也会与之相应，不作繁缛之文。

考察刘榛的人生经历和创作情况，不难发现他求学的路径和学习的对象。在文风上，他较多地接受了侯方域和徐作肃的影响，形成了简淡历落、清健朴雅、质实无华、情满意真的创作风格；在诗歌上，他接受了贾开宗和宋荦的诗法，虽然在创作上倾向于向唐诗学习和模仿，但已显示出清逸质朴、自然深雅的个人面貌；词的创作，刘榛并没有受到明末清初云间词风宗南唐北宋的影响，而是追随陈维崧的脚步，一洗当时词坛所崇尚的绮艳风气，词风多样而以清丽自然、朴实淡雅为主要特征。

刘榛的文章和诗词，文体虽然不同，但是都体现出了"清朴"的共同特征，这些特征在语言运用、章法结构、叙述方式、表现手法等方面都有表现。

首先，刘榛的文学语言呈现出一种朴实无华的特点。他不注重语言的修饰性，但是语言的运用准确简洁、生动自然，娓娓道来，毫不造作，且富于思辨色彩。如刘榛在《蔡徐两先生传》中用简单几笔就把自己的两位老师徐邻唐和蔡觉春的形象勾勒得栩栩如生：

> 我庵短于视，跬步间闻声辨人。然其老也，犹能为蝇头书，伏几濡墨无虚日。性介特，不喜接见富贵人，即素所与游者，有富贵人在，召之必不往，暗然修穷理治心之学，恶为词章。上虞先生曰："自古有

---

① 《虚直堂文集》卷七。

无文之圣贤乎？亦畅其性情之蕴耳矣。"喜为诗，有以文请辄应，渐瞖于目，久之遂盲。童蒙来求者，摸索授以书。以文艺质，则命儿执笔诵听之，曰丹则丹，曰涂则涂，形神愈于我庵。①

　　文中的"我庵"就是徐邻唐，"上虞先生"是蔡觉春，两人都是刘榛的老师，但徐邻唐是理学家，而蔡觉春更重文学。刘榛在这里只用了寥寥数语，就写出了两位老师的不同，特别强调了蔡觉春对文学的理解——"畅其性情"。文章更是写出了蔡觉春对诗文的喜爱以及诲人不倦的精神，言简义丰，正是清澹简朴文风的一种典型特征。值得注意的是，"畅其性情"也成为刘榛创作时遵循的基本原则，他以任何文体创作，都能够直抒胸臆，不写隐晦曲折的文字，这也是陈水云等认为刘榛词崇尚写真情的原因所在。此类作品以酬赠怀友之作最为突出，例如刘榛想念陈维崧的《减字木兰花》：

　　　　三春又了，满地落红休便扫。去岁如今，把酒临风别恨深。
　　　　几番相见，两梦荒唐都不恋。彷佛虬髯，昨夜霜华似更添。②

　　词中借春光逝去，感慨转眼与其年把酒言别已经年许，当日把酒临别的景象仍在眼前，而梦中的相见恍然如在现实中一样，其年的虬须似已更添霜色。短短一首小词，把对挚友的思念写得情真意深，落红不扫、把酒送别、梦中相见、虬髯染霜，细节的呈现不仅毫无堆砌之感，反而把思念写得格外深挚，这恰是用平实质朴文笔表现真情的典型写法，越是朴实，越见真挚，不需要刻意的渲染修饰，只需把内心的情感行诸文字，作品就情真意深、耐人咀嚼，足见刘榛文笔功底的深厚。

　　刘榛的文笔清新质朴，特别是他的诗歌语言，几乎不出现过于生僻费解的文字，也不刻意使用偏僻的典故，诗歌内容表达得明白自然，清雅淳朴。如《送牧仲判黄州》：

　　　　君到临皋日，吾能揣宦情。出门寒碧馆，对岸武昌城。何逊元同调，子瞻旧有盟。兴来摇彩笔，风雨一时惊。③

---

① 《虚直堂文集》卷九。
② 《虚直堂文集》卷二十四。
③ 《虚直堂文集》卷十八。

　　此诗是送给出任黄州通判的好友宋荦的，诗歌用语非常平实，但却写出了层层关切和期许，有对宋荦宦途漂泊的牵挂，也有对黄州地理空间的想象，自然也少不了与黄州关联在一起的文化符号——何逊与苏轼，还有对好友新作的期许。这些内容的表达并没有惊人的语句，都是以平淡朴实的语言闲闲道来，却达到了高度自然的境界，律诗的技巧融化在朴素的文字之中，因而，刘榛的好友田兰芳评价其诗："只如说话，是五律妙境。"

　　再看他送别陈维崧的一首诗《酬陈其年原韵即用送别》，也是真挚感人：

　　　　一笑才临白板扉，当筵却唱惜分飞。孤村落絮辞春色，僻径残花恋夕晖。搴袖风生摇笔健，转头日落乱山围。知君去去辕还北，岂老江南薜荔衣。①

　　诗中文字质朴真挚，把好友分别时的氛围借助于晚春的残花和傍晚的夕阳，以自然清疏的景色描写，映衬心中的萧索意绪和不舍之情。

　　刘榛的词在语言层面并没有受到云间以来的婉丽词风太多影响，而是延续了自己诗文方面的清新质朴文风。值得注意的是，刘榛于康熙四年（1665）在江南结识陈维崧，从而初窥填词门径。此时的陈维崧，词学观念尚未发生变化，受云间和广陵影响，仍然推重婉娈艳丽之体。康熙五年，陈维崧科举落第后，曾经慨叹"丈夫处不得志，正当如柳郎中使十七八女郎按红牙拍板，歌'杨柳岸晓风残月'的陶写性情，吾将以秦七、黄九作萱草忘忧耳"。②此时的陈维崧依然推崇柳永、秦观、黄庭坚等北宋婉约词人，在他的影响之下，刘榛早期的一些令词也多少有一些北宋风味，但总体上还是显得清淡、朴实，这与他已经形成的诗文创作倾向是一致的。如《如梦令·秋葵》：

　　　　娇趁西窗秋浅。香傲东篱先展。欲借洞庭春，来酌卢郎金碗。天晚，天晚。秦女衣裳轻卷。③

---

①　《虚直堂文集》卷十八。
②　（清）宗元鼎：《乌丝词序》，载冯乾《清词序跋汇编》第 1 册，凤凰出版社，2013，第 92 页。
③　《虚直堂文集》卷二十四。

对于这首词，宋荦给予了"天然香倩"的评价。宋荦是刘榛的好友，他力推北宋词，强调词的音乐性，注意词体与曲调节奏、旋律的关系，试图以清雅之词洗涤当时词坛的艳冶风气，因此，他的肯定表明了这首词符合他心目中北宋婉约词的特点。又如《恋情深·送春》：

> 才得春来春又去，归将何处忍？教风雨报花残，恁阑珊。　　人生安许寸阴闲，九十已难攀。欲问别时情绪，看眉端。①

陈维崧评价此词："字字撮俏，真所谓本色当行。"所谓"撮俏"是当时的俗语，指调情卖俏的意思。如此评价，表明陈维崧肯定了刘榛已经找到了填词的门径，并且能够发挥词体的特长，写出情调活泼的作品。"本色当行"是对婉约词作者的极高评价，认为作品无论情辞立意，都符合词的传统要求。

从这两首作品及其宋荦和陈维崧的评价可以看出，刘榛早期的词是学北宋的，当然这并不奇怪，当时的词坛风尚就是如此，他学词的师友也奉行北宋词风，宋荦和陈维崧早期也是这样填词的。然而，刘榛在走入词坛后并没有一味迎合词坛的艳冶风尚，而是充分发挥了自己诗文创作方面的特长，把自己已经形成的诗文创作素养移入词的创作，使他的词在语言层面表现出轻清简约的特征，不受流行的婉娈秾丽词风影响。

由于陈维崧对刘榛的深刻影响，当陈维崧的词风发生改变后，刘榛词的面貌也随之而变。康熙七年（1668）冬，陈维崧自京城赴河南开封，入史逸裘幕府，后又游历中州诸多名胜。在康熙八年四月，陈维崧抵达商丘，盘桓数月，此后数年以商丘为中心，足迹遍布中州各地，其词风也发生了重要变化，他的一首《采桑子》词前小序称"吴门遇徐松之，问我新词，赋此以答"就反映了他的词学思想的改变：

> 当时惯做销魂曲，南院花卿。北里杨琼，争谱香词上玉笙。
> 如今纵有疏狂兴，花月前生。诗酒浮名，丈八琵琶拨不成。②

词中非常清楚地表示了陈维崧词风发生了重大变化，曾经"惯做销魂曲"的陈维崧在经历了父亲去世，因受乡里豪族排挤而兄弟漂泊流散、生

---

① 《虚直堂文集》卷二十四。
② 《全清词》顺康卷第七册，中华书局，2002，第3901页。

计无着的痛苦后，创作已经发生了重大改变。他摒弃了曾经的香艳柔靡词风，有了新的创作方向，即向往豪放词风。孙克强先生认为：

> 由于陈维崧是针对词坛积弊有的放矢、倡导新风气，并能抓住思想内容这一构成文学风格的根本因素，所以能够高屋建瓴，较之从语言、音律上斤斤两两分别豪放、婉约的词论家更具理论高度的说服力，所以产生了很大的影响。①

陈维崧的改变影响了刘榛，陈维崧不拘泥于婉约、豪放，而是强调词作要重视思想内容，这对刘榛的创作改变影响巨大，刘榛追随着陈维崧的脚步。如《念奴娇·读宋名家词》就体现了他在创作观念上发生了重大改变：

> 诗亡骚变，下梢到、荡子尖新词曲。冶绿妖红争抹饰，那是男儿气骨。风月多情，柳郎第一，开卷羞人目。相思谱就，可怜痴恨千斛。　儒雅本色风流，稼轩吾友，还后山（按：当为后村）吾族。太史文章工部诗，个里游行元足。下令词坛，为刘左袒，为柳长戈逐。管城先拜，义辞巾帼之辱。②

这首词可以认为是刘榛在和陈维崧交往中对陈维崧词学思想吸收后的理论阐发，是一首典型的论词词。首先，他以"诗亡骚变"切入，谈文学的演变，但省略了诗歌千余年的演变和发展，直抵词曲盛行的时代。他认为五代到北宋时期，词坛追逐艳冶尖新的词风，并不值得称道，力主"男儿气骨"而斥"冶绿妖红"，抨击柳永"风月多情"之作，品位格调不高，令人羞见，在他的影响下，词以写"相思""痴恨"为能事。其后，转而表达自己的词学取向，宣称辛弃疾、刘克庄等豪健词风是自己心摹手追的对象，词当以司马迁的文章、杜甫的诗歌为楷模，写出神完气足、慷慨深厚之作。最后声言要执"长戈"，彻底驱逐柳永词风，情绪激烈，却也体现了刘榛对词坛靡弱风气的厌恶。

就这首词本身来讲，也是一首颇为雄豪劲健的作品，可以想见，这是刘榛为好友陈维崧在词坛上摇旗呐喊的一首作品。然而，刘榛的词大多并

---

① 孙克强：《清代词学》，中国社会科学出版社，2004，第 167 – 168 页。
② 《虚直堂文集》卷二十四。

不雄放，激烈只是偶尔间为之，他的大部分作品仍然写得词风清淡，呈现出一种清健朴实的风格。如《永遇乐·柳絮和牧仲》：

> 荡荡飘飘，依依飐飐，乱人情绪。蝶使都迷，蜂媒枉趁，那是堪归处。绿缲不绾，红英相衬，日晚随风无据。怪多情，恁般留恋，何不挽春同住？　　章台人老，隋隄曲冷，又挤一年轻悮。芳草连天，狂踪无定，空惹王孙路。梁王苑里，谢娘庭畔，彷佛那时相遇。休流落，无情燕嘴，连泥衔去。①

这一首咏物词是和好友宋荦之作②，从题目看，是一首咏柳絮的词。整首词写出了柳絮随风曼舞的姿态，在柳絮飘飞的季节缭乱了人的情绪，以极富有人性化的特点来写柳絮，可以看出是受到苏轼《水龙吟·次韵章质夫杨花词》的影响。刘榛咏柳絮，注重突出柳絮的姿态和色彩，在春天的红绿映衬下，柳絮轻飐，词人不由得感慨，"何不挽春同住"。这其实是以论入词，但非常自然真挚，然后反复渲染柳絮的无处不在，而最终化为燕泥，完成了一次生命的轮回。宋荦评价道："骨节珊珊，如藐姑仙子，未食人间烟火。"类似这样的作品才是刘榛创作的主流，由此可见，刘榛词的基本特征是形貌清新简淡、文辞朴实无华、情感真挚淳厚。

"清朴"虽然是刘榛诗、文、词的共同特征，但是就具体文体而言，也存在着一些差别，不同文体表现出了不同的特点。

刘榛的文章大都切实而发，"清朴"表现得最为充分，或偏于"清"而简净闲淡、清微淡远、清雄自然，或偏于"朴"而浑朴简质、浑穆朴雅、苍质古韵，总的来说，更显得温润平和。如《步园记》就写得论思精微，词简意深：

> 睢州徐子次微，来读书于郡。每相见，必属作《步园记》。其勤至十余请，未已也。问其地，曰：在乡所为定斋之右。问其规模，曰：以丈引计耳。问其命名之意，曰：将以域吾足也。

---

① 《虚直堂文集》卷二十四。
② 宋荦《永遇乐·柳絮和曹宝庵》："望去非花，飘来疑雪，轻狂如许。未作浮萍，已离深树。此际谁为主。隋堤三月，几回翘首，一片漫天飞舞。最堪怜、无根无蒂，总被东风弄汝。　　踏歌魏女，离情多少，问道春光何处。乍扑空帘，旋黏芳径，好情莺衔取。还思往日，鹅黄初染，变态顿分古今。枉垂着，长条蹴地，绾伊不住。"

忆予曾为次微记定斋，末引程子之言曰：心定者，其言重以舒；不定者，其言轻以疾。欲以言验次微之定也。迄今且二十年，次微之言何如者，或其所谓定者别有在，匪吾所能知乎？

虽然学至于定，大贤以上之事也，求其定而不得，无宁慎防于蹈履之间，俾无妄动于外，而渐以养其内，此又下学之切功次微。学，然后知不足，故进焉而愈逊欤？若然，即于此藏焉，修焉，息焉，游焉，跬步之内，未始不可以骋千里之足也。

且次微苟信吾言而养之于中，虽逐穆王八骏之迹，朝南交而夕漠北，不失为凝然有定之学。不然面壁趺坐而荡然以驰者，莫知其乡矣。区区裹足又奚为？①

这篇文章是刘榛应朋友之请而写下的一篇短文，属于亭台园阁记一类的文章。这类文章不宜很长，但要在短短的篇幅中写出立意高、含义深的文字并不容易，而刘榛却针对徐次微的学养追求，谈出了一番定心修学的道理，"无妄动于外，而渐以养其内"。不为外界事物动摇心性，方能充实自身的修养，只有不断求学，方能"跬步之内""以骋千里之足"。

刘榛的诗重视对性情的抒写，较之于文，虽也是"清朴"的底色，却显露出更丰富的情感表达，如清思闲情、雄思豪情、清旷流逸、清怨庄雅，这些特点并没有脱离"诗言志"的传统，但是其情感表达真挚自然、质朴真实。如《处州秋夜和双南》：

西风又到括苍城，一夜凄其动客情。已厌群山留去梦，况兼细雨湿残更。鸡声膈膊催君起，虫语呻吟劝我行。同是天涯乡思异，中州有母润州兄。②

这首诗是刘榛在浙中入张衡幕府时所作。这期间他结识了一位好友潘双南，此诗就是两人在处州（即浙江丽水）唱和的作品。诗中表达了在秋风萧瑟的季节，客居处州的刘榛心生无尽的思乡之情，他思念着远在中州的老母和漂泊在润州（即江苏镇江）的兄长，情真意切，令人心生共鸣。

---

① 《虚直堂文集》卷八。
② 《虚直堂文集》卷十九。

　　刘榛的词从学习陈维崧窥得门径后，直取苏辛的清健旷直，摒弃了由明代追摹《花间集》《草堂诗余》而形成的流丽习气，其词依然秉承"清朴"的艺术特色，词风不拘于一格，有自然清丽、倩婉秀雅之作，也有慷慨激昂、豪健顿挫之笔。刘榛能够把握词体重抒情的特征，既有工笔言情之作，也有慷慨激昂之篇。如《沁园春·题其年〈乌丝词〉》：

　　　　游泳词源，纵横笔阵，泣鬼雄才。似海涛汹起，双蛟疾斗，阵云深结，万载森排。酝藉风流悲壮里，岂俯仰穷途潦倒哉。虽小道，亦入神超圣，继往开来。　　分明盛时鼓吹，宜荐郊奏庙，雅颂齐谐。何江皋雾隐，裳裁薜荔，天涯蓬转，雪上髭鬓。空博浮名千百世，说十六英雄君与偕。吟讽下，当渐离击筑，曼倩诙俳。①

　　这首词是刘榛为陈维崧的《乌丝词》题的一首《沁园春》，他认为陈维崧以"纵横笔阵，泣鬼雄才"写出了"雅颂齐谐"的作品，对陈维崧改变词风的贡献给予了"入神超圣，继往开来"的评价，这种评价无疑是极高的，甚至陈维崧自己都说"此先生自言所得耳。若以似鄙人，则何敢当"？由此也可以看到，刘榛在词的创作方面，紧跟时代节奏、改变创作风气的心得，即便是抒写慷慨之情的作品，也要以"雅颂"为旨归，以"悲壮"为底色，充分表明他的创作并没有脱离清雅质朴的基本面貌。

## 二　刘榛"清朴"之词形成的时代因素

　　刘榛"清朴"词风的形成源于他的文风和诗风，所以他的创作在不同文体间保留着相同的特点，这与他生逢的时代和成长经历有很大关系。此处的相关性，一方面，明末清初商丘地区经历的兵火，给刘榛幼年的心灵和生活环境造成了一定的影响，使他脱离了一个大家公子的成长轨迹，在清苦、俭朴中度过青少年时代。另一方面，刘家和侯家世代交好，使刘榛受到侯恂、侯方域父子的影响，侯氏父子在明末属于东林党人，以"清流"自命，这种士人的清正之气潜移默化地在刘榛的心中埋下了种子。当然，刘榛的"清朴"之风也不是一蹴而就，而是有着一个逐渐形成的过程。

---

　　① 《虚直堂文集》卷二十四。

崇祯十五年（1642），刘榛8岁，李自成攻陷归德府（商丘），刘榛的嫡母侯氏及长姐都在这场劫难中死去，加上刘榛的父亲此前也刚刚过世。亲人相继死去，加上豪奴趁机劫掠，刘家因而败落，这些事情对年幼的刘榛造成了巨大的冲击。刘榛自幼即饱尝艰辛，因而更早地成熟了起来。后来，生母张氏带着刘榛依附于他的姐夫侯忭，使他获得了系统的教育，也使他得到了侯方域的关照。

顺治八年（1651）刘榛17岁时，补为博士弟子，这对他的成长来说是一个重要的转折点，刘榛自此立志于学，且在商丘文坛开始初露头角。这一年恰逢侯方域再起"雪苑社"，刘榛积极参与其中，虽奉于末座，但商丘学人的文采风流在他的心中埋下了文学的种子。

刘榛除了参加"雪苑社"的活动，砥砺诗文创作，还跟随上虞先生蔡觉春学作制举文。他在《蔡徐两先生传》中谈及此事：

> 予年十八，从上虞先生学，然后知书有句读，字有点画，文有理脉，而进退周旋应对有仪度。①

学作制举文，目的在于应试，他的老师蔡觉春在6年后考中进士，出任上虞县令。刘榛却逐渐荒于举业，并没有积极应试，大概与他的人生追求改变有很大关系，这种改变显然是受到了"雪苑社"诸子的影响。其中，侯方域的早逝对他影响颇大，他在《吾党八忆·朝宗》中写道：

> 朝宗早能文，才名走南北。精悍呈眉睫，悬河沛胸臆。狂陵白日暝，气压群动息。四座逢君来，往往摄影匿。予时冠将加，犹未厚学殖。根柢虽莫穷，梗概略能识。骈辞斗月露，大雅抛莽棘。君独回俗辙，扬鞭逐愈轶。山空花为明，风薄江自湜。忽然荐南烹，亦易别藿食。所以倡一人，和以千万亿。晚从我庵生，扣花将求实。假使忍死学，讵不厌窥测。浮声既相误，前路复陻塞。郁郁二十年，所余此篆刻。掩卷三叹吁，吾因惕所得。②

从这首诗中可以读出刘榛对侯方域学养的崇敬，也有对侯方域早逝的惋惜，但最重要的是，他从侯方域的人生经历中获得了一些启示，"掩卷三

---

① 《虚直堂文集》卷九。
② 《虚直堂文集》卷二十。

叹吁，吾因惕所得"。他的所得自然是雪苑诸子疏离现实、淡泊归隐的志趣。

另一件事也有助于认识刘榛以"清朴"自励、安于田园的人生追求。刘榛与好友田兰芳①在顺治十四年（1657）同游河南辉县苏门山。田兰芳（1628－1701），字梁紫，号箕山，是徐邻唐的弟子，也是刘榛终生的至交。面对苏门山的胜景和百门泉的清冽，刘榛油然生出归隐山水田园之感，他当时所做的《百泉记》并未保留下来，在后来所写的《百门泉记》追忆了当时的心境：

> 顺治丁酉，予游卫之苏门山百门泉，则涌于其山之阳，在《诗》所谓"毖彼泉水"是也。流连乐之归，而愈久不能忘。
>
> 以予所见天下之泉，莫雄于趵突，莫幽于百门，予固幽者之同气相求也。泉之岸，森森多翠竹，倘所谓《淇澳》之遗乎？予慕有斐矣。泉之亭曰：宛在。能不兴我遡洄耶？渟潴之可见者无多，则挹注而灌溉者，泽其田数百顷。予虽为时舍然寒泉之食窃有志焉，其尤异者累累，珠贯而上，无穷期，无间断，随地歇薄，化为浮沤而散。其诸所谓逢原者乎？其诸所谓无息者乎？其诸所谓生生而变化者乎？予愧不能体之于身，而声闻每至，愈令人惕然念也。憩苏门之麓者，咸疑鸾凤之啸在耳。隐士孤踪，犹令人百世向往之。拜邵先生之祠，则肃然于道气之遗，又当何如者？予故挹高风，而希潜德，将与泉源，俱无尽矣。此所谓吾分之宜，承愈久而不能忘者也，而又能移志于他乎哉？②

从文中可以看出他内心对归隐山水田园的向往，但他作为刘家本支唯一的男丁，还需要承担许多责任，故而不能成为隐士，不过安居于田园的淡泊心性却成为他终生的修养。他所做的《感怀四首》，诗境平淡而意味隽

---

① 田兰芳（1628－1701），字梁紫，一字任众，号箕山，睢州（今河南睢县）人。诸生。初豪迈不羁，年四十而悔之，治理学，朱、王并重，不事著述，躬行实践而已。少与汤斌同学，斌言求友四方，中心向往者，兰芳之外无多人。与汤斌倡志学会，践履笃实。主讲道存书院，从学者众。贫居数十年，间或断粮，而读书自如。其心性和平，高隐而不忘世。及卒，门人私谥诚确先生。能诗文，曾自品其文曰"杂"，其诗曰"不合正变"，实则绝去町畦，自抒胸臆，不失为作手，事迹见于《清史列传·儒林传上》。有《逸德轩集》《睢州志》等。

② 《虚直堂文集》卷八。

永，抒发了自己不求荣华富贵的淡泊心志，如其第二首：

> 种花须种兰，栽树须栽竹。种兰有余馨，栽竹有余绿。君子慎因依，澹泊两情足。素心不可期，挥云闭空谷。

第四首：

> 万山摧无遗，一干青不了。由来禁岁寒，乃信能寿考。豺狼自难群，荣名非所宝。不见颜平原，孤怀独矫矫。

田兰芳认为这几首诗"淡而隽，使人咀之味远"。① 从这些作品中流露出来的心声大概可以从不同的角度了解到刘榛懒于举业、安于乡曲的人生追求，而这样的生活体现为清闲自守、俭朴平淡。

上述这些经历中虽然没有词学活动的内容，但是这些经历正是刘榛人生观、价值观、文学观形成的主要影响因素，词在刘榛的创作经历中其实并不占据重要的位置，只是他和陈维崧相交相知的一个纽带和桥梁，随着陈维崧的谢世，刘榛自此绝笔，不复填词。因此，可以做出这样一个判断，刘榛词的创作，其形为词，其神则为经、史，其实这也是与陈维崧后期的词学思想一致的。陈维崧在《词选序》中说：

> 客或见今才士所作文，间类徐庾俪体，辄曰此齐梁小儿语耳，掷不视。是说也，予大怪之。又见世之作诗者，辄薄词不为，曰为辄致损诗格。或强之，头目尽赤。是说也，则又大怪。夫客又何知？客亦未知开府《哀江南》一赋，仆射在河北诸书，奴仆《庄》《骚》，出入《左》《国》。即前此史迁、班椽诸史书，未见礼先一饭；而东坡、稼轩诸长调，又骎骎乎如杜甫之歌行与西京之乐府也。
>
> 盖天之生才不尽，文章之体格亦不尽。上下古今，如刘勰、阮孝绪以暨马贵与、郑夹漈诸家所胪载文体，屦部族其大略耳。至所以为文，不在此间。鸿文巨轴，固与造化相关。下而谰语卮言，亦以精深自命。
>
> 要之，穴幽出险以厉其思，海涵地负以博其气，穷神知化以观其变，竭才渺虑以会其通。为经为史，曰诗曰词，闭门造车，谅无异辙也。今之不屑为词者，固亡论其学，为词者又复极意《花间》，学步

---

① 《虚直堂文集》卷十八。

《兰畹》。矜香弱为当家，以清真为本色。神瞀审声，斥为郑卫。甚或
夔弄俚词，闺襜冶习。音如湿鼓，色若死灰。此则嘲诙隐庹，恐为词
曲之滥觞；所虑杜夔左骖，将为师涓所不道。辗转流失，长此安穷。胜
国词流，即伯温、用修、元美、征仲诸家，未离斯弊，余可识矣。余
与里中两吴子、潘子戚焉，用为是选。

　　嗟乎！鸿都价贱，甲帐书亡。空读西晋之阳秋，莫问萧梁之文武。
文章流极，巧历难推。即如词之一道，而余分闰位，所在成编。义例
凡将，阙如不作。仅效漆园马非马之谈，遑恤宣尼觚不觚之叹。非徒
文事，患在人心。然则余与两吴子、潘子仅仅选词云尔乎？选词所以
存词，其即所以存经存史也夫？①

陈维崧的认识中，词和经、史的地位是等同的。孙克强先生揭示了这种
观点形成的原因，认为陈维崧摒弃了文体优劣的思想而强调人和作品的关系：

　　陈维崧则是从作品和"人"（包括作者和作者生活环境）的关系来
谈这个问题的。他认为一切文学的共同本质，都是人的创造、才能的
表现，人类的发展变化，必然会带来文学样式的发展创新。②

刘榛词的创作恰恰实践了陈维崧的词学思想，但刘榛的经历和陈维崧
不同，因此他的创作也体现着具有个性特征的文化背景。

## 三　刘榛词"清朴"之美的理学背景

刘榛词形成的"清朴"之美，本质上是儒家文化观的一种具体体现。
在刘榛的人生经历中，理学的影响极为深刻，孙奇逢③、贾开宗、徐邻唐、
汤斌、田兰芳、郑廉、宋荦等人皆为明末清初理学家，他们为刘榛师友，
影响了他的人生取向。

---

① （清）陈维崧：《词选序》，载冯乾《清词序跋汇编》第 1 册，凤凰出版社，2013，第 61 -
　　62 页。
② 孙克强：《清代词学》，中国社会科学出版社，2004，第 171 页。
③ 孙奇逢（1584 - 1675），字启泰，号钟元，明末清初理学家，晚年讲学于辉县夏峰村 20 余
　　年，从者甚众，世称夏峰先生。明朝灭亡后，清廷屡召不仕，人称孙征君。与李颙、黄宗
　　羲齐名，合称"明末清初三大儒"。学术著作主要有：《理学宗传》《圣学录》《北学编》
　　《洛学编》《四书近指》《读易大旨》《书经近指》等。

孙奇逢是明清之际的一位著名理学大儒，顺治七年（1650）后居于河南辉县苏门山，讲学于百泉书院，长达 25 年。顺治十四年（1657）刘榛 22 岁时，曾与田兰芳一同前往百泉拜师求学，10 年后为记其事而作《百泉记》，30 年后仍追忆其事，并表明心志："拜邵先生之祠，则肃然于道气之遗，又当何如者？予故挹高风，而希潜德，将与泉源，俱无尽矣。"① 刘榛此时已经 50 多岁，仍然对自己早年在百泉的求学经历念念不忘。他崇敬这里的儒学传承，前有北宋邵雍于此传道授徒，后有夏峰先生孙奇逢拒绝出仕，隐居于此讲学，刘榛认为这些大儒的"高风""潜德"将如百泉一般源源不绝。

窦克勤所做的刘榛《本传》认为，刘榛正是由于与师友不断切磋理学义理，才成为一位文行并茂的君子："至与徐迩黄、汤潜庵、田篑山、宋牧仲诸先生游，道义切劘，斐然一文行并茂之君子也！非学而能有是乎？"② 4 人中，徐邻唐和汤斌都是当时知名的理学家，刘榛向他们虚心求教，必然获益良多。田兰芳作为徐邻唐的弟子，也致力于理学，学本程朱，曾讲学梁宋，有"中州宿儒"之称，与刘榛齐名一时，刘榛常与之相互砥砺，郑廉③在《刘榛行状》中说道："山蔚学益深，其怀益退焉不自足。尝与田篑山先生往复论辩，义必求其可安，衷未惬，虽数复不厌。"④ 刘榛在与徐、汤、田、宋 4 人的交往中，对理学义理的认识逐渐深入，而"清朴"则是理学义理内化到刘榛的人格中后自然表现出来的气质和行为特征，如果细分一下，"清"为显性的表现，源出于人格，"朴"为隐性的表现，来自学养。

刘榛对理学的义理是学以致用的，他致力于自我修养，把外在的规范内化为自觉的行为。在为女婿王紫客所写的《敬慎斋铭》中，他认为：

> 吾婿王紫客，以"敬慎"名斋，曰："窃有志也，盍为我铭之。"予曰："唯唯。"久之，复请焉，予曰："唯唯。"又久之，曰："终不为

---

① 刘榛：《百门泉记》，载《虚直堂文集》卷八。
② （清）李桓：《国朝耆献类征初编》第 56 册，明文书局，1985。
③ 郑廉（1628－1710），字介夫，号石廊，商丘（今河南省商丘市）人。家贫好学，屡试不第，弃功名，以布衣游公卿间，无所遇。与同乡刘榛、睢州田兰芳、柘城李子金等友善。晚年曾主持范文正公书院。筑柳下堂，自号柳下野人，仿陶渊明作《柳下野人传》以明志。郑廉的文学成就主要在诗歌方面。他长于五言、七言古诗和乐府体。有《豫变纪略》八卷、《柳下堂诗文应天文化集》八卷。
④ （清）李桓：《国朝耆献类征初编》第 56 册，明文书局，1985。

我铭乎？"予曰："子志在铭焉已耶，抑将实欲践也？果践焉，安用铭？不然，铭焉已耳，于子何有哉？且夫古之为学也，曰'主敬'，曰'慎独'。盖千圣相传之心法，兼动静、彻始终之极致也。子遽言之无乃易乎？夫易于言者，必无意于行者也，予又何敢易为子铭？虽然，今日者，礼教衰息，踰闲荡检，以疏放为泰舒，以敛约为迂鄙。直内思永之旨，久不讲于人间矣。紫客方英少，乃独奯然有志乎？异矣哉。吾安得不为子铭？"

铭曰：敬尔业，慎尔修。圣狂界，放与收。熟则安，肆益偷。帝临日鉴，凛哉无休！①

"主敬""慎独"是刘榛为加强自身修养指出的道路，是他针对当时"礼教衰息"的严峻现实想出的办法。在刘榛看来，唯有乡贤知识分子以"敬慎"加强个人修养，才能引导社会风气的改变。

刘榛一生孜孜以求的目标是要把明末清初已经打破的社会秩序恢复起来，但要做好这件事情，并不容易。他认为良好的社会秩序首先要从家庭秩序的维护做起，而形成良好家庭秩序的关键在于家中女子的素质，因而他特意仿效刘向的《列女传》编撰了一部《女史》，分列《母德传》《孝行传》《贤淑传》《贞一传》《节烈传》《义烈传》《哲慧传》《才艺传》《妒媚传》《倾邪传》《淫乱传》《逆恶传》12 篇，提倡八善，抨击四恶。刘榛认为女子虽不读书，但通过了解《女史》所载八善四恶，就能够明大理，遇事知道应对之方，这些不仅是对女子的要求，本质上是"齐家"之道。

在《虚直堂文集》中，刘榛还撰写了如下这些文章和诗歌：《孟氏孝行序》《睢阳四烈妇传序》《刘先生义烈记》《烈姊传》《周贞女传》《节孝曹氏传》《丁烈妇传》《徐烈女传》《田烈妇诔》《胡烈妇》等。刘榛对这一类题材的反复书写，实际上是基于一种崇高的理念，就是在社会伦理道德崩坏的特定时代，要肩负起重建社会秩序的文化使命，而这种重建需要从每一个具体的人、每一个独立但牵连着社会基础的家庭做起，要做到这些，刘榛认为唯有依靠树立典范，在道德领域指出方向，潜移默化中移风易俗。

刘榛践行理学精神的另一个努力是恢复儒家的礼制。礼制是儒家建立理想社会秩序的一套规则，具体表现在人们日常现实生活中的行为规范，

---

① 《虚直堂文集》卷十六。

最典型的就是婚丧嫁娶的礼仪。刘榛反复讨论了婚礼、丧礼、服制等问题，写下了《丧服说》《父妾无子服制议》《答昏礼问》3篇、《答丧礼问》4篇、《约族人墓祭启》《敬享约序》等文章。他所讨论的这些问题在当时的日常生活中都非常重要，而且需要具体施行，比如：

> 曰："古六礼不病于繁乎？"曰："礼所以敬夫妇之始，而勿容苟也。故《召南》之女，虽致于狱，而谓室家之礼不备，终不之从焉。然《朱子家礼》，已去问名、纳吉、请期，以从俗矣。夫古人问名而卜，卜吉，则纳吉，否，则他采他问焉。今一言之定，便不可易。故此二礼为可省。请期一节，好礼者犹有行之。减六而四而三，不得更从简陋也。"曰："贫者苦于不能具，奈何？"曰："丰俭从有无之便。诚贫也，一禽一果何讥焉？今俗有空函往复，并纳采而亦废者，斯亦不敬其始也哉。"①

在刘榛看来，不能因为礼的繁复而不遵行，也不能因为家境贫寒而废弃"礼"，即便是"一禽一果"，也应该遵循礼制的程序，这是很严肃的问题。废弃了"礼"，就是不敬畏传统，文化必将毁坏，因此他终生都在努力践行一个乡贤知识分子的责任。

其实，刘榛所做的这一切是中国传统知识分子文化精神中的一种执着和理想，他们或许身微言轻，但是他们勇于承担文化的传承。在清人入主中原之后，这些知识分子希望通过自己的身体力行，能够维系汉族传统文化和文明得以延续不坠，刘榛正是这些知识分子中的一员，而他的这些努力就表现在对"清朴"这两个字的理解和践行中。

刘榛作为清代初期的中州文坛名宿，学识渊博、品行端方，以重建理学的秩序、恢复与保存传统文化为己任。因此，刘榛一生的活动和创作都与实现这些目标密切相关，他的词表现为以下三个特征。

第一，清朴是立身与立言的统一。刘榛在明末清初动荡破坏的社会秩序中恪守理学的精神，承担起了自觉恢复的责任，甚至绝意仕进，长居乡里，以乡贤文人的身份影响乡里，以自己的言行、文章作为表率。任何文体都不可能被排斥于立身与立言相统一的这个基本原则之外，这也就是刘榛抨击乱人心性的艳冶词风，追求词的清朴之美的主要原因。如他写给儿

---

① 《答昏礼问二》，载《虚直堂文集》卷十三。

子的词《法曲献仙音·示丕忧儿》，就表现出了他的坚守：

> 忙跳双丸，那年弧矢，屈指已经十八。中下之间，乐安身分，还兼虎头痴黠。吾自不嫌迟钝，而莫爱挑达。　甘粗粝。要咬定、菜根滋味。然后好、图个身之察察。堪笑薛家婆，只自矜、年少涂抹。万里康庄，定乘时、秣马脂车。鉴尔父秋霜，坐待鬓边先撒。①

词中表现了刘榛对两个儿子的谆谆教诲，他希望自己的孩子能"乐安身分"，能"甘粗粝。要咬定、菜根滋味"，他对孩子的教导正是他自己的所作。在这里，立身和立言统一在了家教之中，也统一在了他的这首词作之中。

第二，清朴词风形成于和陈维崧的砥砺切磋。陈维崧足迹遍于天下，交游广泛，当时的词人大多都与他有唱和，他的创作视野非常开阔，借词以存经存史，词在某种程度上代替了诗文的功能。刘榛对陈维崧极为仰慕，论交后成为终身挚友。刘榛的《金菊对芙蓉·九日和牧仲韵留其年》无论从情感上还是词风上，都烙印下了陈维崧的深刻影响：

> 木叶飘零，登高四顾，已堪宋玉悲秋。况黯然别恨，更上眉头。怜君四载无消息，望天涯、蓬转如球。菊花开处，阳关一曲，谁忍轻讴？　才藻独擅风流。扳倡酬抵掌，共老糟丘。岂茂陵有女，愿与同游。许长麈尾催班马，能消受、箬画清幽。庚楼皓月，梁园修竹，差可淹留。②

陈维崧居留商丘期间正是他后期词学思想形成的时期，刘榛亲历了这一阶段，因此词风有陈维崧词学思想的内涵，不拘于当时的艳冶风气，题材丰富、词风朴实清健。在这首刘榛写给陈维崧的词中，至少需要注意以下几个方面：其一，刘榛和陈维崧的友情深厚真挚，黯然离别，思念四载，若非声气相投，不当如此。其二，刘榛钦佩陈维崧的才华，称赞他"才藻独擅风流"，"倡酬抵掌"则可见刘榛与其年在词艺上的切磋磨砺。其三，刘榛在词中大量用典，正是践行经史入词的创作路径。其四，词中并无艳丽的辞藻，语言朴实无华，清雅诙谐。

---

① 《虚直堂文集》卷二十四。
② 《虚直堂文集》卷二十四。

第三，清朴之词借稼轩之形，传理学之神。辛弃疾最引人注目的词是雄豪刚健的词，因其独具一格，被后人称为"稼轩风"，其实辛弃疾的词还有颇多其他风格的作品。刘榛因陈维崧而遍读宋名家词，取径稼轩，抵排柳永，根本原因在于稼轩词的丰富多变，内容表达不受局限。刘榛在《送入我门来·答牧仲论词》中表达了自己的词学观念：

> 累牍连篇，高谈何绮，恍如玉麈亲承。牛耳词坛，仔细论新声。君真颂酒吟花手，念我拙风云月露形。游戏也，聊亦喷胸吐臆，写兴排情。　最爱风流本色，那知析宗别派，依尺循绳。覆粕倾糟，倔强恨平生。羞为怨绿愁红态，更笑谢骚人韵士名。嗟疏狂自命，筌蹄忘矣，所得何曾。①

借助这首词，刘榛表达了自己和好友宋荦不同的词学观念，宋荦词追随当时词坛风气，表现为"颂酒吟花""风云月露""怨绿愁红"，而刘榛填词是为了"喷胸吐臆，写兴排情"，不追求"骚人韵士"之名。创作的目的不同，作品表现出的形貌和精神也自然有所分别，因此，刘榛推崇稼轩，词的形貌似稼轩，但词的内在精神则与他理学视野下的社会理想一脉相承。

综上所述，对刘榛词风的认识，不能简单地只看他的词作，要参考他的理学素养和诗文创作。对刘榛词的解读也不能为外在的形貌所束缚，要透过文本细读，结合历史情境，理解他致力于传递的文化精神。

---

① 《虚直堂文集》卷二十四。

# 参考书目

（宋）姜夔著《白石诗说》，人民文学出版社，1962。

（清）陈廷焯著，屈兴国校注《白雨斋词话足本校注》齐鲁书社，1983。

（清）聂先、曾王孙编《百名家词钞影印本》，国家图书馆出版社，2011。

（晋）葛洪著《抱朴子》，上海古籍出版社，1990。

陶尔夫、诸葛忆兵著《北宋词史》，黑龙江人民出版社，2004。

朱惠国、刘明玉著《北宋词研究史稿》，齐鲁书社，2006。

（宋）王灼著，岳珍校正《碧鸡漫志校正》，巴蜀书社，2000。

王筱芸著《碧山词研究》，南京出版社，1991。

（宋）严羽著，郭绍虞校释《沧浪诗话校释》，人民文学出版社，1983。

（明）杨慎评点《草堂诗余》，闵映璧刻本。

阙名编《草堂诗余》，双照楼刊本。

杨万里编著《草堂诗余》，崇文书局，2017。

（明）张綖编《草堂诗余别录》，嘉靖黎仪抄本。

（明）杨慎评点《草堂诗余五卷》，《忏花庵丛书》本。

缪荃孙编《常州词录》，光绪刻本。

龙建国著《唱论疏证》，江西教育出版社，2015。

（宋）晁补之著，乔力校注《晁补之词编年笺注》，齐鲁书社，1992。

（清）陈维崧著《陈维崧集》，上海古籍出版社，2010。

（唐）陈子昂著《陈子昂集》，上海古籍出版社，2013。

黄灵庚著《楚辞章句疏证》，中华书局，2007。

蒋哲伦著《词别是一家》，上海社会科学院出版社，2005。

钱鸿瑛著《词的艺术世界》，上海文艺出版社，1992。

徐柚子编著《词范》，华东师范大学出版社，1993。

孙致弥编《词鹄初编》，康熙刻本。

唐圭璋编《词话丛编》，中华书局，1986。

葛渭君编《词话丛编补编》，中华书局，2013。

屈兴国编《词话丛编二编》，浙江古籍出版社，2013。

（清）况周颐编《词话丛钞》，上海大东书局，1925年石印本。

刘庆云著《词话十论》，岳麓书社，1990。

朱崇才著《词话史》，中华书局，2006。

朱崇才著《词话学》，文津出版社，1995。

孙维城等著《词话研究》，黄山书社，1995。

饶宗颐著《词集考》，中华书局，1992。

施蛰存主编《词籍序跋萃编》，中国社会科学出版社，1994。

（宋）姜夔撰，钟夫校点《词林集珍白石词》，上海古籍出版社，1988。

张宗橚编，杨宝霖补正《词林纪事词林纪事补正合编》，上海古籍出版社，1998。

（明）杨慎编《词林万选》，词苑英华本。

吴世昌著，吴令华辑注，施议对校《词林新话》，北京出版社，1991。

（清）戈载编著《词林正韵》，上海古籍出版社，1981。

刘永济著《词论》，上海古籍出版社，1981。

邱世友著《词论史论稿》，人民文学出版社，2002。

（清）万树编著《词律》，上海古籍出版社，1984年影印本。

（明）杨慎著《词品》，人民文学出版社，1960。

龙榆生著《词曲概论》，北京出版社，2003。

王易著《词曲史》，东方出版社，1996。

任中敏著《词曲通义》，商务印书馆，1931。

刘毓盘著《词史》，上海书店，1985。

夏敬观著《词调溯源》，商务印书馆，1933。

张惠言、董毅编《词选·续词选》，华夏出版社，2003。

梁启勋著《词学》，中国书店，1985。

徐敬修编《词学常识》，上海大东书局，1933。

（清）秦恩复编《词学丛书》，嘉庆刻本。

宛敏灏著《词学概论》，上海古籍出版社，1987。

吴丈蜀著《词学概说》，中华书局，2000。

缪钺、叶嘉莹著《词学古今谈》，岳麓书社，1993。

林玖仪著《词学考诠》，台湾联经出版事业公司，1987。

梁荣基著《词学理论综考》，北京大学出版社，1991。

唐圭璋著《词学论丛》，上海古籍出版社，1986。

孙克强著《词学论考》，延边大学出版社，2001。

林玫仪主编《词学论著总目》，"中央研究院"中国文哲研究所筹备处，1995。

龙榆生著《词学十讲》，北京出版社，2004。

王兆鹏著《词学史料学》，中华书局，2004。

吴梅著《词学通论》，复旦大学出版社，2005。

孙正刚著《词学新探》，天津人民出版社，1980。

任二北著《词学研究法》，商务印书馆，1935。

罗忼烈著《词学杂俎》，巴蜀书社，1990。

马兴荣著《词学综论》，齐鲁书社，1989。

刘尧民著《词与音乐》，国立云南大学文史系，1946。

施议对著《词与音乐关系研究》，中国社会科学出版社，1989。

郑孟津、吴平山著《词源解笺》，浙江古籍出版社，1990。

蔡桢疏证《词源疏证》，中国书店，1985。

夏承焘校注，蔡嵩云笺释《词源注·乐府指迷笺释》，人民文学出版社，1963。

（清）徐釚撰，唐圭璋校注《词苑丛谈》，上海古籍出版社，1981。

（清）徐釚编，王百里校笺《词苑丛谈校笺》，人民文学出版社，1988。

（清）陈廷焯编选《词则》，上海古籍出版社，1984。

（清）朱彝尊编，汪森增定《词综》，上海古籍出版社，1978。

（清）陶樑编《词综补遗》，道光十四年（1834）红豆树馆刻本。

孙克强、杨传庆辑校《大鹤山人词话》，南开大学出版社，2009。

（清）王士禛著，张宗柟纂集，夏闳校点《带经堂诗话》，人民文学出版社，1963。

（魏）曹丕撰《典论》，中华书局，1985。

（宋）孟元老等撰《东京梦华录（外四种）》，上海古典文学出版社，1956。

（宋）孟元老撰，尹永文笺注《东京梦华录笺注》，中华书局，2007。

（宋）孟元老著，邓之诚注《东京梦华录注》，中华书局，1982。

唐玲玲著《东坡乐府研究》，巴蜀书社，1992。

任半塘编著《敦煌歌辞总编》，上海古籍出版社，1988。

王重民《敦煌遗书论文集》，中华书局，1984。

陈炎著《多维视野中的儒家文化》，中国人民大学出版社，1997。

黄霖主编，曹辛华著《二十世纪中国古代文学研究史：词学卷》，东方出版中心，2006。

王小盾、杨栋编《二十世纪中国学术文存：词曲研究》，湖北教育出版社，2003。

祖保泉著《二十四诗品校注译评》，安徽师范大学出版社，2018。

（清）厉鹗著，董兆熊注，陈九思标校《樊榭山房集》，上海古籍出版社，1992。

陆游著，夏承焘、吴熊和笺注《放翁词编年笺注》，上海古籍出版社，1981。

（清）谭献《复堂词话》，人民文学出版社，1960。

（清）沈雄著，孙克强、刘军政导读校注《古今词话》，上海古籍出版社，2009。

（清）沈时栋编《古今词选》，康熙五十五年（1716）锄经书屋刻本。

（明）沈际飞、钱允治等编《古香岑草堂诗余》，明末刻翁少麓印本。

（清）王昶编《国朝词综》，《四部备要》本。

（清）王昶编《国朝词综二编》，《四部备要》本。

（清）黄燮清编《国朝词综续编》，《四部备要》本。

（清）孙默编《国朝名家诗余》，康熙刻本。

（清）冯煦《蒿庵论词》，人民文学出版社，1960。

（宋）赵令畤撰《侯鲭录》，中华书局，1985。

（宋）刘克庄著，钱仲联笺注《后村词笺注》，上海古籍出版社，1980。

（宋）黄昇编《花庵词选》，中华书局，1958。

（后蜀）赵崇祚辑《花间集》，闵映璧刻朱墨套印本。

李冰若《花间集评注》，人民文学出版社，1993。

（后蜀）赵崇祚辑，李一氓校《花间集校》，人民文学出版社，1958。

华连圃撰《花间集注》，商务印书馆，1937。

孟晖著《花间十六声》，生活·读书·新知三联书店，2006。

（宋）陈模撰，郑必俊校注《怀古录校注》，中华书局，1993。

秦观著，王辉曾笺注《淮海词笺注》，中国书店，1985。

秦观著，徐培均笺注《淮海集笺注》，上海古籍出版社，1994。

（宋）秦观著，徐培均校注《淮海居士长短句》，上海古籍出版社，1985。

蒋方编选《黄庭坚集》，凤凰出版社，2014。

李琳琦著《徽商与明清徽州教育》，湖北教育出版社，2003。

徐学林编《徽州刻书史长编》，安徽教育出版社，2014。

（清）况周颐原著，孙克强辑考《蕙风词话·广蕙风词话》，中州古籍出版社，2003。

（清）况周颐撰，屈兴国辑注《蕙风词话辑注》，江西人民出版社，2000。

（宋）辛弃疾撰，邓广铭笺注《稼轩词编年笺注》，上海古籍出版社，2007。

（宋）辛弃疾著，徐汉明编校《稼轩集》，长江文艺出版社，1990。

周巩平著《江南曲学世家研究》，上海文化出版社，2013。

（宋）姜夔著，夏承焘笺校《姜白石词编年笺校》，上海古籍出版社，1981。

（唐）崔令钦著，任半塘笺订《教坊记笺订》，中华书局，1962。

（清）周济著《介存斋论词杂著》，人民文学出版社，1960。

刘静、刘磊著《金元词研究史稿》，齐鲁书社，2006。

龙榆生编《近三百年来名家词选》，上海古籍出版社，1979。

（唐）房玄龄撰《晋书》，中华书局，2000。

吴昌绶、陶湘辑《景刊宋金元明本词》，上海古籍出版社，1989年影印本。

（清）纪昀等撰《景印文渊阁四库全书》，台湾商务印书馆股份有限公司，1986。

（清）曹溶撰《静惕堂词》，康熙四十六年（1707）朱氏刻本。

（宋）周密编纂，邓乔彬等撰《绝妙好词译注》，上海古籍出版社，2000。

（清）孙麟趾撰《绝妙近词》，咸丰五年（1855）刊本。

赵万里辑《校辑宋金元人词》，国家图书馆出版社，2013。

（清）陈廷敬、王奕清等编《康熙词谱》，中国书店，1983年影印本。

（宋）曾慥辑《乐府雅词》，辽宁教育出版社，1997。

（宋）沈义父著，蔡嵩云笺释《乐府指迷笺释》，人民文学出版社，1963。

（宋）柳永著，薛瑞生校注《乐章集校注》，中华书局，1994。

（清）顾从敬编《类编草堂诗余》，嘉靖二十九年（1550）刻本。

（明）陈继儒重校，陈仁锡参订《类选笺释草堂诗余六卷》，明万历四十二年（1614）刻本。

王文锦著《礼记译解》，中华书局，2016。

张璋选编，黄畲笺注《历代词萃》，河南人民出版社，1983。

张璋等编纂《历代词话》，大象出版社，2002。

王熙元著《历代词话叙录》，台湾中华书局，1973。

张璋等编纂《历代词话续编》，大象出版社，2005。

（清）况周颐撰《历代词人考略》，南京图书馆稿本。

程郁缀选注《历代词选》，人民文学出版社，2004。

徐珂集评《历代词选集评》，商务印书馆，1928。

（清）何文焕编《历代诗话》，中华书局，1981。

梁启超著《梁启超全集》，中国人民大学出版社，2018。

张红著《两宋二十二名家词选——考调论词》，南开大学出版社，1997。

程千帆、吴新雷著《两宋文学史》，上海古籍出版社，1991。

（宋）晏殊等撰《临川二晏集》，江西人民出版社，2016。

（清）郭麐撰《灵芬馆全集》，嘉庆刻本。

缪钺、叶嘉莹著《灵谿词说》，上海古籍出版社，1987。

（宋）欧阳修撰《六一词》，汲古阁本。

龙榆生著《龙榆生词学论文集》，上海古籍出版社，1997。

（宋）陆游撰《陆放翁全集》，中国书店，1986。

钱仲联等主编《陆游全集校注》，浙江教育出版社，2011。

黄晖著《论衡校释》，中华书局，1990。

赵仁珪著《论宋六家词》，北京师范大学出版社，2000。

杨伯峻著《论语译注》，中华书局，1998。

李泽厚著《美学三书》，安徽文艺出版社，1999。

宗白华著《美学散步》，上海人民出版社，1981。

杨伯峻著《孟子译注》，中华书局，2010。

赵尊岳辑《明词汇刊》，上海古籍出版社，1992。

张仲谋著《明词史》，人民文学出版社，2002。

谢国桢著《明末清初的学风》，人民出版社，1982。

陈水云著《明清词研究史》，武汉大学出版社，2006。

李真瑜著《明清吴江沈氏世家百位诗人考略》，安徽教育出版社，2014。

李康化著《明清之际江南词学思想研究》，巴蜀书社，2001。

（清）张廷玉等撰《明史》，中华书局，2000。

缪钺著《缪钺全集》，河北教育出版社，2004。

张秉戍著《纳兰词笺注》，北京出版社，1996。

词隐先生等编《南词新谱》，中国书店，1985。

（梁）萧子显著《南齐书》，中华书局，2000。

陶尔夫、刘敬圻著《南宋词史》，黑龙江人民出版社，1992。

邓红梅、侯方元著《南宋词研究史稿》，齐鲁书社，2006。

郭锋著《南宋江湖词派研究》，巴蜀书社，2004。

（宋）吴曾辑《能改斋漫录》，上海古籍出版社，1979。

（清）烟水散人撰《女才子书》，上海古籍出版社，1994。

邓红梅著《女性词史》，山东教育出版社，2000。

田玉琪著《徘徊于七宝楼台——吴文英词研究》，中华书局，2004。

（宋）周邦彦撰，李永宁校点《片玉词》，辽宁教育出版社，2001。

（宋）周密著《齐东野语》，中华书局，1983。

（清）王奕清等编《钦定词谱》，中国书店，1983年影印本。

（清）朱祖谋辑刻《彊村丛书》，上海古籍出版社，1989年影印本。

闵丰著《清初清词选本考论》，上海古籍出版社，2008。

吴熊和、严迪昌、林玫仪合编《清词别集知见目录汇编》，"中央研究院"中国文哲研究所筹备处，1997。

叶嘉莹著《清词丛论》，河北教育出版社，1997。

沙先一、张晖著《清词的传承与开拓》，上海古籍出版社，2008。

严迪昌著《清词史》，人民文学出版社，2011。

冯乾编校《清词序跋汇编》，凤凰出版社，2013。

丁绍仪编《清词综补》，中华书局，1986。

孙克强著《清代词学》，中国社会科学出版社，2004。

张宏生著《清代词学的建构》，江苏古籍出版社，1998。

陈水云著《清代词学发展史论》，学苑出版社，2005。

徐珂著《清代词学概论》，上海大东书局，1926。

孙克强著《清代词学批评史论》，上海古籍出版社，2008。

吴宏一著《清代词学四论》，台北联经出版事业公司，1990。

陈水云著《清代前中期词学思想研究》，武汉大学出版社，1999。

叶庆炳、吴宏一合编《清代文学批评资料汇编》，台北成文出版社，1979。

沙先一著《清代吴中词派研究》，人民文学出版社，2004。

梁启超著《清代学术概论》，上海古籍出版社，1998。

陈乃乾辑《清名家词》，上海书店，1982。

李灵年、杨忠主编《清人别集总目》，安徽教育出版社，2000。

黄苏、周济等选评《清人选评词集三种：蓼园词选词辨宋四家词选》，齐鲁书社，1988。

丁福保辑《清诗话》，上海古籍出版社，1999。

郭绍虞编《清诗话续编》，上海古籍出版社，1983。

钱仲联主编《清诗纪事》，江苏古籍出版社，1989。

邓之诚编《清诗纪事初编》，上海古籍出版社，1965。

赵尔巽等撰《清史稿》，中华书局，1977。

（宋）陶穀等撰《清异录》，上海古籍出版社，2012。

（宋）周邦彦著，孙虹校注，薛瑞生订补《清真集校注》，中华书局，2002。

唐圭璋编《全金元词》，中华书局，1979。

（清）严可均辑《全梁文》，商务印书馆，1999。

饶宗颐、张璋编《全明词》，中华书局，2004。

叶恭绰编《全清词钞》，中华书局，1982。

唐圭璋编纂，王仲闻参订，孔凡礼补辑《全宋词》，中华书局，1999。

曾昭岷等编《全唐五代词》，中华书局，1999。

肖鹏著《群体的选择——唐宋人词选与词人群通论》，凤凰出版社，2009。

王国维著《人间词话》，中华书局，2009。

姚柯夫编《人间词话及评论汇编》，书目文献出版社，1983。

王水照、保苅佳昭编选《日本学者中国词学论文集》，上海古籍出版社，1991。

（宋）张炎撰，吴则虞校辑《山中白云词》，中华书局，1983。

（宋）李廌等撰《师友谈记·曲洧旧闻·西塘集耆旧续闻》，中华书局，2002。

缪钺著《诗词散论》，陕西师范大学出版社，2008。

徐谦著《诗词学》，商务印书馆，1926。

张葆全著《诗话和词话》，上海古籍出版社，1983。

（宋）朱熹集注，赵长征点校《诗集传》，中华书局，2011。

高亨注《诗经今注》，上海古籍出版社，1980。

程俊英、蒋见元著《诗经注析》，中华书局，1991。

（明）陆时雍撰，李子广评注《诗镜总论》，中华书局，2014。

（梁）钟嵘著，陈延杰注《诗品注》，人民文学出版社，1961。

吴熊和等著《十大词人》，上海古籍出版社，1989。

（汉）毛亨撰，李学勤主编《十三经注疏·毛诗正义》，北京大学出版社，1999。

余嘉锡著《世说新语笺疏》，中华书局，1983。

（汉）许慎著《说文解字》，天津古籍出版社，1991。

（清）永瑢等《四库全书简明目录》，上海古籍出版社，1985。

（清）永瑢等撰《四库全书总目》，中华书局，1963 年影印本。

（清）纪昀等撰《四库全书总目提要》，河北人民出版社，2000。

（宋）朱熹注《四书集注》，凤凰出版社，2008。

（清）王鹏运辑刻《四印斋所刻词》，上海古籍出版社，1989 年影印本。

谢桃坊著《宋词辨》，上海古籍出版社，1999。

唐圭璋编著《宋词纪事》，上海古籍出版社，1982。

詹安泰著《宋词散论》，广东人民出版社，1980。

黎小瑶著《宋词审美浅说》，中山大学出版社，1992。

唐圭璋著《宋词四考（修订本）》，江苏古籍出版社，1985。

蔡镇楚著《宋词文化学研究》，人民出版社，1999。

胡云翼《宋词研究》，巴蜀书社，1989。

崔海正著《宋词研究述略》，台北洪叶文化事业有限公司，1999。

刘扬忠著《宋词研究之路》，天津教育出版社，1989。

杨万里著《宋词与宋代的城市生活》，华东师范大学出版社，2006。

张惠民编《宋代词学资料汇编》，汕头大学出版社，1993。

路成文著《宋代咏物词史论》，商务印书馆，2005。

邓子勉编《宋金元词话全编》，凤凰出版社，2008。

（明）毛晋编《宋六十名家词》，上海古籍出版社，1989 年影印本。

黄文吉著《宋南渡词人》，台北学生书局，1985。

黄海著《宋南渡词坛研究》，贵州人民出版社，2006。

（清）戈载辑，杜文澜校注《宋七家词选》，光绪十一年（1885）曼陀罗华阁重刊本。

丁传靖辑《宋人轶事汇编》，中华书局，1981。

吴文治编《宋诗话全编》，江苏古籍出版社，1998。

（清）厉鹗撰《宋诗纪事》，上海古籍出版社，1983。

（元）脱脱等《宋史》，中华书局，2000。

（梁）沈约著《宋书》，中华书局，2000。

（清）周济编《宋四家词选》，渼喜斋丛书本。

施蛰存、陈如江辑录《宋元词话》，上海书店出版社，1999。

丁放等著《宋元明词选研究》，商务印书馆，2012。

王国维著《宋元戏曲史》，东方凵版社，1996。

孙维城著《宋韵：宋词人文精神与审美形态探论》，安徽大学出版社，2002。

邹同庆、王宗堂著《苏轼词编年校注》，中华书局，2002。

（宋）苏轼著《苏轼文集》，孔凡礼点校，中华书局，1986。

陈宏天，高秀芳点校《苏辙集》，中华书局，1990。

（唐）魏征撰《隋书》，中华书局，2000。

任半塘、王昆吾编著《隋唐五代燕乐杂言歌辞集》，巴蜀书社，1990。

陈伯海主编《唐诗学史稿》，河北人民出版社，2004。

杨海明著《唐宋词风格论》，上海社会科学院出版社，1986。

龙榆生编撰《唐宋词格律》，上海古籍出版社，1978。

吴熊和主编《唐宋词汇评（两宋卷）》，浙江教育出版社，2004。

王兆鹏主编《唐宋词汇评（唐五代卷）》，浙江教育出版社，2004。

金启华、张惠民等编《唐宋词集序跋汇编》，江苏教育出版社，1990。

刘扬忠著《唐宋词流派史》，福建人民出版社，1999。

邓乔彬著《唐宋词美学》，齐鲁书社，2004。

杨海明著《唐宋词美学》，江苏教育出版社，1998。

夏承焘著《唐宋词人年谱》，上海古籍出版社，1979。

沈松勤著《唐宋词社会文化学研究》，浙江大学出版社，2000。

杨海明著《唐宋词史》，天津古籍出版社，1998。

王兆鹏著《唐宋词史论》，人民文学出版社，2000。

黄昭寅、张士献著《唐宋词史论稿》，山东大学出版社，2006。

蒋哲伦、杨万里编撰《唐宋词书录》，岳麓书社，2007。

吴熊和著《唐宋词通论》，浙江古籍出版社，1985。

唐圭璋、潘君昭著《唐宋词学论集》，齐鲁书社，1985。

〔日〕青山宏著，程郁缀译《唐宋词研究》，北京大学出版社，1995。

王晓骊著《唐宋词与商业文化关系研究》，中国社会科学出版社，2004。

李剑亮著《唐宋词与唐宋歌妓制度》，浙江大学出版社，1999。

彭玉平著《唐宋名家词导读新编》，中山大学出版社，2006。

孙克强编著《唐宋人词话》，河南文艺出版社，1999。

唐圭璋等校点《唐宋人选唐宋词》，上海古籍出版社，2004。

陈如江著《唐宋五十名家词论》，华东师范大学出版社，1992。

高峰著《唐五代词研究史稿》，齐鲁书社，2006。

刘毓盘辑《唐五代宋辽金元名家词辑六十种辑》，北京大学排印本，1925。

（明）张岱著《陶庵梦忆注评》，上海古籍出版社，2014。

夏承焘著，吴无闻注《天风阁词集》，百花文艺出版社，1984。

夏承焘著《天风阁学词日记》，浙江古籍出版社，1984。

（宋）胡仔纂辑，廖德明校点《苕溪渔隐丛话》，人民文学出版社，1962。

皮述平著《晚清词学的思想与方法》，学苑出版社，2003。

杨柏岭著《晚清民初词学思想建构》，安徽大学出版社，2004。

徐培均编《婉约词萃》，华东师范大学出版社，1999。

（魏）王弼著，楼宇烈校释《王弼集校释》，中华书局，1980。

刘永济著《微睇室说词》，上海古籍出版社，1987。

汤用彤著《魏晋玄学论稿》，人民出版社，1957。

曾益等笺注《温飞卿诗集笺注》，上海古籍出版社，1980。

（清）章学诚著，叶瑛校注《文史通义校注》，中华书局，1994。

（明）徐师曾撰，罗根泽校点《文体明辨序说》，人民文学出版社，1998。

刘永济著《文心雕龙校释》，中华书局，2007。

黄侃著，周勋初导读《文心雕龙札记》，上海古籍出版社，2000。

（梁）刘勰著，周振甫注《文心雕龙注释》人民文学出版社，1998。

傅修延、夏汉宁编著《文学批评方法论基础》，江西人民出版社，1986。

吴熊和著《吴熊和词学论集》，杭州大学出版社，1999。

（清）王士禛编，郑方坤删补，戴鸿森校点《五代诗话》，人民文学出版社，1998。

（明）谢肇淛撰，傅成校点《五杂组》，上海古籍出版社，2012。

（宋）周密撰《武林旧事》，中华书局，2007。

（清）宋翔凤撰《香草词》，《丛书集成续编》本。

张晶著《心灵的歌吟：宋代词人的情感世界》，河北大学出版社，2001。

（宋）辛弃疾撰《辛弃疾词集》，上海古籍出版社，2014。

（宋）祝穆撰《新编古今事文类聚》，书目文献出版社，1991。

（宋）佚名《新刊大宋宣和遗事》，中国古典文学出版社，1954。

（明）李谨辑《新刊古今名贤草堂诗余》，嘉靖十六年（1537）刘时济刻本。

（清）刘榛著《虚直堂文集》，宸熙刻补修本。

（清）董毅编《续词选》，《四部备要》本。

（清）毕沅等撰《续资治通鉴》，中华书局，1957。

（宋）李焘撰《续资治通鉴长编》，中华书局，1979。

（清）王先谦撰《荀子集解》，中华书局，1988。

孙克强著《雅俗之辨》，华文出版社，1997。

（明）王世贞撰《弇州山人四部稿》，伟文图书出版社，1976。

严迪昌著《阳羡词派研究》，齐鲁书社，1993。

王文才辑校《杨慎词曲集》，四川人民出版社，1984。

（清）蒋景祁编《瑶华集》，中华书局，1982。

（清）刘载熙撰《艺概》，上海古籍出版社，1978。

（清）纳兰性德撰，赵秀亭、冯统一笺校《饮水词笺校》，辽宁教育出版社，2001。

严迪昌著《元明清词》，天地出版社，1997。

彭国忠著《元祐词坛研究》，华东师范大学出版社，2002。

（明）袁宏道著《袁中郎全集》，伟文图书出版社，1976。

（清）邵懿辰、邵章续录《增订四库简明目录标注》，上海古籍出版社，1959。

（宋）何士信辑《增修笺注妙选群英草堂诗余》，洪武遵正书堂刻本。

（明）张綖撰《增正诗余图谱》，万历二十九年（1601）游元泾校刊本。

汤擎民整理《詹安泰词学论稿》，广东人民出版社，1984。

杨海明著《张炎词研究》，齐鲁书社，1989。

（宋）陈振孙撰《直斋书录解题》，上海古籍出版社，1987。

黄拔荆著《中国词史》，福建人民出版社，2003。

许宗元著《中国词史》，黄山书社，1990。

马兴荣、吴熊和、曹济平主编《中国词学大辞典》，浙江教育出版社，1996。

叶嘉莹著《中国词学的现代观》，岳麓书社，1990。

方智范等著《中国词学批评史》，中国社会科学出版社，1994。

谢桃坊著《中国词学史》，巴蜀书社，1993。

刘明今著《中国古代文学理论体系：方法论》，复旦大学出版社，2000。

吴毓华编《中国古代戏曲序跋集》，中国戏剧出版社，1990。

方智范等著《中国古典词学理论史》，华东师范大学出版社，2005。

郭绍虞著《中国古典文学理论批评史》，人民文学出版社，1959。

朱惠国著《中国近世词学思想研究》，上海古籍出版社，2005。

陈良运著《中国诗学批评史》，江西人民出版社，1995。

葛兆光著《中国思想史》，复旦大学出版社，2001。

郭绍虞编著《中国文学批评史》，百花文艺出版社，1999。

金启华、萧鹏著《周密及其词研究》，齐鲁书社，1993。

（魏）王弼撰《周易注校释》，中华书局，2012。

于翠玲著《朱彝尊词综研究》，中华书局，2005。

（清）苏淑芬著《朱彝尊之词与词学研究》，文史哲出版社，1986。

（宋）朱熹著《朱子全书》，上海古籍出版社、安徽教育出版社，2010。

（明）陈霆《渚山堂词话》，人民文学出版社，1960。

（清）郭庆藩辑，王孝鱼整理《庄子集释》，中华书局，2004。

图书在版编目（CIP）数据

词学研究路径的探索／刘军政著. -- 北京：社会
科学文献出版社，2021.6
ISBN 978 - 7 - 5201 - 8546 - 2

Ⅰ.①词…　Ⅱ.①刘…　Ⅲ.①词学 - 研究　Ⅳ.
①I207.23

中国版本图书馆 CIP 数据核字（2021）第 114578 号

## 词学研究路径的探索

著　　者／刘军政

出 版 人／王利民

责任编辑／范　迎

出　　版／社会科学文献出版社·人文分社（010）59367215
　　　　　　地址：北京市北三环中路甲 29 号院华龙大厦　邮编：100029
　　　　　　网址：www. ssap. com. cn
发　　行／市场营销中心（010）59367081　59367083
印　　装／三河市龙林印务有限公司

规　　格／开　本：787mm × 1092mm　1/16
　　　　　　印　张：17.75　字　数：297 千字
版　　次／2021 年 6 月第 1 版　2021 年 6 月第 1 次印刷
书　　号／ISBN 978 - 7 - 5201 - 8546 - 2
定　　价／129.00 元